차가운 학교의 시간은 멈춘다

冷たい校舎の時は止まる
辻村深月

차가운 학교의 시간은 멈춘다

下

츠지무라 미즈키 지음
이윤정 옮김

손안의책

차가운 학교의 시간은 멈춘다 下

제10장

불행 자랑

기리노 게이코는 깊이 숨을 들이마시고 교실 안을 둘러보았다.

유화물감의 축축한 냄새, 나란히 놓여 있는 화판. 미술서가 꽂혀 있는 책장 위에서 모델이 누구인지도 모르는 석고상의 무표정한 눈이 자신을 내려다보고 있었다.

소용없는 일이라고 머리 한구석에서 이미 포기하면서도, 게이코는 이름을 불러 본다.

"시미즈."

어두운 미술실 안, 역시 대답은 없다.

게이코는 미술실 안으로 한 발자국 들어가 불을 켰다. 형광등 불빛 아래 석고상의 얼굴이 하얗게 떠오른다. 미술실 가운데까지 가서 걸음을 멈췄다.

교실 구석, 이젤에 세워져 있는 캔버스가 있다. 그 앞에는 조금 전까지 누군가가 있었던 것처럼 의자가 놓여 있었다. 새하얀 캔버스 위에 그림이 그려져 있다.

게이코는 다가가서 천천히 캔버스 안의 그림을 바라본다. 그리고 '아아' 하고 긴 한숨을 내쉬었다.

세이난 교복을 입은 여학생이 그림 속에서 게이코에게 등을 돌리고 있었다.

머리를 깔끔하게 두 갈래로 묶고, 쪼그려 앉아 무릎을 꼭 끌어안고 있다. 배경은 흰색. 아무것도 없는 허공에 그녀는 혼자 웅크리고 앉아 이쪽에 등을 돌리고 있다. 낯익은 뒷모습. 뒤쪽에서 살짝 엿보이는 손발이 부자연스럽게 하얗고, 그 관절이 이상하게 이어져 있다. 그것은 마네킹 인형의 그림이었다.

등 돌린 마네킹은 결코 이쪽을 돌아보지 않는다. 그 등으로 게이코를 거절할 뿐이다. 그려져 있는 것은 인형인데도, 그 어깨가 잔뜩 긴장한 것을 알 수 있다. 인형은 얼굴을 보여주지 않는다.

게이코는 천천히 화판 위를 손가락으로 쓰다듬으며 중얼거렸다.

"시미즈……."

1

"아키히코."

유리창에는 온통 눈이 얼어붙어 있었다. 그 너머로 밖을 바라보던 다카노는 한숨처럼 중얼거렸다.

양호실 정면의 눈에 익은 화단 한 부분만이 붉은빛을 띤 눈으로 덮여 있다. 하얗게 뻗은 마네킹 팔에 감긴 붕대. 거기에서 흘러나오는 붉은색을 보고 있으려니, 무심코 어딘가로 도망쳐 버리고 싶은 충동이 일었다.

“밖, 갑자기, 떨어져서…….”

목소리가 잘 나오지 않는 듯, 미즈키가 뚝뚝 끊어지는 단어로 말한다. 게이코의 부축을 받으며 몸을 웅크리고 있는 그녀의 손이 심하게 떨리고 있었다.

“저거……, 그런 거야? 아키히코야?”

“찾아봤는데 없더라, 아키히코. 미쓰루 때랑 마찬가지야.”

초조한 말투로 스가와라가 대답한다. 아키히코를 찾아서 건물 안을 상당히 뛰어다닌 것 같다. 교복 앞을 풀어헤치고 있다. 화가 난 탓도 있는지 숨이 거칠다.

“그리고 시미즈는.”

“미술실에서 내가 발견했어. 너희도 봤잖아?”

게이코가 말을 받았다.

“아마도 그 그림 속 인형. 그게 시미즈일 거야. 그 애는 그림을 좋아했으니까.”

“시미즈가 그렸다는 얘기가 되나?”

“글쎄. 어쨌든 그 그림 속의 인형은 우리들에게 등을 돌리고 있었어. 난 그게 시미즈라면 이해가 가. 그 아이는 좋은 뜻으로도 나쁜 뜻으로도 어른스러웠으니까. 우리들 앞에 선을 그어놓고 그것 때문에 혼자 고민했을지도 모르고.”

미술실에 놓여 있던 그 기묘한 그림. 다카노는 그것을 떠올리자 견딜 수 없는 기분이 들었다.

조금 전까지 그녀는 자신과 함께 있었다. 진로에 관해 얘기하고, 운동회 때 일을 고맙다고 했다. 그런 그녀의 목소리가 아직 기억에 선명하다.

(나한테는 아무것도 없으니까……)

등을 돌린 채 웅크리고 앉아 있는 교복 차림의 마네킹 그림. 그것이 그녀 자신이라는 걸까.

"조금 전까지 시미즈는 나랑 같이 있었어. 정말 조금 전까지. 아래에 내려온 나랑 복도에서 만나서 얘길 하고, 그리고 난 식당에 갔는데."

다카노는 이마를 누르며 신음하듯 말했다.

"아키히코가 떨어지는 엄청난 소리를 듣고, 조금 뒤에 미즈키의 비명과 종소리가 들렸어. 그제야 무슨 일이 생겼다는 걸 알았지. 어째서, 시미즈와 아키히코가……."

"누구라도 상관없는 거 아냐. 어차피 모두가 똑같은 일을 당할 거야."

냉정한 목소리로 게이코가 말한다. 그 말에 주변의 공기가 얼어붙었다. 게이코는 천천히 창가로 걸어가더니 귀찮다는 듯 내뱉었다.

"생각 좀 해 봐. '여기'에 우리들을 부른 누군가는, 우리들이 죽어버리길 바라고 있어. 여기서 죽는 것은 어쩌면 '현실'로 돌아가는 방법인지도 모르지만. 어쨌든 한 가지는 확실해졌지? 자살한 애는 우리들을 원망하고 있어. 분명한 적의를 가지고 있어. 우리들을 살려둘 리가 없지."

너무나 냉정한 그녀의 말이었지만 자포자기하듯 보이지는 않았다. 게이코는 어딘가 자학적인 웃음을 지었다.

"우리들을 죽일 거야."

"게이코."

"그럼 죽어도 상관없어. 다만 그 이유 정도는 알고 싶어. 불만이 있으면 말로 하라고. 난 나쁜 짓을 한 기억이 없어."

말을 마친 그녀의 얼굴에서는 씻어낸 듯 웃음이 사라져 있었다. 침묵이 찾아와, 누구 한 사람 더 이상 아무 말도 하려 하지 않았다. 방금 들은 게이코의 말이 다카노의 가슴을 휘젓는다.

어차피 모두가 똑같은 일을 당할 거야.

어렴풋이 느끼고 있긴 했지만, 실제로 그런 말을 들으니 그 의미가 무겁게 다가왔다.

"5시 53분, 그게 열쇠라고 생각해."

고개를 숙인 채 다카노가 말했다.

"아키히코가 떨어지기 직전에 미즈키가 시간을 보고, 또 시계가 멈춘 게 아닌가 생각했다고 그랬지. 자살한 그 누군가가 뛰어내린 시간이야. 움직이기 시작한 시계가 12시간이 흘러 그 시간이 될 때마다 학교 안에 종소리가 울리는 거야. ―― 그리고 누군가가 사라지지. 그런 법칙이 있는 게 아닐까. 게다가 순서가 정해져 있는 것도 아닌 것 같아. 다음에 누가 사라질지, 몇 명이 사라질지는 알 수 없어. 확실한 건 다음 5시 53분을 조심해야 한다는 것뿐."

그건 명백하게 협박이 아닌가. 다카노는 얼굴을 일그러뜨리며 입술을 깨물었다.

무언가가 확실히 일어난다는 것, 그것이 자신에게 일어날지도 모른다는 것에 대한 압박감만이 존재한다. 무의식중에 벽에 걸린 시계를 올려다본다. 시곗바늘은 지금 6시 30분을 가리키고 있었다.

정적에 휩싸인 교실 안에서 리카가 문득 고개를 들었다.

"자살한 거, 누구야?"

툭, 그녀가 작게 내뱉었다. 절박한 눈동자로 일동을 바라보며 그녀는 쉰 목소리로 그렇게 물었다. 그러나 누구 하나 그에 대답하지 않는다. 리카는 초조한 듯 말을 이었다.

“리카, 사과할게. 사과하면 되지?! 누군지 모르겠지만 리카가 잘못했어!! 그러니까 부탁이니 다들 돌려보내 줘. 이런 데에서 빨리 내보내 줘. 진짜 누구야?!”

“아마 원래 세계에서도 우리들은 죄책감 같은 걸 느낀 적은 없었을 거야. 지금도 그렇게 쉽게는 생각나지 않을 거고. 리카, 진정해.”

다카노가 말했다. 그러자 리카는 입을 다물고 휙 고개를 돌렸다. 눈이 빨갛게 충혈되어 있다. 그걸 들키지 않으려는 듯, 그녀는 그대로 작게 중얼거렸다.

“스가와라, 담배 좀 그만 피워. 냄새 짜증난다.”

그를 쳐다보지도 않고 하는 리카의 말에 다카노는 스가와라를 돌아보았다. 오른손 손가락에 담배를 한 개비 끼우고 불을 붙이려던 참이었다. 리카의 말에 스가와라는 약간 힘없는 목소리로 ‘시끄러워’라고 대답했다.

“너 원래 담배 아무렇지도 않잖아. 담임이 줄담배를 피워도 계속 옆에 있었으면서.”

“담임은 특별하잖아. 지금은 짜증나.”

“미즈키도 지금은 속 안 좋은 거 아니니?”

게이코가 지적하자 미즈키가 창백한 얼굴로 고개를 끄덕인다. 스가와라도 그런 말까지 듣고선 어쩔 수 없었는지, 살짝 혀를 차며 마지못해 담배를 집어넣었다.

“담배를 피워야 진정이 된다고, 나는. 너희는 만날 뭐라 그러는데,

피우고 싶은 사람 마음도 좀 생각해 봐."

"야, 지금 담임은 어디 있을까?"

담배 화제가 나오자 사카키가 생각났는지 뜬금없이 게이코가 물었다. 다카노가 되묻는다.

"어디 있냐니?"

"아까부터 계속 생각했는데. 그 자살이 우리들 때문이라면, 아무리 생각해도 담임이 연관이 없다고는 난 생각할 수 없어. 그런데 왜 담임은 여기 없는 거야?"

"혹시 학생이 아니라서?"

"이상해. 여기 있는 건 학생이어야 한다는 법이라도 있는 거야?"

"그러고 보니 이상하군. ――그래도 역시 담임은 관계없는 거 아닐까? 아무리 우리들하고 사이가 좋았다고 해도 역시 선생님은 선생님이고, 우리들하고는 다르잖아. 그 누군가를 자살로 몰고 간 원인이 우리들뿐이라고 해도 이상할 건 없지."

"그래도 역시 이상해."

대답한 건 리카였다.

"생각해 봐, 리카랑 여기 있는 사람들한테는 짚이는 데가 하나도 없잖아. 그럼 생각나는 건 뻔하잖아? 여기에 있는 애들한테 짚이는 데가 없는 이상, 그 누군가의 고민이나 자살의 직접적인 원인은 그 사람 내부에 애당초 있었던 게 아닐까 싶어. 그래서 생각한 건데, 우리들의 '책임'이란 건 같이 있으면서도 그 고민을 '몰랐다'는 거 아닐까?"

리카의 말에 촉발된 듯, 갑자기 다카노의 머릿속에 시미즈가 그린 것으로 추정되는 그림이 떠올랐다. 아무에게도 고민을 털어놓지 않고, 등을 돌린 채 이쪽을 절대로 돌아보지 않는 뒷모습. 미쓰루도 그렇고 아키히코도 그렇고, 자신은 그들의 무엇을 알고 있었단 말인가.

리카의 말을 잇듯이 게이코가 동의했다.

"맞아, 나도 그 생각 했어. 게다가 우리들 사이에서 점점 그 애가 잊혀 가고 있던 건 사실이고. 그걸 그 애는 외로워서 참을 수 없었다, 그럴 가능성도 있지."

"말하자면 괜한 화풀이라는 거야?"

"스가와라, 넌 그렇게 말하지만, 사실 그 애는 벌써 죽었잖아? 화풀이를 하고 싶다고 해도 어느 정도는 이해할 수 있어. 더 이상 그 애한테는 '앞으로'가 전혀 없으니까. 과거를 원망하면서 매달릴 수밖에 없지."

게이코는 거기에서 일단 말을 잘랐다가 잠시 후 어느 정도 진정된 목소리로 말을 이었다.

"그러니까 이상하다는 거야. 도와주지 않았다, 알아주지도 못했다는 건 담임도 마찬가지지. 교사였던 만큼 오히려 우리들보다 담임을 더 미워한다고 해도 이상하지 않잖아. 근데 그 담임이 여기 없다는 게 이해가 안 돼."

"그렇게 생각하면 또 그러네."

다카노는 엷게 웃었다.

그러나 그때, 문득 묘한 위화감이 느껴져 다카노는 그대로 말을 멈춘다. 구체적으로 뭐가 어떻게 이상한지, 당장은 알 수 없었다. 그냥 뭔가가 딱 맞아떨어지지 않는다. 무언가가 이상했다. 그게 어디에서 오는 위화감인가를 안 것은 토라진 얼굴의 스가와라를 보았을 때였다.

“잠깐만, 그런데 이상하지 않아?”

“뭐가?”

다카노는 스가와라가 무척 정이 두터운 사람이라고 생각했다. 한 번 친구라고 생각한 사람의 일이라면 자신의 일처럼 생각한다. 거식증에 걸린 미즈키한테도 그랬고, 뛰쳐나간 리카를 걱정해서 따라 나간 것도 그랬다. 게다가 스가와라만이 아니다. 다카노도, 자신이 그렇게 냉정한 사람이었던 것 같지는 않았다.

리카가 발견했다는 사카키의 책상 위에 있던 사진. 그 안에서 자신들은 모두 웃고 있었다.

“아까 게이코는, 우리들이 그 누군가의 힘이 되어주지 않았다고 했고, 그 애를 점점 잊어가고 있었다고 했는데, 실제로 그 자살이 일어난 지 아직 두 달 남짓밖에 안 지났어. 그렇게 짧은 기간에 우리들 모두가 바로 그 일을 털어버릴 수 있었을까? 어떻게 그런 걸 잊을 수 있지. 우리들은 그렇게 매정한 애들이었어? 만약 여기 있는 애들 중 하나가 죽었다고 가정해 봐. 바로 잊어버리다니, 난 도저히 안 될 것 같은데.”

그럼 어째서? 다카노의 마음 안에서 그런 의문이 떠오른다. 모를 일이었다. 하지만 이상했다. 다카노와 그 친구들 모두, 친구의 죽음에서 벗어나는 데 걸린 시간이 너무 짧다.

아무도 그 말에 대답하지 않는다. 귀가 아플 정도의 정적. 그것을 깬 것은 가느다란 한 마디의 중얼거림이었다. 울음 섞인 그 목소리에 무심코 고개를 든다. 미즈키였다.

“……는, 아냐.”

"미즈키?"

"난 아냐!!"

히스테릭한 목소리였다. 미즈키는 말하고 나서 고개를 숙이고 세게 머리를 흔든다. 그 어깨가 약하게 떨리고 있었다.

"조금 전까지, 어쩌면 내가……, 내가 자살한 사람이 아닐까 생각했었어. 하루코 때문에. 다들 그렇게 생각했었지!? 그래서 난 견딜 수 없었어. 내가 벌써 죽었다니, 그런 생각 하고 싶지 않았어. 하지만 아니야. 내가 아니야!! 난 이런 짓 안 해."

"미즈키."

"내가 제일 괴로웠을 때, 그걸 알아준 사람이 아키히코잖아?! 학교에 오는 게 무서울 때도 있었는데, 그때 아키히코가 집에도 같이 가주고 고민도 들어줬어. ……그런 아키히코한테 내가 저런 심한 짓을 어떻게 해. 시미즈한테도, 미쓰루한테도 그래. 그러니까 난 아니야. 자살한 거, 난 아니야!!"

순간 뭐라 할 말이 떠오르지 않는 다카노 앞에서, 그녀는 다시 얼굴을 감싸고 견딜 수 없다는 듯 낮게 오열하기 시작한다. 그걸 보고 있을 수가 없어서 다카노는 미즈키에게서 시선을 피했다. 창밖에 하얀 붕대를 감은 손이 보인다. 아키히코의 화상 입은 오른손. 다카노는 기운 없이 고개를 숙였다.

도대체, 아키히코가 시미즈가 자신들이, 누구에게 무슨 짓을 했다는 것인가.

2

10월 13일. 축제 다음 날.

원래대로라면 축제 때 열었던 가게 뒷정리를 했어야 하는 그 날 아침. 체육관을 나서자 교정에는 텔레비전 카메라와 리포터들이 잔뜩 모여 있었다.

매스컴을 쫓아내고 진행된 전교 조례에서는 교장이 찌푸린 얼굴로 연설을 했고, 학생회장인 스와 유지가 비통한 목소리로 인사를 했다. ――전부 겉만 번지르르하고 내용이 없는 것, 현실감이 없는 것. 교장도 유지도 아직 무슨 일이 일어났는지 본질적으로는 모르고 있었다. 그리고 그것은 다카노도 마찬가지였다.

유지와 얘기하고 싶었다.

그러나 유지는 학생회장 일을 하느라 바쁜 매일을 보낼 수밖에 없었고, 결국 다카노가 그와 제대로 얘기를 할 수 있었던 것은 그로부터 2주 가까이 지난 뒤였다. 갑자기 바람이 차가워진 11월 초순, 집에 가려고 코트를 걸치고 있는데 그가 나타났다. 2반 교실에는 아무도 남아 있지 않았고, 다카노는 혼자였다.

갑자기 나타난 유지는 기분 탓인지 축제 전과 비교해서 얼굴이 핼쑥해 보였다.

"다행이다, 아직 있었구나. 다카노, 가는 길이면 같이 갈래?"

"응……. 유지, 너 오늘도 남아 있었어?"

"아아, 현 교육위원회에서 사람들이 와서."

교실 불을 끄고 나와 보니 복도는 이미 어둑어둑해져 있었다.

'밥이라도 먹으러 갈까?'라고 말하는 유지가 묘하게 약하고 안돼 보인다. 고개를 끄덕이면서 다카노는 유지에게 무엇부터 얘기하면 좋을지 생각하고 있었다. 무슨 말을 해도 속이 다 보일 것 같았다. 그래도 무언가 얘기해야만 한다는 생각이 들었으나 결국 말이 나오지 않는다. 아마 유지도 그랬을 것이다. 서로 그걸 아는 만큼 어색했다.

학교 건물에서 큰길까지 나오고 나서야 겨우 다카노가 먼저 입을 열었다.

"고생하는구나."

뼛속까지 스며들 정도로 차가운 그 날의 바람이 선명히 기억난다. 옆에 있던 유지는 다카노를 보지 않았다. 걸으면서 극히 짧게 대답했다.

"너도."

"너랑 비교하면 난 아무것도 아니지. 괜찮아?"

"아아, 그래도 훨씬 나아졌어. 도와주는 녀석들도 많이 있고, 나한테 책임을 지라는 것도 아니고. 그런 의미로는 사카키샘이 제일 힘들지. 그 사람 원래부터 윗사람들한테는 별로 평이 안 좋았으니까. 나보다 그쪽이 더 걱정인데, 네가 보기엔 어떤 것 같아?"

"피곤해하더군."

지난 며칠, 다카노는 사카키와 제대로 말을 못했다. 수업과 그 외의 일을 담담하게 사무적으로 처리하는 그의 얼굴을 떠올린다. 축제 전과는 딴판으로 말수가 줄었다. 자신을 비난하는 목소리에 대꾸도 하지 않고 그저 사과만 하는 그의 태도가 너무 멋있어서, 오히려 이쪽이 분할 정도였다.

"정말 대단해. 담임의 태도. 그 일에 정면으로 맞서고 있고, 자신이 잘못한 게 아니라는 것도, 그래도 자신이 사죄해야 한다는 것도 모두 잘 알고 있는 것 같아."

"아아. 그래서 보는 사람은 더 견디기 힘들지만."

걸으면서 유지가 말한다. 다카노도 고개를 끄덕였다.

"아이를 잃은 부모에게는 누군가 화풀이할 대상이 필요하대. 담임은 스스로 그 대상이 되려고 해. 자살의 동기는 아직 확실하지 않지만, 눈치채지 못한 건 사실이라면서."

"그쪽이 말하지 않은 것도 사실이지만 말이야."

유지는 가끔 정말 차가운 말을 한다. 성적도 좋고 학생회 일에도 의욕적이고, '만능' 인간을 그림으로 그려놓은 듯한 그의 말투는 가끔 인정머리라고는 전혀 없다.

대놓고 말하긴 그렇지만. 그는 남의 일처럼 그렇게 전제하더니 말을 이었다.

"자살이란 건 수명이야. 신체적인 수명은 아니라도, 알맹이가 더 이상 살아갈 수 없게 되었다는 수명. 사카키샘이 언제까지나 그런 애 때문에 마음을 쓰고 있을 필요는 없어."

"넌 털어 버릴 수 있어?"

왜 자신이 그에게 이런 질문을 했는지. 지금에 와서는 잘 기억나지 않는다. 그저 그때 유지가 보인 엄격한 표정은 지금도 다카노의 뇌리에 선명히 남아 있다.

"있어. 너도 그렇잖아?"

3

창가에서 떨어져 뒤를 돌아보자 리카가 벽에 기대어 서 있었다.

갈색 코트를 걸치고 차가운 벽에 등을 기대고 있던 그녀는 다카노가 자신을 발견하기를 기다리고 있었다는 듯 눈이 마주치자 말없이 옆으로 다가왔다.

2층 복도에서는 아키히코의 팔이 잘 보인다. 리카도 창밖으로 눈길을 주면서 유리문을 드르륵 열었다. 살을 에는 듯이 차가운 바람이 다카노의 볼을 스쳤다.

리카가 중얼거렸다.

"……미쓰루는 없어지기 전에 리카랑 잠깐 얘기했었어."

그 말에 다카노는 리카의 얼굴을 바라본다. 그녀의 시선이 아키히코가 떨어진 부근을 향하고 있다. 그것을 알고 다카노도 다시 아래를 내려다본다. 눈 밑에 펼쳐져 있던 붉게 물든 눈이 새로 내린 눈에 파묻혀, 뻗어 나온 아키히코의 손가락도 시야에서 사라지려고 한다. 정말로 현실감 없는 광경이었다.

"리카가 우울해하니까, 담임은 괜찮을 거라고 그러면서. 이거 담임이 그러는 거 아니라고 그러더라."

"미쓰루답구나."

"저기 다카노. 미쓰루는 죽은 거야? 아키히코랑 시미즈도?"

갑작스러운 리카의 질문에 다카노는 작게 숨을 삼켰다. 리카가 매달리는 듯한 눈으로 자신을 보고 있었다. 고개를 들어 바라보지 않아도 분위기만으로도 그녀가 울기 직전이라는 것을 알 수 있었다. 창문으로 불어 들어오는 바람이 이따금 눈을 끌고 들어와, 다카노의 목덜미를 차갑게 스친다. 눈을 몇 번 깜박이면 벽도 바닥도, 자기 자신조차도 얼어붙을 것 같았다.

뭔가 대답을 해야 한다는 건 알겠는데, 적당한 말이 생각나지 않는다.

"모르겠어."

겨우 나온 말은 스스로도 알 수 있을 정도로 힘이 없었다. 하지만 지금 무슨 말을 해도 결과는 마찬가지일지도 모른다. 떨어진 저 인형을 앞에 두고, 다카노가 아무리 위로할 말을 열심히 생각해도 어차피 소용없는 발버둥밖에 되지 않는다.

리카는 고개를 숙이고 입술을 깨물었다.

"게이코가 말한 것처럼 다들 죽는 거야? 우리들이 그 애를 자살하게 내버려둬서?"

"……모르겠어."

같은 말을 반복하면서 다카노는 조용히 고개를 든다. 일의 진상이 전부 애매한 지금, 알 수 있는 것은 하나뿐이다. 이대로 끝날 리가 없다. 그리고 다음 5시 53분에 분명히 또 무슨 일이 일어날 것이다.

그 누군가가 뛰어내린 축제날이 지금은 매우 멀게 느껴진다. 그 후 대체 우리들은 무슨 생각을 하고, 그리고 어떤 행동을 한 것일까. 우리들은 정말 그 애를 깨끗하게 잊고 수험에만 전념하려고 했을까?

리카는 창에 기댄 채 다카노 쪽을 보았다.

"리카는 미즈키 맘 알겠어. 자신이라면 아키히코한테 저런 심한 짓 못한다는 거."

"응."

"아키히코는 다른 애들한테 신경 많이 써주는 애잖아. 미즈키한테도 많은 힘이 되었을 거야. 그 애는 정말로 위태위태했잖아? 불쌍했어. 리카는 하루코하고도 친했으니까 그 얘길 듣고 있으면 좀 복잡한 기분이긴 했지만. 그래도 그건 하루코가 좀 지나쳤어."

"2학년 끝 무렵이었나? 제일 심했던 게."

떠올리면서 다카노가 말했다.

"벌써 1년 가까이 지났구나. 지금 일이 이렇게 됐으니까 미즈키나 우리도 하루코 일을 생각하지만, 실제로는 다 잊고 있었을 텐데. 미즈키가 그것 때문에 죽었다면 왜 이제 와서 그러냐는 생각도 든다."

"응, 그 후로 하루코랑 미즈키는 옆에서 보기 민망할 정도로 서로 무시했으니까. 싸운 걸 없던 일로 했다기보다, 옛날에 사이가 좋았다는 사실 자체가 없어진 듯한 기분이었어. 그야 지금은 아무도 신경 쓰지 않을걸. 미즈키한테도 하루코한테도 각자 사이좋은 친구가 생겨서 각자의 자리로 간 것 같았고. 지금 일이 이렇게 돼서 다시 미즈키랑 하루코 일을 생각하고 있지만, 그렇게 될 수밖에 없었던 거고 더 이상 관계도 없었잖아? 서로. 그야 응어리는 남았을 거고, 서로 좋은 기분은 아니었겠지만. 최악의 상태는 지난 후였어."

"나나 아키히코가 생각했던 건 하루코가 축제날 미즈키한테 무슨 말이나 행동을 한 건 아닌가 하는 거야."

다카노는 렌즈에 붙은 눈을 닦으려고 안경을 벗으면서 그렇게 말했다.

아키히코한테만 밝힌, 다카노가 생각하는 그 날의 기억. 유지가 자신을 부른다. 다카노, 미즈키가 널 찾더라. 새파란 얼굴로, 너를 필사적으로 찾고 있었어. 못 봤어? 다카노에게 그렇게 물었다. 그게 언제였는지는 기억나지 않는다. 그 후에 과연 자신은 미즈키를 만났던가.

미즈키는 지금 평범하게 밥을 먹을 수 있다. 1년 전과 비교하면 안색도 체중도 어느 정도 돌아왔고, 더 이상 하루코랑 예전처럼 지내고 싶다고도 생각하지 않을 것이다. 자기 자신을 향하고 있던 혐오감은 자연스레 츠노다 하루코를 향했을 터였다. 그리고 아마 그게 잘된 일일 것이다. 다카노와 아키히코도 계속 그러길 바라고 있었다. 하루코에게서 정을 떼고, 거기서부터 다시 시작했으면 좋겠다고 생각했다.

"직접적인 원인도 없는데 미즈키가 1년 전의 일을 아직까지 마음에 두고 있었을 것 같지는 않아. 미즈키가 그날 성급한 짓을 저질렀다면, 그날 무슨 일이 있었던 걸까? 이미 다 털어버렸다고 해도, 하루코의 한 마디가 계기가 돼서 단숨에 그 당시 가장 괴로웠던 상태로 돌아가 버렸을지도 몰라. 플래시백이라고 하던가?"

"뭐, 응. 그렇지. 평소에는 잊고 있다가도 무언가를 계기로 갑자기 슬퍼지는 일은 리카한테도 있으니까. 리카는 그런 거 전부 다 남자랑 있었던 일이지만."

렌즈 표면을 손가락으로 닦으며 리카를 보자, 그녀의 얼굴이 흐릿하게 보인다. 그녀는 담담하게 말을 이었다.

"중학교 때 사귀었던 남자라든가. 옛날에 잊었다고 생각했는데, 길에서 뒷모습이 비슷한 사람을 보면 그날은 정말 하루 종일 힘이 없어지거든. 미즈키도 그랬을지도 모르겠다."

렌즈 위의 눈을 털어내고 안경을 다시 쓴다. 다시 리카를 보니 그녀의 눈은 어딘가 먼 곳을 보고 있는 것 같았다.

"게다가 이것도 관계있지 않을까? 우울증은 제일 침울해 있을 때보다 막 나아졌을 때가 제일 위험하잖아? 주위 사람들이 신경 써야 한다는 말을 들은 적이 있어. 아키히코랑 다카노가 신경을 안 썼을 것 같진 않지만. 응, 리카도 미즈키한테는 신경 쓰고 있었고."

걸치고 있던 코트 깃을 세우고, 리카는 살짝 어깨를 으쓱해 보였다.

"사실 1년 전 리카나 게이코는 미즈키의 상담도 해주면서 하루코하고도 사이좋았으니까 미즈키는 견디기 힘들었을지도 몰라. 리카는 꽤 태평하게 둘 다 사이좋게 지냈고. 왜 있잖아, 분한 건 아니겠지만, 미즈키는 리카가 하루코랑 얘기하는 걸 부러워하는 거 아닐까, 조금 마음에 걸렸었거든. 담임도 전면적으로 미즈키를 감싸진 않았잖아? 하루코를 비난하지도 않았고, 오히려 일부러 얘길 걸기도 하고, 하루코가 고립되지 않도록 하려는 듯 잘 대해주고. 리카, 그건 그것대로 뭔가 답답하기도 했지만, 담임은 모처럼 '선생님'인데, 윗사람으로서 하루코한테 뭐라고 한 마디 해줬으면 좋겠다는 생각도 했어."

"응."

"하지만 여자애들은 뒤에서 이런저런 일이 있어도, 자기가 직접적으로 무슨 일을 당한 게 아니면 비교적 태연한 얼굴을 할 수 있거든. 반대로 당사자도 아닌 사람이 나서서 화를 내거나 하면 저 애 왜 저래, 가 되는 거고. 그래서 리카도 아무것도 모르는 척하면서 하루코랑 사이좋게 지냈었어. 그렇게 친한 것도 아니었지만. 하루코는 하루코대로 다른 애들하고 사이좋았고. 리카는 미즈키가 더 좋았으니까."

리카는 작게 숨을 들이쉬었다.

"솔직히 얘기하자면, 진짜 복잡하게 됐다고 생각했어. 하루코랑 미즈키, 잘은 모르겠지만 안 좋은 일이 안 좋은 타이밍으로 계속 일어난 것 같아. 누가 나쁘다고 하기 전에 말이야. 하루코의 피해망상도 알 것 같고, 미즈키도 너무 불쌍하고."

"하루코는 어린애였어."

다카노는 짧게 말했다.

"하루코를 잘 모르는 내가 이런 얘길 할 자격이 있는지 모르겠지만, 그 아이가 한 짓은 '괴롭힘'의 일종이었다고 생각해. 미즈키를 고립시키고 싶었던 거 아니었을까?"

다카노는 담담하게 말을 이었다.

츠노다 하루코는 반 여자애들 사이에서 인기가 있었지만, 반면 남자애들하고는 별로 친하다고는 할 수 없었다. 다카노나 아키히코도 미즈키한테 그런 일이 있기 전까지는 솔직히 그녀를 잘 몰랐다. 그런 '잘 모른다'는 백지 위에 일방적으로 나쁜 인상을 입히는 것을 미즈키는 계속 망설이고 있었다. 그러면 하루코의 피해망상은 사실이 되어 버린다. 츠노다 하루코가 의도한 것은 그게 아닐까.

"미즈키가 싫어졌으면 그냥 조용히 거리를 두면 되지. 아무리 싫어졌어도 그렇게 대놓고 그럴 건 없잖아?"

"하루코는, 그런 게 안 되는 성격이야. 다카노도 아마 사귀어 보면 알걸."

조용히 말한 리카는 눈을 내리깔았다. 손을 뻗어 창문을 천천히 닫았다. 다카노가 길게 뻗은 복도 저쪽을 바라보고 있는데, 문득 중얼거리는 듯한 그녀의 목소리가 들렸다.

"하지만 역시 자신은 좋아하는데 상대방이 일방적으로 관계를 끊는 건 괴로운 일이지."

약간 아래를 향한 리카의 머리카락이 희미하게 흔들린다. 그 모습은 다카노의 눈에는 마치 떨고 있는 듯 보였다. 잠자코 있으니 그녀가 약간 고개를 들고 천천히 말을 이었다.

"그때 미즈키 말이야. 진짜 잘 웃다가, 갑자기 토할 것처럼 고개를 숙이는 거야. 그때 한 번은 리카도 하루코한테 뭐라 말을 해 줘야 하나 하는 생각도 했어. 미즈키는 밥 먹는 게 진짜 괴로워 보였어. 리카는 하루코 근처에 있었는데, 미즈키를 본 하루코가……, 몇 번인가 미즈키 쪽을 보고는 또 시작이라는 듯이 질렸다는 표정을 짓곤 했어. 하루코한테는 미즈키가 일부러 그런 척하는 것처럼 보였을지도 몰라. 하지만 그때는 리카, 뭐랄까 갑자기 화가 났어. 미즈키는 정말로 바싹 마른 데다 먹을 수 없는 자신에게 초조함까지 느끼고 있었거든. 무엇보다 나중에는 하루코와의 일보다는 거의 미즈키의 자기혐오가 컸다고 봐, 그 거식증의 원인 말이야."

"응."

"그래서 리카, 질렸다는 표정을 짓고 있는 하루코를 노려봤어. 그랬더니 하루코랑 눈이 마주쳐서, 하루코가 도망치듯 미즈키에게서 눈을 떼더라. 그때부터 리카는 하루코랑 약간 사이가 어색해졌어. 어쩔 수 없는 일이지만. 하루코가 스스로도 어쩔 수 없는 지경까지 간 건 분명하다고 봐. 점점 미즈키 편이 늘어나고, 애들이 자신을 말없이 책망하는 듯한 기분이 들어서 그게 또 피해망상으로 변하는, 악순환이지. 그래서 미즈키를 계속 무시할 수밖에 없었던 거 아닐까? 지금은 미즈키가 자살했으면 어떻게 하느냐는 시점에서 얘기를 하니까 이렇지만, 수험은 원래가 상당한 스트레스잖아? 그 스트레스를 풀 데가 필요하다는 것도 리카는 조금은 이해해."

"너도 그런 거 때문에 고민한 적이 있어?"

"글쎄. 리카한테는 사카키샘이 있잖아……."

리카는 다카노의 얼굴을 바라보더니 그대로 생긋 웃었다.

"리카 말이야. 바보 같은 얘기지만 가끔 진짜로 큰일을 당했으면 좋겠다고 생각해. 그럼 사카키샘은 리카를 엄청 걱정해서 계속 옆에 있어줄 거야. 솔직히 리카는 그때 미즈키가 좀 부러웠어. 사카키샘은 진짜로 미즈키 걱정 많이 했고 미즈키도 사카키샘을 의지하고 있었잖아?"

"그러냐?"

쓴웃음을 지으면서 다카노가 묻는다. 리카는 웃으며 고개를 끄덕였다.

"바보 같다는 건 알지만, 담임이 계속 옆에 있어준다면 그래도 좋을 것 같아."

"그렇게 담임이 좋아?"

"응."

당연하지. 그렇게 덧붙이더니 리카는 갈색 코트자락을 털었다.

"예를 들면 성적표가 나왔는데 성적이 좋았다고 쳐. 그럼 리카는 그게 리카가 어떻다는 거보다, 담임이 기뻐해 주는 게 좋은 거야. 반대로 담임이 정말로 슬퍼할 일은 절대로 싫어. 담임을 상처 입히는 건 용서 못 해."

"그건 자살한 애를 용서 못 한다는 뜻이야? 그게 우리들 중의 누군가라 해도?"

그렇게 묻자 이번에는 바로 대답이 나오지 않았다. 그녀가 말없이 다카노를 본다. 다카노는 다시 한 번 물었다.

"그게 나나 미즈키라도?"

"——아마. 지금은 잘 모르겠지만, 분명히 원망했을 거야. 사카키 샘이 선생님 그만둔다면서?"

"……아마."

다카노는 학교에서 나갈 수 없다는 걸 안 직후에 미쓰루가 한 말을 떠올린다.

세이난을, 교사를 그만둬야 할 정도로 사카키가 막다른 곳에 몰려 있었던 걸까. 지금 순수하게 그를 따르는 리카에게도 등을 돌리고.

더 이상 위로할 말이 없어서, 다카노는 밖을 보았다. 온통 하얗게 덮여 있는 눈 때문에 눈이 부시다. 손목시계는 이제 8시가 되려고 한다.

"맞다, 리카."

문득 떠오른 것이 있어 다카노는 말했다.

"5시가 가까워지면 다들 다시 모여서 얘기하려고 하는데, 그때까지 미즈키 옆에 있어줄래? 양호실에 누워 있을 거야."

"응, 알았어."

그렇게 대답한 리카는 희미하게 웃고 바로 놀리는 표정을 띤다. 다카노의 어깨를 가볍게 팔꿈치로 찔렀다.

"다카노, 너 미즈키 좋아해? 아니면 실은 벌써 사귀는 사이?"

"글쎄, 어떤 걸까. 사귀는 건 아니고, 좋아하긴 하지만 그런 식으로 좋아하는 건지는 모르겠고. 아마 난 좀 늦된 지도 모르겠어. 생각해 본 적도 없거든."

다카노는 쓴웃음을 지었다.

"내버려둘 수 없긴 해. 하지만 나나 아키히코 같은 애들보다 스가와라처럼 좀 자기 의견이 강한 애가 미즈키한테 맞을지도 모른다고 생각한 적은 있어."

"앗——, 안 돼. 스가와라는 불량아잖아. 그런 애한텐 리카가 그나마 어울려."

"담임은 어쩌고?"

아무 거리낌 없이 말하는 리카가 왠지 귀여워서 다카노가 물었다. 확실히 스가와라와 리카가 사귀면 '불량아'끼리 잘해나갈지도 모른다.

"물어보나 마나지."

리카는 대답하고 그대로 다카노에게 등을 돌려 하얀 복도 저편으로 사라졌다.

4

기리노 게이코는 교무실에 들어서자마자 코를 찌르는 담배 냄새를 맡았다. 교무실 한가운데에서 담배 연기가 길게 피어오르고 있다. 얼마 동안 그러고 있었던 걸까. 교무실 안의 공기가 탁해진 것을 한눈에도 알 수 있었다.

"뭐야, 게이코잖아."

사카키의 책상 위에 걸터앉아 있던 스가와라가 게이코를 돌아본다. 그의 오른손 손가락에 담배 한 개비가 끼워져 있는 모습을 보고, 게이코는 쓴웃음을 지으며 스가와라에게 다가갔다. 담배 때문에 모두한테 비난받은 직후인데, 질리지도 않고 담배를 피우고 있다.

"아깐 미안. 미즈키가 우울해 보여서."

"아아, 별로 신경 안 써. 지금 피울 수만 있으면 아무래도 상관없어."

"그래?"

스가와라 옆에 서서, 게이코는 눈을 가늘게 뜨며 그를 본다.

"남았으면 나도 하나 주라. 어차피 담임 거 아니면 다른 사람 거 슬쩍한 거지? 너 빼곤 아무 데도 없더라."

"어——, 나도 이제 얼마 안 남았는데——."

"맞고 줄래, 그냥 줄래?"

"아아, 네. 알겠습니다, 게이코 씨."

장난스러운 말투로 웃으면서, 스가와라는 담뱃갑을 게이코에게 내민다. 게이코는 말없이 손을 뻗어 한 개비 꺼내고 나서 스가와라에게 상자를 돌려주었다. 사카키의 책상에 기대어 담배를 물자 잠자코 있어도 라이터가 다가온다. 스가와라한테서 불을 받고 감사를 표한 게이코는 가슴 깊이 담배 연기를 들이마셨다.

아무도 없는 교무실 안을 둘러보며, 게이코는 손에 쥔 담배를 고쳐 쥐었다. 책상들은 이전에 봤던 모습과 조금도 변함이 없다. 각 교사의 소지품도 그대로, 하나하나가 묘한 현실감을 가지고 그곳에 존재하고 있었다. 게이코는 스가와라를 보았다.

"아키히코랑 미쓰루가 없어져서 외로워?"

"별로. 죽은 것도 아니고."

사카키의 책상 위에서 나른한 듯 고개를 숙인 스가와라는 못마땅한 얼굴로 위를 본다. 피곤한가 보다. 스가와라치고는 유난히 힘없는 동작이었다.

"그 녀석들 다 '현실'로 돌아간 거 아니냐? 그럼 됐지, 뭐."

"녀석들은 죽은 게 아니란 말이지. 억지로라도 그렇게 생각 안 하면 버티기 힘들긴 해. 안 그래?"

게이코가 심술궂게 말하자, 스가와라는 일순 미간을 찌푸렸다. 입을 다물고 머리를 긁적이더니 불만스러운 어조로 말했다.

"믿을 수 있겠냐. 그 녀석들이 그렇게 간단히 죽었다고 말이야. 발전적으로 생각하자고. 5시 몇 분인지가 다가오는 게 무섭다고 그냥 떨고만 있는 건 간단하지만, 그런 것보단 우리들도 뭔가 달리 돌아갈 방법을 생각하는 게 나아."

"응."

게이코는 입술 사이에 문 담배의 위치를 바로잡았다. 담배 끝에서 피어오르는 연기가 공중에 새로 흰 흔적을 남겼다.

"스가와라, 넌 '돌아갈 방법'이 있다고 생각해? 이대로라면 조만간 모두가 그렇게 된다는 게 내 의견인데. 그거 말고 살 방법이 있어?"

"분하지 않냐? 그렇게 살해당하는 것처럼 끝나는 건."

담배를 문 채 스가와라가 일어선다.

"뭐랄까? 나 진짜 화났거든. 자살했는지 안 했는지 전부 명확히 하고 싶고, 하고 싶은 얘기가 있으면 직접 하라고. 이런 게 말이나 돼? 생각해내라고 하면 생각해내 주겠어."

"나는 잘 기억 안 나지만, 네가 자살한 거라면 그 직후의 장면이 안 봐도 뻔하다."

게이코가 쓴웃음을 지으며 말했다.

"넌 남의 일을 자기 일처럼 생각하지. 정이 많아."

"뭐라는 거야. 칭찬이냐?"

"말 그대로야. 부러울 따름이다."

스가와라는 머리가 좋다. 그러나 약간 단세포인 데가 있다. 타인의 말을 솔직하게 받아들이고, 뭔가 생각이 하나 떠오르면 그것을 밀고 나가는, 그런 곧은 사람이다. 약간 고집이 세긴 하지만 그의 그런 점에 모두가 호감을 갖는 것도 사실이었다. 게이코로서는 도저히 흉내 낼 수 없었다.

"리카도 웬만하면 너 같은 애를 찾았으면 좋았을 텐데 말이야. 담임 같은 사람이나 쫓아다니니 되는 일이 있나."

"뭐야, 그거. 그 녀석 사람 보는 눈 있구먼. 담임 멋지잖아, 난 그 사람처럼 살고 싶은데. 뭐, 내가 멋진 것도 사실이지만, 리카가 반한다 해도 당연하지."

"그랬으면 좋겠다, 나도."

"뭐야, 진심이냐?"

게이코가 잔소리할 줄 알았는지, 스가와라가 장난스럽던 말투를 고쳤다. 게이코로부터 거리를 두듯 자세를 바로잡았다. '반은' 하고 게이코가 대답했다.

"리카는 말이지, 그 애는 정말 담임한테 목맸거든. 동경이라는 레벨이 아니야. 그러니 소꿉친구인 나로서는 걱정되지 않을 수 없지. 리카는 이런저런 사정이 있어서, 정말 담임한테 너무 의지하는 경향이 있어. 균형이 기울어진 거야. 그럴 바엔 너처럼 리카만 생각해 줄 수 있는 애가 좋아. 담임은 좋은 뜻으로도 나쁜 뜻으로도 일개 교사니까."

"게이코, 너는 자살한 게 리카라고 생각하냐?"

스가와라가 짧아진 담배를 재떨이에 눌러 끈다. 그 눈빛이 약간 험악해 보였다.

"아까 그 녀석이 그러더라고. 네가 자신을 그렇게 생각하는 것 같다고. 잘은 모르겠지만, 그 아이네 집 복잡하지?"

"아아, 리카가 고생이 많지."

빨아들인 연기의 맛이 묘하게 씁쓸하다. 문득 아까 리카가 스가와라의 담배를 싫어하던 게 생각난다. 원래는 게이코가 담배를 알기 몇 년이나 전부터, 허세를 부리며 먼저 담배에 손을 댄 사람은 리카였다.

초 · 중학교, 그리고 고등학교. 가까이서 지켜본 리카의 변화. 그녀가 담배를 피우기 시작한 중학교 시절, 리카는 주위에 대해 독기를 품고 있었다. 그런 리카가 지금은 담배를 싫어한다는 그 사실.

게이코는 천천히 눈을 가늘게 떴다.

"올해 여름에, 나 리카네 집에 놀러 갔었어."

그렇게 말문을 열고, 게이코는 담뱃불을 비벼 끄고는 스가와라에게서 새 담배를 받아들었다.

"그 아이는 부모가 이혼해서 아버지랑 같이 살고 있는데, 그 아버지랑 잘 지내질 못했거든. 여동생이 두 명 있는데, 그 아이들을 데리고 지금은 어머니하고 살아. 아주머니는 주변 사람들 눈을 피해서 다른 동네로 이사하였는데, 거기서 연립에 세 들어 살아. 나도 아주머니랑 동생들을 보는 건 1년 만이었어."

들어와, 하고 리카가 게이코를 맞이한 집 안은 난잡하게 어질러져 있었다. 들어가자마자 보이는 부엌에는 설거지거리가 쌓여 있고, 미닫이를 사이에 두고 방이 두 개 있는 좁은 집이었다.

"들어간 방이 거실이고 그 안쪽이 침실. 어두컴컴한 방에 이불이 몇 채 깔렸고, 막냇동생이 이불 안에서 얼굴을 내밀고 있었어. 미닫이가 열려 있어서 다 보였거든. 아주머니가 날 아주 환영해 주셨지."

(게이코 아니니, 정말 오랜만이네. 어서 와)

일 나가기 전이라는 리카 어머니의 화장기 없는 얼굴. 그 얼굴은 게이코가 아는 예전 모습보다 야위고 혈색도 안 좋아 보였다. 안녕하세요, 하고 게이코가 싹싹하게 인사를 하자 그녀는 반가워하며 기쁜 듯 사과를 깎아 주었다.

(게이코, 너희 집은 별일 없니? 너희 집은 의사 집안이니까 너도 의대 갈 거지? 너는 옛날부터 공부를 잘했으니까. 좋겠네……. 우리 집 바보 딸들은 누구 하나 대학에 갈 수 있는 머리가 아니야. 알다시피 바보잖니)

시종 밝게 웃는 그녀의 얼굴은 딸을 바보라고 부를 때만 일순 그늘을 드리웠다. 그렇지 않아요, 리카는 공부 잘해요. 게이코는 그렇게 대답했지만, 그건 겉치레가 아니라 사실이었다. 그러자 리카의 어머니는 고개를 저으며 '그런 말 안 해도 돼'라는 대답을 끝으로 고개를 숙여 버렸다.

리카는 말없이 일어나서 어머니가 깎은 사과를 작은 접시에 담아 안쪽에 있는 동생에게 갖다 주었다. 막내 유미코는 웃으며 그것을 받아 누운 채 입으로 가져간다.

(내일은 학교 가는 거다? 조금씩 친구도 사귀면 될 테니까)

리카가 유미코에게 속삭이는 소리가 들렸다. 그 목소리에 게이코는 내심 납득했다.

게이코는 아직 초등학생인 유미코와 아침 등교 시간에 길에서 마주칠 때가 가끔 있었다. 그때마다 게이코는 그녀에게 인사를 건네는데, 유미코는 늘 입술을 꼭 다물고 어색하게 목례를 하거나 손을 흔들 뿐이었다. 그것도 밖에서 유미코를 만나는 시간은 초등학생이라면 벌써 등교했어야 할 시간대라서, 게이코도 마음에 걸렸다.

게이코는 유미코의 목소리를 거의 들은 적이 없었다.

이불에서 살짝 얼굴을 내민 유미코와 게이코의 눈이 마주쳤다. 그러자 그녀는 또 입술을 꼭 다물고 아래를 내려다보더니 리카의 귀를 자신 쪽으로 끌어당긴다.

(게이코 언니, 밖에서 자주 봐)

부끄러운 듯이 리카에게 속삭이는 유미코의 목소리는 매우 작았다. 리카는 유미코의 입가에서 얼굴을 떼더니 게이코를 보고 웃었다.

(게이코, 유미코가 너 자주 만난다고 그러네)

(응, 아침에. 유미코는 손을 흔들어 주지)

그렇게 대답하고 문 안쪽을 향해 웃었을 때였다. 게이코는 문득 유미코 옆에 깔린 이불에 시선이 갔다.

유미코의 이불에서 이불 한 채를 사이에 두고 두 번째 이불. 그 안에 화려한 노란색 머리카락이 보였다. 그리고 그 이불 안에서 하얀 손이 뻗어 나와 밖에 늘어져 있었다. 그 손이 그것보다 두 배는 크고 약간 거무스름한 손과 깍지를 끼고 있다. 두 개의 손이 시트 위에 놓여 있었다. 그것을 확인한 순간 게이코는 시선을 피했다. 리카의 바로 아래 동생인 사야일 것이다. 요즘 사야의 남자 친구가 같이 살기 시작했다고 리카가 말한 적이 있었다. 사야의 남자 친구는 올여름에 옆 동네 상고를 중퇴한 모양이다. 가출이나 마찬가지로 집을 뛰쳐나왔다고 한다.

거실 벽에 리카와 사야의 각각 다른 교복이 걸려 있었다.

(게이코. 이와이 씨네 집은 새로 짓고 있지?)

리카네 어머니는 이사하고 나서도 여전히 예전 이웃들이 신경 쓰이는지, 게이코에게 계속 여러 가지를 물었다. 그러나 게이코는 그 질문들 중 어느 것 하나 제대로 대답을 할 수가 없었다. 자기 나이 또래의 여자애가 이웃집 사정에 그렇게 관심이 있을 리가 없었다. 애매하게 글쎄요, 라며 고개를 갸웃거릴 뿐인 자신 앞에서 리카의 어머니는 한동안 고개를 끄덕이며 자학적으로 건조한 웃음을 지었다. 게이코의 대답을 기대했다기보다 그저 자신이 얘기하고 싶었을 뿐이었을 것이다. 마지막에는 불쑥 이렇게 말했다.

(굉장하구나. 여기저기 다들 성장하는데, 발전이 없는 건 우리 집뿐이네)

"리카네 어머니는 유난히 체면을 신경 쓰는 사람이라서. 옛날부터 내가 놀러 가면 자주 집이나 딸들에 대한 불만을 늘어놓는……, 좀 이상한 분이셨어. 그때마다 리카는 늘 아무렇지도 않게 넘겼지만. '어쩌겠어, 리카는 바본데'라면서. 그런데 그런 말이 전혀 비꼬는 것처럼 느껴지지 않는 애야, 리카는."

(게이코, 아줌마가 지금 여기서 산다는 거 너희 엄마나 다른 사람들한텐 비밀로 해 주라)

소문나는 게 두려웠는지, 그녀는 그렇게 덧붙이는 것도 잊지 않았다.

리카의 어머니다, 세상에는 여러 종류의 사람이 있다고 자신을 타이르면서도 게이코는 한편으로 그녀에게서 받은 인상을 씻을 수가 없었다.

약한 사람이었다.

마침 그때 문 안쪽에서 머리가 엉망인 사야가 일어났다. 체육복과 팬티를 대충 입은 그녀는 졸린 듯한 모습으로 '담배'라고 한 마디 웅얼거렸다. 거실 테이블 위에서 어머니가 피우던 담배를 발견하자 그녀는 손을 뻗어 집었다. 그제야 사야는 게이코가 온 것을 알았다.

(어라……, 게이코 언니? 우와, 웬일이야. 진짜 오랜만이네. 잘 지냈어요?)

(응. 사야, 너도? 오랜만이네. 잘 지냈어?)

(물론이죠, 삼류 고등학교에 다니긴 하지만)

게이코가 알던 당시의 사야는 매우 밝고, 게이코를 잘 따랐다. 초등학생 때부터 묘하게 후배들에게 인기가 있던 게이코한테, 운동회가 끝난 후 기념으로 머리띠를 받으러 달려오던 그녀가 기억난다.

고등학교 1학년인 딸이 눈앞에서 담배에 불을 붙이는 모습을 그녀의 어머니는 잠자코 보고 있었다. 사야는 익숙한 솜씨로 맛있게 연기를 빨아들이고는 싱긋 웃었다.

(그렇구나. 가끔 잊어버리지만 우리 언니 굉장하다. 게이코 언니랑 같은 고등학교 다니잖아. 다음에 그 학교 남자애라도 소개해 달래 볼까. 머리 좋지?)

(바보!! 사야, 지금 남자 친군 어쩌고)

리카가 가볍게 타이른다. 그러자 사야는 담배를 재떨이에 내려놓고, 씨익 입술을 당겨 웃었다. 오른손 손가락을 3개 리카 앞에 세웠다.

(러브러브지. 오늘은 3번이나 했는걸. ……사과 먹는다)

그녀는 사과를 한 조각 손으로 집어 들더니 문 안쪽으로 들어갔다. 사야가 사라지고 나서, 게이코는 안쪽 방의 유미코를 무심코 돌아보았다. 이불이 깔린 어두컴컴한 방 안에 시선을 보내지만, 유미코는 사과를 손에 든 채 이불 안에서 졸린 듯이 엎드려 있었다. 그래서 표정은 보이지 않았다.

(하여튼. 저 애는 진짜 구제불능이라니까)

리카가 기막힌 듯이 입을 삐죽인다.

리카의 어머니가 권한 사과는 소금물에 너무 오래 담근 탓인지 묘하게 짜서, 게이코는 하나 먹고는 두 개째 집어 들 생각이 들지 않았다.

생각하고 있으려니 무엇부터 얘기하면 좋을지 망설여져서, 게이코는 입을 다물었다가 잠시 후에 스가와라를 마주 보았다.

"난 너희처럼 휴대폰 안 써. 평소에 쓰는 건 없지만, 그날은 볼일이 있어서 어머니 걸 빌렸었어. 리카네 집에 있을 때 그게 울렸는데, 리카가 아무렇지도 않게 말하더라."

(엄마가 빌려주다니 좋겠다. 리카 휴대폰은 리카가 아르바이트해서 산 거거든. 리카네 엄마는 아무것도 안 해 줘)

"가벼운 말이었어."

자신과 같은 나이의 애들이 장난으로 아무렇지도 않게 말하는, 그런 가벼운 한 마디에 지나지 않았다. 실제로 대부분의 어머니이었다면 그냥 듣고 넘길 말이었다.

그러나 그때 리카의 어머니는 그렇지 않았다. 리카의 말에 눈썹을 크게 찡그리고는 곧 다시 자학적인 웃음을 지었다.

(그야 리카. 넌 내 딸이 아니잖아. 그런 말 하려면 얼른 너희 아버지네 집에 가서 부탁하든지, 아니면 호적을 빼 오라고 그랬지? 18살이 되면 자기 맘대로 할 수 있으니까. 그러면 얼마든지 부모다운 일을 해 주마. 내 딸도 아닌데 내가 뭘 해 줄 필요가 있겠니?)

그녀는 그렇게 말하고는 동의를 구하듯 '그렇지?'라며 게이코를 바라보았다.

(게이코, 넌 머리가 좋으니까 알겠지? 아줌만 힘들단다. 딸들이 셋 다 아버지 호적에 들어 있는데, 실제로는 지금 내 집에 있거든. 그러니까 부양가족 등록이 아줌마로 안 되어 있고 그쪽으로 되어 있어. 그만큼 세금은 많이 빠져나가거든. 실제로 있지도 않은 사람들을 먹여 살리느라 안 그래도 힘든데, 적어도 호적이라도 빨리 빼 왔으면 좋겠구나)

(그만해, 엄마. 게이코 입장 좀 생각해)

이때 처음으로, 리카가 언성을 높였다.

(그렇게 우리 집안 얘길 해 봤자 게이코가 어떻게 해 줄 것도 아니잖아? 왜 그런 걸 게이코한테 얘기해?)

타이르는 듯한 딸의 말에 리카의 어머니는 휙 고개를 돌리고 담배로 손을 뻗었다. 화나는 걸 참는 듯 깊이 연기를 빨아들이곤 그녀는 다시 인상을 찌푸린다.

(너한테 말해봤자 바보라서 못 알아들으니까 게이코한테 말하는 거야. 게이코는 머리가 좋으니까 아줌마 마음도 이해하지?)

게이코는 그 말에 애매하게 고개를 끄덕이고 작게 숨을 들이쉬었다. 눈앞의 사과가 짰던 것처럼 이 집의 공기도 탁하게 느껴진다. 사실은 뭐라고 한 마디 해주고 싶었지만, 그러면 리카 입장이 더 곤란해진다.

어렸을 때부터 부부 싸움이 끊이지 않았던 리카네 집. 당시 게이코가 몇 번 놀러 갔을 때도, 리카의 어머니는 게이코의 눈앞에서 자신의 남편에게 엄청난 욕을 퍼부었다. 그런 사람인 것이다. 초등학교 때부터 그녀의 그런 성격은 다른 동급생들의 어머니와 아이들의 입에 수없이 오르내렸고, 실제로 그것이 리카와 반 아이들 사이에 벽을 만든 요인이 되기도 했다.

리카네 어머니도 참 이상한 사람이야.

자신의 어머니는 편견을 싫어하는, 어머니로서도 동네 의사의 부인으로서도 나무랄 데 없는 사람이라고 게이코는 생각하지만, 그런 그녀마저도 그렇게 말하며 쓴웃음을 지은 적이 있었다.

(어쨌든 왜 호적을 빼 와야 하는지 지금 게이코가 이해했을 테니까, 게이코의 좋은 머리로 리카도 알 수 있게 설명해 달라고 해. 아니면 빨리 졸업해서 가게를 돕든가. 만날 얘기하지만 너 같은 바보는 물장사밖에 못 해)

반복해서 말하는 리카네 어머니의 말에 게이코는 목 깊숙한 곳이 확 뜨거워지는 것을 느꼈다. 저도 모르게 입을 열려다가 깜짝 놀라 입술을 깨물고 참는다. 지금 여기서 자신이 무슨 말을 한다고 상황이 바뀌는 것도 아니다. 리카는 앞으로 게이코까지 집에 부를 수 없게 된다. 변하는 건 그것뿐이다.

잠자코 있던 게이코가 더 이상 어색함을 느끼지 않아도 되었던 것은, 그때 리카가 말한 한마디 때문이었다.

(알았다니까. 리카도 생각하고 있다고)

정말로 아무렇지도 않은 말투였다. 그 말에 게이코는 리카를 바라보았다. 이게 이 아이의 일상이라는 사실을 새삼 알게 된다. 그렇게 쉽게 흘려들을 수 없을 어머니의 말을, 그녀는 태연하게 흘려버렸다. 그런 그녀의 냉정함이 무엇보다 상황을 잘 이야기해 주는 듯해, 게이코는 마음이 아팠다.

리카는 정말로 지금 어머니가 한 말을 아무렇지도 않게 생각하는지도 모른다. 고민하며 괴로워하지도 않고, 그저 주위에서 하자는 대로 무책임하게 휩쓸려가는 건 아닌지, 게이코는 그게 걱정되었다.

눈썹도 그리지 않은 화장기 없는 얼굴로 리카의 어머니가 엷게 웃으며 다시 게이코를 보았다.

(게이코는 바보 리카랑은 달라서 대학에 갈 거지?)

(네)

(좋겠다아)

그녀는 아득한 시선으로 담배 연기를 내뿜으며, 앞에 있는 재떨이에 끄트머리를 문질렀다. 그 불꽃이 사라지는 것을 멍하니 보고 있는 게이코의 머릿속에 리카의 어머니를 향한 비난이 몇 개 떠올랐으나, 그것은 구체적인 형태를 갖지 못한 채 흩어졌다.

리카의 성적, 입시를 위한 노력. 그것을 리카는 어디로 가져가려는 것일까. 리카는 결코 머리가 나쁘지 않았다. 수학만이라면 오히려 게이코보다도 성적이 좋다.

아무것도 없지만, 뭣 좀 먹고 가거라. 그렇게 말하는 리카네 어머니의 권유를 정중하게 거절하고, 게이코는 리카와 함께 집을 나왔다.

빈말로도 괜찮은 곳이라고는 하기 힘든 작은 연립은 리카가 뛰쳐나온 그녀의 아버지 집과는 너무나도 동떨어진 인상을 주었다. 하얀 벽과 작지만 잔디 깔린 정원이 있던 리카의 옛집. 거길 나와서 그녀가 손에 넣고 싶었던 것은 무엇일까. 게이코가 저녁을 사양한 이유 중의 하나는 아까 먹은 사과가 짰기 때문이었다. 그 짠맛이 이 집의 모든 것을 형성하고 있는 듯한 착각, 분명 게이코는 저녁도 짜게 느꼈을 것이다.

밖에 나와 자전거 바구니에 가방을 던져 넣고, 게이코는 조용히 리카를 보았다. 배웅하러 나온 리카는 조금 고개를 숙이더니 이윽고 나직한 목소리로 불쑥 말했다.

"미안, 게이코."

말을 마치고 게이코는 천천히 담배를 바꿔 들었다. 피어오른 연기는 천장까지 닿지 못하고 도중에 허공에서 사라진다. 그 모습을 눈으로 좇다가 게이코는 스가와라를 바라보았다.

"그 애가 엄마가 하는 말을 전부 자연스럽게 받아들인 건 아냐. 그렇게까지 둔감하지 않지. 난 리카가 사과하는 바람에 정말로 견딜 수가 없었어. 나도 내세울 건 없지만, 그 애한테 물었지. 이대로도 상관없냐고. 리카는 수험 공부도 열심히 하고 있고, 입시를 위해 노력도 하고 있어. 어머니는 그걸 알긴 하는지, 만약 반대하면 시험은 어쩔 건지를 물었지. 그 아이는 이렇게 대답하더라."

(사카키샘한테는 말하지 마, 부탁이야!!)

강한 어조로, 리카는 딱 잘라 그렇게 말했다. 절박한 목소리였다.

(리카는 바보짓을 자주 해서 사카키샘한테 걱정도 끼치고, 그때마

다 사카키샘이 잘해 주는 게 기쁘기도 하지만, ── 그래도 싫어. 꼴사나운 일로 사카키샘에게 피해를 끼치는 건 절대로 싫어)

"리카가 어머니 집을 나오지 않는 건 막냇동생한테 아직 어머니가 필요하다고 판단했기 때문이야. 게다가 아버지랑 살았을 때 사야가 아버지에게 반발해서 가출해 버린 적이 있었어. 그렇게 가출한 동생이 엉망진창인 생활을 했던 걸 리카는 알고 있었어. 지금 남자 친구가 생겨서 안정된 사야를 어머니 집에 정착시키고 싶다고, 그 애는 그랬어. 대화 없는 아버지 집을 나와서, 서로 욕을 하더라도 동생을 지킬 수 있는 어머니 집을 선택한 거지. 그래도 리카는 그걸 불행이라고는 생각하지 않아. 그 애에게 그건 어디까지나 '평범'한 '일상'이야."

거기까지 말한 게이코가 한숨을 쉬고는 말을 이었다.

"내가 자살한 사람이 리카가 아닐까 생각한 건 그거 때문이야. 그 아이는 힘들어했어. 호적을 돈 계산하는 것처럼 취급하는 어머니가 그래도 좋다고, 내버려둘 수 없다고 그러더라. 그래도 한 번 자기 생활을 돌아보더니 지금 집과 환경이 부도덕하지 않은가 하고 고민하고 있었어. 좋아하는 담임과 어머니 두 사람 사이에서 자신이 하고 싶은 게 무엇인지도 생각할 여유가 없는 게 리카였어. 걱정되는 게 당연하잖아."

"난 부도덕하다고 생각 안 하는데."

그때까지 잠자코 게이코의 이야기를 듣고 있던 스가와라가 이윽고 입을 열었다. 그는 태연한 표정으로 담뱃갑을 오른손에 들고 흔들었다.

"시험을 보는 것도 자기 마음이잖아? 그 녀석이 그런 걸로 열등감을 느꼈냐?"

"너 같은 애만 있다면 얘기가 간단해지는데 말이야."

게이코는 고개를 저었다.

"그야 흔하진 않지만 그런 집도 있겠지, 그러면 좀 어때. 그렇게 생각하지 못하는 사람들이 의외로 많아. 진학 문제로 머리가 가득한 좁은 세계에서는 더욱 그렇지. 리카의 환경을 이해하고 받아들여 줄 사람은 이런 데선 찾기 힘들어."

"그럼 왜 나한테 말하는 건데?"

"글쎄, 왜일까."

게이코는 살짝 쓴웃음을 지어 보였다.

"미쓰루가 아무리 그 아이를 좋아한다고 해도 믿음직스럽지는 못하잖아. 스가와라, 너라면 괜찮을 것 같다고 생각했어. 그런 거지, 뭐."

"어이가 없군."

스가와라는 미간을 찌푸리며 말하고는 맛없게 담배를 빨았다. 서로 타이밍을 재는 듯한 침묵 후, 게이코가 짧아진 담배를 다시 입에 물고 말했다.

"사실 다음에 인형이 되는 게 나일지도 모르고 리카일지도 모르지. 하지만 왠지 너만은 한없이 곧고, 아무것도 짊어지고 있지 않은 듯한 기분이 들어. 돌아갈 방법이 있다면 그건 너만이 찾을 수 있을 거야. 내 직감이지만."

"오, 물론 내가 찾을 거지만. 너도 기분 나쁜 소리 하지 마라. 자신이 인형이 된다는 둥."

"최선을 다하지."

웃고 나서 문득 교무실 천장을 올려다본다. 젖힌 목이 조금 아팠다. 끝까지 피워 짧아진 담배를 재떨이에 비벼 끈다. 그러다가 사카키의 책상 위, 사진이 사라진 빈 액자에 시선이 멈췄다. 게이코는 불쑥 중얼거렸다.

"그제였나, 다들 사이좋게 학급 사진을 찍었잖아? 졸업 앨범에 쓴다든가 하면서. 아무 일도 없었던 것처럼 찍었지만, 이미 한 명이 없었던 거군."

"아마도."

"재밌군. 그 위에는 동그랗게 잘라 낸 자살한 아이의 얼굴이 들어가는 거야. 잊은 줄 알았어도 결국 우리들 모두는, 그 애의 그림자를 짊어지고 웃고 있는 거란 말이지."

그렇게 말하고, 게이코는 무엇이 웃긴지 스스로도 모르는 채 조금 웃었다.

자살한 아이의 얼굴. 그게 리카가 아니었으면 좋겠다. 미즈키도 아니었으면 좋겠다. 그럼 누구라면 괜찮은 건가? 하지만 현실에서는 이미 예전에 결론이 난 것이다. 그걸 생각하면 답답했다.

게이코의 말에 스가와라가 질린 듯 얼굴을 찌푸렸다.

"너도 비뚤어지려고 그러냐. 말해 두겠는데 난 이 중에 누가 죽었어도 그렇게 실실 웃진 않을 거다."

"그래? 그럼 우리들은 지금 왜 이런 데에 있는 걸까."

"아 진짜, 그러니까 이상하다는 거 아냐. 하여튼."

심술궂은 게이코의 말에 스가와라가 토라진 듯 내뱉었다. 생각하기를 포기한 듯, 그는 걸터앉아 있던 책상 위에서 내려온다. 빈 담뱃갑을 쓰레기통에 던지고 갑자기 게이코를 돌아보았다.

“저기, 게이코. 이런 말을 하기는 뭐하지만, 리카는 사실은 네가 생각하는 것보다 훨씬 야무진 애야. 그 녀석, 장래에 뭘 할 건지 벌써 다 정했다니까.”

익숙하게 담배를 바꿔 쥐면서, 스가와라는 아무렇지도 않게 말했다.

“그 녀석, 교사가 되고 싶어 해. 나처럼.”

“어?”

저도 모르게 목소리가 새어 나갔다. 대수롭지 않게, 스가와라는 ‘몰랐냐?’라며 말을 잇는다.

“뭐랄까, 담임을 동경한 건지. 뭐, 나도 교사가 되려는 건 만화나 드라마 때문이고, 담임은 내 이상적인 미래상이라고 할 수도 있으니까 그 기분 이해할 수 있지. 뭐, 내 경우는 가만히 앉아 있어도 젊은 여자와 만날 기회가 생긴다는 메리트도 무시할 수 없지만.”

“어떻게 네가 그런 걸 알고 있는 건데?”

스가와라가 한 말의 후반은 아무래도 상관없었다. 되묻는 게이코의 말에 스가와라가 하던 말을 멈춘다. 표정이 진지해졌다. ‘사실은’ 하고 중얼거렸다.

“나, 리카한테 얘기 들었거든. 그 녀석 대학 갈 거야.”

스가와라는 단언했다. 멍해진 게이코 앞에서 갑자기 앗 하고 소리를 지르더니 자세를 고쳤다. 제집 안방처럼, 몸을 숙여 사카키 책상 아래를 뒤진다. 잠시 후 ‘앗싸——’ 하는 높은 목소리가 울려 퍼졌다.

“앗싸, 이럴 줄 알았어! 역시 있을 줄 알았다니까.”

그렇게 말하며 기어 나온 그의 오른손에 아직 비닐도 뜯지 않은 담뱃갑이 하나 쥐어져 있었다. 이런 사태에서도 스가와라는 진심으로 감격한 듯 담배 포장지에 키스했다.

이런 스가와라가 드라마를 보고 선생이 되고 싶다고 한다.

그리고 리카.

리카가 교사가 된다. 생각해 보니 너무 안 어울려서 상상이 잘 안 된다. 그저 뭐랄까, 잘됐다는 생각이 들었다. 그리고 조금 늦게 따라오는 감정이 있었다. 게이코는 자신이 그것을 기뻐하고 있다는 것을 알았다.

담배를 손에 든 스가와라에게 졌다는 듯이 웃고, 게이코는 무심코 말했다.

"너랑 리카가 교사가 되겠다니, 이 나라는 진짜 평화롭구나."

게다가 그 모범이 사카키라는 것도 걱정스럽다. 쓴웃음을 지으며 창밖을 올려다보니 하늘이 아직도 뿌옇게 흐려져 있는 것이 보였다. 눈을 가늘게 뜨고, 게이코는 사카키의 책상으로 시선을 떨어뜨린다. 그러다 갑자기 생각이 났다. 사카키는 이제 곧 세이난을 그만둔다.

안 좋은 예감이 연쇄적으로 머리를 든다. 게이코는 웃음을 그쳤다.

리카에게 꿈이 있었다. 그건 좋다. 그러나 그렇기 때문에 더욱 위험하다고 생각할 수는 없을까. 리카의 눈앞에 있는 어머니라는 현실에, 천천히 그 꿈이 뭉개져 가고 있었다면? 사카키는 당연히 리카의 꿈을 알고 있었을 것이다. 그를 걱정시키고 싶지 않아서, 리카가 혼자서 고민하고 있었다면.

아직 모르는 자살한 아이의 얼굴. 그것이 리카가 아니었으면 좋겠다. 미즈키도 아니었으면 좋겠다. ……그럼 누구라면 괜찮다는 것인가.

아무한테나 화를 내고 싶은 기분으로, 게이코는 귀찮다는 듯 머리를 뒤로 넘겼다.

대체 누가 자살한 사람라면 이해할 수 있을까.

5

시곗바늘이 4시를 가리켰다.

다카노 히로시는 양호실 문을 조심스레 노크한다. 안에서는 사에키 리카의 목소리가 '누구?'라고 작게 들려온다.

"나야, 다카노. 들어가도 돼?"

"아, 응. 들어와."

시곗바늘의 째깍째깍하는 움직이는 소리가 귀가 아프도록 크게 느껴지기 시작한 것이 3시 반 즈음이었던 것 같다. 다가오는 5시 53분을 앞두고, 학교 안의 공기가 점점 무거워지는 것이 느껴진다.

문으로 얼굴을 들이민 다카노는 양호실 안을 둘러보곤 '헤에' 하고 감탄의 소리를 냈다.

"집합하라고 한 것도 아닌데 신기하다. 다 있네?"

"넌 또 기출문제집이라도 풀고 있었어?"

소파에 팔짱을 끼고 앉아 있던 게이코가 비아냥댔다. 그 옆에서는 리카가 따분하다는 듯 영어 단어장을 펴고 다리를 흔들흔들 흔들고 있다. 양호교사 책상에 엎드려 자고 있는 갈색 머리는 스가와라다.

언뜻 둘러볼 땐 보이지 않았던 미즈키는 아직 몸이 안 좋은지 침대에 있는 것 같았다. 다카노는 쓴웃음을 지으며 등 뒤로 문을 닫았다.

"너무하는데, 게이코. 나도 그렇게까지 무디진 않거든. 그냥 좀 혼자 생각할 게 있어서, 도서실에 있었어."

"벌써 4시잖아. 시간이 될 때까지는 반대로 안전이 보장된 거나 마찬가지지만, 그것도 슬슬 불안해져. 안 그래?"

"응. ——미즈키랑 스가와라 깨우자. 할 얘기가 있어."

"다음 5시 53분까지 앞으로 약 두 시간. 다음에도 뭔가 일어나는 건 확실한 것 같아. 지난번 일들을 보면 말이야. 누가 사라질지, 몇 명이 사라질지는 모르겠지만."

"모두가 뭉쳐서 감시하고 있으면 되지 않을까?"

리카가 말했다.

"절대로 혼자가 되지 말 것. 뭐랄까, 늘 아차 하는 사이에 누군가가 인형이 됐잖아. 그러니까 둘 이상이 같이 있으면 괜찮을 거라고 리카는 생각하는데."

"이렇게 말도 안 되는 곳에서 상식이 통하겠냐?"

소파 위에 아무렇게나 올려놓은 다리를 문지르며 스가와라가 말했다.

"눈앞에서 갑자기 누가 사라져도 난 안 놀랄 거야. 사라진 애들한테 무슨 일이 일어났는지는 모르겠지만, 그거 자체가 정상이 아냐. 전원이 같이 있으면 안전할 거라고는 생각 안 해."

"그럼 어떻게 하면 되는데?"

리카는 오른손 엄지손가락 손톱을 깨물고 있다. 불안한 모습이었다.

"이대로 잠자코 당할 때까지 기다리라는 거야? 뭘 해도 결국은 다 인형이 된다고?"

"누가 그렇데? 그냥 전원이 같이 있는다고 안심할 순 없다는 거지, 나는."

밝은 갈색 머리칼을 쓸어 올리며 스가와라는 다카노를 바라보았다.

"히로시, 너는 어떻게 생각하냐?"

"전원이 같이 있는다는 건 찬성이지만, 스가와라 말처럼 그렇다고 안심할 수는 없다는 게 솔직한 심정."

책상에 등을 기대고 다카노가 조용히 말했다.

"그렇다고 달리 좋은 방법이 있는 것도 아니야. 아키히코와 시미즈한테 무슨 일이 일어났는지도 정확히 모르니까."

"시미즈가 없어지기 전에 마지막으로 만난 건 너라고 그랬지. 그게 몇 시쯤이었는지 기억나?"

게이코가 턱에 손을 대고 물었다. 다카노가 그녀를 돌아보자 게이코는 말을 이었다.

"시미즈한테 무슨 일이 있었는지, 인형이 되기까지 얼마나 시간이 걸렸는지. 조금이라도 짐작할 수 있었으면 해서."

"아아, ……근데 미안. 정확히는 모르겠어. 그냥 깼을 때 시계를 봤는데, 그때 미쓰루가 사라지고 나서 12시간 정도 지났다고 생각했어. 그게 아래로 내려가기 전이었거든. 아마 5시 반 정도였을 거야."

"그렇군."

애매한 설명밖에 할 수 없는 다카노 앞에서 게이코가 고개를 끄덕였다.

사라진 그들에게는 어떤 일이 일어났을까. 생각하는 데도 지쳤을 때, 그때까지 말없이 앉아 있던 미즈키가 의자에서 일어섰다. 약간 비틀거리는 발걸음으로 수도까지 걸어간다.

"미즈키, 너 괜찮니?"

다카노가 말을 건다.

"누워 있고 싶으면 누워도 돼. 무리하지 말고."

"괜찮아."

찬장에서 컵을 꺼내 물을 받으면서 돌아보는 얼굴이 창백했다. 컵의 물을 양손으로 감싸며 의자로 돌아온 미즈키가 희미하게 웃어 보였다.

"누워 있어도 잠은 하나도 안 오고, 여러 가지 쓸데없는 생각만 하게 되니까. 다 같이 있는 게 나아."

"야, 너 잠은 제대로 잤어?"

스가와라가 문득 뭔가를 눈치챘는지 미즈키를 응시했다.

"안색도 나쁘고, 눈도 계속 충혈돼 있잖아. 지금 말고 아키히코가 떨어지기 전에는 좀 잤어?"

말하면서 스가와라는 이번에는 리카와 게이코를 본다. 두 눈을 천천히 가늘게 뜬다.

"미즈키만이 아니고, 리카랑 게이코, 너희도 자긴 잤냐?"

"리카는 너처럼 뻔뻔하지가 못해서."

리카가 불만스럽게 입을 삐죽여 보인다.

"자긴 잤는데, 아키히코가 떨어지는 소리에 깼어. 잤다고 해도 선잠 같은 거였지만. 할 수 없잖아."

"나도 그래. 좀처럼 잠이 안 와서. 어느샌가 잠이 들긴 했는데, 아키히코가 떨어지기까지는 두 시간쯤?"

"너는? 미즈키."

스가와라의 질문에 미즈키는 천천히 고개를 저었다.

"나도. 아키히코가 떨어지기 전에 잠깐 잠들긴 했는데, 그다음은. ……자고 싶은데도 몸이 긴장해서 안 되나 봐."

"무리도 아니지. 자는 동안에 시간이 되면 너무 무방비하니까. 그렇지?"

게이코가 말을 받았으나, 스가와라는 대답하지 않았다. 무언가를 생각하듯 조용히 시선을 아래로 떨어뜨렸다가, 잠시 후 다카노 쪽으로 고개를 들었다.

"있잖아, 반대 아냐?"

"반대?"

"그래, 반대. 자는 게 안전한 거 아냐?"

"자는 거라니……."

"나는 너희랑 달리 적응력이 높아서 아까도 잘만 잤는데, 자는 동안에 한 번 아키히코가 깨웠던 것 같거든. 다카노가 없으니까 찾으러 간다고, 그렇게 말했던 것 같아. 너무 졸려서 무시하고 바로 다시 자긴 했지만. 아마 그게 아키히코를 본 마지막일걸? 내가 말하고 싶은 건 이거야. 아키히코는 아마, 지난번 '5시 53분'에 깨어 있었을 거야."

"그건……."

다카노는 짧게 숨을 삼켰다. 스가와라가 하고자 하는 말이 이해되었다.

"즉 이런 거지? 자고 있는 사람이 무사한 것에 지나지 않는다, 라고. 시미즈도 분명 그때 잠이 안 온다면서 깨어 있었고."

"잘 모르겠어. 그저 사라지는 사람은 아무라도 상관없는 거 아니냐는 거지. 숫자도. 숙면이든 선잠이든, 우리들은 자고 있었어. 지난번에는 우연히 깨어 있던 그 두 사람이 사라졌지."

"그럼 다카노는 왜 안 사라졌는데?"

리카가 끼어들었다.

"다카노도 깨어 있었잖아? 그럼 왜 다카노는 무사한 건데?"

"모르지. 무슨 얘길 해도 여기서부턴 나중에 끼워 맞추는 것밖에 안 돼. 그저——."

"순서가 존재할 때도 있다는 건가?"

조용히 미즈키가 끼어들었다. 다카노는 그녀를 보았다. 그 얼굴은 아키히코가 떨어진 직후보다는 어느 정도 안정되어 보였다. 그러나 미즈키가 들고 있는 컵 속의 물. 그 표면이 희미하게 떨리고 있었다. 미즈키는 얼굴을 치켜들었다.

"누가 없어지든 상관없었다고 해도, 여기 호스트에겐 일단 생각이 있다고 봐. 그게 우리들 중 누군가라면 더욱 그렇잖아? 그 사람이 제일 책임을 추궁하고 싶은 건 누구인지, 자기 안에 남아 있어 줬으면 하는 건 누구인지. 우리들은 처음에 여기 호스트가 '놀고 싶어 한다'는 말을 했는데, '노는' 데에 다카노가 필요불가결한 존재인 거 아닐까? 반장에다, 담임인 사카키샘과는 사촌이잖아. 다카노가 없어지는 건 우리들을 하나로 묶어주는 사람이 없어진다는 거야."

"그리고 내가 생각한 건, 조금씩 괴롭히고 싶은데 한꺼번에 3명은 너무 많다고 그 애가 판단했을 가능성."

스가와라는 진지하게 말을 이었다.

"그리고 이렇게 말하면 좀 그렇지만, 히로시는 머리가 좋잖아. 이건 내 감인데, 왠지 너는 호스트가 마지막까지 남겨두고 싶어 하는 존재일 것 같아."

"그거 영광이네, 하지만……."

다카노가 끼어들려고 하자, 그걸 막듯 스가와라가 고개를 저었다.

"겸손 떨려는 거라면 얘기만 복잡해지니까 그만둬. 네가 뭐든 '잘하는' 사람인 건 사실이잖아. 미즈키도 말했지만, 반장에 담임 사촌인 것만으로도 여기 호스트한테는 제법 가치가 있을 것 같으니까."

"……알았어, 가만히 있지."

다카노가 얌전히 어깨를 으쓱하자 스가와라가 가볍게 고개를 끄덕이고는 말을 이었다.

"이런 일을 제일 잘 알던 시미즈가 사라졌으니 상상 밖에 할 수 없지만, 여기에서 '밖으로 나가는' 게 가능하다면, 그 뒤에 여기에서 있었던 일을 떠올릴 때는 꿈이라도 꾼 듯한 기분이 되는 거 아닐까? 너무 복잡하게 생각하고 싶지 않지만, 우리들은 이런 영문 모를 장소에서 잠을 자는 거잖아? 그 사이에 우리들의 의식은 어떻게 되는 거야? 이 세계 안에 있는 건가? 자는 동안은 여기 호스트도 어쩌지 못하게 되는 거라고 단순하게 생각할 수는 없을까?"

"뭐라 할 수는 없지만, 아니라는 보장도 없군."

게이코가 팔짱을 낀 채 일어선다.

"미쓰루의 피나 아키히코가 떨어진 모습을 봐도 명확하지만, 이건 보복이야. 그 아이들한테 무슨 일이 있었는지는 정확히 모르겠지만, 원망의 말을 했거나 다치게 했는지도 몰라. 물리적으로도 정신적으로도. ——갑자기 인형이 되어 사라졌다고는 생각하기 힘들어. 확실히 그러려면 우리들이 깨어 있어야만 얘기가 되겠군."

"보복이란 말이지."

다카노가 작게 중얼거려 본다.

미쓰루의 휴대전화에 남겨져 있던 메시지를 떠올린다. 〈책임을 느껴〉 〈주세요〉

"잠깐 기다려 봐. 그런, 잠을 안 자면 죽는 상황에서 누가 편하게 잠을 잘 수 있겠어? 리카한텐 절대로 무리야. 조금 전하고는 비교도 안 되게 긴장이 될 거야. ……다들 마찬가지잖아?"

겁에 질린 눈으로 모두를 둘러보며, 리카가 동의를 구한다. 그때였다. 조심스레, 미즈키의 목소리가 끼어들었다. 작은 중얼거림이었다.

"나, 약 있어."

그 말에 다카노를 포함한 일동의 시선이 그녀를 돌아본다. 미즈키는 조용히 고개를 끄덕였다.

"수면제, 있어."

"어째서?"

다카노가 묻는다. 그러나 묻고 나서 알았다. 작년, 하루코 사건이 있고 나서 거식증에 걸리고부터 그녀는 주변 사람들의 권유로 몇 번 정신과를 다녔었다. 거식증과 구토와 불면증. 가장 심했던 시기가 지난 지금도, 정기적으로 통원해야 한다고 들은 적이 있다.

미즈키가 대답했다.

"나, 정신과에서 받은 약 한꺼번에 약통에 담아서 가지고 다녀. 받은 약이 전부 가방 속에 있는데 그중에 수면제도 있어. 지금까진 그렇게까지 해서 잘 필요성을 못 느꼈으니까 안 썼지만."

"그렇구나. 마음만 먹으면 문제는 없다는 거군."

게이코가 고개를 끄덕였다. 어쩌면 좋을지 망설이며 다카노가 천장을 보자, 그때 낮은 목소리로 생각지도 않게 스가와라가 말했다.

"그리고 이건 그냥 내가 멋대로 생각한 건데."

다카노는 시선을 돌려 스가와라를 바라본다. 스가와라는 목덜미에 손을 대고 귀찮다는 표정으로 모두의 시선을 피했다.

"만약 나 혼자 다음 표적이 된다면 방법은 얼마든지 있고, 호락호락 죽어 줄 생각도 없어. 그리고 도망쳐서 돌아갈 다른 방법이 있다 해도 얼마든지 내 힘으로 찾을 거야. 하지만 지금 상태로 제대로 잠도 못 잔 리카나 미즈키가 그걸 할 수 있겠냐? 어느 정도 준비된 상태였던 아키히코도 못 했는데. 미쓰루의 흥건한 피를 봤으니 일어난 일이 웬만한 게 아니라는 건 다들 알았지? 어차피 모두가 똑같은 일을 당할 거라고 게이코가 그랬지만, 어차피 어쩔 수 없다 해도 난 너희가 괴로워하는 것만은 절대로 참을 수 없어. 그러니까 적어도 자고 있는 동안에 너희는 조용히 '현실'로 돌아가 줬으면 좋겠어. 시답잖은 원망 같은 거 들어줄 필요 없어."

"스가와라."

말을 마치고도, 스가와라는 다카노를 보지 않았다. 숨 막히는 침묵이 지나고, 이어 긴 한숨을 쉰 사람은 게이코였다.

"……하여튼. 리카나 미즈키가 걱정되는 기분은 알겠지만, 처음부터 날 빼놓고 생각하는 게 굉장하군. 나도 별로 못 잤고, 일단은 여자거든?"

게이코가 쓴웃음을 지었다.

"그 부분은 어떻게 생각해? 스가와라."

"어? 아아, 아니, 아, 제가 게이코 씨 이름을 말 안 했던가요?"

얼버무리려고 하면서, 스가와라의 입가에 웃음이 번진다. 두고 보자, 고 말하면서 게이코는 팔짱을 풀었다.

"나도 네 의견에 찬성이야. 지금부터 자자. 단, 너도 꼭 약을 먹고 자는 게 조건이야. 알겠어?"

게이코의 말에 스가와라의 표정이 굳는다. 다카노도 그가 당황하는 것을 알 수 있었다. 그러나 스가와라는 표정을 풀지 않았다. 애매하게 웃더니, 딴청하듯 '뭐라고요?'라고 했다.

게이코는 고개를 저었다.

"네가 생각하고 있는 거야 뻔하지. 우리들 모두를 재워놓고, 혼자서 어떻게든 해 보려고 했지? 안 그래? 과연 아까 말한 것처럼 모두를 재워버리면 자신한테로 표적을 고정하는 것도 가능할지 몰라. 하지만 공교롭게도 나는 그렇게 다른 사람을 제물로 삼는 듯한 방식은 질색이거든. 자려면 너도 같이 자는 거다. 아니면 찬성 못 하겠어."

"……맞아, 스가와라."

리카가 걱정스러운 눈으로 스가와라를 올려다본다.

"전원이 자든가, 깨어 있든가. 그게 아니면 리카도 싫어. 안 그러면 안 되지, 자기 일은 스스로 어떻게든 한다니까. 너무 걱정하지 마. 리카 이래봬도 아수라장도 여러 번 겪었어. 내가 보는 앞에서, 먼저 약 먹어."

"스가와라는 단순하니까 약도 잘 들을 거야."

리카 옆에서 미즈키까지 그렇게 말하며 웃자, 스가와라는 어쩔 수 없다는 듯 거칠게 머리를 긁적인다. 심기가 불편한 듯, '너희들' 하고 미간을 찌푸리지만, 다카노가 그다음 말을 막았다.

"넌 속이 다 보여, 스가와라. 혼자서 폼 잡으려고 해도 그렇겐 안 될걸."

"아아, 진짜. 너희 진짜 열 받는다!"

볼멘 얼굴의 그를 보고, 다카노는 웃으며 벽시계를 올려다본다. 게이코가 일어서서 미즈키를 재촉한다. 미즈키는 양호실 구석에 놓여 있던 자신의 가방에서 약통을 꺼내 왔다. 아이들이 보는 앞에서 약통을 연다.

다음 5시 53분까지는, 이제 얼마 남지 않았다.

제11장
CRAZY FOR YOU

1

눈을 떠 보니, 암흑이 펼쳐져 있었다.

지금까지 자신은 어디에 있었을까. 그곳에는 하얀빛이 비치고 있었을 터였다. 그러다가 갑자기 이 어둠 속으로 끌려 들어왔다. 사에키 리카는 그렇게 생각했다.

눈앞에 펼쳐진 것은 온통 검게 칠해진 세계였다. 다른 것은 아무것도 보이지 않는다. 자기 전에는 느껴졌던 눈의 희끄무레한 빛도 느껴지지 않는다. 몸을 일으키려 했지만, 마치 자신의 몸이 아닌 듯 굳어 있다. 오른손을 들어 올리다가 그 손바닥에 땀이 배어 있는 것을 알았다. 어둠이 펼쳐진 천장을 향해 내쉬는 자신의 숨결이 하얗게 변하는 것이 보였다. 목 안쪽이 두근두근 떨리는 듯한……, 심장도 실제로 빠르게 뛰고 있다. 자신이 가위에 눌려서 잠이 깼다는 것을 깨달았다. 점점 어둠에 눈이 익숙해져 간다.

여기는 양호실. 세이난 고등학교의 1층. 그 사실이 떠오르자 바로 아아 하는 한숨이 나왔다. 아직 자신은 악몽의 연장선에 있다. 방금 꾼 꿈이 그나마 나았을지도 모른다.

한숨을 삼키고 천천히 몸을 일으킨 리카는 이마를 누르며 흐트러진 호흡을 가라앉히려고 숨을 들이쉬었다. 겁에 질린 자신, 위협하는 악몽. 그것만은 기억에 남아 있는데, 정작 중요한 꿈의 내용이 생각나지 않는다. 생각해 내려고 하면 가슴 속에 바로 다른 광경이 밀려들었다. 샤워실 타일 위에 누운 무표정한 마네킹 인형. 이 양호실 너머, 쌓인 눈 사이로 뻗어나온 새하얀 팔. 미술실 안, 등을 돌리고 웅크린 여학생이 그려진 그림. 열리지 않는 문, 5층 건물, 옥상. 투신자살, 5시 53분.

── 그렇다.

리카는 생각을 멈추고 침대 사이에 쳐진 커튼에 손을 댄다. 가벼운 현기증이 일었다. 지금은 도대체 몇 시일까. 잠이 든 건 5시 53분이 되기 한 시간쯤 전이었지만, 과연 자신은 그로부터 얼마나 잤을까. 약 효과도 있었으니, 결코 짧은 시간은 아니었을 것이다. 멍한 머리에 푹 잤다는 감각이 있었다. 그럼 그 시간을 무사히 보낼 수 있었던 걸까. 그리고도 계속 자고 있었다는 걸까?

(물……, 마셔야지.)

비틀거리는 다리로 실내화를 신고 커튼 밖으로 나와 보니 양호실은 정적에 싸여 있었다. 리카가 누워 있던 침대 외에 나머지 2개의 침대에도 커튼이 쳐져 있었는데, 미즈키와 게이코는 아직 자고 있는지 아무 소리도 들려오지 않는다. 둘러보니 어두운 양호실 안에 눈에 반사된 빛이 희미하게 비치고 있다. 커튼 사이로 보이는 희미한 빛. 저 창밖에는 하얀 마네킹 팔이 있다.

아키히코의 팔이라고 다카노가 말했다.

그것을 생각하면 리카는 위 속이 꾹 눌리는 듯한 기분이 들었다. 기분 나쁜 장면을 연상시키는 그곳에서 억지로 시선을 돌리고 수도 쪽으로 몸을 옮긴다. 어째서 이렇게 된 거지, 어쩌다 이렇게 되어 버린 거지. 생각할수록 머리를 쥐어뜯고 싶어진다. 컵을 들고 물을 뜬다. 수도꼭지를 돌리는 소리, 물이 흐르는 소리가 양호실 안에 묘하게 울려 퍼졌다. 오른손으로 만져본 수도꼭지는 싸늘하니 차가웠다.

한 모금 마시고 목이 시원해지자, 리카는 컵을 든 채 한숨을 쉬며 벽시계를 쳐다보았다. 양호실 안은 어두컴컴해서 시간이 잘 보이지 않았다. 언제까지 이런 일이 계속될지를 천천히 생각하기 시작한다.

아까 꾼 꿈은 무엇이었을까. 내용 대부분이 의식에서 사라진 지금도 단 하나, 마치 거기만 전체에서 잘라낸 듯 선명하게 떠오르는 광경이 있다. 사카키가 나왔다.

손바닥에 물의 차가움을 느끼면서 리카는 가만히 입술을 깨물었다.

꿈속에서 리카는 지칠 대로 지쳐 있었다. 비명처럼 높은 목소리로 울고 있었다. 마치 어린애 같은 자신. 세상에 자신 혼자뿐이라는 자각과 절망. 우는 이유도 잊어버릴 정도로 운 후에 고개를 든다. 그러자 사카키가 리카 옆에 있었다. 리카도 모르는 새에, 정말로 어느샌가. 표표히 담배를 피우며, 리카와 눈이 마주치기를 기다렸다가 그가 말했다.

(돌아갈래?)

너무나 돌아가고 싶었다, 하지만 돌아갈 수 없었다. 그럴 때 부드럽게 도움의 손길을 뻗어준 사람이 그였다.

생각하다 보면 참을 수 없이 괴로워진다. 어째서 사카키는 지금 여기에 없는 것일까. 리카는 지금 사카키의 손길이 필요하다. 그의 그 '돌아갈래?'라는 한 마디를 기다리고 있다. 어금니를 악물고 고개를 숙이자, 가슴이 부서져 버릴 듯이 아파 왔다. 견딜 수 없다, 정말로 견딜 수가 없다.

우리들 중 누군가 한 명이 축제날 학교 옥상에서 뛰어내려 죽었다. 그걸 생각하면 리카의 마음은 불안정해진다. 자신의 기억이 애매한 것, 하지만 이것이 현실이라는 것. 죽은 친구의 이름을 생각해 내려고 하면, 그 이름도 얼굴도 그냥 지나가 버리고 어두운 사카키의 옆얼굴만 떠오른다. 말이 없는 옆얼굴은 결코 리카를 보지 않는다. 사카키는 똑바로 한 곳만을 바라보고 있다.

(괴롭힘이 정말 없었다고 단언할 수 있을까요?)

(학생한테 조금 더 신경을 썼더라면)

(교사로서 좀 더 자각을)

귀에 거슬리는 그 말들은 한 마디의 낮은 목소리에 흡수되어 사라진다. 깜박거리지도 않는 사카키의 눈. 그 일은 정말로 그에게도 책임이 있었을까.

(죄송합니다)

너무나 조용한 목소리, 너무나 조용한 옆얼굴.

생각만 해도 리카는 위장 점막이 둔하게 떨리는 것이 느껴졌다. 자살한 사람에게는 세상이 거기서 끝나는 것이다. 짊어진 세상이 너무 무거워서, 그걸 견딜 수 없어서 그날 옥상에 올라갔을 것이다. 하지만 그 사람이 사카키의 등에 떠맡기고 간, 그 무게는 어떤가. 리카는 그것을 용서할 수 없었다. 그 사람은 사카키를 상처 입혔다. 그때 리카는 지극히 자연스럽게 그렇게 생각했고, 그 분노와도 같은 안타까움은 지금까지도 여전히 느끼고 있다. 그리고 사카키는 세이난을 그만둔다고 한다. 그렇다면 더더욱 그렇다.

리카는 컵을 기울여 천천히 물을 입에 머금었다. 차가웠다.

그러니까, 하고 리카는 확신한다. 얼굴 없는 자살자는 결코 자신일 리가 없다. 아무리 괴롭고 자신의 짐이 무거워도, 절대로 그런 짓은 하지 않았을 것이다. 그러나 여기까지 오면 리카의 사고는 늘 멈춰버리는 것이었다. 그럼 '자살자'는, 사카키를 괴롭힌 그 장본인은 누구였을까.

생각하면 생각할수록 그 자살자는 자신과 친했던 친구 중의 하나라는 생각이 들지 않았다. '친한 친구'라는 말이 갖는 울림, 그 이미지나 실태와 리카가 가진 감정은 어디까지나 평행선을 그리며 결코 만나지 않는다. 리카는 친한 친구의 자살에 대한 슬픔과 탄식보다 오히려 분노가 앞서 있는 것이다.

차가운 컵을 쥔 양손이 딱딱하게 굳었다. 손가락 위치를 바꾸려고 하는데 잘 움직이지 않는다. 본격적으로 자신이 위화감을 느끼고 있었던 부분을 뒤늦게 깨닫는다.

(우리들은 그렇게 매정한 애들이었어? 만약 여기 있는 애들 중 하나가 죽었다고 가정해 봐. 바로 잊어버리다니, 난 도저히 안 될 것 같은데)

그렇게 말한 사람은 다카노였던가. 그 말을 들었을 땐 몰랐지만, 기억이 애매하니까 어쩔 수 없다고 생각하고 있었던 것도 사실이었다. 너무 많은 일들이 한꺼번에 일어나, 생각하는 데 지친 탓도 있다. 그러나 지금 리카의 가슴에 남은 이 기분은 무엇인가. 자살이 있은 지 아직 2개월 남짓밖에 지나지 않았다. 그런데 리카에게는 모의고사를 본 기억이 있다. 모의고사에 대비해 시험공부를 한 기억도 있다. 다카노도 분명 그럴 것이다. 그래서 그렇게 집착했던 것이다. 스가와라도 정학을 받았다고 했다. 친한 친구가 죽은 지 두 달 만에 그렇게 쉽게 내기 마작에 열을 올릴 수 있었을까.

사람의 죽음은 분명히 생각보다 훨씬 어이없는 것일지도 모른다. 그러나 과연 그에 대한 감정이 이렇게 쌀쌀맞을 수 있을까. 이제 다시는 만날 수 없는 친구의 죽음을 보고, 리카는 사카키의 입장을 생각해라, 제멋대로 아니냐고 욕을 했다는 것인가.

대학 수험을 앞둔 가을. 자기 앞가림하기도 벅찬 급우들에게, 그 애가 자신의 죽음을 슬퍼해 달라, 추도해 달라고 하기엔 시기가 안 좋았다. 그렇게 말하면 끝이다. 하지만 리카는 그래도 정도가 지나친 거 아니냐고 생각했다.

밀려드는 불안에 가슴 속이 타버릴 것 같다. 대체 무슨 일이 있었던 것인가. 천천히 고개를 갸웃거리며, 리카는 생각해 본다.

만약 게이코가 자살했다면, 두 달 만에 자신은 그녀를 잊어버릴 수 있었을까. 여기에 갇혀 있는 친한 친구들 하나하나를 떠올리며 상상해 본다.

그게 미즈키였다면.

시미즈였다면.

미쓰루였다면.

아키히코였다면.

게이코였다면.

다카노였다면.

스가와라였다면.

―― 그때.

리카는 번쩍 고개를 들었다. 손에 들고 있던 컵이 요란한 소리를 내며 바닥에 떨어진다. 유리가 깨지는 소리가 들렸다. 넘친 물이 발끝을 적셨지만, 리카는 한동안 그대로 움직일 수가 없었다. 그저 자신의 입을 막는다. 사실은 소리를 지를 뻔했지만, 그러지 않았던 것은 목구멍 안에서 목소리가 쉬어 버려 나오지 않았기 때문이었다.

갑자기 리카는 그것을 생각해냈다. 왜인지는 모른다. 그저 직감에 가까운 기세와 함께, 갑자기 그것이 자신에게 떨어져 내린 것이다. 그건 생각해냈다기보다 생각이 미친 것에 가깝다.

(―――――― 사카키, 샘.)

매달리듯 간절한 마음으로 리카는 그의 이름을 가슴속에서 중얼거렸다. 처음엔 그야말로 막연히. 그러나 서서히 그것이 자신 안으로 들어온다. 생각이 난다.

리카는 서둘러 몸을 일으켜 자신이 자던 침대로 뛰어갔다. 베갯맡에 있는 가방에서 캐릭터가 그려진 수첩을 꺼낸다. 수첩 사이에 사진이 한 장 끼워져 있었다. 리카는 덜덜 떨리는 손으로 그것을 꺼낸다. 어째서 지금까지 이 사진이 있다는 것조차 잊고 있었을까.

(어떻게 된 거야?)

빼낸 사진을 보면서, 리카는 다시 한 번 반추해 본다. 자신의 체온이 스윽 머리에서부터 차가워지는 것을 느꼈다. 등에 오한이 달린다. 생각해내고, 이해한다. 그리고 리카는 짧게 숨을 들이쉬었다.

(어째서)

어째서 지금까지 그걸 몰랐을까, 그게 이상했다. 어째서 아무도 몰랐을까. 아니, 잊어버리고 있었을까.

(어째서, 사카키샘이. 그런…….)

한 번 거기에 생각이 미치자 멈추지 않았다. 얼굴을 들고, 침대 커튼 밖으로 나온다. 양호실 안을 둘러보니 어두운 방 안에 오싹 한기가 들었다. 조금 전에도 여기가 이렇게 어두웠었나. 언덕 위에서 굴러 떨어지듯 갑작스럽게 마음이 갈 곳을 잃고 심하게 흔들린다. 그렇게 되자 더 이상 혼자서는 그 불안을 이길 수 없었다.

(어째서 여기에 담임이 없는 거야?)

아까 게이코가 한 말이 리카의 불안을 부채질한다. 그런 건 몰라, 다만 담임이 우리를 괴롭힐 리는 절대로 없어. 그렇게 생각하는데도 리카는 자신을 덮쳐오는 한기를 떨칠 수 없었다. 그리고 다시 생각했다. 어째서 아무도 몰랐던 거야?

누군가에게 이 얘길 하고 싶다. 하지만 누구한테? 망설인 끝에 게이코가 좋을 것 같다고 생각했다. 아마 가장 냉정하게 리카의 말을 들어줄 사람은 그녀일 것이다.

"……게이코."

짤막하게 불러 본다. 조용한 양호실에 자신의 목소리만 붕 뜬 것 같았다. 리카가 한 발 내딛으려 하자 오른쪽 발밑에서 찌직 소리가 난다. 깜짝 놀라 발밑을 보니 어두운 바닥 위에는 엉망으로 흐트러진 유리 조각이 빛나고 있었다. 그 위에 서서 처음으로, 리카는 주위에 위화감을 느끼고 흠칫 놀라 고개를 들었다.

유리가 깨졌을 때의, 그 소리.

리카는 정면을 보았다. 어째서 그 소리에 게이코와 미즈키가 일어나지 않을까? 약을 먹었다고 해서 잠이 그렇게까지 깊게 드는 걸까? 그리고 깨닫는다. 양호실 안이 너무 춥다. 자기 직전까지 켜져 있던 난방은 언제 누가 끈 거지?

리카는 양호실 시계를 다시 올려다본다. 어둠 속이라 역시 시간이 보이지 않는다. 절망에 가까운 기분으로 리카는 서둘러 창가로 다가가 커튼을 걷는다. 빛이 하얗게 시곗바늘을 비춘다.

5시 53분——.

비명을 지를 뻔한 것을 필사적으로 참고, 리카는 침대 사이의 커튼으로 다가갔다. 바로 앞의 하나를 걷어보고, 리카는 '아아' 하고 헐떡이듯이 숨을 내쉬었다.

게이코가 없다.

뒤돌아 남은 커튼도 걷는다. 게이코만이 아니다. 미즈키도 없었다. 이불이 단정하게 덮여 있는 침대에는 조금 전까지 사람이 있었다는 흔적조차 남아 있지 않았다.

아무도 없었다, 리카 외에는 아무도.

2

세이난을 그만두라는 말을 처음 들은 것이 언제였는지, 그러고 나서 얼마나 계속되었는지. 리카는 정확하게는 기억하고 있지 않았다.

다만 리카가 다니게 된 세이난 고등학교의 교풍과 자신의 기질이 맞지 않는다는 것은 입학 첫날에 벌써 깨달았다. 수준 높은 진학교로 알려진 세이난에 우연히 리카의 성적이 합격권이었다는 게 리카에게도 세이난에게도 불운이었을까.

그 무렵의 리카는 매일매일 숨 막히는 기분으로 살고 있었다.

고등학교에 진학하긴 했지만, 미래가 보이지 않았다. 부모님이 막 이혼했을 때였고, 어머니가 사라진 후 아버지와의 생활에는 대화가 거의 없었다. 학교에 있는 것도 집에 있는 것도 재미없었고, 솔직히 말하자면 살아 있는 것 자체가 시시했다.

(네가 생기는 바람에 잘못된 결혼을 하게 된 거야. 너 같은 걸 낳는 게 아니었어)

어머니는 자주 리카에게 불평하며 울부짖었다. 히스테릭한 어머니는 아버지도 똑같이 원망하고, 말도 안 되는 책임을 덮어씌웠다. 원래 조용한 성격이었던 아버지는 딸인 리카가 봐도 잘 참았다고 생각한다. 마지막에도 어머니가 강제로 밀고 나가서 이혼신고서에 도장을 찍었다. 리카를 포함한 세 딸을 두고, 어머니는 훌쩍 사에키 가를 나갔던 것이다. 하지만 리카는 이상하게도 어머니가 원망스럽지는 않았다. 그건 두 동생도 마찬가지였다. 대화가 없는 아버지의 집은 그들에게는 숨 막히는 곳일 뿐이었다. 자신들에게는 그런 어머니라도 아버지보다는 필요했던 것이다.

여동생 둘을 데리고 리카가 어머니 집으로 도망간 것은 아버지와의 생활이 시작된 지 한 달도 채 되지 않았을 때였다. 그리고 아버지는 그때조차 리카에게 아무 말도 하지 않았다. 역시 어머니 아버지 둘 다 결함이 있는 사람이다, 라는 생각이 든다. 그렇게 생각하자 그 둘 사이에서 태어난 자신에게 실소가 새어 나왔다.

호적을 빼 와, 생활비를 보태. ——머리 색깔 원래대로 돌려놔, 치마 길이가 너무 짧아, 학교는 그만둬.

매일매일 반복되는 말이었다.

밤 7시가 지나면 거리의 네온 불빛 때문에 눈이 아팠다.

특유의 싸구려 기름 냄새가 코를 간질인다. 자주 가는 패스트푸드점 2층에서 리카는 아까부터 멍하니 창 아래 펼쳐진 밤거리를 보고 있었다. 슬슬 일도 끝날 시간대라, 길에는 양복 차림의 샐러리맨들이 점점 늘어난다. 귀가를 서두르는 그들의 등이 여기에서 내려다보니 무척 작게 보인다. 그걸 보고 리카는 질린 듯 창에서 시선을 돌렸다.

휴대전화를 들고 한 손으로 늘 거는 전화번호를 누른다. 통화 연결음이 몇 번 울리지 않고 상대방과 연결되었다. 이상할 정도로 밝은 여성의 목소리. 기계음이다.

'키디 다이얼 센터입니다. 고객님의 비밀번호는…….'

상대방의 말이 끝나기도 전에 리카는 4자리 숫자를 누르고 샵 버튼을 누른다. 바로 응답이 있었다.

'새로 온 메시지가 있습니다. 두, 건의 새 메시지입니다. 메시지를 들으시려면 1번을, 삭제하시려면…….'

설명대로 1을 누른다.

'첫 번째 메시지입니다. 이분의 박스 번호는 삼, 이, 사, 오, 칠, 입니다. 녹음시각은 십, 삼, 일, 십, 팔, 시, 삼 분.'

전화 너머의 공기가 확 바뀐다. 남자의 낮은 육성이 들려왔다.

'저어, 안녕하세요. 메시지 들었습니다. 36세, 은행에서 일하는 사람입니다. 저도 오늘은 지금부터 한가하니까, 괜찮으면 놀러 안 갈래요? 아, 그리고. 제 프로필 남깁니다. 키 174, 몸무게 64 정도. 머리도 제법 좋은 편이라고 생각해요. 괜찮으면 친구 합시다. 전화번호 남깁니다. 090-XXXX-XXXX, 090-XXXX-XXXX 입니다. 전화 기다리겠습니다.'

뚝, 거기서 휴대전화 너머의 분위기가 끊긴다. 머리칼을 손으로 빗으면서 리카는 고개를 갸웃하고 1을 누른다. 표정 없는 여자 목소리가 대답했다.

'다음 메시지입니다. 이분의 박스 번호는 이, 육, 팔, 칠, 삼, 입니다. 녹음시각은 십, 삼, 일, 네, 시, 오, 십, 이 분입니다.'

이어지는 남자의 목소리는 아까보다 좀 우물거리는 인상이 있었다. 아까 그 사람과 비교해서 조건은 어떨까. 36살의 은행원, 체형도 마른 편. 나쁘지 않다.

'메시지, 들었습니다. 저기, 42세, 자영업을 하고 있습니다. 오늘 지금부터 한가한데 놀러 가지 않을래요? 밥을 먹어도 되고, 어때요? 차 끌고 나가겠습니다. 생각 있으시면……, 그렇네요. 7시까지 연락주세요. 전화번호는…….'

휴대폰을 한 손에 들고 흘긋 가게 시계를 올려다본다. 지정된 시간은 벌써 예전에 지났다. 그 뒤를 무시하고 리카는 7을 누른다. 여자가 말했다.

'메시지를 삭제하였습니다. 새 메시지가 없습니다.'

캐릭터가 그려진 두꺼운 수첩을 꺼내, 리카는 끼워 놓은 펜을 든다. 연습장 부분을 펴고 첫 번째 메시지를 다시 듣는다.

——090-XXXX-XXXX.

수첩에 갈겨쓰고 전화를 끊었다. 얼음이 녹아 싱거워진 콜라를 빨대로 한 모금 빨고, 바로 그 번호로 전화를 건다. 익숙한 손놀림에 이어지는 호출음. 상대방이 받을 때까지 얼마 걸리지 않았다.

'……네.'

전화 건너편에서 길거리 특유의 웅성거림이 들려온다. 상대방도

밖인 모양이다. 그럼 더 좋다.

"여보세요."

리카는 숨을 들이쉬었다.

"안녕하세요. 메시지 들었어요. 미카라고 합니다. ……지금, 어디세요?"

그때의 세계는 전부 메마른 비명을 지르고 있었다.

3

양호실에서 밖으로 한 발짝 내딛자 등줄기에 오싹 한기가 달렸다. 몸 안에서 심장 소리만 크게 울려 아프다. 불빛이 없는 복도에 기묘하듯 하얗게 빛나는 바닥만이 보인다. 보고 있으면 마음속이 흐트러지는 것이 느껴진다. 진정할 수가 없다. 미쓰루의, 아키히코의, 시미즈의 변해버린 그 모습이 머릿속에서 떠나지 않았다.

모두 똑같은 일을 당할 거라고 한 사람은 게이코였던가. 그렇다면 리카가 내릴 결론은 하나뿐이었다. 가슴을 충동질하는 불안, 공포에 그녀는 입술을 깨물고 고개를 저었다.

(사카키샘, 사카키샘……!)

시곗바늘은 5시 53분을 가리킨 채 멈춰 있었다.

리카는 자고 있으면 위험을 피할 수 있다는 생각이 틀렸다는 것을 깨달았다. 그 순간에서 시간이 얼어붙은 채, 그쪽에서 리카를 데리러 온 것이다. 게이코와 미즈키도 사라진 마당에, 음악실에서 자고 있던 다카노와 스가와라가 무사할 거라고는 생각할 수 없었다. 그들도 또 한 리카 혼자만 남겨두고 어딘가로 사라져 버렸을까.

도움을 청해야 해. 어떻게든 해야 해.

꺾일 듯한 기분을 어떻게든 다잡으며 정신 차리라고 스스로에게 말을 건다. 일단 스가와라와 다카노가 있을 음악실로 가 보자. 누군가를 찾아야 한다. 게다가 아까 자신이 알아낸 그 사실. 그것을 그대로 내버려둘 수는 없을 것 같았다.

울어 버릴 듯한 기분으로 계단을 향하는 걸음이 자연스럽게 빨라진다. 눈에 익숙해진 어둠 속에서 계단에 다가갔을 때, 문득 리카의 등 뒤에서 끼익 하고 금속이 삐걱거리는 높은 소리가 났다.

리카는 순식간에 몸이 굳었다. 무슨 소리일까. 누군가가 있을지도 모른다는 가능성이 머리를 스쳤다. 누굴까. 어깨가 굳어서 뒤를 돌아볼 수 없었다.

높은 소리가 한 번 더 났다. 이번에는 무거운 것이 닫히는 듯한 느낌과 함께였다. 아까의 소리와 짝을 이루는 듯한 울림. 이건 문이 닫히는 소리라고 직감했다. 그렇다면 아까 그 소리는 문이 열리는 소리였다는 게 된다. 그렇다면 비상구일까.

비상구.

목덜미가 뻣뻣하게 굳는다. 리카는 침을 삼켰다.

밖으로 나갈 수 없는 학교, 결코 열리지 않는 문. 자신들은 지금 갇혀 있다. 그런데 밖에서 비상구를 열 수 있는 사람은 대체 누구인가.

(누구?)

콧속이 차갑고 아프다.

(누구? ……사카키, 샘?)

교복만 걸친 자신의 어깨가 갑자기 너무 불안해져서 리카는 부르르

고개를 흔들었다. 코트를 입지 않고 나온 것을 지금에 와서야 후회한다. ── 지금 소리는 진짜 난 걸까? 어쩌면 기분 탓일지도 모른다.

애써 희망적인 해석을 가슴에 들려주면서 오로지 계단을 향해 열심히 가고 있던 탓인지, 그녀가 그 이상한 기척을 알아챈 것은 제법 시간이 흐른 뒤였다. 이번에야말로 확실했다. 아무도 없을 터인 어둠 속에 문득, 사람이 있는 듯한.

등 뒤의 기척을 느낀 뒤, 올라가려고 계단에 한 발을 올려놓은 채 복도를 돌아본다. 그리고 리카는 숨을 삼킨다. 뒤쪽에 검은 그림자 같은 것이 보였다. 어떤 교실에서 막 나온 참인 듯 보였다.

누군가가 있다. 기분 탓이 아니었다.

흐릿한 어둠 속에, 상대의 모습은 그림자로밖에 보이지 않는다. 리카는 필사적으로 눈에 힘을 주었다. 그러자 그림자가 이쪽으로 걸어오는 것처럼 보였다. 저 그림자는 비상구를 열고 들어온 것일까. 멈춰 버린 다리가 움츠러든 채 움직이지 않는다. 생각하면 당장에라도 비명을 지르고 말 것 같았다.

저 그림자는 지금 어느 교실에서 나온 걸까. 그곳은 조금 전까지 내가 있던 양호실이었던 건 아닐까. 그렇다면…….

조용한 복도에서 그 사람의 발소리는 천천히, 그러나 확실히 다가온다.

그림자가 나온 근처는 양호실 위치였다. 만약 착각이 아니라면, 저 그림자는 일부러 밖에서 들어와서 양호실을 들여다보았다는 것이 된다. 그리고 바로 나왔다.

(찾고, 있어?)

리카는 천천히 침을 삼켰다. 당황해서 얼굴을 감추고 소리를 최대한 죽여 조심하면서 빠른 걸음으로 계단을 올라갔다. 그러나 어차피 그래 봤자 소용없었다. 사람이 없는 조용한 교사에, 리카의 발소리는 아무리 해도 울린다. 아니, 울려 퍼진다.

(——모두 똑같은 일을 당할 거야)

자신을 바라보던 하얀 마네킹의 눈을 떠올린다. 손바닥에 땀이 배어 나온다. 덥지도 않은데 등과 다리가 타는 듯이 뜨겁다.

(우리들 중 누군가 한 사람은 죽은 사람이야……)

공포에 질려 고동이 점점 빨라진다. 혼자라는 사실에 더욱 불안해진다. 무서워서 돌아볼 수조차 없었다. 발소리는 파도처럼 따라온다. 정신이 들고 보니 리카는 달리고 있었다.

리카는 서둘러 계단을 올라가 음악실로 향했다. 달리는 중에 재킷 주머니에 딱딱한 감촉이 느껴진다. 리카는 주머니에 손을 넣었다. 차가운 플라스틱의 감촉. 휴대전화였다. 그리고 떠올린다. 통화불능 지역이었는데도 미즈키의 전화는 한 번 울렸다. 미쓰루는 메시지를 받았다.

(사카키샘, 사카키샘, 부탁이에요.)

헛된 짓이라도 상관없다. 일말의 희망을 걸고 리카는 떨리는 손으로 플립을 열고 전화기를 귀에 댔다. 지금은 발소리가 들리지 않았지만, 언제 올지 모른다는 불안은 끊임없이 리카를 공격하고 있었다. 귓속에서 발소리가 난다. 그러나 그것이 실제로 나는 소리인지 아니면 리카의 머리가 만들어내는 환청인지를 구별할 수 없는 상태였다.

전화기 너머에서 딸깍, 하는 작은 소리가 났다. 리카는 눈을 크게 뜨고 전화를 양손으로 붙잡는다. 연결됐다는 안도감에 울며 매달리고 싶어진다.

"사카키샘?! 저……."

'지금 거신 전화는 현재 전파가 닿지 않는 곳에 있거나, 전원이 꺼져 있습니다. 메시지센터로 연결됩……'

"바, 보……!"

리카는 이를 갈며 전화를 노려본다. 안테나 표시가 겨우 하나, 약하게 서 있을 뿐인 휴대전화는 연결된 것만도 기적이었다. 리카는 전화를 한 손에 들고 음악실 방향을 향해 달렸다. 어둡게 침묵하고 있는 문에 매달려 리카는 필사적으로 부르지만, 안에서는 아무 대답도 없었다. 아무도 없나. 순간 리카는 폭발했다.

울음을 터뜨릴 듯한 심정으로 휴대전화의 사서함 서비스 연결음을 기다렸다가 단숨에 소리를 질렀다.

"뭐 하는 거예요, 사카키샘!!! 거기 있죠?!"

히스테릭한 자신의 목소리가 전화 위로 미끄러진다. 무서웠다. 자신이 지금까지 믿어 왔던 것들은 대체 무엇이었는지. 모든 것이 불확실하고 종잡을 수가 없었다. 무서웠다, 억울했다, 울어 버리고 싶었다. 자신이 화를 내고 있다는 것을 깨달았다. 억울해서, 이해가 안 돼서.

"뭐가 어떻게 된 거야!? 대체 뭐가 잘못된 거냐고? 살려줘! 살려줘, 살려달란 말이야아아……!!"

리카는 거기까지 외치고는 이를 악문다. 음악실에는 아무도 없다. 다른 곳으로 도망가야 한다. 뒤로 돈 순간, 그대로 눈을 부릅뜬다. 휴대전화가 손에서 떨어졌다.

(거짓말……)

검은 그림자가 바로 눈앞에 서 있었다.

언제 거기까지 왔는지 모르겠다. 기척도 전혀 느껴지지 않았고 소리도 듣지 못했다.

"너……."

목소리가 잘 나오지 않는다. 어두컴컴해서 그 사람의 얼굴을 판별할 수가 없었다. 그저 새카만 눈만이 자신을 내려다보고 있을 뿐이다. 무서웠다. 그리고…….

(리카가 아는 애야? 정말로?)

"너, 누구야?"

그림자는 가만히 선 채 움직이지 않았다. 시간이 멈춘 듯한 정적 속에, 떨어뜨린 휴대전화에서 뚜 소리만이 울리고 있다. ——축제 때의 학교, 그 웅성거림이 가슴에 되살아난다.

그럼 이 그림자가? 이 그림자가, 그날 죽은 자신의 친구인가.

어찌할 바를 모르고 그저 서 있다가, 리카는 살짝 뒤로 물러선다. 그때였다. 귀가 아플 정도의 정적 속에서, 희미한 목소리가 들려왔다.

"리카……."

그 목소리.

리카는 그 자리에 발이 얼어붙어 버린 듯 움직일 수 없게 되었다.

(이 목소리는)

믿을 수 없는 기분으로 그 목소리를 듣는다.

(왜)

말도 못할 경악, 그리고 공포.

갑자기 그림자의 얼굴이 눈앞에 떠오른다.

그 얼굴은, 그리고.

"농담, 이지?"

경련하면서도 리카는 어색하게 웃는다. 그러나 그림자는 웃지 않았다.

"야, 네가, 왜."

그 인물은 새하얀 얼굴로 가만히 거기에 서 있었다. 얼굴에서도 눈에서도 표정이란 것은 찾아볼 수 없었다. 그것이 정말로 무서웠다. 리카는 다시 한 번 웃으려 했으나 잘되지 않았다. 대신 다리 힘이 풀려서 부들부들 떨렸다.

(뛰어내린 사람이, 설마)

(그런)

당황해서 머리를 흔들어 자신의 의식을 야단친다.

(하지만 왜)

경악의 충격은 아직 가슴을 흔들고 있었다. 그러나 다음 순간, 가슴에 당시의 정경이 한꺼번에 몰려왔다. 그날. 떨어졌다, 자살이라는 웅성거림. 믿을 수 없고 무서워서 고개를 돌렸던 그 마음과 지금 눈앞에 있는 사람의 얼굴이 부드럽게 겹쳐진다. 둔한 실감을 동반하며 그것이 가슴으로 떨어져 내렸다. 자신도 모르게 한숨을 내쉰다. 아아.

아아, 이런 거였구나. 처음부터.

그 인물이 리카 쪽으로 한 발자국 다가온다. 리카는 고개를 들었다.

(도망)

(도망쳐야……)

차갑고 표정 없는 눈이 천천히 깜박이며 리카를 응시한다. 그 색이 무서울 정도로 어두웠다.

"오지 마……!!"

뒤로 물러서는 리카에게 그 인물이 천천히 다가온다.

온몸이 떨릴 정도의 공포에 휩싸인다. 리카는 차가운 벽에 양손을 짚었다. 어떻게 하면 좋을지, 시야가 긴장으로 흐려지기 시작한다. 그림자를 외면하고 구르듯이 몸을 돌렸다. 리카는 달려 나갔다.

마지막으로 바라보았을 때, 어두운 복도에서 그 인물은 리카를 바라보며 서 있었다.

몸을 굳히고 도망치는 리카의 등 뒤에서 그 인물이 중얼거리는 소리가 쫓아온다. 기다려. 표정 없는 목소리가 그렇게 말했다.

4

리카가 사카키를 처음 인식한 날은 세이난에 입학하고 나서 바로, 개학식 후의 일이었다. 식이 끝난 후 교실로 돌아와 처음으로 같은 반 애들을 보았을 때, 유달리 리카의 시선을 끈 존재가 그였다.

키가 크고 한쪽 귀에 피어스를 한 신임교사. 다른 교사와는 딱 봐도 종류가 다르다. 흥분한 같은 반 여자애들이 그를 가리키며 떠들어대는 소리가 귀에 거슬렸다. 입학식을 포함해서 학교에 온 날은 겨우 이틀째인데, 그녀들 사이에는 벌써 정보망이 조직되어 있는지, 사카키에 대한 소문이 듣고 싶지 않아도 흘러들어왔다.

——저 선생님, 여기 8년 전 졸업생 중 수석이었대. 특별장학생이었나 봐.

——와, 그래서 피어스를 해도 선생님 시켜주는 거야? 그래도 잘됐다, 우리 반 부담임이라며. 멋있잖아.

——올해 신입생 중에 저 사람 남동생이 있다던데. 얼굴이 완전

닮았대.

환성이 오른다.

——꺄아, 보고 싶다.

주위 여자애들은 각각 가까이 있는 여자애들을 붙잡고 자기소개를 하고, 이내 몇 명씩 그룹을 만든다. 어느 중학교 다녔어? 이름은 뭐야? 수면에 생기는 파문처럼 그런 여자아이들의 대화가 퍼져 갔지만, 결코 리카에게는 다가오지 않았다. 자신을 피해 그녀들은 서로 친목을 다져 간다.

새침하고 천연덕스러운 얼굴로, 리카는 책상 위에 얼굴을 묻는다. 입 안에서 '시시한 학교'라고 중얼거려 본다. 거의 금색에 가까운 갈색 머리로 얼굴을 덮고 리카는 잠이라도 잘까 하는 생각을 한다. 금발, 양쪽 귀에 피어스, 짧은 치마. 자신에게 절대로 말을 걸지 않으면서도 여자애들은 그래도 다들 한 번은 리카의 머리에 눈길을 주었다가 내리깐다. 자신들과 다른 리카를 마치 못 볼 것을 보는 듯 취급하는 시선에 리카는 옛날부터 익숙해져 있었다. 그리고 아무렇지도 않았다.

자기 잘났다는 표정으로 패거리 만들기에 여념이 없는 그녀들에게는 털끝만큼도 흥미가 없었다. 어차피 촌스럽고 못생긴 애들끼리 노는 거잖아.

"같은 반이 되다니 우연이군. 네가 이 학교 다니겠다고 한 것만으로도 놀랐는데."

문득 머리 위에서 그런 목소리가 나서, 엎드리고 있던 리카는 천천히 고개를 들었다. 소꿉친구인 기리노 게이코의 얼굴이 보였다.

"게이코."

"오랜만이네. 같은 반이 되니까 초등학교 때 생각난다."

리카는 그 말에 목덜미를 누르고 작게 끄덕였다.

"그러네. 아버지가 일단 갈 수 있는 데서 제일 높은 데 가라고 자꾸 그래서. 너랑 같은 학교에 다니다니, 리카 완전 출세했다."

"무슨 소리야. 너 모르냐? 올해 세이난은 건물을 새로 지은 직후라 예년보다 경쟁률도 제법 높았어. 학교 견학이다 뭐다 해서 정말로 굉장했다고. 거기에 붙었잖아. 넌 틀림없이 우수해."

꼭 빈말은 아닌 듯한 말투로 말하고 나서 게이코는 웃었다.

"하지만 아는 애가 있다는 건 정말 좋다. 또 이렇게 얘기할 수 있잖아."

"응……. 하지만 너랑 같은 중학교에서 온 애들 많지 않아? 게이코, 넌 국립 중학교 다녔잖아. 머리 좋은 애들 많았을 텐데."

"뭐, 그야 그렇지만. 널 만나는 건 진짜 오랜만이니까."

게이코가 거기까지 말했을 때였다. 문득 주위의 말소리가 끊긴다. 뒤이어 열려 있던 문이 닫히는 소리에 게이코와 리카는 교실 문을 돌아보았다. 안경을 쓴 나이 지긋한 교사가 앞장서고 그 뒤를 갈색 머리의 젊은 남자가 따라 들어온다.

그 사람이 사카키였다.

아까부터 시끄러운 여자애들이 얘기한 소문대로 과연 잘생긴 얼굴이었다. 오른쪽 귀에 낀 화려한 피어스와 양복이 묘하게 잘 어울렸다.

저 사람이냐, 하고 옆에서 게이코가 작게 중얼거린다.

"우리 선배면서 특별장학생이었다는 신임교사."

"헤에, 호스트가 되는 게 낫지 않냐? 아니 호스트잖아, 양복도 그렇고. 왠지 이상하게 너무 잘 어울려."

솔직하게 첫인상을 말하자, 게이코는 희미하게 쓴웃음을 지었다. '가차 없군'이라고 중얼거리고, 자신의 자리로 돌아갔다.

사카키 앞에 있던 나이 든 교사가 교단에 선다. 조용히, 하며 교실 분위기를 정리한다.

"주목! 만나서 반갑습니다. 이 반 담임을 맡은 야마자키라고 합니다."

그렇게 인사하면서 그의 눈이 반 전체를 둘러본다. 그리고 그 눈이 리카 위에서 멈춘다. 야마자키가 노골적으로 못마땅한 표정을 짓는 모습이 보였다. 리카는 흥 하고 정면에서 시선을 돌리며 그대로 하품을 한 번 했다.

그러나 야마자키의 시선은 리카에게서 떠나지 않는다. 그는 이 학교가 얼마나 행실이 바른 학생들만을 배출했는지와, 고교 3년간 면학의 필요성을 리카를 보며 말한다.

"자각이 없는 학생은 필요 없습니다. 일단 이 고등학교에 온 이상 목표를 확실히 갖고 자신이 지금 해야만 하는 일을 하십시오. —— 치마를 짧게 입으면, 영어 단어 하나가 외워집니까? 화장할 시간이 있으면 그 시간에 수학 공식 하나라도 더 외우십시오. 다 여러분을 위해서 하는 말입니다. 보람찬 3년을 만듭시다."

겨우 야마자키의 말이 멈춘다. 리카는 턱을 괴고 교정에 핀 벚꽃이 보이는 창문을 올려다보았다. 얼른 끝났으면 좋겠다. 이런 재미없는 시간도, 이런 학교에서 지금부터 보낼 3년도.

야마자키가 교단을 내려와 사카키를 재촉한다. 리카가 앞을 보니 칠판을 등지고 사카키가 서 있었다.

"부담임이고 수학을 담당하고 있습니다."

잘 울리는 목소리였다.

"이 학교를 8년 전에 졸업했습니다. 지금 야마자키 선생님께서 여러 가지 협박 같은 말씀을 하셨는데, 이건 제가 있었을 때에도 늘 하시던 말씀이니까 그냥 인사 같은 거라고 생각하세요. 너무 심각하게 받아들이지 않아도 됩니다. 같은 환경에서 저도 3년을 지냈습니다만, 나름대로 후회는 없습니다. 그렇게 꽉 막힌 곳은 아닙니다. 야마자키 선생님은 그때부터 협박을 잘하셨으니까요."

단정한 그의 얼굴에 웃음이 떠오른다. 그러자 리카 주변에서 어렴풋한 웃음소리가 일었다. 사카키는 말을 이었다.

"올해 대학을 갓 졸업한 참이라 교사로서는 신참입니다. 잘난 척을 할 처지가 아니니까 그냥 서로 재밌게 잘 지내면 좋겠습니다. 잘 부탁합니다."

"선생님, 그 차림새 좀 어떻게 안 됩니까?"

쓴웃음을 지으며 야마자키가 끼어들었다.

"학생들한테 모범이 되어야지요, 액세서리 착용은 좀 자제해 주세요."

"아아, 죄송합니다. 하지만 이건 제 스타일이라서요, 죄송합니다. 빼고 싶지 않아요."

사카키는 오른쪽 귀의 화려한 피어스를 살짝 쓰다듬고는 싱긋 웃었다. 그 대꾸에 일순 야마자키의 얼굴이 경련을 일으켰지만, 바로 억지웃음을 짓는다. 그게 우스웠는지 교실 여기저기서 숨죽여 웃는 소리가 들렸다.

교실 안에서 한창 사카키에 대한 호의적인 분위기가 만들어지는 가운데, 리카는 자신만이 거기서 동떨어져 있는 기분을 느꼈다. 자기 혼자만이 그 모습을 냉소적인 눈으로 바라보고 있었다. 사카키도 야마자키랑 별다를 거 없다. 그렇게 생각했다.

일부러 학생 앞에서 사카키의 옷차림에 주의를 주는 야마자키나, 피어스를 스타일이라는 둥 지껄이는 사카키의 의도는 뻔히 보인다. 피어스를 하려면 수수한 것도 얼마든지 있을 텐데, 뭐가 스타일이냐.

학생들과 친구처럼 지내고 싶다, 나는 너희들 다 이해한다. 그런 식으로 의욕이 넘치는 교사를 중학교 때부터 리카는 여럿 봐 왔다.

"——오늘은 첫날이라 인사만 하고 끝내지만, 내일부터는 수업이 시작됩니다. 그럼 1년간 잘 부탁합니다."

야마자키가 사무적인 목소리로 인사를 하자 차렷, 경례가 이어진다. 리카는 그 목소리에 느릿느릿 일어나 건성으로 머리를 숙인다. 한 손에 가방을 들고 얼른 교실을 나가려고 했을 때, 리카의 등에 날카로운 목소리가 날아왔다.

"사에키 리카, 거기 서."

야마자키의 목소리였다. 풀 네임으로 불리는 건 싫다. 리카는 천천히 발을 멈추고 문 앞에서 돌아본다. 야마자키의 눈이 험상궂게 치켜올라가 리카를 바라보고 있었다. 리카는 뚱하게 입을 다문 채, 슬쩍 눈을 가늘게 뜨며 야마자키를 노려본다. 말 없는 리카를 향해 그가 성큼성큼 다가왔다.

"사에키, 너 입학하자마자 학교 그만두고 싶어?"

그가 처음 한 말이 그거였다.

"그 머리, 설마 원래부터 그런 색깔인 건 아니겠지?"

리카가 입을 다문 채 표정 하나 바꾸지 않는 것을 보고, 야마자키는 신경질적으로 머리를 긁적이더니 말을 이었다.

"내일까지 원래대로 하고 와. 알았지?"

리카는 대답하지 않는다. 야마자키가 초조한 듯 사에키, 하고 다시 이름을 부른다. 그때 둘 사이에 사카키의 목소리가 슬쩍 끼어 들어왔다.

"선생님, 오늘 직원회의는 어디라고 하셨죠? 슬슬 가야 하지 않을까요?"

그 말에 야마자키가 돌아본다. 그가 대답하기 전에 리카는 휙 발길을 돌린다. 나가는 리카에게 당황한 야마자키의 목소리가 날아왔다.

"사에키, 기다리라니까."

그 말을 무시하고 리카는 복도로 나간다. 가슴이 울컥거렸다. 교실을 나가는 자신을 멀찍이서 보고만 있는 반 애들. 자신을 내려다보던 야마자키의 눈. 모든 것이 맘에 안 들었지만, 혹시 그 신참교사가 지금 그 말로 자신에게 은혜를 베풀었다는 착각을 할 거라고 생각하니 그게 제일 화가 나서 견딜 수가 없었다.

아무것도 모르는 주제에.

침이라도 뱉어주고 싶은 기분으로 리카는 빠른 걸음으로 복도를 걷는다. 휴대전화를 꺼내 초조하게 버튼을 누른다. 전화 속에서 단조로운 호출음이 울리기 시작했다.

불빛 없는 어두운 집에 차가운 공기가 고여 있다.

커다란 열쇠고리에 매달린 열쇠가 어둠 속에서 희미하게 흔들리고 있다. 닫힌 현관문은 말없이 리카의 앞을 가로막고 서 있다. 진절머리를 내며 한숨을 한 번 쉬고 되도록 조용히 열쇠를 꽂는다. 손목시계는 이미 12시를 가리키고 있었다. 열린 문 안에는 어둠만이 펼쳐져 있을 뿐 아무 소리도 나지 않았다.

천천히 문을 닫고 조용히 불을 켠다. 현관 바로 옆에 가방을 내던지고 신발을 벗었다. 희미한 진동음이 나는 냉장고에서 우유를 꺼내어 팩에 직접 입을 대고 마셨다. 몸은 완전히 지쳤다. 오른손으로 쓸어 올린 머리카락에서는 싸구려 샴푸 냄새가 났다.

오늘 상대는 봉투에 3만 엔을 넣어 주었다. 깨끗하게 선불로 건네주었고 트러블도 없었는데 몸도 마음도 피곤한 것은 왜일까. 오늘 상대한테 들은 얘기 때문일지도 모른다. 요즘, 원조교제——매춘에 대한 경찰의 감시가 심해졌다. 리카가 자주 이용하는 호텔 주변에도 경찰이 감시를 서게 된 모양이었다. 그러니 조심하라고, 그 사람이 말했다.

입에 머금은 우유의 맛이 쓰다. 냉장고에 팩을 다시 넣었을 때, 등 뒤에 기척이 느껴져 돌아보았다.

"지금 왔어?"

어두운 거실에 여자가 서 있었다. 볼이 약간 핼쑥해진, 눈썹 민 자국이 파란 그 얼굴이 험악하게 일그러져 있었다. 게다가 요즘 어머니는 안색도 많이 안 좋았다. 리카는 응, 하고 힘없이 대답한다. 가방을 들고 어머니 옆을 지나 안쪽 방으로 가려는 리카를 그녀가 불러 세웠다.

"——또 밖에서 목욕하고 왔니? 그만두라고 했잖아."

성의 없고 지친 듯한 목소리였다. 리카는 갑자기 화가 치미는 것을 느꼈다. 어머니는 나른하게 미닫이문에 기대서 졸린 듯이 천천히 리카를 바라보았다.

“아빠한테 다시 가지 그러니? 아무리 그 사람 신세를 안 지겠다고 해도 어차피 너희 학비는 그 사람이 내는 거거든. 사야도 일주일이나 안 보이잖아. 뭐, 가출치곤 기니까 이번에야말로 안 돌아올지도 모르겠다만.”

“무슨 소리야, 엄마. 사야가 없어져도 괜찮아?”

날카로운 목소리로 내뱉자 어머니는 평소와 다름없이 입술만 올리며 웃었다. 그리고 말했다.

“뭐라더라, 생이별한 사람들이 다시 만나는 프로그램 있잖아? 거기 나가면 어떨까? 하긴 거기 나가는 데도 돈이 드는지는 모르겠지만.”

“……나 잔다.”

짧게 한마디를 남기고 리카는 가방에서 봉투를 꺼낸다. ‘식비’ 하고 어머니 손에 놓자, 그녀는 잠자코 그것을 받았다. 아무 말도 하고 싶지 않았다. 얼른 자고 싶었다.

거실을 나와 안쪽의 작은 방으로 들어가자, 어둠 속에서 부드러운 숨소리가 색색 들려온다. 깔린 이불 사이로 작은 손이 보였다.

“유미코.”

한참 어린 동생의 이름을 작게 부르며 손을 이불 안에 넣어 주고 나니, 어깨에서 힘이 빠지는 기분이 들었다. 어둠 속에서 여동생의 잠든 얼굴을 바라보며 심호흡을 한 번 한다. 조심해서 숨을 죽이고 베란다로 나갔다.

창문을 열고 방충망을 드르륵 밀자, 불어 들어오는 바람이 리카의 얼굴을 훑고 지나간다. 유미코가 깨지 않도록 조심하면서 밖으로 나가 창을 닫았다. 베란다의 공기는 건조하고 차가웠다.

베란다나 옥상. 요즘 리카는 그런 곳이 좋아졌다. 차가운 바람, 높은 곳에서 내려다보는 지상. 3층에 있는 이 집 베란다도 예외는 아니다. 내려다보니 아래에는 자동차 불빛이 점점이 노랗게 이어져 있다. 경적 소리, 그것보다 더 요란한 네온사인. 그런 것들을 보면서 난간으로 다가가면, 리카는 항상 무의식중에 난간을 뛰어넘고 싶다는 충동에 휩싸인다. 뛰어내려서 죽어버리고 싶다거나, 그 후에 뭘 어떻게 하겠다는 생각이 있는 건 결코 아니다. 그저 그곳에 가고 싶다. 여기를 뛰쳐나가고 싶다. 그런 단순한 감정이 있을 뿐이었다.

난간을 잡은 손에 힘이 들어간다. 도금이 벗겨진 싸구려 난간은 리카가 올라가면 부러져 버릴지도 모른다. 아득히 먼 감각으로 그런 생각을 하며 난간을 붙잡고 몸을 내밀어 본다. 발이 약간 허공에 떴다.

이대로.

이대로 넘어버리고 싶다. 난간을 잡은 오른손이 저리기 시작했다.

——누군가.

큰동생 사야가 돌아오지 않는다. 부모님의 이혼에 대한 반발로 가출한 것을 리카가 겨우 찾아내서 데려온 동생이었다. 가출한 동안 어떻게 지냈던 걸까. 걱정되어 물은 언니 리카에게 '몸 파는 법, 가르쳐 줄게'라고 속삭이던 동생이었다. 그 동생이, 지금 또 돌아오지 않는다.

몸을 내밀고 아래를 향한 시야가 스윽 흐려지기 시작한다. 머리에서 피가 빠져나가는 것을 느끼고 있으려니, 시야 한구석에 바람에 쓸려가는 무언가가 보였다.

자신의 눈물이었다.

오른손이 난간에서 떨어지고, 베란다에 풀썩 무릎을 꿇는다. 오늘도 자신은 난간을 넘지 않았다는 실감이 슬금슬금 가슴속에 들어온다. 참을 수 없이 아픈 가슴을 안고, 리카는 웅크려 앉는다.

웅크리고, 흐느껴 울었다.

—— 도와줘.

누군가, 도와줘.

입학하고 3개월이 지나, 아마 6월 말 무렵의 일이었을 것이다.

집도 학교도 아무런 변화가 없고, 리카가 하고 있던 행위만이 유일하게 어딘가 실감이 느껴지던 시절이었다. 자신에게는 돈이 될 만한 가치가 있다. 메시지 다이얼로 알게 된 번듯한 어른들이 필사적으로 자기 기분을 맞추는 것도 제법 기분 좋았고, 우등생인 척하는 같은 반 애들이 절대로 알지 못하는 세계를 자신이 알고 있다는 우월감도 있었다. 상대 남자가 좋다 나쁘다 하는 건 문제가 아니었다. 리카 안에서는 남자들에게 이름은 없었다.

몇 명 안 되는 친구 중 하나가, 그날 리카에게 오랜만에 전화를 했다. 중학교 시절 리카와 친했던 그녀는, 리카가 정장을 입은 샐러리맨과 걷고 있는 것을 보았다고 한다.

(리카, 너 아직도 그런 일 하고 있어?)

전화 너머에서 그녀가 어이없어하는 것을 알 수 있었다.

(그거 유행 지났잖아? 아직까지 그러고 있다니, 위험한 거 아냐? 나도 한때는 했지만, 지금은 남자 친구도 있고. 아직까지 하는 건

너밖에 없을걸!)

깔깔대며 웃는 그녀의 목소리를 들으면서, 리카는 입 안이 썼다. 적당히 맞장구를 치다가 전화를 끊고 전화기를 벽에 던졌다. 큰 소리로 웃기지 마, 라고 소리 질렀다. '누가 유행 때문에 하는 줄 알아?'라고 입 안에서 중얼거리며, 퍼뜩 그럼 뭣 때문에 하고 있는지를 생각했다. 어머니한테 돈을 내기 위해, 살아가기 위해. 몇 개 떠오른 이유는 다들 절실하긴 했지만, 자신한테도 변명처럼 들리는 불쾌한 것들뿐이었다. 분명한 것은 자신은 이제 친구들과도 선을 그어 버렸다는 것, 그리고 중학교 시절의 친구들과는 두 번 다시 만나고 싶지 않다는 것이었다. 리카는 친구를 잃었다는 것을 깨달았다.

그날은 비가 온 데다 전날 걸려왔던 전화 때문에 리카는 기분이 최악이었다.

학교 복도를 걷고 있다가 우연히 목소리를 들은 것이 시작이었다. '사에키 리카 말인데'라는 목소리였다. 그 소리는 리카가 우연히 지나가던 화장실 문 안쪽에서 들려왔다. 이름도 모르는 같은 반 아이의 목소리였다.

"그 애는 왜 우리 학교에 온 걸까?"

화장실 문 앞에서, 리카는 잠자코 그 말을 듣고 있었다.

"글쎄, ……그래도 머리는 나쁘지 않잖아? 신기하지만."

"응, 너무하지——. 열심히 할 생각이 없으면, 그 머리 나한테 나눠 주지. 지난번에 본 시험 진짜 엉망이었거든."

평소의 리카였다면 그냥 그곳을 지나쳤을 것이다. 상대도 하지 않았을 것이다. 하지만 그날의 리카는 그럴 수가 없었다. 전날 수화기 너머에서 들려오던 깔깔거리는 친구의 웃음소리가 머릿속을 마구 뒤흔들고 있었다.

리카는 화장실 문을 열고 성큼성큼 안으로 들어갔다.

거울을 보며 머리를 만지고 있던 여학생 둘이 리카를 보고 숨을 삼킨다. 그 모습을 노려보면서 리카는 천천히 내뱉었다.

“딴 사람 얘기하면 재밌니? 내가 열심히 안 한 게 너희한테 무슨 피해라도 줬어?”

그녀들은 대답하지 않는다. 그저 머뭇머뭇 서로 얼굴만 마주 보면서 눈을 깜박일 뿐이었다. 리카는 코웃음을 쳤다.

“시끄럽긴, 남자랑 자 보지도 못한 주제에.”

“리카!!”

그때 등 뒤에서 꾸짖는 목소리가 리카를 불렀다. 리카는 뒤를 돌아본다. 그러자 열린 화장실 입구에서 기리노 게이코가 자신을 엄격한 얼굴로 노려보고 있었다. 리카는 눈을 가늘게 뜨고 중얼거리듯이 말했다.

“게이코.”

게이코는 말없이 화장실 안으로 들어오더니 문을 쾅 닫았다. 리카와 리카 앞의 여학생들을 번갈아 바라본 후, 천천히 다시 리카에게 시선을 주었다.

“이 애들한테 사과해.”

게이코는 그렇게 말했다. 머뭇거리며 리카 앞에서 시선의 갈피를 못 잡고 있던 그녀들은 정말로 어쩔 줄 모르고 당장에라도 울음을 터뜨릴 것 같았다. 도움을 청하듯이 게이코를 보고 있다. 리카가 반응하지 않자 게이코는 반복해서 말했다.

"무슨 일이 있었는지 알 만하다. 하지만 지금 말은 네가 잘못했어. 남자를 안다는 게 그렇게 자랑할 일이니?"

게이코는 진심으로 화를 내고 있었다.

리카는 입술을 꼭 다문 채 천천히 게이코를 올려다본다. 눈 한 번 깜박이지 않고 그녀를 노려본 다음 휙 고개를 돌리고 그대로 화장실을 뛰쳐나갔다. '리카!' 하고 소리치는 게이코의 목소리가 쫓아왔지만, 리카는 그것도 듣고 싶지 않았다. 자신의 귀를 막고 열심히 복도를 달리면서, 원인도 분명치 않은 혐오감이 가슴을 지배하는 것을 느꼈다.

최악의 기분으로 만난 남자, 그래서 리카는 그날 만난 남자의 얼굴을 기억하지 못한다.

기억하고 있는 것은 그가 입고 있던 비싸 보이는 양복의 디자인과 색깔, 그리고 차가운 손과 손가락뿐이다. 남자가 데려간 호텔 방에서 리카는 샤워를 마치고 목욕 수건으로 몸을 감쌌다.

욕실에 설치된 거울을 들여다보며, 리카는 작게 한숨을 쉬었다. 요즘 왠지 안색이 나쁜 것 같다. 그렇게 생각하자마자 음울한 어머니의 얼굴이 떠올라, 리카는 서둘러 그 생각을 지웠다. ——말도 안 된다, 자신이 그 사람과 똑같은 안색이라니 있을 수 없는 일이다.

목욕 수건으로 아무렇게나 머리를 닦고, 리카는 욕실을 나왔다. 문을 열자 남자가 피우던 담배 냄새가 코를 찌른다. 공기가 탁하다고 생각하며 얼굴을 찌푸린 리카는 문득 묘한 위화감을 느꼈다.

안에 사람의 기척이 없었다.

깨달은 순간 단숨에 등골이 얼어붙었다. 서둘러 목욕 수건을 내던지고 발가벗은 채 침대로 달려간다. 남자가 없었다. 남자의 옷도 없고, 가방도 없다. 벽에는 리카가 입고 있던 세이난의 교복이 걸려 있을 뿐이다.

얼굴에서 핏기가 가시고, 체온이 천천히 떨어졌다. 반쯤 기도하는 기분으로 다시 한 번 바닥을 돌아보자, 다행히 리카의 가방은 남아 있었다. 정신없이 오른손으로 가방을 끌어당겨 뒤엎는다. 분홍색 지갑이 다른 파우치들과 섞여 카펫 위에 떨어졌다. 재빨리 안을 열어보고 리카는 욕설을 내뱉었다. 있는 힘껏 벽에 지갑을 집어 던진다.

당했다.

리카가 가지고 있던 몇 장의 지폐도, 조금 전에 남자에게 받은 돈도 전부 도둑맞았다. 지갑과 동전은 남아 있었지만, 안에 있던 카드는 흔적도 없었다. 멍하니 주저앉은 리카의 머리에 지금이 어떤 상황인지 순식간에 알 수 있었다. 등에 냉수를 들이부은 듯 위기감이 덮쳐온다.

호텔 요금——괜찮다, 선불로 냈다. 하지만 여긴 어디지? 올 때는 차로 왔고, 갈 때도 그럴 예정이었다. 차는 제법 오래 달린 것 같다. 여기는 처음 와 보는 호텔인데다, 밖에 나가도 여기가 과연 어디인지 알 수 있을 것 같지가 않았다. 남자의 차가 없다는 것은 리카에게 돌아갈 교통수단이 없다는 뜻이다. 새삼스레 떠올리자 눈앞이 캄캄해지는 기분이 들었다.

정말 어떡하지.

밖에는 비가 오고 있었다. 울고 싶은 기분으로 창을 올려다본 리카는, 자신에게 우산조차 없다는 사실을 멍하니 떠올렸다.

망할, 피곤해 죽겠는데. 정말 난 지쳤는데.

새 남자를 무는 수밖에 다른 방법이 없다. 오늘은 이제 싫은데, 그럴 기분이 아닌데. 제길.

비와 네온에 번지는 거리를 걸으면서 리카는 입술을 깨문다.

돌아갈 방법이 없다. 돈도 없다. 우산도 없고, 몸도 마음도 홀딱 젖었다. 어두운 길을 걷고 있으려니 리카의 가슴은 분노와 낮에 게이코와 다퉜을 때 느낀 혐오감으로 가득 찼다. 스쳐 지나가는 주정뱅이의 목소리를 듣자 토할 것 같았다. 뭐가 그렇게 웃기냐고 욕을 하고 싶어진다. 저런 남자들을 꾀어서 돌아가는 것 말고는 정말로 방법이 없는 걸까.

정면에서 걸어오던 커플과 어깨가 부딪혀서, 리카는 균형을 잃고 비틀거렸다. 자신도 모르게 화가 치밀어 외친다.

"어딜 보고 다니는 거야!! 아프잖아?!"

부딪힌 여자가 리카의 말에 한 번 뒤돌아본다. 그러나 그것뿐이었다. 리카를 슬쩍 보고는 그냥 갈 길을 간다.

세상의 모든 것이 자신을 놀리고 있는 것 같았다. 얼굴을 때리는 비가 아까부터 강해져 그것도 리카를 지치게 한다. 입을 다물고 다시 걸으려다가 재채기를 한 번 했다. 최악이다, 감기 걸릴지도 몰라.

그때였다. 갑자기 리카의 어깨를 누군가 잡았다.

깜짝 놀라 어깨를 떨며 돌아본다. 아는 얼굴이 리카 쪽으로 우산을 내밀고 서 있었다.

"사에키, 리카지?"

말 거는 그 목소리가 귀에 익다. 단정한 얼굴을 살짝 찌푸리고,

사카키가 서 있었다.

리카가 사카키와 직접 얘기를 한 것은 아마도 그날이 처음이었을 것이다.

그 당시 리카는 사카키를 '착각에 빠진 신참교사'로만 생각하고 있었다. 다른 여학생들이 그에게 열을 올리는 것도 이해가 안 간다. 리카에게 있어서 사카키는 귀찮기만 한 존재였다.

그러나 그날 리카는 사카키의 얼굴을 본 순간 스스로도 한심할 정도로 어깨에서 힘이 빠지는 것을 느꼈다. 모르는 거리, 모르는 사람들 사이에서 유일하게 아는 얼굴을 발견했으니까 당연한 건지도 모른다. 홀딱 젖은 리카를 보고, '어디 들어갈까?' 하고 사카키가 묻는다. 리카는 얌전히 고개를 끄덕였다.

사카키는 마침 그날 고교 시절의 친구를 만나 식사를 하고 있었다고 한다. 가게에서 조금 떨어진 주차장으로 차를 가지러 가던 차에 우연히 리카를 발견했다고 했다.

사카키가 데려간 곳은 작은 커피숍이었다. 가게 안은 어둡고, 손님은 사카키와 리카 둘뿐. 별로 인기 없는 가게인 듯 보였다.

"커피 마실래?"

창가 자리를 골라 앉으며 사카키가 리카에게 묻는다. 계속 입을 다물고 있던 리카였지만, 이 말에는 작게 고개를 저어 보였다.

"……홍차가 좋아요."

"커피는 못 마셔?"

리카는 작게 고개를 끄덕인다. 사카키는 가볍게 미간을 찌푸리며 리카를 보더니, 서슴없이 '덜 컸군' 하고 중얼거렸다. 타이밍 좋게 다가온 웨이터에게 커피와 밀크티를 주문한다. 리카는 잠자코 있었다. 사카키의 거침없는 말이 너무나 불쾌했다. 언젠가 생각했던 것처럼, 네가 뭘 아느냐고 마음속으로 중얼거린다.

리카는 입을 꼭 다문 채 도망치고 싶을 정도의 거북함을 느끼고 있었다. 다른 수가 없어서 사카키를 따라오긴 했지만, 지금부터 자신이 놓인 상황을 변명하지 않으면 안 되고, 거기다 그에게 집까지 데려다 달라고 하거나 돈을 빌려야 한다. 이제부터 이 남자가 의기양양한 얼굴로 설교하는 말을 들어야 한다고 생각하니 기분이 나빴다.

리카에게 양해도 구하지 않고 사카키가 주머니에서 담배를 꺼냈다. 한 개비를 손에 들고, 리카를 신경 쓰는 기색도 없이 재빨리 불을 붙인다.

"그런데 이런 시간에 여긴 웬일이냐? 홀딱 젖어서는."

담배 끝에서 피어오르는 연기에 눈을 가늘게 뜨며 사카키가 얼굴을 들여다본다. 그 말투에는 격식을 차린다는 인상도 없었다. 계속 입을 다물고 있을 수도 없어서, 리카는 사카키에게서 시선을 피하며 대답했다.

"그냥요."

"너, 그렇게 나오면 두고 간다? 집에 갈 방법도 없으면서."

맛없다는 듯이 담배를 피우며 사카키가 퉁명스레 덧붙였다.

"그런 거 아니면 네가 교사를 따라왔겠냐? 뭐 네 사정이야 어찌 됐건 나도 흥미는 없지만, 어쩔 건지 확실히 해라."

놓여 있던 재떨이 위에 담뱃재를 떨며 사카키가 귀찮다는 듯 리카를 재촉한다. 리카도 설명을 해야 한다는 것쯤은 알고 있다. 알고 있지만, 입이 열리지 않았다. 그런 리카 앞에서 사카키가 깊이 한숨을 쉬었다. 담배를 입에 문 채 양복 재킷을 손에 들고 일어선다.

"잘 있어라."

"잠깐만요! 진짜 가게요?"

사카키가 리카를 다시 마주 본다. 아마 자신은 매달리는 눈으로 사카키를 보았을 거라고 생각했다. 그는 리카를 내려다보고 있었다.

"갈 건데!"

"뭐야, 무책임하지 않아요? 자신이 가르치는 학생을 내버려두고 갈 거예요?"

반쯤 몸을 내밀고 사카키를 노려보자, 그는 목덜미에 손을 대며 리카를 응시했다. 내 알 바 아니지. 그 눈이 그렇게 주장하고 있다. 사카키가 말했다.

"그렇게 말하는 리카, 너부터도 날 선생님이라고 생각 안 하잖아? 나도 뭐 대단한 듯 선생님인 척할 생각은 없어. 어차피 부담임인데, 뭐."

"——말도 안 돼."

리카는 발끈하며 입술을 깨문다.

심한 초조함과 수치심. 왠지 김이 새는 듯한 불쾌한 기분이 가슴속에 퍼져 간다. 자신이 갑자기 한심하고 작은 존재가 되어버린 것 같아서, 리카는 있는 힘을 다해 사카키를 노려본다. 그것밖에는 할 수 있는 일이 없었다.

사카키의 차가운 눈이 무표정하게 가게 입구를 보고는 다시 테이블 위를 본다. 쓸데없이 잘생긴 얼굴 탓에 그 동작은 더더욱 싸늘하게 느껴졌다.

"뭘 생각하는지는 대충 알겠는데. 난 고자질은 안 해. 야마자키 선생님 싫어하거든."

사카키는 단호하게 말했다.

"난 기본적으로 여자한테 약한 성격이거든. 내가 데려다 주길 바란다면 우선 데려다 주고, 오늘 일은 그냥 잊어 주지."

그 말에 리카의 가슴속에서 단숨에 초조함이 사라진다. 갑자기 긴장이 확 풀리자, 새삼 리카의 머릿속에 오늘 하루 있었던 일들이 천천히 떠올랐다. 지금까지 있는 힘을 다해 자신이 지켜왔던 것들이 전부 어리석고 쓸데없는 것처럼 느껴지고, 그렇게 되자 더욱 자신이 한심했다.

어째서 자신이 이런 일을 당해야 하는가.

고개를 숙이자 눈언저리에 가벼운 경련이 일었다. 울면 안 된다는 것을 의식의 한구석으로는 알고 있지만, 눈물이 나오기에 앞서 어깨가 작게 떨리는 것을 느꼈다.

"그렇지만, 그런……."

신음하듯 중얼거리며 리카는 고개를 젓는다.

사카키 따위를, 선생 따위를 의지할 수 없다는 생각을 하면서도, 일단 눈앞의 현실을 인정한 순간 다른 감정은 모두 떨어져 나갔다.

왠지 문득, 초등학교 시절 반에서 따돌림을 당했던 때가 생각났다. 리카가 괴롭힘을 당할 때마다 감싸주었던 사람이 늘 게이코였다는 사실도 생각났다. 테이블 위에 놓인 자신의 전화에 눈길이 멈춘다. 정체 모를 서글픔이 가슴을 찌른다. 이런 상황에 빠져서도 리카에게는 전화를 걸 상대가 없었다. 누구 한 사람 그럴 상대가 자신에게 없었던 것이 막연한 초조함으로 자신을 몰아붙인다. 리카는 울음을 터뜨렸다.

리카가 힘없이 눈가를 훔치며 사카키를 올려다보자, 그는 말없이 자신을 내려다보고 있었다. 그의 한쪽 눈썹이 약간 치켜 올라가 있다. 긴 앞머리를 쓸어 올리고 그는 길게 한숨을 쉬었다.

사카키한테는 귀찮을 일일 뿐이라고 생각한다. 그러나 리카는 멈출 수 없었다. 한 번 울기 시작하니 목소리는 점점 커질 뿐이었다.

잠시 후에, 사카키는 손에 들고 있던 재킷을 의자 위에 던졌다. 리카의 정면에 다시 앉아서, 몸을 기울여 커피 잔을 든다. 불쾌한 듯이 그것을 입으로 가져간다.

리카가 젖은 눈으로 사카키를 쳐다보자, 그가 눈치채고, '왜?' 하고 내뱉었다. 불쾌한 기색을 감추려고도 하지 않는다. 시선에는 의욕도 없었다. 주위를 신경도 안 쓰고 마구 울기만 하는 자신을 사카키의 눈은 귀찮은 듯이 바라보고 있었다.

하지만 멈출 수 없는 건 어쩔 수가 없다. 어깨를 크게 훌쩍이고 울면서 리카가 그에게 묻는다.

"……안 가요?"

"가고 싶다."

포기했다는 듯이 긍정하고, 그는 더욱 불쾌해진 듯 맛없게 커피를 마신다. 웨이터를 발견하고는 손을 들더니 '추가'라고 말했다.

"그럼……."

"그냥 없다고 생각해."

리카를 무시하고 그는 담배에 불을 붙인다. 그러더니 그는 가방을 열고 천천히 갱지 다발을 꺼냈다.

쳐다보는 리카의 시선을 전혀 신경 쓰지 않는 듯 말없이 그것을 펼쳐놓고 다시 길게 한숨을 쉬었다. 뭘 하려는 건가 하고 리카는 그것을 보고 있었다. 아무래도 그것은 지난주에 본 수학 시험지 같았다. 그것도 리카네 반 시험지 같다. 사카키는 빨간 펜을 꺼내어 길고 깨끗한 손가락에 쥐었다. 재미없다는 듯 턱을 괴고 그는 채점을 하는 것 같다. 말을 걸면 안 될 것 같아서 리카는 눈가에 손수건을 댄 채 가만히 그 모습을 바라보고 있었다.

리카가 울음을 터뜨려도 아무렇지도 않은 것일까?

리카를 혼자 둘 수 없다고 생각해서 남아 준 건가 하는 생각도 들었지만 이래서는 자신이 오히려 민망해진다. 점원이 가져온 커피를 여전히 맛없다는 듯 입으로 가져가면서, 사카키는 시험지에서 얼굴을 들려고 하지 않았다.

한 시간 정도 그런—— 리카는 울고, 사카키가 퉁명스럽게 커피를 추가하는 그런 상황이 이어졌을 때.

"……바보, 아니에요?"

감정이 격해져서, 리카는 그렇게 물었다.

그 말에 처음으로 사카키의 눈이 리카를 향한다. 그 눈에는 여전히 사양도 배려도 없다. 리카는 그게 화가 났다.

"가고 싶으면 가면 되잖아요? 물론 리카는 지금 돈도 돌아갈 방법도 없지만, 무슨 상관이에요? 가면 되잖아요."

사카키의 눈은 똑바로 리카를 보고 있었다. 눈물로 붉어진 리카의 눈을 보면서도 시험지를 붙들고 있는 게 얄밉다. 머리에 피가 올랐다.

"비웃는 거죠……."

사카키는 얼굴을 찌푸리고 조용히 시험지를 테이블 위에 놓았다.

"저기 말이지, 넌 왜 나를 그렇게 싫어하는데? 교사라서?"

한숨 섞인 목소리였다.

"정신 좀 차려라. 교사를 싫어해도 내 직업이니까 별수 없잖아. 내 머리랑 피어스를 보고 뭐라고들 하는지 알아? 난 말단이라 너하고 처지가 다를 것도 없어. '선생'이라는 이유로 입는 거 하는 거 하나하나 잔소리를 듣는 것도 너랑 똑같아."

그렇게 말하더니 사카키는 다시 새 담배를 입에 문다. 조용히 불을 붙이며 말을 이었다.

"그래도 교사는 교사니까, 지금 여기에 널 놔두고 가면 책임이라는 게 발생하거든. 네가 반에 없으면 심심할 듯하기도 하고. ―― 그냥 둘 수야 없지. 그뿐이야."

뻔뻔스럽게 그런 말을 하는 사카키를 보고 있는 동안에, 리카 안에 이상한 느낌이 솟아오른다. 연기를 깊이 들이마시고 나서, 사카키의 눈이 다시 리카를 본다. 화려한 피어스가 귀에서 반짝이고 있다. 그것을 보고 있는 동안 리카의 가슴속에서 짜증이 깨끗하게 사라졌다. 어쩌면 이 남자는 자신이 생각하고 있던 모습과는 또 다른 개성을 가진 사람인지도 모른다.

아직도 입을 다물고 있던 리카가 작게 숨을 들이쉰다. 그러자 스스로도 놀랄 정도로 자연스레 말이 튀어나왔다.

"―― 집에 가고 싶지 않아요."

말해버리고 나서 스스로도 놀랐다. 사카키를 쳐다본다. 그의 눈이 스윽 가늘어지더니 얇은 입술 끝이 조금 치켜 올라간다. 사카키가 웃었다.

"오락실 갈래?"

겉옷을 손에 들고 일어나면서, 그는 그렇게 물었다.

사카키가 데려다 준 날 이후로, 리카는 사카키와 자주 얘기를 나누게 되었다. 한 번 그의 앞에서 허세 부리는 짓을 그만두고 나니 리카는 마음이 가벼웠고, 사카키와 있는 것이 즐거웠다.

그때의 일을 회상하며 생각한다.

리카와 사카키의 관계는 분명히 교사와 학생이라기보다 친구에 가까웠다. 다만 서로를 그렇게 잘 알지 못하는 친구. 사카키는 어렴풋이 눈치채고 있었겠지만 리카가 하던 일에 대해서도, 가정 문제에도 간섭하지 않았고 리카도 사카키와 얘기하는 일은 다른 학생들이 없을 때 쓸데없는 잡담을 잠깐씩 하는 패턴이 대부분이라 그에게 자기 자신의 얘길 하려는 생각은 들지 않았다.

그 당시, 리카는 밝고 잘 웃는 사카키와 그를 둘러싼 반 전체의 분위기가 역겨웠다. 그때의 사카키는 다른 학생들과 진심으로 즐거운 듯이 웃고 있어서, 리카는 늘 그 모습을 조금 떨어진 곳에서 바라보고 있었다. 재미없었다.

그 무렵의 리카는 그것이 무엇 때문에 생기는 감정인지 몰랐다. 깊이 생각하지 않았다. 그때 사카키에 대해서 느낀 분노와도 같은 감정. 지금이라면 너무 간단하게 설명할 수 있다. 리카에게는 사카키 이외엔 친구가 없었다. 그리고 스스로 그것을, 자신이 사카키를 의지하고 싶어 한다는 것을 인정하고 싶지 않았다. 일방통행이나 다름없는 그런 감정이 자신 안에 있다는 것이 싫었다.

다른 학생들과 웃고 있는 사카키의 등. 리카는 그것을 늘 바라보며 지냈다.

그런 일이 반복되던 초여름 경. 아직 리카 주변의 세계는 메말라 있었다.

야마자키는 매일 변함없이 머리카락 색을 집요하게 지적했고, 처음에는 빙 둘러 말하다가 점점 대놓고 비아냥거리며 자퇴를 권하게 되었다. 그러나 학비를 내 주는 아버지를 생각해서, 리카는 고교 중퇴를 거부했다. 그렇게 되면 아버지와 얼굴을 맞대고 무슨 얘길 하면 좋을지 알 수 없었다. 면목이 없었다.

학교도 집도 여전히 숨 막히는 가운데, 리카가 의지해 왔던 사람이 여동생 유미코였다.

완전히 학교에 가지 않게 되고, 친구도 없는 것 같은 유미코. 그녀를 지켜야 한다고, 리카는 그것만을 생각했다. 집안 문제나 언니들 사정으로 그녀가 망가지는 것만은 반드시 막아야 한다. 당시 리카의 하루는 학교에 가려고 하지 않는 동생을 설득하는 것으로 시작되었다.

"유미코, 선생님이 전에도 전화하셨지? 이대로 있으면 계속 학교에 못 가게 돼."

리카의 말에 이불 속의 동생은 대답하지 않는다. 유미코는 웅크린 채로 이불에서 나오려고 하지 않았다. 지친 한숨을 쉬면서, 리카가 작게 부풀어 있는 이불을 들친다.

"유미코!"

"……내일, 갈게."

어두운 이불 속에서 살짝 얼굴을 내민 유미코는 리카를 보지 않은 채 말했다.

"유미코."

"언니, 오늘도 늦게 와? 엄마도 오늘 늦는대. 사야 언니도 안 오지? 유미코 머리 감겨줘."

이불에서 기어 나와, 유미코는 매달리는 눈으로 리카를 본다. 울 것 같은 목소리였다.

가출했던 사야는 돌아오긴 했지만 변함없이 집에는 거의 들어오지 않았고, 어머니도 일 때문에 피곤해서 그런지 유미코를 제대로 돌볼 수 없는 상태였다.

원래부터 내성적이라 가족 외의 사람 앞에서는 얘기도 잘 못하는 유미코는, 혼자 잠들지도 못했고 목욕도 혼자서는 못했다. 리카는 깊이 한숨을 쉬고 유미코를 보았다.

"……알았어."

그 말에 유미코가 반짝 얼굴을 든다.

"일찍 올게. 그 대신, 슬슬 혼자서 목욕하는 연습을 해야지. 안 그러면 이제 머리 안 감겨준다. 내일 깨끗하게 하고 학교 가는 거다."

못을 박듯 그렇게 말하자, 유미코가 작게 고개를 끄덕인다. 리카는 그런 유미코의 머리를 쓰다듬으며, 내일은 무슨 일이 있어도 이 애를 학교에 데려가야겠다고 생각하고 있었다.

1학기도 한 달밖에 남지 않은 그 날.

리카는 야마자키한테 교무실로 호출 당했다. 유미코와 약속했으니 빨리 끝내줬으면 좋겠다. 그런 생각을 하면서 교무실 문을 들어서니, 야마자키는 마지막 카드를 내보이듯 한 마디를 건넸다

——사에키 리카, 너 매춘하냐.

"안 해요."

대답하는 목소리가 살짝 쉬어 있었다.

어떻게 들킨 걸까, 언제 들킨 걸까, 어떻게 되는 걸까, 증거는 있는 걸까. 줄지어 머릿속에 생각이 떠오른다. 지금까지 그랬던 것처럼 머리카락 색깔을 지적당하는 것과는 무게가 다르다. 이번에는 도망칠 수 없다. 학교 밖으로 밀려난다는 사실이 갑자기 선명한 실감을 가지고 리카의 등을 기어오른다.

그날 교무실이 어두웠던 것을 리카는 똑똑히 기억하고 있다.

다른 교사의 모습은 보이지 않았고, 오직 야마자키의 얼굴만 하얗게 떠올랐다.

"안 해요. 정말로, 안 해요."

뛰쳐나온 집에 홀로 남겨진 아버지를 생각했다. 말 없고 서툰 아버지가 세이난에 합격했다는 소식을 들었을 때 기뻐하던 모습을 떠올렸다. 자신도 학교를 그만두자고 생각한 적도 있었다. 하지만.

"못 믿어요? 안 한다잖아요!!"

거의 비명에 가까운 목소리로 그렇게 외쳤을 때, 리카는 야마자키의 오른손이 일순 자신의 머리 위로 올라가는 것을 보았다. 그리고 다음 순간, 뺨에 철썩하는 소리와 함께 차가운 통증이 달렸다. 야마자키의 경멸을 띤 눈이 리카를 내려다보고 있었다.

"사에키."

맞은 뺨이 징징 울린다. 리카는 멍하니 뺨에 손을 댄다. 차가운 말이 이어졌다.

"사에키, 너 같은 건 학교 그만둬야 해."

5

시야는 어두웠다.

무표정하게 자신을 내려다보는 '그 인물'로부터 도망쳐, 사에키 리카는 어두운 복도를 울면서 헤매고 있었다. 딱딱한 바닥을 박차는 다리에는 힘이 거의 들어가지 않았다. 어디로 도망치면 좋을지, 목적도 없이 그저 헤매는 것이 너무나 불안하고, 게다가 쓸데없는 예감까지 치밀어올라 리카는 달리면서 계속 외쳤다.

(사카키샘, 사카키샘!!)

(도와주세요, 사카키샘……!)

시야는 어두웠지만, 마음은 더욱 깊은 어둠으로 굴러떨어지고 있었다. 수렁에 빠진 듯한 사고가 멈추지 않는다. 사카키의 이름을 부르면서 어떻게든 의식을 유지하려고 하지만, 오히려 더욱 불안해질 뿐이었다. 사카키를 보고 싶다, 그가 구해 줬으면 좋겠다. 왜 그는 와주지 않는 걸까?

비틀비틀 걸으면서 리카는 문득 입을 막고 몸을 웅크렸다. ── 토할 것 같았다. 입술도 목도 바싹 말랐다. 거친 숨을 쉬면서 잠시 쉬어야겠다고 자신을 타이른다. 새까만 복도를 돌아보고, 여긴 어딜까 하고 생각한다. 도망치는 데만 열중해서, 자신이 지금 어디에 있는지조차 리카는 알 수 없었다.

살짝 고개를 들자 겨우 교무실 표지판을 알아볼 수 있었다. 그럼 여긴 1층일 것이다. 리카가 웅크려 앉은 곳은 체육관과 이어지는 연결 통로 바로 옆이었다. 리카는 연결 통로 쪽으로 걸어가 바로 옆 교실의 표지판을 올려다보았다.

'교재 창고'

잠시 망설인 후, 리카는 문손잡이를 잡는다. 소리를 내며 간단히 창고 문이 열렸다. 생각만큼 어둡지는 않았다. 창문에서 눈에 반사된 빛이 은은하게 새어 들어오고 있었다. 리카는 안에 들어가서 재빨리 문을 닫았다. 시야 끝에 뜀틀이 들어오자, 실이 끊긴 인형처럼 힘이 빠져 거기에 기댔다.

어째서, 지금. 자신에게 이런 일이.

몸은 이제 한계였다. 주저앉은 순간 머리가 깨질 듯이 아프다. 심장이 스스로도 놀랄 정도로 크게 울리고, 그에 호응하듯 몸 안쪽이 둔하게 떨리고 있다. 고개를 숙이고 눈두덩을 누르자 끊임없이 불안이 밀려온다. 아까 자신이 본 얼굴과 그전에 자신이 깨달은 사실. 모든 것이 흩어져 연결되지 않는다. ——아니.

리카는 무릎을 껴안고 앉아 살며시 고개를 들었다.

연결될지도 모른다. 하지만 믿고 싶지 않다. 믿을 수 없었다.

(사카키샘…….)

아침에 언제나처럼 3학년 2반 교실에 등교한 사람은 리카를 포함해서 8명뿐이었다. 리카, 게이코, 시미즈, 아키히코, 스가와라, 미쓰루, 다카노, 미즈키……. 평소대로다, 언제나 그랬다, 틀림없이 그렇게 느끼고 있었다. 하지만 지금 리카의 가슴에 있는 이 찝찝함은 무엇일까. 리카의 가슴에, 함께 있었던 7명 중 하나의 얼굴이 떠오른다. 그 한 사람의 얼굴, 그 표정은 리카의 의식에 깊이 새겨져 사라지지 않는다. 조금 전까지 자신들과 함께 있었고 리카와도 얘기했던 그 사람은, 대체 누구였던 걸까. 자기 자신에게 물어보지만, 그 대답은 너무나 명확했다.

한 번 알아채고 나니 자신이 왜 지금까지 그것을 몰랐는지가 답답하다. 다른 애들은 아직도 모를 것이다. 아마, 지금의 리카처럼 되기 전까지는. 게다가 지금 리카도 그 사실을 바로 믿기는 어려웠다. 생각은 점점 안 좋은 방향으로, 어두운 방향으로 흘러간다. 어떻게든 그걸 멈추려고 해 보지만, 무슨 짓을 해도 잘되지 않았다. 불안이 가슴을 할퀸다. 리카의 가슴은 부서질 듯 아팠다.

(정말, 어째서)

마음이 공포로 비명을 지른다. 다음은 더 이상 말이 되어 나오지 않았다.

6

야마자키에게 맞고 집에 돌아온 그 날. 자포자기 되어 밤거리를 비틀비틀 걷다가, 더는 어쩔 수 없다고 생각하며 아픈 뺨과 가슴을 품고 돌아간 그 날.

어머니의 집에 돌아가자 어머니도 사야도 보이지 않았다. 어머니는 이미 가게에 나갔을 시간이었고, 사야도 분명히 어딘가에서 늦게까지 놀고 있는 게 분명했다. 리카는 힘없이 방에 들어가 가방을 내려놓고 한숨을 쉬었다. 눈앞에 있는 현실이 자기 일이라는 생각이 들지 않는다. 남의 일처럼 느끼면서도 멍하니 생각한다. 어쩌지. 내일부턴 대체 어쩌면 좋지.

현관 앞에 있는 거울에 얼굴을 비춰보니 뺨이 아직 빨갛다. 때릴 것까진 없지 않느냐고, 그 생각을 하면 또 화가 난다. 거울에 이마를 댄 채 고개를 숙이고는 뜬금없이 사카키를 생각했다.

그도 리카가 그런 일을 하고 있었다는 사실을 알았을까.

아무리 친구 같다고 해도, 그는 리카네 반의 부담임을 맡은 교사다. 당연히 야마자키에게 들었을 것이다. 그렇다면 사카키는 그걸 듣고 어떻게 생각했을까. 거기까지 생각하고는 바보 같아져서, 리카는 될 대로 되라는 심정으로 웃는다. 어떻든 상관없지 않은가, 그런 것쯤.

리카는 거울에서 얼굴을 떼고 안쪽 방으로 향했다. 베란다에 가고 싶었다. 베란다 난간을 넘어버리고 싶은 충동이 오늘도 가슴속에 있었다. 자신이 절대로 그것을 넘지 않으리라는 것은 알고 있다. 하지만. 그래도.

어두운 충동이 시키는 대로 리카는 안쪽 미닫이를 열고, 그리고 발을 멈췄다. 방바닥 위에 늘 깔린 이불에 시선이 멈춘다. 항상 누워 있던 유미코의 모습이 보이지 않았다.

그 애는 어디로 간 것일까.

"유미코?"

빈말로라도 넓다고는 할 수 없는 집인데, 유미코는 왜 보이지 않을까. 현관문은 열려 있었다. 그래서 안에 있을 거라고 생각했는데, 어딘가 나간 것일까. 그렇다면 앞으로의 문단속에 대해 주의를 줘야 한다. 하지만 이런 시간에 어디에 갔단 말인가. 그렇게 혀를 차면서 고개를 들다가, 리카는 문득 어떤 것이 생각났다. ――그 애를 씻겨 주기로 한 약속이다.

"유미코……?"

나갈 때 자신이 했던 말이 떠오른다. 슬슬 혼자서 목욕하는 연습을 해야지……. 아까는 몰랐지만, 현관에서 보이는 목욕탕 유리문에 노랗게 불이 켜져 있었다. 리카는 안심해서 '유미코' 하고 불러본다. 대답은 없었지만, 문을 연다. 그리고 리카는 천천히 눈을 부릅떴다.

물을 받아 놓은 욕조 안에 유미코가 눈을 감고 축 늘어져 있었다.

오싹, 머리카락이 움직인 듯한 기분이 들었다. 유미코는 턱 근처까지 물에 잠긴 채 입을 벌리고 눈을 감고 있었다. 그것만 보면 마치 자고 있는 듯 보인다. 그러나 리카는 한눈에 그 모습이 심상치 않다는 것을 알 수 있었다. 유미코의 입술은 새파랬다.

"유미코……!!?"

서둘러 뛰어 들어가 욕조 안의 동생을 안아 올린다. 그리고 리카는 놀랐다. 동생의 이름을 다시 부른다.

"유미코, 유미코!"

안아 올린 머리가 전혀 반응을 보이지 않는다. 자줏빛으로 변한 얼굴과 입술이 리카가 흔드는 대로 흔들흔들 흔들린다. 그래도 유미코의 눈은 굳게 감긴 채였다.

그때 처음으로 리카의 가슴속에 불길한 예감과 초조함이 스쳐 지나갔다. 동생의 이름을 부르면서, 리카는 절망적인 기분으로 신음했다. 동요 때문에 눈가가 경련하고 콧속이 찡해진다. 정신을 차려보니 유미코를 부르는 자신의 목소리가 울음소리로 변해 있었다.

"누가……."

팔 안의 유미코는 움직이지 않는다. 리카는 차가운 타일 위에 유미코를 눕히고, 정신없이 현관에 내려놓은 가방으로 달려갔다. 전화기를 꺼내는 손과 손가락이 뜻대로 움직이지 않는다. 전화할 상대는 하나밖에 떠오르지 않았다. 플립을 열고 버튼을 누른다. 반복되는 호출음이 유난히 길게 느껴졌다. 세 번째 호출음이 울리고 나서 상대방이 전화를 받는 소리가 전해져 온다.

'——네.'

"사카키 선생님?!"

전화 건너편에서 사카키가 일순 놀라는 느낌이 전해졌다. 그러나 바로 '리카냐?' 하는 짧은 대답이 돌아온다. 흐느끼는 목소리로, 리카는 말없이 고개만 끄덕였다. 말이 바로 나오지 않았다. 전화에 매달렸다.

"도와주세요. ——제발, 도와주세요……, 유미코가, 유미코가 죽어요."

그 말만이 겨우 입을 뚫고 나온다. 구체적인 상황을 전해야 해, 어떻게든 해야 한다고 생각하는데 무엇 하나 제대로 말할 수가 없었다. 똑똑히 말해야 해, 그전에 나도 정신을 차려야지. 그렇게 생각하면 생각할수록 입술도 손도 점점 심하게 떨릴 뿐이었다.

'지금 너 어디야.'

사카키의 낮은 목소리에 리카가 겨우 집, 이라고 대답한다. 곧바로 병원에는 연락했느냐고 묻는다.

대답하는 리카의 울음소리는 이미 비명에 가까웠다. 리카는 다시 한 번 말했다.

"선생님, 도와주세요……."

대답하는 사카키의 목소리는 짧았다. 낮고 강한 목소리로 그는 '알았어, 도와줄게'라고 리카에게 말했다.

그 후 사카키의 행동은 빨랐다.

그때까지 학교에 있었다는 그는, 구급차가 도착하기도 전에 리카의 집으로 달려와 주었다. 유미코 옆에서 멍하니 주저앉아 있는 리카를 정신 차리라며 일으켜 준 사람도 그였다. 사카키의 큰 손이 야마자키에게 맞은 뺨을 부드럽게 만졌을 때, 눈물이 나올 정도로 안심했던 것이 기억난다.

무서웠다. 토할 것 같았다. 그곳에서 한 발자국도 움직일 수 없었다.

정신이 들자 사카키의 팔에 매달려 엉엉 울고 있었다. 더듬더듬 유미코의 상태를 설명하는 리카의 어깨를 달래듯 두드리고는, 그가 유미코에게 달려간다.

그다음은 잘 기억이 안 난다.

머리가 더욱더 아프다. 다가오는 사이렌 소리. 창에 붉게 점멸하는 빛. 현관으로 들어온 구급대원. 작은 유미코의 몸과 손. 현실감이 없는 머리 한구석에서, 유미코의 얼굴은 축 늘어져 있다. 욕조에 오래 들어가 있던 유미코가 그대로 잠들어서, 탈수증상을 일으킨 것 같다고 했다. 리카는 집을 나설 때 유미코와의 약속을 어긴 것을 울면서 후회했다. 언니 빨리 와라, 혼자서 목욕하는 연습 할게, 하던 동생의 얼굴, 그 목소리.

(나 때문이야……)

검푸른 안색, 축 늘어진 얼굴.

리카는 계속 울었다. 태어나서 처음으로, 진심으로 기도했다. 유미코를 무사히 돌려보내 달라고.

병원의 새하얀 로비 의자에 웅크리고 있는데, 정장 차림의 사카키가 종이컵을 한 손에 들고 다가오는 모습이 보였다. 힘없이 고개를 든 리카에게 컵을 내밀더니 정면 벽에 등을 기댄다. 말없이 받아 든 컵에서는 밀크티의 좋은 냄새가 났다. 따뜻했다.

사카키는 눈을 가늘게 뜨고 아직도 넋이 나가 있는 리카의 얼굴을 응시하고 있었다. 리카는 그런 사카키의 시선이 긴장한 듯 굳어 있는 것을 알 수 있었다.

"——야마자키 선생님이냐?"

사카키의 손이 리카의 오른뺨으로 뻗어왔다. 질문의 의미가 잘 와 닿지 않아 리카는 멍하니 그 목소리를 듣고 있었으나, 다음 순간 뺨을 맞았을 때의 아픔이 싸늘하게 떠올랐다. 작게 고개를 끄덕이자 사카키의 손은 볼에서 떨어졌다. 뺨이 아직도 빨간 걸까. 그때 사카키의 눈은 진심으로 불쾌한 빛을 띠고 있었다. 그리고 중얼거린다.

"저질이군."

리카는 그런 그를 바라보면서, 왜 자신은 그에게 연락한 걸까 하고 생각한다. 그저 어떻게 해야 좋을지를 알 수 없었다. 무서웠다, 괴로웠다. 와 준 사카키의 손은 따뜻했다. 로비에서 둘이 입을 다물고 있으려니, 갑자기 그쪽으로 발소리가 다가오는 것이 들렸다. 리카가 고개를 들자, 거기에는 새파란 얼굴을 한 아버지가 서 있었다.

"리카."

아버지가 이름을 부르며 다가온다. 당혹스러워하는 리카 앞까지 와서 그는 천천히 딸을 끌어안았다. 낯선 가슴의 느낌에 리카는 어쩔 줄을 몰라, 그저 사카키를 보고 있었다. 사카키는 리카와 눈이 마주치자 힘없이 웃었다.

"내가 연락했어."

짧은 그 말에, 리카는 그때까지 자신 안에서 계속 팽팽하게 당겨져 있던 실이 툭 끊기는 것을 느꼈다. 어색한 동작으로 아버지의 등에 손을 뻗는다. 아버지의 팔이 희미하게 떨리고 있었다. 낮고 작은 그의 목소리가, 한 마디 '미안하다'고 중얼거리는 것이 들렸다.

리카는 눈물이 멈추지 않아, 아버지의 등에 매달려 울었다.

기리노 게이코가 리카의 집을 찾아온 것은 그로부터 3주 정도 지난 여름방학 직전의 일이었다.

이 시기의 리카는 집안 사정만으로도 버거웠고 어차피 자신은 퇴학 당할 거라고 각오하고 있어서 이른바 '등교 거부' 상태였다. 다행히 아버지는 자신이 고등학교를 그만둬도 괜찮다고 해 줬기 때문에, 이 참에 자퇴해 버리자는 생각을 하고 있을 때였다.

게이코와는 이전에 다툰 후 리카가 일부러 피하고 있던 탓도 있어 얘기를 하는 건 꽤 오랜만이었다. 그러나 그녀는 다툰 일에 대해서는 한 마디도 없이, 유미코 일을 비롯한 리카의 사정을 걱정해 주었다. 리카가 결석한 동안 학교가 어땠는지에 대해서도 살짝 언급하며, 게이코는 리카에게 한 가지 사실을 밝혔다.

"야마자키 선생님이 세이난 그만둔대."

그녀는 담담하게 말했다.

"원래부터 그 선생님은 화를 잘 내는 성격이잖아. 너도 알지? 교칙을 위반했다고 학생을 때리기도 하고 수업 중 질문에 대답 못 하면 금방 손을 올리고. 지금까지는 뭐랄까, 학교 전체가 거기에 익숙해 있었지. 문제 삼을 정도는 아니라면서. ——솔직히 말하면 나도 그렇게 생각하고 있었어. 교사의 그런 태도를 학부형들이 '체벌'이라면서 일일이 시끄럽게 구는 것도 안 좋아하고."

게이코는 거기서 크게 숨을 내쉬었다.

"하지만 이번에 사카키샘이 그걸 문제 삼았다더라. 야마자키의 심한 체벌을 지적하면서 추궁했대."

그 말을 들음과 동시에, 리카의 머릿속에 사카키의 표정이 떠올랐다. 병원에서 리카의 뺨을 바라보며 '저질이군'이라고 중얼거리던 그 얼굴. 가슴이 벅찼다.

"참, 어디서 그런 걸 조사했는지. 야마자키한테 맞은 애들을 하나하나 다 찾아서 증언을 받아왔어. 야마자키한테 그걸 들이대면서 교무실에서 싸움을 걸었다더군. 머리도 좋지. 야마자키는 계속 부인했어. 그래도 사카키샘이 끈질기게 물고 늘어졌지. 야마자키는 귀찮아하면서 자긴 그런 사람 아니라고 발뺌하고. 학생을 때릴 때도 대개는 교무실에서 설교할 때라 학생이랑 단둘이 있을 때였던 것 같고. 달리 믿을 만한 증인은 없냐면서 버텼어."

"근데 어째서 야마자키가 그만두게 됐는데? 그만둘 것까진 없잖아. 결국, 꼬리가 잡힌 거야?"

리카가 묻자, 게이코는 거기서 가볍게 쓴웃음을 띠고 조용히 고개를 끄덕인다.

"응. 결국, 궁지에 몰리니까 갑자기 화를 버럭 내면서 그 자리에서 사카키샘을 때렸거든."

아마 거기까지 계산하고 있었던 거 아닐까, 라며 게이코는 말을 이었다.

"교무실 한가운데에서, 다른 선생님들도 있고 우연히 거기 있던 학생들까지 다 보고 있는 데서 일어난 일이었지. 모두가 증인이 된 셈이니 야마자키는 도망칠 데가 없었지."

야마자키가 사카키를 때리고 나서, 교무실 안은 물을 끼얹은 듯이 조용해졌다. 자신이 한 짓을 깨닫고 야마자키는 아차 하는 얼굴로 자신의 오른손을 쳐다본다. 사카키는 맞은 뺨을 누르려고도 하지 않고 천천히 야마자키 쪽으로 고개를 돌린다.

'——실례했습니다, 선생님. 야마자키 선생님 같은 인격자가 학생을 때릴 리가 없지요.'

주위 사람들이 지켜보는 가운데, 사카키는 진지한 얼굴로 야마자키에게 한 발짝 다가간다. 그리고 싱긋 웃었다.

'정말 실례했습니다. 제가 어떻게 됐었나 봅니다.'

"야마자키가 사카키샘보다 경력이 기니까, 때리지만 않았어도 이렇게까지 문제가 커지진 않았을 텐데, 일이 그렇게 되어서 야마자키도 할 말이 없었겠지. 사카키샘도 참 얄미운 사람이야. 설마 야마자키가 그만두게 될 거라고까지는 생각 안 했겠지만, 정작 야마자키는 교감한테도 상당히 잔소리를 들었나 봐. 그만두기로 했어."

거기까지 말한 게이코는 문득 온화하게 웃고는 리카에게 말한다.

"리카. 이제 슬슬 학교에 나오지 않을래?"

지극히 자연스러운 말투였다.

"사카키샘이 2학기부터 새로 담임을 맡을 것 같아. 네가 먼저 말을 걸기만 하면 우리 반 애들도 그렇게 나쁜 애들만 있는 건 아니야.

넌 강하니까, 다들 지레 겁을 먹는 것뿐이지."

게이코가 그렇게 말해주는 게 기뻤다. 온화한 그녀의 목소리를 들으면서, 리카는 유미코가 쓰러지던 날 들었던 사카키의 목소리를 떠올린다. 도와달라는 전화 건너편에서 그가 했던 말.

알았어, 도와줄게.

눈물이 고여 왔다. 사카키를 만나고 싶었다. 너무너무 만나고 싶었다. 바보 아니에요? 리카는 문제아라고요. 반에 있으나 없으나, 별로 상관없는 존재잖아요? ―― 리카는.

나는 구제불능의 엉터리예요, 선생님.

학교에 가고 싶다. 그렇게 생각한 건 리카가 철들고 나서 처음 있는 일이었다.

다음 날. 리카는 금발을 새까맣게 물들이고 학교에 갔다.

지금까지보다 훨씬 일찍 등교해서 교무실을 찾아간다. 벌써 와 있던 사카키는 리카를 보더니 눈을 가늘게 뜨고, 늘 그렇듯이 입술을 추켜올리며 웃었다. 안녕, 하고 인사를 건네고 리카의 머리를 훑어본다.

"검은 머리도 귀엽잖아."

그렇게 말했다.

"응――, 어차피 좀 있다 또 노랗게 할 거지만. 안 들키게 조금씩 할 테니까 너무 화내지 마세요, 사카키샘."

"너 말이지, 얘기할 땐 주변을 좀 둘러봐라."

평소와 다름없는 지친 듯한 어조로 그렇게 말하더니, 그는 담배를 꺼내 불을 붙인다. 리카는 웃으며 사카키의 얼굴을 들여다보았다.

"저기, 사카키샘. 리카 같은 돌머리도 교사가 되는 대학에 갈 수 있을까요? 리카는 수학선생님이 되고 싶은데."

7

도망칠 곳은 이미 어디에도 존재하지 않았다.

밀려오는 공포. 몸을 좀먹는 피로.

창고 안에서는 곰팡내가 났다. 좁고 어두운 이 공간에서, 점점 신경이 타들어 간다. 끊임없이 계속된 긴장 때문에 머릿속이 삐걱거리며 비명을 지르고 있다. 기분이 안 좋다.

어떻게 하면 여기서 나갈 수 있을까?

리카는 고개를 흔든다. 어떻게 하면, 나는 살아남을 수 있을까? 아까 자신을 바라보던 하얀 얼굴을 떠올리자, 이빨이 딱딱 부딪히는 소리가 났다. 이제부터 나는 대체 어떻게 되는 것일까. 고개를 들어보니 시야는 변함없이 어두컴컴했다.

(떨어진다……!!!)

(담임으로서 부족한 점이 많았습니다. ——드릴 말씀이 없습니다)

그 자살사건 이후 고개를 숙인 사카키의 입에서 나온 말이 떠올라 등골이 오싹했다. 자살을 한 사람은…….

생각하면 눈가가 뜨거워진다. 자살이라니 말도 안 돼. 시야를 흐리게 하는 눈물을 훔치고, 리카는 천천히 몸을 일으켰다. 너무나 무섭다. 견디지 못하고 곰팡내 나는 창고 안에서 이마를 누른다.

생각하는 거야. 이게 대체 어떻게 된 일인지. 어떻게 하면 되는지.

아무것도 감이 안 잡히는 와중에, 그래도 리카의 마음을 지탱해 주는 건 하나였다. 반드시 사카키가 와 줄 거라는 확신이었다.

(여태까지도 그랬으니까)

(사정이, 무슨 사정이 있는 거야. 그렇죠? 사카키샘)

(사카키샘은 리카를 배신하지 않아. 절대로)

누구나 피해 지나가는 자신의 어머니가 학부모 면담을 하러 왔을 때였다. 지나치게 비굴한 웃음을 지으며 비꼬는 말투로 딸을 대학에 보낼 수는 없다고 투덜거리는 어머니. 그런 그녀를 사카키에게 보여주는 데에 저항이 없었다면 거짓말이다. 하지만…….

(우와, 너희 어머님 진짜 젊으시네)

사카키는 어머니 앞에서 리카에게 그렇게 말했다.

(동생도 본 적 있는데요. 다들 미인만 있다 했더니 어머님 쪽 유전이었군요)

리카의 어머니에게 입에 발린 듯한 농담을 하면서, 사카키는 장학금 제도가 있는 대학을 몇 군데 그녀에게 소개했다.

(부모님이 부담하지 않으셔도, 할 마음만 있다면 리카는 할 수 있는 아이입니다)

'교사'라는 사람들과 별로 관계가 없었던 사람은 리카뿐만 아니라 어머니도 마찬가지였지만, 그런 어머니가 사카키와는 시종 소리 내 웃으며 사이좋게 이야기하는 모습이 신기했다. 재미있는 선생님이시네, 그러면서 어머니가 리카에게 웃어 보였을 때, 기뻐서 견딜 수 없었다. 정말로, 눈물 날 것 같았다.

사카키는 그런 사람인 것이다.

입술을 깨물며, 리카는 꺾이려는 의지를 필사적으로 세운다. 정적이 피부를 찌른다. 아무도 오지 않는다, 아무도 없다……. 괜찮다. 그렇게 자신을 달래며 어둠 속에서 숨을 죽인다. 그러나 가슴 속에는 미쓰루의, 아키히코의, 시미즈의 변해 버린 모습이, 그 마네킹의 눈이 어른거린다. 지금 불안과 공포에 신음하는 마음을 리카는 어떻게 달래야 좋을지 알 수 없었다.

(사카키샘은……)

(괜찮아. 분명 이유가 있을 거야, 사카키샘은……)

하지만 자신에게 들려주는 그 목소리가 되풀이될 때마다 그 말은 점점 가벼운 싸구려로 변해 간다. 사카키는. 사카키는 지금.

그때였다.

뜀틀을 등지고 있던 리카는 튕긴 듯이 고개를 들고, 그대로…….
무릎을 껴안은 채, 리카는 그대로 얼어붙었다. 자신의 숨소리 말고는 아무것도 느껴지지 않던 공기 속에 문득 무언가의 기척이 느껴졌다. 온몸에 소름이 돋는다.

리카, 라고 부르는 목소리였다. 자신의 등 뒤, 이 창고 안에서 소리가 났다. 누군가 여기에 있다. 얼어붙은 듯 꼼짝도 못 하는 리카에게, 그 '기척'이 천천히 다가왔다. 머뭇머뭇 돌아본다. 눈에 반사된 빛을 등지고 그림자가 서 있는 것이 보였다.

하얀 얼굴은 피투성이였다. 어둡게 떠오른 그 얼굴에는 아무 표정도 없다.

아아, 다행이다.

그 입술이 말한다.

찾았다. 생각났어?

무표정한, 그 목소리.

입 안에서 혀가 붙어버린 듯 목소리가 나오지 않는다. 공포에, 절망에 묶여버린 것처럼 몸이 움직이지 않았다.

피투성이 얼굴이, 팔이 너무나 무서웠다.

생각났어?

눈을 부릅뜬 리카를 내려다보는 눈은 탁했다. 피투성이 손이 리카를 향해 똑바로 다가온다.

"히잇……."

그 손에 공포를 느끼고 리카는 겨우 몸을 피한다. 일어서려 했으나 무릎이 풀려 기다시피 해서 다시 손을 위로 뻗는다. 간신히 몸을 일으키고, 그 인물에게서 눈을 떼지 못한 채 창고 입구까지 달려갔다. 문에 손이 닿았다. 손잡이를 몇 번이나 흔든다. 그러나 문은 열리지 않았다.

피투성이 팔이 천천히 쫓아온다.

리카…….

"저리 가……, 저리 가라고, 저리 가란 말이야!!!!!"

울부짖는 리카의 말에 아랑곳하지 않고 그 인물은 천천히, 그러나 확실하게 다가온다. 짭짤한 눈물이 입 안으로 흘러들어온다. 리카는 고개를 흔들었다.

그때.

문손잡이의 감촉이 갑자기 손가락에서 사라진다. 커다란 소리를 내며 문이 열렸다. 살았다, 그렇게 생각하며 리카가 밖으로 나가려던 순간.

리카는 갑자기 눈앞에 펼쳐진 풍경에 숨을 삼켰다.

문밖은, 그곳은 하늘이었다.

——하늘. 온통 새파란 하늘이 펼쳐져 있었다. 아무것도 없는, 하얗게 보일 정도로 파란 하늘이 눈부실 뿐이었다. 조금 전까지 그곳에 있었을 어두운 복도는 흔적도 없었다. 반쯤 몸을 내민 리카의 눈 아래로 멀리 교정의 지면이 보였다. 여기는 옥상이었단 말인가.

등 뒤에는 피투성이 팔. 밖에는 허공이 펼쳐져 있다. 아래를 보자 오싹해진다. 높다.

"어째서?!"

공포로 울며 리카는 외쳤다.

"어째서……, 어째서?!"

어깨와 이어져 있는지도 확실하지 않은 검게 물든 팔이 뻗어온다. 도망칠 곳이 없어진 리카는 그저 소리를 지를 수밖에 없었다. 오늘 아침에 학교에 온 7명 중 하나의 얼굴이 뇌리에 떠오른다. 오늘 그 사람이 어떤 얼굴을 하고 있었는지, 자신과는 무슨 얘기를 했는지.

——정말로, 진짜 무슨 얘길 했는지. 그 얼굴이 사실은 무슨 생각을 하고 있었는지.

가슴을 뒤덮는 것은 끝없는 절망이었다.

——배신자.

악문 입술 사이로 리카의 목소리가 새어 나온다.

생각났어?

무표정한 그 목소리가, 눈이 리카를 추궁한다. 차가운 손이 리카를 떠밀었다.

그리고.

"하지 마, 하지……!!!"

엄청난 힘이 리카의 어깨를 차가운 바람 속으로 내몬다. 떨어진다고 생각했다. 강한 힘은 리카를 놔주지 않았다. 머리가 어둠 속에 처넣어진다. 아래로 보이는 지면은 까마득히 멀다. 정신이 아득해질 것만 같았다.

어째서, 어째서…….

사카키는 와 주지 않는다.

“안 돼——!!”

순간, 세상에서 모든 소리가 사라졌다.

꾹꾹 밖으로 리카를 밀어내는 그 손에 매달리려고 손을 뻗어보지만, 차가운 손은 리카의 몸을 쉽게 허공으로 밀어내 버린다. 무슨 생각을 하기도 전에 균형이 크게 무너지고, 허공이 몸을 삼켰다.

떨어진다, 마지막으로 그렇게 외치는 누군가의 목소리와 함께 어울리지 않는 종소리를 들은 듯한 기분이 들었다.

제12장
스칼렛

1

충격은 엄청난 소리와 함께 갑자기 옆에 떨어졌다.

그때 스가와라는 아직 자고 있었다. 무슨 중노동을 한 것도 아닌데, 몸이 아주 피곤하다. 마음이 피곤해서였는지도 모른다. 육체는 그렇지 않더라도 정신적으로 한계에 와 있을 때는 지금 같은 얕은 잠을 자게 되는 것 같다. 깜박깜박 계속 종잡을 수 없는 꿈을 꾸고 있는 듯한 기분이 들었다.

그러던 중 그 충격이 떨어져 내려왔다.

쿵, 뭔가가 내던져진 듯한 커다란 소리. 그것이 그를 얕은 잠으로부터 단숨에 끌어냈다. 대체 무슨 일이 일어난 것인지 처음엔 알 수 없었다. 바로 옆에서 엄청난 소리가 나며 바닥이 흔들렸다…….

순간 자신이 지금 어디에 있는 누구인지를 확인하듯 잠시 스스로를 살핀 다음 정신이 번쩍 들어 몸을 일으킨다. 아직 또렷하지 않은 눈으로 소리가 난 방향을 바라보고, 스가와라는 짧게 숨을 삼켰다. 잠이 확 달아났다.

마네킹 인형의 하얀 손과 세이난의 여학생 교복이 시야에 똑똑히 들어왔다.

같은 방에서 자고 있던 다카노도 그 소리에 잠이 깼는지 상체를 일으킨 그가 스가와라 옆에서 똑같이 숨을 삼키는 것을 알 수 있었다.

스가와라는 순간 천장을 올려다보았다. 방금 그 소리와 충격은, 이 인형이 위에서, 어딘가 높은 곳에서 떨어졌다는 것을 의미한다. 도대체 어디에서 떨어진 것일까. 천장은 구멍이 뚫린 곳도 없이 멀쩡하다. 그것을 깨닫자마자 스가와라는 벌떡 일어나 인형이 있는 곳으로 달려갔다.

하얀 마네킹 인형은 짧은 치마를 입고 있었다. 그걸 본 스가와라는 가슴이 덜컥 내려앉는 기분이었다. 왜 이렇게 된 거냐고, 소리치고 싶었다.

"리카……!!"

부딪힐 때의 충격 때문인지 음악실 융단 위의 인형은 손목이 깨져 있었다. 손만이 아니라 가까이 가 보니 다리와 얼굴도 마찬가지였다. 스가와라는 달려가서 무심코 '그녀'의 얼굴을 안아 들고 어금니를 악물며 반이 깨진 그 얼굴을 바라보았다. 하얀 마네킹의 깨진 틈에서 붉은 피가 흘러나오고 있다. 마치 그것만이 실제의 리카와 이 인형의 유일한 공통점이기라도 한 듯 너무나 생생하다. 왼손으로 인형의 머리를 잡은 채 스가와라는 어색하게 그 밑에 대고 있던 오른손을 천천히 빼낸다. 그리고 그 손을 보았다. ——손바닥에 끈적끈적하고 기분 나쁜 감촉이 느껴졌다. 쇠 비린내가 코를 스친다. 새빨간 진짜 피. 따뜻했다. 떨리는 손가락을 천천히 굽혀 주먹을 쥔다. 크게 숨을 내쉰다. 신음 같은 목소리가 흘러나왔다. 어째서.

서둘러 달려온 다카노가 어금니를 악문 스가와라의 눈앞에 멈춰 선다. 역시 얼어붙은 표정으로 인형의 얼굴을 응시한다. 다음 순간, 귀에 익은 목소리가 꺼질 듯이 들려왔다.

"……사카키샘…….“

부서진 얼굴의 인형은 조용히 핏빛 속에 잠겨 있었다. 지금 이 목소리는 어디에서 난 걸까. 애처로운, 안타까운 듯한 마음이 스가와라의 가슴에 차올랐다. 리카를 바라보았다. 하얗게 뜨여진 그녀의 왼쪽 눈에서 한 줄기 눈물 같은 것이 흘러, 스윽 스가와라의 손 안으로 사라졌다.

종소리가, 천천히 교사에 울려 퍼진다.

2

침대에 누워 있던 츠지무라 미즈키는 몸을 경련하며 눈을 떴다.

몸 전체에 가볍게 쇼크가 온 듯한 감각. 일순 자신이 지금 있는 곳이 어디인지를 알 수가 없었다. 꿈속에서 언뜻 울려 퍼지는 종소리를 들은 것 같다. 등과 손목이 아프고 팔이 나른하다. 미즈키는 천장을 쳐다보며 멍하니 눈을 깜박였다. 몸 마디마디가 아프다. 그렇다면 이건 감기의 증상인지도 모른다.

감기. 그러고 보니 숨이 조금 뜨거운 것도 같다.

미즈키는 천천히 상체를 일으키고 숨을 깊이 내쉬었다. 계속 난방을 틀어 놓아서인지 공기가 건조했다. 그 탓에 목이 아프다.

식당에 가면 차가 있을 것이다. 미즈키는 자기 전에 베갯머리에 둔 시계를 들여다보았다. 6시. 그렇다면 다들 경계하던 5시 53분은 어떻게든 지난 것이다. 또 종이 울렸을까.

교복 재킷을 들고 소매를 꿰며 실내화를 신는다. 칸막이 커튼을 젖히고 나가며 손목시계를 차려다가, 미즈키는 움찔 등줄기가 얼어붙어 그 자리에 멈췄다.

——어?

손가락이, 손이. 무릎이나 이마까지도 긴장으로 굳었다. 오른손에 들고 있던 손목시계가 바닥에 떨어져 부딪히며 달그락 소리를 낸다. 그것을 신호처럼 양손이 가늘게 떨리기 시작했다. 미즈키는 눈을 의심했다. 지금 자신이 보고 있는 것을 믿을 수 없었다.

늘 보던 왼쪽 손목. 그곳에 검붉은 상처가 나 있었다.

손목 한가운데에 새겨진 굵고 짧은 상처. 크고 깊은 상처가 하나. 그 아래에 가늘고 긴 상처가 한 줄. 위에는 가느다란 선 같은 상처가 또 두 줄.

미즈키는 공포인지 경악인지 알 수 없는 것이 등을 훑고 내려가는 기분을 느꼈다. 손의 떨림은 무릎으로 전염되어 순식간에 몸 전체로 퍼졌다. 풀썩 무릎을 바닥에 꿇은 미즈키는 눈을 부릅뜨고 손목의 상처를 바라본 채 움직일 수 없게 되었다. 뭐지, 이건 뭐지.

그렇게 오래된 상처 같지는 않지만, 그것은 틀림없이 진짜 상처였다. 아까 침대에 들기 전까지는 보지 못했다. 없었을 터였다. 그런데 왜? 이것은 도대체 무엇일까.

(주저, 흔……)

가늘고 짧은 몇 줄의 붉은 선. 그것을 보니 갑자기 생각나는 말이 있었다. 미즈키는 믿기 힘든 기분으로 손목 위에 난 그 상처들을 바라본다. 눈을 뗄 수도, 그 리얼한 상처를 만질 수도 없었다.

주저흔(躊躇痕). 그리고 중앙에 남아 있는 제법 굵고 짧은 상처…….

그런 생각을 하고 있으려니 목을 졸린 듯 욱, 하고 답답해져 왔다. 입 안이 쓰다. 미즈키는 바닥에 털썩 주저앉은 채 웅크리듯 고개를 숙였다. 토할 것 같다.

그리고 마치, 거기서 촉발된 듯 뇌리에 선명한 기억이 흘러들어온다.

샤워 물줄기 소리, 물 흐르는 소리. 목욕탕에 피투성이인 커터칼이 떨어져 있다. 이건 뭐지. 이 기억 속의 광경은 뭘까. 그때 혼란에 빠진 미즈키를 더욱 몰아붙이듯이 갑자기 어떤 목소리가 그녀의 어깨를 휩싼다. 히스테릭한 울음소리의 기억. 대체 이것은…….

(못 죽었어……!!)

아아.

(못 죽었어……!! 이렇게……, 이렇게나 아픈데……)

자신의 목소리다. 미즈키 자신의 울음소리다.

기분이 나쁘고 현기증이 난다.

발작이라도 일으킨 듯한 울음소리가 미즈키의 입을 뚫고 나왔다. 생생한 상처가 생긴 왼쪽 손목을 보며, 미즈키는 거칠게 숨을 몰아쉬었다. 거친 호흡을 되풀이한다. 울음소리 같은, 숨소리.

내가 그은 거야? 말도 안 돼.

그때, 보고 있는 사이 손목의 상처가 스륵 붉게 물들기 시작했다. 부릅뜬 미즈키의 눈앞에서, 상처가 주르륵 새빨간 피를 흘렸다. 그것은 미지근한 체온을 가지고 있었다.

"아아아아아아아……!!"

머리를 쥐어뜯듯이 감싸며 몸을 웅크리고, 미즈키는 비명을 질렀다.

도대체 이건 뭐지. 도대체 이건 뭐지. 도대체 이건…….

"미즈키!?"

칸막이 커튼을 젖히고 게이코가 뛰어 들어왔다. 미즈키의 비명에 깬 듯한 그녀는 주름투성이 블라우스 차림으로 당황한 듯 미즈키에게 다가왔다. 머리를 마구 쥐어뜯는 미즈키의 손을 잡으려고 한다. 미즈키는 순간 그 손을 쳐냈다. 게이코가 놀란 듯 눈을 크게 떴다.

"보지 마……."

한 마디 하고 나자, 눈물이 흘러 멈추지 않았다. 게이코가 자세히 보더니, 숨을 삼키는 기색이 전해져 온다. ——그 표정으로 미즈키는 그녀가 자신의 왼쪽 손목 상처를 본 것을 알았다. 게이코가 다시 미즈키를 향해 손을 뻗는다. 피가 멈추지 않는 왼손의 상처.

"미즈키, 너……."

"내가 한 거 아니야……."

미즈키의 목소리는 거의 알아들을 수 없을 정도의 연약한 숨소리 같았다. 도대체 무엇이 진실이고 무엇을 믿어야 하는 걸까. '보지 마, 내가 한 거 아니야', 그 말을 반복하면서 미즈키는 침대에 얼굴을 파묻는다. 게이코의 손을 완고하게 거절하면서, 계속 울었다.

3

시곗바늘 움직이는 소리만이 무표정하게 울리고 있었다.

기분은 최악이었다. 게이코는 관자놀이를 누른다. 한참 자다가 갑자기 미즈키의 비명에 깨어 그녀의 왼쪽 손목에 나타났다는 상처를 보았다. 미즈키의 손목 상처, 게다가…….

음악실 카펫 위에 쓰러져 있는 부서진 마네킹에는 지금 스가와라의 교복 겉옷이 덮여 있다. 그 아래의 푸른 카펫에는 거무스름한 얼룩. 들춰 본 교복 아래에서는 반이 뭉개진 인형 머리에서 아직도 피가 흐르고 있었다. 무기질적인 인형에서 느껴지는 단 한 곳의 그 묘한 생생함이 너무나도 그로테스크하다. 모든 일에 다 화가 나서 견딜 수 없었다. 어째서 리카가 이런 일을 당해야 하는가?

"천장은 멀쩡한데, 떨어졌어."

피폐해진 모습의 스가와라가 설명했다. 안색이 말이 아니었다.

"미쓰루나 아키히코랑 마찬가지로 무슨 일이 있었는지는 모르겠지만. 일단 이건 리카가 틀림없을 거야. 떨어졌을 때, 사카키샘이라고 부르면서……. 뭐랄까, 그, 믿기 힘들겠지만, 인형이 눈물을 흘렸어."

스가와라의 말투는 지치기도 했겠지만 거의 억양이 없었다. 무뚝뚝하게 들리기까지 한다. 안타까움 때문이라는 건 명백했다.

사카키를 부르며 눈물을 흘렸다.

게이코는 입술을 깨물고 가늘게 뜬 눈으로 인형 쪽을 보았다. 계속해서 사카키를 부르던 리카. 그녀는 대체 무엇을 보고, 무슨 생각을 했을까. 스가와라가 더는 못 참겠다는 표정으로 얼굴을 들었다.

"리카가 사라진 거 몰랐어?"

"……할 말 없다. 아까도 미즈키 일로 머리가 가득 차서, 너희가 올 때까지 몰랐어."

"——미즈키는?"

"좀 더 누워 있는 게 나을 것 같아. 너희도 봤잖아? 지금은……, 아무래도 얘기할 수 있는 상태가 아냐."

"그거, 대체 어떻게 된 건데?"

스가와라가 초조하게 물었다.

"자기 전까지는 없었잖아. 갑자기 솟아나기라도 한 거야?"

"잘 모르겠어. 하지만 아마 그럴 거야. 적어도 미즈키는 그렇다고 했어. 게다가 출혈이 있는 상처 주변에 주저흔이 있는 거 봤지? 그것도 방금 그은 흔적으로는 보이지 않았어. 아주 오래된 상처는 아니지만, 방금 생긴 상처도 아니야. '여기'에 왔을 때는 없었던 것 같아."

게이코가 한숨을 쉬었다.

"만에 하나 자신이 그은 거라고 쳐도 커터칼이라든가 면도칼이라든가, 그런 '흉기'가 남아 있어야 할 거 아냐? 그것도 없었어. 갑자기 생긴 상처가 맞는 것 같아."

보지 마, 내가 한 거 아니야. 그 말을 반복하며 흐느껴 울던 미즈키. 상처 자체가 아픈 건 아니라고 그녀는 주장했다. 통증 없는 출혈. 황급히 달려가 달래봤지만, 미즈키의 착란상태는 나아지지 않았다. 상처를 지혈하려는 모두의 필사적인 노력에도 불구하고 피는 멈출 기색을 보이지 않는다. 그렇다고 달리 어쩔 방도도 없어, 결국 모두들 그저 그 광경을 보고만 있을 수밖에 없었다. 통증이 없는, 그러나 피가 끊임없이 흐르는 상처. 손목에 난 그 상처는 자살 미수의 흔적으로밖에 보이지 않았다. 그것도 아마 치명적인 것이 확실했다. 그것은 대체 무엇을 의미하는가. 틈만 나면 자신들의 입에 오르내리던 축제 마지막 날의 그 자살과 어떤 관계가 있다는 것인가.

갑자기 등줄기가 서늘해져, 게이코는 아까부터 말이 없는 다카노를 돌아보았다. 그는 리카의 인형 앞에 무릎을 꿇고 몸을 숙이고 있었다. 입술을 굳게 다물고, 심각해 보이는 눈으로 바닥을 노려보는 그 표정은 아까부터 조금도 변하지 않는다. 게이코는 눈을 내리깔았다.

아무도 입을 열지 않고, 그저 고개를 숙이고 있을 뿐이었다. 침묵이 이어지는 중에, 문득 누군가의 목소리가 들린다. 작은 중얼거림 같은 소리라 잘 알아들을 수가 없었다. 게이코가 고개를 든다. 그것은 아직 고개를 숙이고 있는 다카노의 입에서 나온 것 같았다. 잠시 후, 다카노가 이번에는 분명하게 말했다.

"사카키는 뭘 하고 있는 거지."

목소리 자체가 아픔을 띠고 있는 듯 날카로운 중얼거림이었다. 인형 옆에 웅크리고 앉은 그의 안경 너머로 보이는 눈은 충혈되어 있었다. 게이코는 다카노에 이끌리듯 재킷이 덮여 있는 리카를 응시했다. 사카키를 부르며, 눈물을 흘리던 인형.

"리카는 분명히, 계속 그 자식을 불렀을 거야. 스가와라, 너는 들었지? 여기 떨어진 마지막 순간까지도 리카는 사카키를 불렀어. 그런데 왜 그 자식은 여기에 오지 않는 거야?"

"……이 세계에 없으니까 그렇지, 좀 진정해."

스가와라가 질렸다는 듯이 머리를 흔든다. 그제야 다카노가 얼굴을 들었다.

"'여기'에 없으면, 그 자식은 어디서 뭘 하고 있는 건데. 사태가 이렇게까지 되었는데, 그 자살에 사카키가 전혀 관련이 없다는 건 말이 안 돼. 그럼 지금 어째서 여기에 사카키만 없는 거지? 어째서 리카와 미즈키를 구해주지 않는 건데?!"

게이코는 언제나 온화하던 반장이 이렇게까지 흥분하는 걸 처음 보았다. 분명 신경이 한계까지 날카로워진 것이다. 미즈키만 해도 그렇지만, 남겨진 모두에게 여유라는 건 조금도 남아 있지 않음을 뼈아프게 느꼈다.

"다카노……."

"자포자기해서 이러는 거 아니야."

다카노는 짧게 대답하더니 다시 눈을 가늘게 뜨고 가라앉은 표정으로 지금은 누워 있는 인형을 보았다. 그러더니 무겁게 말을 이었다.

"그저, 이대로는 안 될 것 같아. 미즈키도 망가져 가고 있고. 사카키는 여기에 '와야만' 해."

"……당황스럽다."

투덜거리듯 스가와라가 끼어들었다.

"언제나 태연한 얼굴로 정론을 냉정하게 관철하는 게 너 아냐? 어떨 땐 열이 받을 정도로. 네가 지금 이렇게 흥분하면, 미즈키도 그렇고 우리들도 당황스럽잖아? 그리고 '와야만' 한다니 웃기지 마. 솔직하게 사카키샘이 와 줬으면 좋겠다고 해라."

왠지 화난 듯한 스가와라의 말투에, 다카노는 말없이 일어섰다. 생각하는 게 있는 듯 입을 꾹 다물고 모두가 있는 쪽으로 다가온다. 그리곤 감정을 억누른 듯 괴로운 얼굴을 한 후, 천천히 입을 열었다.

"그래, 와 줬으면 좋겠어."

될 대로 되라는 말투였다.

"이제 우리들만으로는 어쩔 도리가 없어. ……미즈키 하나 제대로 위로해 주지 못해."

"아직 자살한 사람이 미즈키라고 확실해진 건 아니잖아. 무엇보다 미즈키는 상처가 손목에 있지만, 그때 그건 투신자살이잖아? 무슨 관계가 있냐."

'왜 그렇게 눈에 띄는 데서 자살해야만 했을까. 자살이야 얼마든지 조용히 혼자서 할 수 있는 건데.' 이 말을 처음 한 사람은 게이코였다. 그때 자신의 목소리가 가슴속에 되살아난다. 만약 그 인물이 그 일이 있기 전에 혼자서 자살하려다가 실패했다면?

"한번 손목을 그었는데, 그걸로는 미즈키가 죽을 수 없었다면?"

게이코는 말했다.

"상처를 품은 채로 축제날, 이번에야말로 죽으려고 옥상에 올라간 거라면? 많은 사람 앞에서, 그런 곳에 서서, 더 이상 도망칠 수 없는 곳까지 자신을 몰아넣고 싶었던 거라면 어떨까? 그만두라고 말리는 목소리는 뛰어내리라는 신호나 마찬가지지. 울타리 너머에 서서 자살을 포기하고 싶어졌다 해도 그때는 이미 돌아갈 자리가 없게 되는 거지. 되돌릴 수가 없는 거야."

게이코는 어금니를 악물고, 말을 멈추었다가 잠시 후 낮은 목소리로 말을 이었다.

"나는 미즈키의 손에 그런 상처가 있었다는 기억은 없지만, 긴팔 블라우스를 입고 손목시계를 차면 감출 수는 있었을 거야. 오늘 '여기'에 왔을 때, 미즈키 말대로 상처는 없었을 거야. 그게 지금, 상황에 쫓겨 나타났다고 생각하면 앞뒤가 맞아."

"미즈키가 '유령'이라는 소리냐?"

부루퉁한 목소리로 스가와라가 말했다. 초조한 듯 담배를 꺼내려는지 담뱃갑에 손을 대다가 도로 집어넣었다. 리카와 이 상황에 대한 배려에서인지 그답지 않게 참으며 말을 이었다.

"하지만 가능성은 그것뿐이 아니잖아? 생각해도 모르는 것 투성이지만 여긴 이상해. 상식도 안 통하고, 그 상처도 진짠지 아닌지 모르잖아?"

"그렇다는 건?"

다카노가 묻자 스가와라가 '그러니까'라며 고개를 끄덕였다.

"자신이 자살했을지도 모른다는 미즈키의 불안이 너무 커진 거 아닐까? 그야 나도 —— 거기다 너희도, 미즈키가 좀 '위험' 하지 않나 생각하고 있었지만, 그걸 가장 피부로 느끼고 있었던 건 미즈키 자신이었을 거야. 확실하진 않지만, 자신의 망상 같은 게 이 '정신세계'라는 곳에서 구체적인 현실로 나타나는 일도 있지 않을까 하는 거지. 난 그쪽이 더 그럴듯한데."

"그렇다고 쳐도, 그게 왜 '손목의 상처'로 나타나는 거지?"

다카노의 질문에 어깨를 으쓱하고는 스가와라가 대답했다.

"구체적으로 '자살'의 이미지를 표현하기 쉬우니까 그런 거 아닐까? 내 생각이지만. 미즈키 안에 있는 불안이나 두려움도 '투신'을 표현할 방법은 없었던 거지."

스가와라의 말을 들으면서 게이코는 미즈키의 울음소리를 떠올렸다. 그녀는 얼마나 많이 가슴속에서 그런 비명을 반복했을까. 스가와라는 말을 이었다.

"어쨌든 자살한 사람이 자신이라고 굳게 믿은 나머지, 미즈키가 막다른 곳에 몰렸다고 하자. 너희도 잘 알고 있겠지만, 미즈키는 뭐 하나 때문에 땅을 파기 시작하면 한도 끝도 없이 자신을 몰고 가는 성격이지. 그걸 호스트가 이용했다는 게 내 생각이야. 이곳에 와서 바로 걸려온 전화도 그렇지만 여기 호스트는 중점적으로 미즈키를 공격하는 것 같거든. 모든 정황이 범인은 미즈키라고 말하고 있어. 미즈키한테는 너무 불리하지. 그렇다면, 나는 거기에 동조하는 것만은 절대로 싫다. 너희들이 어떻게 생각하든 너희 맘이지만, 난 끝까지 미즈키만은 아니라고 믿을 거야. ……그렇지 않으면 미즈키한텐 너무 가혹해."

"스가와라."

다카노가 불러보지만 스가와라는 그 이상은 대답하지 않았다. 리카 인형을 향해 돌아서더니, 다카노가 조금 전까지 그랬던 것처럼 다가가 무릎을 꿇었다. 다카노가 길게 한숨을 쉬더니 이번엔 게이코 쪽으로 시선을 돌린다. 게이코도 조용히 고개를 저어 보였다.

"그야, 스가와라 말에도 일리는 있어. ……시미즈가 아직 여기에 있었을 때, 그 애가 말했던 거 기억나니? 이곳의 호스트가 바라는 게 1순위로 작용하는 세계라고 했지. 그럼 그 애가 편안하다고 느끼는 상황이어야 맞는데 이상하잖아. 미즈키는 너무 괴로워하고 있어. 미즈키가 호스트이고, 자신을 괴롭히고 비난하는 게 목적이라는 건 납득하기 어려워. ……나도 정확한 건 모르겠지만, 그것만은 확실해. 결국 우리들이 여기서 이러쿵저러쿵해 봤자, 결론은 나지 않아. 지금 이러고 있는 동안에도 미즈키의 손목은 계속 피를 흘리고 있고, 이미 리카도 사라졌어. 멈추지 않을 거야."

게이코는 천천히 눈을 깜박인다. 이런 나약한 소리를 해야 한다는 게 너무나도 굴욕적이었지만 내뱉듯이 말한다.

"이젠 어쩔 수 없어."

할 수 있는 일은 모두 했고, 생각할 수 있는 건 모두 생각했다. 그런 생각만 들었다. 자는 것으로 저항도 해 보았다. 그러나 리카는 없어졌다. 이제 돌아오지 않는다.

이곳 호스트의 손바닥 위에서, 자신들은 너무나 무력했다. 게이코는 이 '세계'에도, 이곳에 있는 자신의 신경에도 붕괴의 시간이 다가오고 있다는 것을 절실하게 느꼈다. 그 누군가의 목적도 전혀 모르겠다. 몸도 마음도 생각하는 것에 완전히 지쳤다.

"……자고 있어도 소용없었구나."

스가와라가 불쑥 낮은 목소리로 중얼거리는 것이 들렸다. 자자고 제안한 사람은 그였다. 그것을 후회라도 하듯, 그 목소리는 절실했다. 리카 앞에 무릎을 꿇은 스가와라의 표정은 긴 앞머리에 가려 게이코에게는 보이지 않았다.

다카노가 말없이 게이코에게 등을 돌린다. 아무 말 없이 그는 음악실을 나갔다. 평소 대인 관계가 좋고 타인을 배려하는 것을 절대로 잊지 않았던 다카노. 문이 닫히고 그 건너편에서 짧은 목소리가 들려왔다.

"혼자 있게 해 줘."

4

양호실의 약품 냄새를 들이마시면서 천천히 눈을 뜬다. 안개가 낀 듯 뿌연 시야에 어렴풋이 흰 천장이 들어온다. 미즈키는 울어서 부은 눈꺼풀을 천천히 깜박였다. 공포와 혼란으로 너무 울어서 호흡이 괴롭다. 지금까지 운다는 행위는 자신 안의 불안을 지우기 위해 있는 거라고, 편해지기 위해 있는 거라고 생각했지만, 미즈키는 동시에 그것이 자신을 심하게 소모시키는 행위라는 것을 알았다.

한참 정신을 잃고 있었던 것 같다. 조금 전의 자신마저도 막연하고 불확실하게 느껴진다. 자고 싶지만 잠이 오지 않는다. 울고 싶지만 지쳤다. 더 이상 뭔가를 할 수도 없다. 멈추지 않는다. 그리고 현실은 바뀌지 않는다.

"미즈키, 깼냐?"

커튼 너머에서 살며시 미즈키의 이름을 부르는 목소리가 들렸다. 대답하기도 전에 조심스레 커튼이 살짝 열린다. 스가와라가 걱정스러운 표정으로 얼굴을 내밀었다. 미즈키가 눈을 뜨고 있는 것을 확인하고, 그는 천천히 안으로 들어왔다. 손에는 접이식 의자와 새 붕대를 들고 있다.

"깬 거지? 붕대 갈아 줄게."

그 말에 왼손에 붕대를 감고 있다는 의식이 갑자기 고개를 든다. 스가와라는 침대 옆에 의자를 펴고 앉아 미즈키의 왼손을 잡았다. 미즈키는 스가와라의 한쪽 눈썹이 조금 치켜 올라가 있다는 것을 깨달았다. 자신의 상처 난 왼쪽 손목을 볼 수가 없었다. 피가 멈추지 않는 상처에 통증이 없는 것조차 지금은 비참했다. 자신은 이제 통각마저도 잃어버린 거라고 선고받은 기분이 든다.

옆에 앉은 스가와라는 더 이상은 표정을 바꾸지 않고 미즈키의 손에서 붕대를 푼다. 평탄한 어조로 말을 덧붙였다.

"이거 꽤 자주 갈아야 할지도 모르겠는데. 넌 안 보는 게 좋겠다. 아직 멈출 것 같지 않아."

"스가와라."

"응?"

동요를 보이지 않고 태연하게 말하는 그가 안타까웠다. 자신을 생각하는 그 배려가 안타까웠다. 또 울어버릴 것 같아서 눈을 감자, 스가와라의 한숨 소리가 들렸다. 그의 따뜻한 손이 미즈키의 왼쪽 손목을 쓰다듬고, 이어 이마를 쓰다듬는다.

"이제 그만 울어."

그 말이 한계였다. 스가와라의 위로에 눈물이 고인다. 이마를 쓰다듬어주는 손에서 생겨나는 편안함에 가슴이 천천히 숨을 내쉰다. 스가와라의 손이 아직도 자신의 왼손목과 닿아 있는 것을 느끼고, 미즈키는 눈물로 흐려진 눈으로 그를 올려다보았다.

"안 싫어? ……나, 왼손에서 피 나는데."

"뭐?"

"만지는 거, 기분 나쁘지 않나 해서. ……스스로도 어떻게 해야 하는지 모르겠어."

"아아."

스가와라는 고개를 끄덕이고는 희미하게 웃더니, 이번에는 양손으로 미즈키의 손목을 감쌌다. 피가 밴 붉은 붕대가 너무 생생했다. 스가와라는 상처를 어루만지는 손길을 멈추려 하지 않았다.

"이깟 게 뭐 대수라고. 괜찮아."

"……응."

"그보다 너, 정말 안 아파? 사실대로 말해. 아픈 데 참는 거면 위험하다고. 장난 아니잖아, 피가 안 멈춘다니."

"아프진 않아……. 내가 생각해도 이상한데, 그건 괜찮은 것 같아."

"그래?"

스가와라는 미즈키의 손목에 새 붕대를 감으면서 말했다.

"난 정말로 자살한 사람이 네가 아니라고 생각해. 괜히 하는 말 아니고."

미즈키는 말없이 고개를 끄덕였다. 잘 대답할 수가 없다. 그 순간 머릿속을 스쳐 간 목욕탕의 이미지가 떠올랐다. 대체 그 기억은 무엇일까. 자신이 이 상처를 냈다는 것을, 걱정해 주는 눈앞의 친구 스가와라에게 말할 수 없다. 나는 목욕탕에서 스스로 손목을 그었다.

붕대를 다 감은 스가와라가 천천히 미즈키의 붕대 감은 손을 자신의 뺨에 댄다. 미즈키는 그 손의 온기에 또 울 것 같았다. 이렇게 형편없는 자신을 위해서 이렇게까지 해주는 그가 고맙다. 그러나 한편으로는, 스가와라도 마찬가지로 누군가의 손을 필요로 하고 있는지도 모른다는 생각이 들었다.

"이곳의 호스트가 뭘 바라는지는 모르겠지만, 난 절대로 도망치지 않을 거야. '여기'에서는 물론, '현실'에 돌아가도 마찬가지야. 제대로 추모를 해 달라든가, 책임을 느끼라든가, 요구도 방법도 여러 가지겠지만 매듭은 짓고 싶어. 난 그런 의미로는 책임을 다하겠어."

스가와라는 미즈키의 손목을 잡은 자신의 오른손에 힘을 주었다.

"그러니까, 너도 도망치지 마. ……이러고 있으면 또 5시 53분이 올 거고, 이번에야말로 나나 너한테 무슨 일이 생길지도 몰라. 하지만 그때 거기에서 도망치는 건 그만두자. 확실히 맞서지 않으면 안 돼."

그렇게 말하는 스가와라의 눈이 허공을 무섭게 노려보고 있었다. 저릿함이 남은 왼손에 스가와라의 체온을 느끼면서, 분명 그도 무서울 거라고 생각한다. 지금 미즈키에게 들려주는 말은 반쯤 자신에게 들려주는 말이기도 할 것이다. 현실을 인정해야 한다고, 도망치지 말고 싸워야 한다고, 필사적으로 버티고 있다.

"미즈키. 여기서 돌아가거든."

스가와라가 말했다. 애원하는 듯한 울림이 있었다. 그는 그다음 말을 일순 망설였다. 하지만 잠시 후에 다시 입을 열어, 미즈키에게 똑바로 생각을 전한다.

"사는 걸, 포기하지 마."

왼손에 스가와라의 체온이 느껴졌다. 따뜻한 손바닥의 감촉이 있었다.

문득 미즈키는 자신이 이 모든 일을 하고 있는 존재일지도 모른다는 가능성을 생각했다. 스가와라에게 사과하고 싶어졌다. 그러나 동시에 그것이 얼마나 비겁한 생각인지, 스스로도 알고 있었다. 미즈키는 사과하는 것으로, 자신이 져야 할 책임에서 벗어나고 싶은 것이다. 반성한다는 태도로 일관하면 상대는 그 이상 미즈키에게 화를 낼 수 없어진다. 미즈키는 그것을 알아버렸다. 그것은 너무나도 비겁한 행동이었다. 하루코 때도 분명 마찬가지였을 것이다.

미즈키는 스가와라를 올려다본다. 그는 고개를 숙이고 있었다. 그리고 약해져 있었다.

하루코 때와 지금의 공통점은, 사과해도 아무것도 달라지지 않는다는 것. 사과하는 것 자체가 때에 따라서는 상대에게 너무나 귀찮고 불쾌한 일이 된다는 것을 미즈키는 알고 있었다. 츠노다 하루코가 자신을 쳐다보던 그 차가운 눈과 목소리를 떠올렸다.

어쩌면 자신은 사죄를 표하는 마지막 수단으로 뛰어내리는 것을 선택했는지도 모른다. 미즈키는 남의 일처럼 그렇게 생각하고는, 스가와라의 손을 잡고 천천히 눈을 감았다.

5

양호실을 나선 스가와라는 복도에 홀로 서 있는 게이코를 만났다.

스가와라에게 무심한 시선을 던진 그녀는 벽에 등을 기대며 '미즈키는 어때'라고 묻는다. 스가와라는 목소리를 낮춰 대답했다.

"아까보다는 훨씬 나아졌어. 다만 손만은 좀 어떻게 하고 싶다."

"출혈은?"

"그대로야. 변함없이 아프진 않은 듯한데, 보고 있는 사람은 걱정되지. 붕대 갈아 주긴 했지만, 나중에 너도 봐 줘."

"응, 알아. 그럴 생각이야."

옆을 지나 식당 쪽으로 발을 내딛자 게이코가 뒤를 따라오려고 한다. 그녀는 스가와라의 얼굴을 들여다보며 물었다.

"식당 가는 길이지? 같이 가도 되니?"

"상관없지만, 양호실에 볼일이 있었던 거 아냐?"

"아니. 미즈키가 괜찮은지 보러 왔는데, 안에 네가 있는 기척이 나길래. 그만뒀어."

"……히로시는?"

스가와라의 물음에 게이코는 조용히 고개를 젓는다. 스가와라는 어깨를 움츠리고 작게 고개를 끄덕였다. 무리도 아니다. 다카노도 계속 신경을 곤두세우고 있었다. 자기감정을 내보이지 않고 모두를 다독여 왔던 것이다. 내면에 쌓인 피로는 지금 여기 남아 있는 다른 누구보다도 심할 터였다.

"하루코가 미즈키에게 남긴 상처는 우리들 생각 이상으로 깊은 것이었는지도 모르겠군."

문득, 양호실 쪽을 돌아보며 게이코가 말했다.

"정신적인 쇼크 때문에 거식증을 보였지만, 분명 미즈키한테 일어난 일은 그것만이 아니었을 거야. 먹지 못한 만큼 기력도 다 빼앗겼을 거고, 아마 몸 안에서도 생생한 변화가 일어났겠지."

게이코는 아련한 눈으로 스가와라를 보았다.

"체중이 줄고, 외모도 변하지. 그리고 너는 남자라 실감이 잘 안 날지도 모르겠지만, 생리가 멈춘다든가, 그런 구체적인 변화가 와. 그 아이는 거식증에서 파생되는 여러 성가신 문제들을 혼자서 껴안고 견뎌온 거지. 자신의 몸에 일어난 변화들이 정신적인 것보다도 어쩌면 쇼크였을지도 모르고, 스트레스였을지도 몰라."

"……아아."

식당에 들어가 불을 켜자, 창밖에서 빛을 반사하는 눈 때문에 눈이 부셨다. 이곳에 와서 대강 감으로는 이틀이 지났으나, 그동안 이 눈은 그칠 기색조차 없이 펑펑 쏟아지며 온 세상을 얼리고 있다.

책상 위에 걸터앉은 게이코가 '담배 없니?'라고 물었다. 스가와라가 잠자코 담뱃갑과 라이터를 던져주자 고맙다며 그것을 받았다.

"넌 사실은 아키히코나 다카노 못지않게 페미니스트구나. 여기 와서 절실히 느꼈다."

게이코는 쓴웃음을 지으며 말한다. 담뱃갑에서 한 개비를 꺼내 손가락에 끼우고는 입에 물었다. 불을 붙이고 라이터와 담뱃갑을 돌려준다. 스가와라는 자신도 거기에서 하나 꺼내 그녀처럼 입에 물고는 불을 붙인다.

"그러냐? 뭐, 기본적으로 저는 완벽한 인간이니까요."

"의외지만, 그러고 보니 너 누구랑 사귄다는 소문도 별로 못 들었어. 그야 너니까 학교 밖에서는 나름대로 힘쓰고 있겠지만."

힘껏 담배를 빨고는 내뿜으며 게이코가 허공을 올려다보고 말한다. 너무 적나라하게 말한다고 얼굴을 찡그리면서, 스가와라는 매점 앞으로 걸어간다. 몸을 굽히고 유리케이스 안에 있는 것들을 살펴보기 시작했다.

"나 꽤 성실해, 진짜."

좋아하는 탄산음료를 하나 꺼내어 손에 들고, 스가와라는 게이코에게 시선을 돌렸다.

"머리가 갈색인 것도 염색한 게 아니라 태어날 때부터 그런 거고. 증명서도 있어. 그래서 학교도 어쩔 수 없이 인정해 주는 것뿐이야. 마작이랑 파친코도 단순히 재미있으니까 자주 하는 것뿐이고. 그 정도지 뭐."

"그래?"

"의외지? 그래도 사실이야――. 게이코, 뭐 마실래?"

스가와라가 묻자 게이코는 잠시 생각하듯 고개를 갸웃거린 후 무설탕 홍차가 있느냐고 되물었다. 스가와라는 고개를 끄덕이더니 캔을 꺼내어 게이코 곁으로 돌아왔다. 게이코 앞에 캔을 놓고, 책상 위에 앉았다.

"여자관계도, 그럭저럭 성실한 편이지. 너, 나랑 리카가 사귀면 좋겠다는 둥 말했었지만, 그것도 난 좀 안 내켜."

어째서 자신이 이런 얘기를 하고 있는지, 스가와라는 스스로도 이상한 기분이 들었다. 지금 처한 상황에서 조금이라도 화제를 돌리고 싶어서일까. 그것을 생각하는 것도 귀찮았다. 이런 건 논리로 설명할 수 있는 게 아니라는 생각도 했다.

"게이코. 너, 스와 유지랑 사귀냐?"

스가와라는 담배를 깊이 빨아들이며 물었다. 그 물음에 게이코가 쓴웃음을 지었다.

"그렇게 보이니?"

"보여. 부러워하는 애들도 제법 있을걸? 너한테나 유지한테나. 너랑 유지, 둘 다 이성한테 꽤 인기 많잖아. 난 네 매력이 뭔지 잘 모르겠지만."

"황송하구나."

게이코는 스가와라의 머리를 가볍게 쥐어박는다. 스가와라는 '아야——'라고 일부러 크게 엄살을 부리며 머리를 누르더니, 희미한 미소를 띠고 게이코를 보았다.

"뭐, 유지하고는 잘 어울린다고 생각해. 너희 어딘지 닮았거든."

"유지랑 말이지. 사귀는 건 아니지만, 사이가 좋은 건 사실이지."

게이코는 어딘가 아득한 곳을 보며 그렇게 대답한다. 그 눈이 천천히 초점을 맞춰 스가와라를 보더니 쓸쓸하게 웃었다.

"너랑 이런 얘길 하는 날도 다 있구나. 신기하다. 너만 그런 게 아니고 나도 남한테 내 얘기 잘 안 하는 타입이니까. 다른 사람에게 자신의 내면을 드러내는 게 싫어."

"그래? 나도 별로 필요 없으면 얘기 안 하지만, 지금은 이런 상태고. 다 불어도 이상할 거 없지."

"그렇지. 생각보다 마음도 편하다."

게이코는 바닥에 그냥 재를 떨었다. 스가와라의 얼굴을 올려다보더니 눈을 가늘게 뜬다. 그 시선은 스가와라의 오른쪽 귀 근처에 멈췄다.

"아까 하던 얘긴데 머리가 갈색인 건 타고난 거라고 해도 피어스는? 그건 네가 뚫은 걸 거 아냐?"

"응? 이거 여자한테 받은 거. 받은 건 써 줘야지. 난 페미니스트니까."

"성실하다는 녀석이 말은 잘하는구나."

게이코가 기막히다는 듯 중얼거리는 것을 듣고, 스가와라는 똑같이 바닥에 재를 떨며 장난스럽게 웃는다. '진짜라니까' 하는 말도 덧붙이면서.

"선량한 사람인 것만은 사실이라고 스스로도 생각해. 특별히 좋아하는 여자는 없지만, 너희들은 다 사랑해. 나 박애주의자잖아."

짧아진 담배꽁초를 바닥에 눌러 끝까지 뭉개더니, 스가와라는 고개를 들고 게이코를 향해 씨익 웃었다.

6

공이 깨끗한 포물선을 그리며 골대를 슥 통과한다.

아무도 없는 체육관 안, 바닥에 떨어진 공이 튕기는 소리만이 울려

펴진다. 튀어 오르는 농구공으로 다가가 한 손으로 잡고 드리블을 한다. 그 단조로운 작업을 다카노는 쉬지 않고 반복하고 있었다.

그때가 다가오는 것을 다카노는 그렇게 견디고 있었다.

지금은 12시를 막 지났다. 앞으로 6시간 후에 또 그 시간이 온다. 자신들에게 남겨진 12시간이라는 유예기간의 반이 벌써 지났다는 사실에 다카노는 초조함을 감출 수 없었다. 그러나 그걸 생각하면 동시에 그때를 기다리며 보내는 12시간이 무의미하게 길다는 기분이 드는 것도 사실이었다. 죽임을 당하는 시간이 정해져 있는 건 협박이고, 그때까지의 시간은 그저 피를 말리는 시간이라는 기분이 들었다.

다카노는 슈팅 자세를 취한다. 벌써 몇 번째인지 모른다. 골대를 향해 공을 던졌을 때, 문득 '히로시——' 하고 자신을 부르는 목소리가 들렸다. 스가와라였다. 던진 공은 보드에 맞고 튕겨 나와 그물을 통과하지 못하고 그냥 바닥에 떨어진다. 다카노는 입구를 돌아보았다.

"스가와라."

"여기 있었구나. 한참 찾았잖아."

지겹다는 표정을 띤 스가와라는 정말로 한참 다카노를 찾아다녔는지, 약간 화가 난 듯 보였다. 아까부터 같은 동작을 계속 반복한 탓에 다카노도 조금 숨이 찼다. 몸이 쉽게 지친다. 동아리 활동을 그만둔 지 꽤 되었다는 사실을 어쩔 수 없이 실감했다.

"미안. 혼자 있고 싶었어."

"……그건 알겠지만. 걱정되잖아. 어디 가는지는 말하고 가라."

"시간이 될 때까지는 걱정할 필요 없어. ——괜찮아, 그때까지는."

"그야 그렇지만."

다카노의 말투에서 자포자기를 느꼈는지, 스가와라는 체육관 바닥에 주저앉아 '피울래?' 하고 담뱃갑을 내민다. 다카노는 바닥에 튕겨진 공을 주워서 스가와라의 얼굴을 보지 않은 채 다시 골대 앞에 섰다.

스가와라가 말한다.

"거의 다 피우긴 했지만. 진짜 이게 마지막 갑이고. 너도 한 번도 안 피워 본 건 아닐 거 아냐? 피울래?"

"사양할래."

다카노는 짧게 대답했다. 골대를 향해 공을 던진다. 이번에도 성공하지 못하고 공은 바닥에 떨어졌다. 스가와라가 한숨 쉬는 기척을 등 뒤로 느꼈다. 다카노는 공 쫓는 것을 그만두고 스가와라를 보았다. 이런 상황에서도 그가 태연해 보이는 것은 스가와라의 천성일까 아니면 무리하고 있는 걸까. 그 이유가 무엇이든 평정을 지킬 수 있는 그의 강함이 부러웠다.

스가와라는 포기한 듯 담뱃갑을 바지 주머니에 집어넣는다. 그리고 말했다.

"아직 혼자 있고 싶은 기분이겠지만, 시간이 되기 전에 좀 얘기해 둘 게 있어서 왔어. 금방 끝나니까 이리 와 봐."

"응. 알았어."

다카노는 고개를 끄덕이고는 그제야 스가와라 앞에 앉는다. 다카노 자신은 안 피워도 스가와라는 피울 줄 알았는데 의외로 그는 얌전히 담배를 집어넣었다.

"미즈키 말인데. 너, 될 수 있는 한 그 아이를 믿어 줘라."

단적으로 그 말만 하고, 스가와라는 다카노를 똑바로 바라본다. 다카노는 그 시선으로부터 얼굴을 피하며 대답했다.

"…… 믿고 있어."

"그럼 나를 똑바로 보면서 얘기해. 못 믿겠으면 믿지 않아도 돼. 상관없어. 단, 믿지도 않으면서 얼버무리듯 믿는다고는 하지 마. 미즈키에게도 그런 건 바로 전해져. 내가 말하고 싶은 건, 마지막까지 그 애한테 책임을 묻지 말라는 거야. 그 아이는 아마도 널 제일 의지하고 있을 거야. 그런데 너한테까지 그런 말을 들으면, 그 녀석은 어떻게 되겠냐?"

스가와라의 말 한 마디 한 마디가 가슴을 무겁게 짓눌렀다. 다카노는 스가와라를 보지 않은 채 고개를 숙였다. 스가와라는 일어나 엉덩이를 털고 '할 말 끝'이라고 말했다. 대답을 기다리지 않고 말없이 체육관에서 나간다. 다카노는 그제야 겨우 고개를 들고 스가와라의 등을 눈으로 좇았다. 그의 한쪽 귀에 걸린 금색 피어스가 시야 끝에서 언뜻 빛났다. 다카노는 그에게 말을 걸지 못했다.

그의 뒷모습이 사라지고 나서야, 다카노는 처음으로 그와 더 얘기했어야 했다고 후회했다. 그리고 그것이 지금이기 때문이라는 것도 희미하게 느끼고 있었다. 그것은 '스가와라가 사라져 버리기 전에' 얘기하고 싶다는 절실한 욕구였다. 체육관 구석에 구르고 있는 공으로 달려가면서 다카노는 생각한다. 미즈키는 틀림없이 마지막까지 여기에 혼자 남겨질 것이다. 그리고 미즈키와 마지막까지 같이 남는 사람은 자신이라는 분명한 예감이 들었다. 왜일까. 스가와라도 지금 말했다시피 미즈키가 신뢰하고 있는 사람은 자신이기 때문이다.

이러한 예감이 자신 안에 존재하는 것부터가 이미 미즈키에 대한 배신이라는 것을 다카노는 알고 있었다. 그는 미즈키를 믿어 줄 수 없다. 그렇다고 해서 미즈키를 비난할 생각은 털끝만큼도 없지만,

지금 가슴속에 있는 것은 그녀는 이미 죽었을 거라는 공허한 쓸쓸함이었다. 그걸 스가와라도 눈치채고 있다. 스가와라는 생각한 대로 행동하는 단순한 녀석이지만, 머리는 좋아서 다른 사람의 감정을 재빨리 알아챈다. 미즈키와 마지막까지 남는 사람은 다카노 혼자일 거라는 사실을 본능적으로 느끼고 있다. 그런 주제에 믿어 주라고, 자신은 믿고 있다고 호소하는 스가와라의 모순을 다카노는 쉽게 용서할 수가 없었다.

왼손목에 난 미즈키의 상처. 그게 애처로웠다.

농구공을 두어 번 바닥에 튕기자 공은 또다시 손에서 빠져나가 구석까지 굴러가 버렸다. 다카노는 쫓아갈 기력도 나지 않아 그저 공을 놓친 오른손을 물끄러미 바라보았다. 문득 어렸을 때의 일이 떠올랐다.

다카노가 태어나서 처음으로 진정한 의미의 슬픔과 커다란 상실감을 느꼈을 때의 일이었다. 몸이 자신의 것처럼 느껴지지 않을 만큼 아파서 울었던 기억이 난다. 어린 다카노는 쉬지도 않고 울다 지친 끝에 고열과 구토까지 일으켜, 어린 마음에 이대로 가슴이 부서지지 않을까 걱정이 들 정도였다. 그 고통에서 자신은 일어설 수 있을까, 그것이 불안했다. 지금은 옛날 일이지만.

그때 만일 미즈키가 없었다면, 자신은 지금 이런 모습으로 살고 있지 못했을지도 모른다. 슬픔을 견디는 다른 방법을 배우고, 전혀 다른 사고방식을 가진 사람이 되었을지도 모른다.

미즈키는 다카노가 그렇게 슬퍼하는 이유를 막연하게밖에 몰랐을 것이다. 그래도 그녀는 다카노의 집을 매일 찾아왔다. 찾아와서는 다카노를 보고 커다란 눈에 눈물을 가득 머금고, 다카노의 슬픔을 조금이라도 나누려고 흐느껴 우는 것이었다. 다카노는 우는 미즈키를 보면 가슴이 아팠다. 그녀를 울리고 있는 게 자신이라는 사실이 슬펐다. 그리고 미즈키의 슬픔이 어디에서 오는 것인지를 다카노는 깨달았다. 미즈키는 다카노가 우는 게 괴로운 것이었다. 다카노가 슬퍼하는 게 슬픈 것이었다.

다카노가 그것을 깨달았을 때, 미즈키와 자신의 이후 관계는 결정되었다. 이제 미즈키를 잃는다면 자신의 가슴은 끝없이 쓸쓸하고 괴로울 것이라는 사실을 암시하고 있었다.

다카노는 고개를 들고 농구공까지의 짧은 거리를 걸어갔다. 눈을 세게 눌렀다.

7

게이코는 혼자 3학년 2반 교실에 앉아 그때가 오기를 기다리고 있었다.

익숙한 교실, 익숙한 자리. 늘 보아 오던 그것들이 오늘은 너무나도 낯설고 음침해 보였다. 게이코는 다리를 꼬고 앉아 눈을 감고 조용히 호흡하고 있었다.

마지막으로 본 시계는 정확히 5시 50분을 가리키고 있었다. 그 시간이 오기까지는 이제 얼마 남지 않았다. 게이코는 눈을 감고, 그리고 조용히 기다리고 있다.

――그때는 갑자기 왔다.

등을 감싸듯이 키가 큰 그림자가 교실 뒤쪽에서 뻗어온다. 조용한 발소리가 천천히 자신에게 다가오는 것을, 게이코는 눈을 감은 채 조용히 기다리고 있었다.

긴 그림자의 손이 천천히 게이코의 어깨를 껴안는다. 게이코는 천천히 눈을 떴다. 거기에 서 있는 것은 세이난 교복을 입은 여학생이었다. 키가 크고 마른 체격에 날카로운 눈매. 자신이 잘 알고 있는 사람이었다. 다른 점은 그 인물의 머리카락은 허리까지 오는데 자신은 짧다는 것뿐이었다. 역시 이번은 자신의 차례였다는 포기에 가까운 감정과 겨우 차례가 왔다는 어딘가 마음속에서 그것을 기다리고 있었던 듯한 모순된 감정이 서로 뒤섞여 가슴에 치밀어 오른다.

역시 여기 호스트는 하는 짓이 심술궂다. 이것은 괴롭힘이고 보복이다. 고른 사람 하나하나를 가지고 놀면서 몰아간다. 나타난 여자는 새빨간 입술을 추켜올리며 웃는다. 그리고 말했다.

"안녕, 게이코."

나타난 여자, 그녀는 게이코 자신의 모습을 하고 있었다. 긴 머리카락과 새빨간 입술만이 다르다. 그것은 자신 안의 여성성을 최대로 드러낸 자신의 모습이라고 게이코는 생각했다.

게이코는 눈앞의 여자를 노려본다. 똑같이 입술을 추켜올리며 웃고는, 내뱉듯이 말했다.

"나왔구나, 괴물."

8

스가와라는 그때를, 3층 복도의 창가에서 맞이했다.

교복 재킷은 리카의 마네킹에 덮어준 후라, 추운 복도로 나오자 추위에 몸이 움츠러든다. 열어놓은 창밖을 올려다보며, 스가와라는 휴대전화를 꺼내어 거기에 찍힌 디지털 숫자를 바라보았다.

17:50

스가와라는 하얀 입김을 내뱉으며 눈 내리는 하늘을 올려다본다. 미즈키 옆에서 이 시간을 기다릴까 하는 생각도 했지만, 그러면 쓸데없는 걱정을 시킬 것 같았다. 눈앞에서 자신이 사라져 버릴 수도 있고, 인형이 되어 버릴지도 모른다. 그런 상황에 미즈키를 혼자 남겨두고 싶지는 않았다.

스가와라가 서 있던 창가는 계단 바로 옆이었다. 슬슬 시간이 온다. 스가와라는 창밖으로 내밀었던 머리를 안으로 집어넣고 조용히 유리창을 닫았다. 아직 뭔가가 일어날 징조는 없다. 그렇다면 자신은 또 '그때'를 비껴간 건가. 그런 생각을 하면서 뒤를 돌아보다가 스가와라는 흠칫하며 짧게 숨을 삼켰다.

어느 틈엔가 위층으로 향하는 계단이 그곳에 입을 벌리고 있었다.

자신의 심장이 크게 뛰는 것이 느껴진다. 여기가 3층이라는 것을 확인했다. 틀림없었다. 스가와라는 이 건물에 4층과 5층이 생긴 걸 알고 나서 필사적으로 위로 가는 계단을 찾아 헤맸던 것을 기억하고 있다. 그때는 아무리 찾아도 없었다.

그것이 지금, 눈앞에 있다. 조금 전까지는 없었는데.

내게는 이렇게 오는구나, 묘하게 납득한 스가와라의 입에서 소리 없는 웃음이 흘러나온다. 금색 피어스가 반짝이고 있는 오른쪽 귀를 살짝 만진다.

――난 도망치지 않아.

올려다본 계단은 어둡고 흐릿해서 어디까지 이어져 있는지 끝을 확인할 수가 없었다. 스가와라는 얼굴을 든다. 똑바로 앞을 바라보며, 발을 내디뎠다.

9

다카노는 그때를 체육관에서 맞았다.

농구 골대 앞에 공을 던져놓은 채, 체육관에 걸린 큰 시계를 뚫어지게 올려다보고 있었다. 그 바늘이 찰칵 움직여, 5시 53분을 알린다. 다카노는 '아아' 하고 숨을 내쉬었다.

골대를 향해 던진 공은 깨끗한 호를 그리며 보드에 맞았다. 튕겨나온 공이 림 위를 빙글빙글 돌지만 좀처럼 떨어지지 않았다. 들어갈 수도 있는 각도였지만, 결국 공은 림 위에서 균형을 잃고 약간 떨어진 바닥 위에 공허한 소리를 내며 떨어졌다.

그리고 동시에 체육관 스피커에서 시간을 알리는 종소리가 낮게 울리기 시작한다. 체육관의 높은 천장을 올려다보며 다카노는 입술을 깨물었다.

다카노는 남겨졌다.

제13장
나는 여기에 있어

1

기리노 게이코가 처음 스와 유지를 본 날은 T중학교 입학식에서였다.

초등학교 때부터 장래에는 의사나 간호사, 아니면 약사가 되고 싶다고 생각하고 있었다. 집이 병원이었던 탓이 크겠지만, 게이코는 거의 생각할 것도 없이 당연하게 그런 생각을 하고 있었다. 그건 꿈이라고 할 수조차 없었다. 부모가 의학계통으로 진학하라고 강요한 것도 아니고, 이렇다 할 사명감이나 정의감에 불탄 것도 아니다. 그냥 게이코는 친척 중에도 무슨 필연인 듯 의사나 그와 관계된 직업을 가진 사람이 많았고, 그런 환경에서 자신도 결국에는 그렇게 될 것이라는 막연한 방향성이 있었을 뿐이다.

게이코에게 있어서 의료의 길이라는 것은 그런 느낌이었다.

집이 식당이었다면 자신은 요리사가 되려고 했을지도 모르고, 가게를 좀 더 크게 키우겠다며 경영학부를 진로로 선택했을지도 모른다. 어쨌든, 게이코는 그런 사람이었다.

의학부를 목표로 한다면, 가능한 한 레벨이 높은 중 · 고등학교에 들어가는 것이 편할 거라는 생각으로, 게이코는 현에서 하나뿐인 국립 T중학교의 입학시험을 자청해서 보았다. 아버지의 모교이기도 한 그 중학교의 입학식에서 학생대표로 인사를 한 사람이 스와 유지였다. 그를 처음 본 것도 그때였고 희미하게 의식하기도 했지만, 게이코는 그때의 그가 어땠는지 잘 생각나지 않는다. 누가 어떤 인사를 하든 별로 관심이 없었고, 입학식 같은 건 그냥 얼굴만 내밀면 되는 사무적인 행사의 하나에 지나지 않는다고 생각했다.

그날 있었던 일 중에 딱 하나 기억나는 것은 입학식장이었던 체육관을 나왔을 때 바로 눈에 들어온 벚나무였다. 한창때가 지나 푸른 잎이 섞인 벚꽃은 입학식에는 어울리지 않는다고 시니컬하게 생각했던 게 기억난다.

그렇게 스와 유지의 인상은 아무것도 남아 있지 않았다.

"게이코, T중학교 합격 축하해."

감사를 표하며 머리를 숙이고, 게이코는 자세를 고쳤다. 아직 새 옷이라 답답한 느낌이 드는 교복. 그걸 입으면 자신이 묘하게 긴장하는 듯한 기분이 된다. 평소에는 좀 더 스스럼없이 얘기할 수 있는데, 정말 신기하다. 게이코의 건너편에 앉은 안경을 쓴 청년도 오늘은 드물게 양복을 입은 차림으로 등을 곧게 펴고 앉아 있었다.

"정말, 선생님께 감사드려야겠다. 그렇지? 게이코."

게이코의 옆에서 새로 산 녹색 정장을 입은 엄마가 말하며 웃었다. 그녀만이 이런 분위기에 익숙한 태도로, 입학식을 마치고 들어간 레스토랑에 앉아 느긋하게 게이코에게 메뉴를 내민다.

"게이코, 뭐 먹을래? 점심 안 먹었으니 배고프지? 아아, 선생님도 좋아하시는 음식으로 뭐든지 주문하세요. 오늘은 게이코 입학 축하를 겸해서 선생님께 감사를 드리려고 마련한 자리니까요."

"아뇨, 제 몫은 제가."

"어머, 입학식에도 참석해 주셨는데 이 정도는 대접하게 해주세요. 아직 학생이시면서 무리하면 안 돼요."

엄마는 아이처럼 웃으며 동의를 구하듯 게이코에게도 '그렇지?' 하며 시선을 준다. 마키무라는 그런 엄마의 모습에 쓴웃음을 짓고는 '그럼, 잘 먹겠습니다. 사실은 그래 주시면 정말 고맙겠습니다'고 싹싹하게 대답했다.

"하지만 T중학교에 합격한 건 순전히 게이코의 실력이에요. 제가 가르칠 건 아무것도 없었어요."

게이코 쪽을 보며 마키무라가 싱긋 웃었다. 게이코는 그가 웃을 때마다 눈이 부시다고 생각했다. 마키무라는 게이코가 초등학교 고학년이 되고부터 2년간 공부를 봐 준 과외선생이었다. 유명 사립대 법학부 2학년으로, 게이코 아버지의 지인 아들이라는 인연으로 과외선생이 되었다.

"선생님이 가르쳐 주신 게 정말 도움이 됐어요. 다른 얘기도 잘 들어주셨고 학교 친구보다 훨씬 말도 잘 통하고."

게이코는 엄마가 건넨 메뉴판에서 고개를 들고 마키무라의 말을 부정했다. 그는 그 말에 솔직하게 기쁜 표정을 지었다. 안경 너머의 눈이 다정하게 웃어준다.

"고맙다, 게이코."

"그렇죠. 선생님, 이 아이는 형제가 없잖아요? 처음엔 과외선생님 필요 없다고 그랬었어요. 그래도 오빠처럼 여러 가지 얘기를 들어 줄 사람이 있으면 좋을 것 같아서……. 진짜 좋은 오빠를 만나서 다행이에요."

"좋은 오빤지 아닌지는 모르겠지만, 게이코랑 얘기하면 재미있어요. 잘 통하는 친구라는 게 가장 맞는 표현일 것 같습니다."

"……가끔 의견 충돌도 있지만."

게이코가 농담처럼 끼어들었지만, 마키무라의 얼굴에서는 웃음이 떠나지 않았다. 턱에 살짝 손을 대고는 '그게 더 좋잖아'라고 했다.

"난 게이코랑 얘기할 때 그런 점도 즐거우니까. 중학생이 돼서 공부가 어려워져도 열심히 가르칠 테니까 자르지 말아 주라. 어머님께도 잘 부탁드립니다."

마키무라는 게이코가 생각하는 이상적인 오빠였다.

다만 자신이 이성으로서 그에게 끌렸다고는 생각하지 않는다. 어쩌면 그에 가까운 감정은 있었는지도 모르지만, 그래도 마키무라 같은 성격을 가진 여자가 자기 옆에 있었다면 이상적인 언니가 되었을 것이고, 마키무라가 연상이 아니라 자신의 동급생이라면 가장 친한 친구가 되었을 거라는 자신이 있었다. 말하자면 마키무라는 이성이기 이전에 한 사람의 인간이었다. 그것도 특히 게이코 취향인 인간이었던 것이다. 마키무라와 하는 얘기는 대부분 일상적인 뉴스나 문학에 관련된 화제가 많아서 서로의 생활에 관련된 개인적인 얘기는 나오지 않는다. 그러나 게이코는 마키무라를 잘 알고 있다고 생각했고, 그도 마찬가지였을 것이다. 자신을 가장 잘 이해해 주는 사람이라는 편안함이 있었고, 그래서 그는 게이코에게는 소중한 사람이었다.

학교 친구들과는 별도로, 그는 게이코의 제일가는 친구였다.

정의감이 강하고, 게이코와는 달리 명확한 사명감을 가지고 변호사를 꿈꾸는 그는 매일같이 매스컴에서 흘러나오는 폭력이나 그에 수반한 억울한 불행을 가슴 깊이 증오했고, 아무 힘이 되지 못하는 자신의 무력함을 부끄러워하는 사람이었다. 게이코가 초등학생이었을 때부터 그녀를 어리게 보지 않고 자주 그런 이야기를 해 주었고, 게이코의 생각도 조용히 받아들여주는 사람이었다.

"그건 그렇고, 점점 예뻐지는데. 게이코 너는 키도 크고 어른스러워서 말이야."

마키무라는 안경 너머의 눈매를 부드럽게 만들며 웃는다. 게이코는 애매하게 고개를 끄덕이면서 문득 레스토랑 창밖의 하늘을 올려다보았다. 그날의 하늘은 끝없이 맑고 푸르러, 창을 통해 들어오는 빛의 색깔까지 선명했다. 창가를 지나가던 웨이트리스가 블라인드를 내려 게이코 주변에는 빛이 순식간에 사라졌다. 마키무라와 어머니는 그걸 신경 쓰는 기색도 없이 변함없이 앞으로도 잘 부탁한다며 웃고 있다. 이 무렵의 게이코는 지금과는 달리 머리카락이 등까지 올 정도로 길었고, 살짝 고개를 돌리면 그것이 찰랑찰랑 흔들렸다.

벚나무에는 벌써 잎이 돋기 시작했지만, 건물 안에 있어도 청신한 꽃 냄새에 둘러싸인 듯한 느낌, 그것은 봄이었다.

2

"무섭니? 게이코."

눈앞에 있는 여자의 입술은 거짓말처럼 붉다.

매끄러운 검은 머리는 허리에 닿을 정도로 길고, 양 눈은 날카롭게 게이코를 들여다보고 있다. 머리카락의 길이는 예전의 자신을 생각나게 하지만, 그래도 이 괴물의 머리가 더 길다. 여자의 입술 끝이 살짝 올라간다. 한기가 들 정도로 요염한 움직임이었지만, 곤란하게도 그 얼굴과 입술은 너무나 잘 알고 있는 게이코 자신의 것이었다. 이것이 우리들이 얘기하던 '유령'인 것일까. 그렇다면 자살한 사람은 자신일까. 깊이 생각하기도 전에 게이코의 입술 사이에서는 실소가 새어 나온다. 정말로 여기 호스트는 취미가 고상하다.

"넌 누구냐? 무섭지는 않은데, 역겹다."

게이코의 말에 눈앞의 괴물은 쿡쿡 웃는다. '알잖아?' 그렇게 말하면서 게이코 앞의 의자에 앉았다.

"기리노 게이코야. 나는 너, 너는 나. 사실은 게이코, 너도 알고 있을 거야. 우리, 얘기하자."

"무슨 얘길 하자는 거지? 네가 나라면 얘기할 필요도 뭣도 없을 거야. 안 그래?"

"그럴까?"

'게이코'는 의자에 앉아 다리를 꼬고는 두 눈을 일그러뜨렸다.

"알고 싶지 않니? '여기'에 널 부른 게 누군지. 어떻게 하면 '여기'에서 나갈 수 있는지. 난 그걸 알고 있으니까, 너한테 가르쳐 줄 수도 있어. 알고 싶지 않니?"

"……하든 말든 상관없는데, 너 말투 정말 짜증이 난다. 나랑 똑같은 목소리라는 것도 불쾌해."

"거슬려?"

'게이코'의 얼굴은 불쾌할 정도로 여유만만했다. 무엇이 그녀를 그렇게 만드는 건지, 그녀는 요염한 입술을 한 번 슬쩍 핥는다. 그혀도 입술처럼 타오를 듯 붉었다. 게이코는 얼굴을 찡그리고, 새삼 눈앞의 괴물을 응시했다. '가르쳐 줄게' 그녀는 중얼거리고 천천히 의자에서 일어선다. 게이코의 뒤로 돌아가더니 등 뒤에서 어깨에 몸을 기대왔다. 차가운 손가락이 천천히 게이코의 목을 쓰다듬는다. 손가락도 몸도 차가운데 게이코의 등에 기댄 그녀의 몸은 감촉도 무게도 전혀 느낄 수가 없었다. 등골이 오싹했다. 이것은 괴물이었다.

"마키무라라고 했던가? 게이코네 과외선생."

'게이코'가 게이코의 귓가에 가만히 속삭였다. 게이코는 조용히 뒤를 돌아보았다. 여자는 생긋 웃었다.

"게이코의 선생님, 게이코의 제일 친한 친구."

"……무슨 얘길 하고 싶은 건데?"

"나는 너야, 게이코. 너에 대해선 뭐든지 다 알아."

여자는 쿡쿡 웃으며 게이코의 등에서 떨어졌다. 성큼성큼 교실 뒤로 걸어가더니, 문에 손을 대며 멈춰 서서 게이코를 돌아보았다.

"따라와. 얘기하자."

3

스와 유지와는 학급위원 일을 하다가 알게 되었다.

게이코가 학급위원을 맡게 된 것은 초등학교 고학년 때부터였다. 이유는 단 하나, 다른 애가 하는 것보다 자신이 하는 쪽이 능률이 좋아서다. 다른 사람이 서투르게 일하는 모습을 보며 기다리는 것은 게이코에게 정말로 답답하고 조바심이 나서 스트레스가 되지만, 자신이 하면 그렇지 않다. 철이 들면서부터 게이코는 그런 역할을 알아서 맡게 되었다. 거기에는 또래의 여자애들에게 흔히 볼 수 있는 자기과시욕 같은 것은 없었다고 게이코는 스스로를 돌아보며 생각한다.

게이코와는 대조적으로, 스와 유지는 틀림없이 자기과시를 위해 다른 사람 위에 서는 역할을 골라서 맡았다고 여겨진다. 나중에 친해지고 나서 그의 아버지가 국회의원이라는 사실을 알았을 때, 역시 피는 못 속인다고 생각했다. 혹은 자란 환경이 그를 무의식적으로 그렇게 행동하도록 했는지도 모른다. 유지는 늘 자신감에 찬 여유만만한 표정으로 당당하게 모두의 앞에 서 있었다. 자신의 존재를 타인 앞에 당당히 내보일 수 있는 사람, 그런 행동이 용인되는 사람도 세상에는 있는 법이란 걸 게이코는 유지를 만나고 나서 처음 알았다.

중학교 3학년 여름방학이 끝나고, 2학기가 시작되던 날이었다. 게이코는 방과 후 회의실에 남아 있었다.

그날은 학생회가 주최하는 대표위원회가 있어서, 교내의 각 반 반장과 학년별 대표가 소집되었다. 개학식이 끝나고 오늘부터 2학기가 시작된다. 회의 내용은 T중학교 학생에게 여름방학 동안 특별한 문제는 없었는가를 확인하고 이번 학기에 있을 축제와 합창대회 등의 행사 일정을 알리는 것이 주된 목적이었다. 회의는 30분도 걸리지 않았고, 대부분의 학생들은 바로 회의실을 나갔다.

그때, 유지는 학생회장이었고 게이코는 선거위원회의 위원장이었다.

다들 돌아갈 때 회의에 참석한 교사가 게이코에게 말을 걸었다.

교실로 돌아갈 거면 갖다 줬으면 하는 자료가 있으니까, 잠깐만 기다릴래? 그런 부탁이었다. 게이코가 고개를 끄덕이자 그 교사는 자료를 가지러 교무실로 갔다. 남겨진 게이코는 할 일도 없고 해서 오늘 회의 때 나눠 준 자료를 팔락팔락 넘겨보며 그를 기다리고 있었다. 회의실에는 게이코 외에도 아직 몇 명이 남아 있었다. 게이코처럼 누군가를 기다리고 있는 애도 있었고, 친구랑 쓸데없는 수다를 떨고 있는 애도 있었다.

그때 회의실에 한 남학생이 들어왔다. 키가 크고, 어깨가 다부졌다. 온몸이 햇볕에 그을어, 흰 셔츠에서 뻗어 나온 긴 팔의 피부도 약간 벗겨진 것이 보였다. 게이코와 같은 학년인 5반 아마노였다. 테니스부 부장인데, 조금 전까지 있던 대표위원회 멤버 속에는 없던 얼굴이었다. 그는 회의실 안에 들어오자 누군가를 찾는 듯 교실 안을 둘러보았다. 그 눈은 바로 한 사람에게 멈추고, 이내 그가 자신이 찾던 사람을 부르는 목소리가 들렸다.

"유지."

그 목소리에 유지가 고개를 들었다. 학생회장의 고정석인 칠판 앞자리. 그곳에서 뭔가 자료를 읽고 있던 유지는 아마노를 보고는 눈을 살짝 가늘게 떴다. '여어' 하고 가볍게 손을 들어 대답했다.

유지의 인사를 받으며 아마노는 그가 있는 자리까지 걸어갔다. 키가 큰 그가 성큼성큼 걷는 모습은 당당해서, 그 모습은 학생회장의 친구로서는 왠지 균형이 맞는 듯 보였다. 아마노는 만면에 가득 웃음을 띠고 있었다. 앉아 있는 유지 앞까지 가더니 무언가를 재촉하듯이 눈앞에 손을 척 뻗었다. 무언가를 재촉하는 제스처였다. 그러나 유지는 영문을 모르는 듯이 고개를 갸우뚱한다.

아마노는 유지의 동작이 웃긴지 하얀 이를 드러내며 웃는 얼굴로 말한다.

"이천 엔."

"뭐?"

유지가 미간을 찌푸린다. 아마노는 그 말을 반복했다.

"이천 엔. 준다고 그랬잖아? 관동대회에서 우승하면."

그 말에 유지의 눈이 휘둥그레졌다. 놀란 듯이 아마노의 얼굴을 뚫어지라 쳐다본다. 그러고 나서 다시 묻는다. 그로서는 드물게도 살짝 흥분한 목소리였다.

"우승했어?"

"코치도 무리라고 그랬고, 너도 그랬지만 말이야. 직접 보고 얘기하고 싶어서 쉬는 시간에는 가만있었지. 놀랐냐?"

"아아, 대단한데."

유지는 긍정한다. 감탄한 듯 한숨을 쉬고 나서야 평소 태도로 돌아온 듯 심술궂게 웃었다.

"이건 사기야. 절대로 무리라고 생각했는데. 제길, 돈 걸지 말걸."

"이미 늦었다니까. 빨리 내놔, 이천엔."

"알았어. 아아, 진짜 억울해."

유지가 일부러 얼굴을 심하게 찡그린다. 아마노를 살짝 노려보고는 나중에 이천 엔 들고 가겠다고 한다. 그 말을 들은 아마노는 매우 만족스러운 것 같았다.

그는 나가면서 유지에게 한 마디 했다.

"흥. 날 안 믿으니까 그런 거지."

"억울해. 상식이 있는 사람이라면 다 무리라고 생각했을 거야."

"나중에 꼭 갖고 와. 나 한동안 그 돈으로 살아야 하니까."

아마노는 그렇게 말하고는 회의실을 나갔다.

그 대화를 바라보고 있던 게이코는 아마노가 나가고 나서도 왠지 유지에게서 시선을 떼지 않았다.

유지는 아마노가 완전히 사라진 것을 확인하고 나서 고개를 약간 숙였다. 조금 떨어진 장소에 앉은 게이코의 시선은 눈치채지 못한 것 같다. 유지가 크게 숨을 들이쉰다. 그리고 게이코는 뜻밖의 장면을 보았다. 가볍게 눈을 감고 지금까지 태연한 표정을 짓고 있던 유지의 입가가 살짝 올라간다. 그건 소리가 새어나올 듯함을 어떻게든 참고 있는 것처럼 보였다. 소리를 내지 않고, 입술만이 작게 움직인다. 그 입술은 '대단한데'라고 중얼거리는 것처럼 보였다. 아까 아마노 본인이 있었을 때에는 보여주지 않았던, 너무나 기뻐서 어쩔 줄 모르겠다는 표정을 띠더니 그것이 웃음으로 변한다. 풀어지는 볼 근육을 어떻게든 긴장시키려고 노력하는 것이 느껴졌다. 하지만 그게 잘되지 않는다는 것도 알 수 있었다. 잔잔한 흥분과 억누를 수 없는 기쁨이 그의 얼굴을 풀어지게 하고 있었다. 유지가 눈을 뜨더니 다시 한 번 심호흡을 했다. 고개를 들고 아마노가 사라진 문을 본다.

다음 순간 시선을 책상에 돌린 유지의 얼굴에서는 깨끗하게 웃음이 사라져 있었다. 원래처럼 조용하고 온화한 회장의 얼굴을 하고 있었다.

게이코는 유지의 얼굴에서 눈을 뗄 수 없었다. 이유는 두 가지였다. 하나는 의외의 면을 본 것에 대한 놀라움 때문이었다. 그리고 다른 하나는, 유지의 표정이 아주 근사했기 때문이었다. 정말로, 너무나 멋진 표정이었다.

그날 집에 가는 길에 게이코는 우연히 자전거 주차장에서 다시 유지를 만났다. 게이코는 역까지 걸어가던 길이었고, 유지도 혼자서 자전거로 돌아가려는 듯 보였다.

"유지."

저녁나절의 자전거 주차장. 자전거 자물쇠를 열려던 유지에게 게이코는 말을 걸었다. 유지는 고개를 들고 바로 게이코를 발견했다. '아아' 하고 웃으며 말을 건넨다.

"기리노구나."

"집에 가니?"

"응. 오늘은 학원 가야 해서."

오른손으로 자전거 열쇠를 가지고 놀면서 유지는 그렇게 대답했다. 이때 그와 게이코는 아직 그렇게 친하지 않았다.

조금 전 들었던 아마노와 유지의 대화를 떠올린다. 일부러 얄미운 말을 하고 난 뒤에, 혼자서 조용히 웃던 유지의 얼굴을 떠올렸다. 정신이 들었을 땐 게이코는 이미 유지에게 말을 건네고 있었다.

"아마노, 잘 됐다."

"관동대회 말이야?"

유지의 목소리는 감정이 잘 읽히지 않는 평범한 목소리였다. 게이코는 고개를 끄덕였다.

"아까 들었어. 관동에서 우승하다니, 정말 굉장하다."

"응."

유지는 엷게 웃었다. 잠시 먼 곳을 보더니, 깊이 고개를 끄덕였다.

"아마노는 진짜 열심히 했거든. 1학년 때부터. 올여름에도 진짜 누구보다 노력했어."

"그렇구나."

"기리노, 너도 지금 가?"

길게 양옆으로 올라간 유지의 눈은 놀랄 만큼 검고 깊은 색을 띠고 있었다.

게이코에게 그렇게 물으면서 유지는 몸을 굽혀 자전거 자물쇠에 열쇠를 끼워 넣는다.

게이코는 그 등을 향해 '응'이라고 대답했다.

"오늘은 과외선생님이 오시는 날이거든."

"헤에, 그렇구나."

유지는 조금 의외라는 듯이 중얼거리더니 바로 자전거에 올라탄다. 학원에 다니는 게 아니라 개인 과외를 받고 있다는 게 의외였나 보다. 게이코가 알기로도 반 애들은 대부분 근처 학원에 다니고 있었다.

그때였다. 유지가 갑자기 게이코의 손에서 가방을 뺏더니 자전거 바구니에 아무렇게나 던져 넣었다.

"뒤에 탈래?"

가방을 뺏겨 멍해진 게이코를 향해 유지가 뜬금없이 말한다.

"같은 방향이지? 데려다 줄게."

게이코는 그 말에 적지 않은 당혹감을 느꼈다.

그녀는 친해지기 어렵다는 말을 자주 듣는다. 의식한 적은 없었지만, 자신이 하는 말이나 표정이 그렇게 만든다고 한다. 허물없이 대하는 남자 친구도 없지는 않았고 노골적인 유혹을 받은 적도 있기는 했지만, 이때 유지의 태도는 게이코가 그때까지 겪어온 그런 것들과는 전혀 달랐다. 그래서 게이코는 놀랐다.

그리고 바로, 그건 스와 유지이기 때문에 할 수 있는 일이라고 생각하게 되었다. 별로 가까운 사이도 아닌 자신에게 선뜻 이런 제안을 할 수 있다는 것, 그것은 분명 그가 스스로에게 자신감을 가지고 있기 때문이라는 것을 게이코는 깨달았다. 다른 사람에게 미움을 받은 적도 없을뿐더러 이런 제안을 거절당한 적도 없다. 그런 사람에게만 허락된 자신감. 스와 유지는 언제나 자신감에 충만해 있었다.

게이코는 쓴웃음을 지으며 유지의 어깨에 손을 얹고 자전거 뒤에 살짝 올라탔다.

새빨간 입술로 깔깔 웃으며 눈앞의 '게이코'는 계단을 올라간다. 게이코는 그녀를 놓치지 않으려고 약간 빠른 걸음으로 그 뒤를 쫓는다. 층계참에 접어들었을 때 문득 '게이코'가 뒤를 돌아보았다.

"저기, 이 계단 어디까지 이어져 있는지 아니?"

'게이코'는 웃음을 그치지 않는다.

"어디까지일 것 같니?"

"……늘어난 4층, 5층. 끝에는 옥상이겠지. 거기서 뭔가가 기다리고 있다는 거 아냐?"

"바로 맞췄어. 다만, 무엇이 기다리고 있을지는 너한테 달렸어. 넌 여기서 더 올라가도 되고, 안 가도 돼. 그건 네 맘이야."

"무슨 뜻이지?"

'게이코'는 그 질문에는 대답하지 않았다. 말없이 다시 계단을 올라 3층 복도까지 와서 그녀는 천천히 발을 멈추고 다시 돌아보았다.

계단은 3층 위로도 이어져 있었다. 게이코는 이제 놀라지 않았다. 조금 전에는 없었던 4층, 5층으로 이어지는 계단을 올려다본다. 이 계단은 정말로 어디까지 이어져 있는 걸까.

"선택하는 거야, 게이코."

속삭이는 '게이코'의 목소리는 낮고 조용했다. 게이코는 말없이 또 하나의 자신을 바라본다. '게이코'는 도전적인 눈빛으로 게이코를 보고 있었다.

"이 위에는 너희가 찾고 있던 이곳의 주인이 있어. ……괴로워하고 있어. 올라가면 만날 수 있지. 아직 '친구'라고 생각한다면 올라가. 그럼 구할 수 있을지도 모르지. 다만……."

'게이코'는 목구멍을 울리며 쿡 하는 웃음소리를 흘렸다.

"넌 '바깥 세계'로 돌아갈 수도 있어. 현관문은 벌써 열려 있으니까. 돌아가고 싶으면, 여기 주인은 내버려두고 돌아가도 돼. 그야말로 네가 바라는 대로, 너는 선택할 수 있어. 여기 주인을 구원하기 위해 위로 올라가든가, 아니면 바깥 세계로 돌아가기 위해 아래로 내려가든가."

게이코는 그 말에 천천히 계단 위를 응시한다. 어디까지 이어져 있는지, 어둡고 흐릿해서 앞이 보이지 않는 계단. 올라갈까, 내려갈까.

"선택해, 게이코."

눈앞의 괴물은 같은 말을 반복했다.

"올라갈지, 내려갈지."

4

그날, 게이코가 집에 돌아오자 먼저 와 있던 마키무라는 거실에서 어머니와 차를 마시고 있었던 모양이었다.

"어서 와. 선생님 벌써 와 계신다."

"옷 갈아입고 올게."

게이코는 고개를 숙이고 짧게 대답한다.

"오늘은 좀 늦었네. 전철 안 타고 왔어?"

"응. 그냥."

"차 마시고 갈아입지? 선생님도 한숨 더 돌리시게."

"그럴래, 게이코?"

마치 가족의 일원처럼 완전히 이 집에 친숙해진 마키무라가 거실에서 얼굴을 내민다. 현관까지 오더니 어머니처럼 게이코를 맞이했다. 게이코와 눈이 마주치자 마키무라가 말을 덧붙였다.

"요전에 게이코랑 얘기했던 영화 말인데, 어제 봤거든. 팸플릿도 있고, 공부하기 전에 같이 잠깐 볼래?"

"……좀 피곤해서 방에 먼저 갈게요. 죄송하지만 공부 먼저 봐 주시면 좋겠어요."

게이코는 마키무라로부터 시선을 돌리며 말하고는 자기 방으로 가는 계단을 서둘러 올라갔다. 계단을 올라 2층에 도착하니 현관에서 어머니와 마키무라가 대화하는 소리가 들렸다.

죄송해요. 게이코가 요즘 그런 때가 된 것 같아요. 옛날엔 그렇게 마키무라 선생님, 마키무라 선생님 하면서 잘 따르더니, 요즘에 무슨 일이 있는 건지.

아뇨, 괜찮습니다. 지금도 저를 따르지 않는 건 아니에요, 게이코도 여러 가지 일이 있겠지요.

이야기 소리는 점점 작아지며 거실 안으로 사라져 간다. 게이코는 자신의 방에 들어와 천천히 눈을 감았다. 문에 등을 기대고 이마를 누른다. 만나고 나서 지금까지, 마키무라와 얘기했던 내용을 되새겨 보았다.

문학과 영화, 매스컴에서 한창 시끄러운 화제 등, 그와 얘기할 때 화제가 부족했던 적은 없었다. 서로 자신의 의견을 말하는 것이 좋았다. 게이코는 마키무라가 좋았고, 분명 누구보다도 신뢰하고 있었다. 그런 마키무라 앞에서, 자신이 예전처럼 웃을 수 없는 것이 괴로웠다. 두 사람 사이에 딱히 무슨 일이 있었던 것도 아닌데, 자신만이 그에게 껄끄러운 기분을 느끼는 게 원망스러웠다.

중학교 2학년 끝 무렵, 게이코는 호되게 실연을 당했다.

그때 게이코에게 있어 연애란 생활의 자연스러운 일부분이었고, 중학교에 입학해서 그 나이에 어울리게 친구들이 점점 그러한 것들에 민감해지자 게이코도 자연히 그런 열기에 휩싸였다. 다가가기 어렵다는 평을 듣는 반면 게이코에게 사귀자고 하는 남학생도 많아서, 사실 게이코는 중학교에 입학하고 나서는 남자 친구가 없었던 적이 없었다. 다만 사람과 사귀는 데 있어서 게이코는 담백한 편이라 상대에 대한 마음이 그렇게 강했던 적은 없었다.

그랬던 게이코가 처음으로 뼈아픈 경험을 한 것이 2학년 겨울이었다. 상대는 동아리 선배로, 상대 쪽에서 사귀자고 해서 3개월 정도 사귄 후 역시 그쪽에서 간단히 헤어지자고 했다. 달리 좋아하는 사람이 생겼다는 것이 이유였고, 상대는 역시 같은 동아리에 있는 게이코의 동급생이었다. 두 사람은 바로 사귀기 시작했고, 동아리 내에서는 그 얘기로 정신이 없었다. 게이코는 아무렇지도 않은 척 선배에게도 그의 새 여자 친구에게도 예전처럼 대했고, 주위의 시선도 게이코를 유난히 동정한다든가 조롱하거나 하지 않았다. 주변 사람들이 보기에도 게이코의 교제는 어딘가 담백하게 여겨졌던 모양이었다. 겨우 그런 것에 집착하는 것은 '기리노 게이코'가 아니었다. 그건 게이코와 사귀고 있던 그 선배도 그렇게 생각했을 것이다.

그러나 사실, 게이코는 괴로웠다. 어제까지 자신의 남자 친구였던 사람이, 오늘은 자신의 친구와 나란히 집에 간다. 중학교 시절의 유치한 연애에 지나지 않았지만, 그때의 게이코에게 그것은 심한 배신이었고, 고통이었다. 아무렇지도 않은 척 동아리 활동을 마치고 집에 돌아와서 게이코는 혼자 울었다. 학교 친구에게도 말할 수 없었다. 가족한테는 더더욱 말할 수 있을 리가 없었다.

울 수 있는 장소는, 마키무라의 앞뿐이었다.

마키무라가 오기로 되어 있던 그 날, 게이코는 귀가하던 길에 우연히 자신과 사귀었던 남자가 새 여자 친구랑 가는 것과 마주쳤다. 그 둘은 주눅 든 기색도 없이 게이코를 향해 인사를 하더니 거기에다 '같이 갈래?'라는 말까지 했다. 자존심도 상했고 웃기지 말라는 생각도 들었다. 그러나 제일 심했던 건 단순한 슬픔이었다. 게이코는 자신이 아직도 눈앞의 이 남자를 좋아한다는 것을 깨달았다. 그것을 지겹도록 느꼈다. 괴롭고 슬펐다.

그때까지는 마키무라에게 상담을 하거나 울며 매달릴 생각은 없었다. 억지웃음을 지으며 집에 돌아와, 엄마 앞에서 태연하게 '다녀왔어요'라고 말하고 나서 마키무라와 방으로 올라간다. 그와 둘만 있게 되자, 게이코는 긴장이 풀리면서 자신의 눈가가 뜨겁게 녹아가는 감각을 맛보았다. 눈물이 멈추지 않았다.

"왜 그래?"

마키무라는 정말로 놀란 듯이 서둘러 게이코의 얼굴을 살폈다. 게이코는 얼마간 이유를 말하지도 못하고 그저 훌쩍이고 있었다. 그걸 본 마키무라는 가만히 숨을 죽이고 게이코의 머리를 쓰다듬으며 그녀가 진정되기를 기다렸다. 숨도 가슴도 막혀버릴 듯한 가운데 게이코는 마키무라에게 겨우 지금까지 있었던 일을 고백했다. 아무에게도 말할 수 없었던 그 고통을 내뱉는 동안, 마키무라는 계속 게이코의 머리를 쓰다듬었다. 그리고 말했다.

"힘들었겠구나. 식상한 말이라서 미안하지만, 정말로 그렇게 생각해."

마키무라의 목소리는 다정했다. 그가 신중하게 말을 고른다는 것을 알 수 있었다. 그의 목소리는 게이코의 마음을 부드럽게 감쌌다.

"선생님 미안해요. 선생님하고는 관계없는 일인데. 나……."

"누구에게나 있을 수 있는 일이야. 나한테도 분명히 있을 거고. 누구든 괴로울 땐 똑같지 않을까."

그날 과외 시간에는 결국 공부는 전혀 하지 않았다. 그저 꾹 눌러왔던 감정을 토로하는 게이코의 어깨에 손을 얹고, 마키무라는 성심껏 게이코를 위로했다.

마키무라와 게이코가 했던 대화는 언제나 중간에 무언가 매개가 있었다. 생각해 보면 게이코가 그에게 자신의 얘기를 한 적은 그 날이 처음이었다.

5

유지가 자신을 '게이코'라고 친근하게 부르는 말을 처음 들었을 때, 게이코는 이게 대체 무슨 일인가 싶었다. 자신 이상으로 사람과 사귀는 것에 담백하고 늘 차가운 인상이 앞서는 그가, 자신을 '게이코'라고 스스럼없이 부른다. 그것은 어딘가 그와 어울리지 않는 것처럼 느껴졌고, 자신이 가볍게 보였나 하는 생각도 했다. 그러나 게이코가 그러지 말라고 해도 유지는 기가 죽는 법도 없이 태연하게 대꾸할 뿐이었다.

"너랑 사이도 좋아졌고, 이름으로 부르고 싶어졌거든. 근데 바로 이름을 부르려니 쑥스럽긴 하네."

게이코는 네가 그럴 놈이냐고 마음속으로 생각했지만 결국 이 아이한테는 무슨 얘길 해도 소용없을 것 같아서 포기했다. 그는 본인만이 아는 어떤 철학을 가지고 있고, 그에 따라서만 사는 사람이었다. 그때에는 슬슬 게이코도 그걸 알게 되었다.

둘이 대화하는 모습이 코미디 같다는 선생님과 친구들의 놀림을 받으며, 게이코와 유지는 같은 세이난 고등학교에 진학했다. 중학교 때와 똑같이 둘 다 학급위원이 되었고, 학생회 임원을 선출하는 시기가 오자 유지가 게이코에게 같이 하자고 제안했다. 그가 학생회장을 맡게 될 때의 부회장으로 게이코를 지명한 것이다.

불 꺼진 학생회실에 들어가니 스와 유지는 책상에 엎드려 색색 잠을 자고 있었다.

게이코는 그걸 보고 한숨을 쉬며 조용히 그에게 다가간다. 잠들기 전에 덮은 듯한 상의가 어깨에서 미끄러져 내려 소매가 바닥에 닿아 있었다. 게이코는 조용히 옷을 주워 올려 유지의 어깨에 덮어 준다. 이런 데서 자다가는 감기에 걸릴지도 모르고, 슬슬 하교 시간도 가까워 온다. 하지만 무리도 아니라는 생각에 게이코는 작게 한숨을 쉬었다.

매일같이 축제 준비를 하느라 유지는 눈코 뜰 새 없이 바빴다. 학생회의 최대 행사인 것이다. 게다가 올해 학생회는 모두가 유지만 쳐다보고 있는 상태였다. 요 며칠간, 유지는 집에서도 제대로 못 잔 게 아닐까.

그런 생각을 하면서 게이코는 유지의 곁에서 그가 애용하는 파일을 집어 들었다. 그 안에서 학생회가 기획한 문화제 연극 대본을 발견하고, 게이코는 쓴웃음을 지으며 그것을 펼쳤다. 유지의 대사에는 전부 형광펜으로 노란 선이 그어져 있었다. 그러고 보니 이 대본을 완성한 사람도 그였다.

자신들이 열심히 준비한 하나하나가 내일 결실을 맺는다. 내일은 세이난 축제가 시작되는 날이다.

"게이코……?"

문득 유지가 신음하듯이 목소리를 흘렸다. 아직 졸린 듯 눈가를 비비며 나른하게 고개를 든다. 게이코는 유지의 대본을 도로 파일에 끼워 책상 위에 놓았다.

"미안, 깨웠니? 피곤할 텐데 미안하지만, 슬슬 하교 시간이야. 지금 안 가면 갇힌다."

"아, 그건 괜찮을걸. 경비 아저씨가 둘러보거든."

"어이없군. 그럴 때까지 남아 있었나 보네. 설마 농담이지?"

유지는 그 말에는 대답하지 않는다. 잠기운을 몰아내려고 애쓰며 나오는 하품을 몇 번이나 참고 있다. 느릿느릿 게이코를 보더니 물었다.

"너희 반 준비는 잘돼가? 그야 너희 반에는 다카노를 비롯해서 우수한 애들이 많으니 문제없으려나? 부럽기 그지없군."

"아까 보고 왔는데 잘되어 가는 것 같더라. 내일은 운동회 날이니까 체력을 아끼라고 사카키샘이 아까 다 돌려보냈어. 준비는 문제없어."

"흐응. 2반은 나도 기대가 커. 축제 분위기를 띄워 주는 건 대환영이지."

어두워지기 시작한 학생회실 안에서 유지는 조용히 일어선다. 어깨에 걸치고 있던 교복 상의에 팔을 꿰고 연극 대본이 든 파일을 집어 든다. 게이코도 문 쪽으로 발을 돌렸다. 하교 시간 전에 교사에서 나가야 한다. 그때, 복도로 나가려는 게이코를 유지의 목소리가 불러 세웠다.

"게이코."

일어선 그의 눈이 금방 잠에서 깬 것 치곤 의외로 진지해서, 게이코는 문득 어떤 예감이 들었다. 그와 동시에 머릿속에서 그에게 더 이상 말하게 하면 안 된다는 위기감이 치밀어 오른다. 게이코는 유지의 눈빛에서 시선을 피했지만 늦었다.

"우리들 슬슬 제대로 사귀어 보지 않을래? 나, 너 좋아해."

6

마키무라한테 그 말을 들은 것은, 게이코가 그의 앞에서 엉엉 울며 상담한 날로부터 몇 개월이나 지난 후였다. 게이코의 상처를 마키무라가 위로해 준 그 날 이후에도 게이코는 마키무라를 오빠처럼 따랐고, 친근한 정도는 오히려 그 이전보다 강해진 것 같았다. 그날 이후, 게이코가 마키무라에게 자신의 얘기를 하는 일은 거의 없었지만, 그것은 그래야 할 필요와 기회가 없었을 뿐이었다. 또 비슷한 일이 있으면 게이코는 마키무라에게 이야기했을 것이고, 그도 게이코의 이야기를 들어줄 거라는 믿음이 있었다.

그날 언제나처럼 과외를 하러 온 마키무라와 게이코는 그때 한창 보도되고 있던 교육 현장에서의 괴롭힘에 관해 얘기하고 있었다.

용서할 수 없다고 생각했다. 폭력이나 무시를 가벼운 기분으로 반복하는 애들은 물론, 그걸 보고도 못 본 척하는 애들도.

다행히 게이코가 다닌 중학교에서는 그렇게 심한 괴롭힘은 없었지만, 같은 현 내의 다른 학교에는 그런 일이 있다는 것을 보도를 통해 알았다. 바로 옆 동네 중학교에서도 지난달에 어떤 아이가 괴롭힘 때문에 자살했다는 안타까운 소식이 있었다. 게이코는 자신이 그런 사실을 그때까지 몰랐다는 것에 충격을 받았고, 앞으로 그런 일에 관여하고 싶어도 어차피 그럴 수는 없다는 것이 분했다.

그런 게이코의 의견을 다 듣고 나서 마키무라는 깊이 고개를 끄덕이며 '그렇지'라고 말하고는 다시 생각에 잠겼다. 언제나 그렇듯 신중히 말을 찾고 있다. 잠시 후에 그는 이렇게 말했다.

"응. 솔직히 이건 매우 어려운 문제라고 생각하는데. 게이코, 네가 지금 그런 현상에 관심을 두고 있다는 것, 관심을 가지고 관여하고 싶어 한다는 것이 지금은 제일 중요하다고 생각해. 한꺼번에 많은 걸 하려고 하면 분명 무리를 하게 되니까. 지금은 게이코가, 이렇게 사실을 알고 싶다고 생각하고, 주위에 그런 일이 있지는 않은가 살피는 것에서부터 시작하면 된다고 봐. 그런데 진짜, 게이코랑 얘기하고 있으면 항상 놀라게 되네. 내가 중학생이었을 때보다 훨씬 딱 부러지지, 말하는 것도 일관성이 있어서 멋져. 웃기는 얘기지만 나는 정말로 너를 존경하고 좋아해. 난 네 과외선생님이지만, 그 전에 단순히 기리노 게이코의 팬인지도 몰라."

마키무라는 그렇게 말하곤 장난꾸러기처럼 웃는다. 에이, 라며 쓴웃음을 짓는 게이코 앞에서 그는 말을 이었다.

"솔직히 기리노 게이코가 왜 그런 시시한 걸로 고민하나 싶었던 적도 있었지만. 그런 불안한 부분도 전부 가려질 만큼 다른 부분이 뛰어나니까 전혀 문제없어. 정말로 괜찮다고 생각해."

마키무라의 그 말은 허물없이 자연스럽게 게이코를 향하고 있었다. 평소 조심스럽게 어휘를 골라 말하는 그로서는 드물게, 허물없는 분위기에서 새어 나온 그의 본심이었다.

게이코는 처음에 마키무라가 한 말의 의미를 잘 알 수 없었다. 이해하기도 전에 마키무라가 다른 화제를 꺼낸 것 같다. 그 얘기는 거기서 끝나고 그 후에는 단조롭게 그날 공부할 내용으로 넘어갔는지도 모르겠다. 게이코가 그의 말을 반추하고 천천히 되새겨볼 여유를 가지게 된 것은 마키무라가 돌아간 후, 혼자 방에 남겨지고 나서였다. 들었을 때에는 몰랐던, 마키무라가 한 말의 의미.

'기리노 게이코가 왜 그런 시시한 걸로 고민하나 싶었던 적도 있었지만.'

마키무라는 게이코의 제일가는 친구였다. 학교에서 만난 친구들과는 확실히 달랐다. 자신은 누구보다도 그를 좋아했고, 자신을 가장 잘 이해해주는 사람이라고 확신했다. 아무에게도 고백할 수 없는 아픔을 얘기할 수 있었던 것도 그 사람뿐이었다.

'기리노 게이코가 왜.'

가슴 속이, 저린 듯 뜨거워진다.

게이코가 울며 매달린 그 날에 마키무라가 이 말을 했더라면 어땠을까. 그랬다면 게이코는 마키무라에게 응석을 부린 자신을 부끄러워했을지도 모른다. 유치했다고 반성하고, 다음부터는 혼자서 견디는 쪽을 선택했을지도 모른다. 그러나 그날 그는 상냥했다. 자신을 이해하고, 위로해 준 거라고 생각했다. 그러나 마키무라는 실제로 그날 어떤 기분으로 자신을 보고 있었을까. 그런 생각을 하면 참을 수 없이 창피했다.

그날처럼 울지는 않았지만, 게이코는 어딘가 싸늘한 기분으로 이건 그날 이상의 배신이 아닌가 생각하고 있었다. 그날 있었던 일보다 훨씬 심한 배신이었다. 그런데 눈물조차 나오지 않는 것이 오히려 이상할 정도였다. 감각이 둔해지고, 그의 단 한 마디에 갑자기 마키무라에게 거리감을 느끼는 자신을 남의 일처럼 막연하게 인식한다.

생각해 보면 게이코와 마키무라는 항상 사이에 매개체를 두고 한탄하고, 화내고, 웃었다. 가끔 나오는 서로의 얘기에도 세속적인 부분은 전혀 없이 깨끗한 면만을 골라 얘기해 왔다는 걸 깨달았다. 마키무라가 게이코의 팬이라면, 자신의 약하고 인간적인 부분을 듣고 싶어 하지 않는 것도 당연하다. 연애 때문에 울며 동요하는 게이코는 그가 생각하는 '기리노 게이코'가 아니다. 그에게 '기리노 게이코'는 여자 냄새를 풍기지 않는 존재였던 게 분명하다. 그런 것은 이상주의다. 현실을 모르는 사람이 멋대로 갖다 붙인 것에 불과하다.

생각이 여기까지 도달했을 때, 게이코는 갑자기 자신이 마키무라에 대해서 아는 것이 하나도 없다는 것을 깨달았다. 가족 구성은 알고, 주소와 전화번호도 알고 있다. 하지만 애인은 있을까. 친한 친구와는 뭘 하며 지낼까.

게이코는 마키무라는 다르다고 생각하고 있었다. 그와는 뭐든 얘기할 수 있는 친구이니까, 자신의 전부를 내보여도 받아들여 줄 것이다. 괜찮다고 생각하고 있었다. 그러나 그것은 게이코가 멋대로 만들어낸 '마키무라'에 지나지 않았다. 게이코도 그처럼 실상을 모르는 채 '자신을 이해해 준다'는 환상에 취해 있었던 것은 아닐까.

'기리노 게이코가 왜.'

마키무라가 한 그 한 마디는 날카로운 가시가 되어 게이코의 가슴을 찌른 채 빠지지 않았다. 선불리 신뢰를 기울였더니 거기에 존재한 것은 배신이었다. 다른 사람에게 기대고, 자신의 추태를 보인 것은 참을 수 없는 굴욕이었다. '가까이하기 어렵다' '멋지다' 그런 평가를 받는 자신에게 남들이 기대하는 것은 무엇이며, 자신에게 있어서 안 되는 것은 무엇일까. 그건 이미 마키무라 개인이 어쨌다는 문제가 아니었다. 게이코의 진지한 고민을 그가 '시시한 것'이라는 한마디로 내친 것, 그것도 문제가 아니다. 문제는 그가 게이코를 이해하지 못했다는 것과 게이코의 인간적인 면을 받아들이길 거절했다는 것이었다.

이상화된 게이코가 그가 생각하는 전부고, 그는 그 이상을 이해하고 싶다고 생각조차 하지 않는 것이다. 그것은 그에게는 오히려 게이코의 보기 싫은 추태에 지나지 않았다.

'기리노 게이코', 그렇다면 '기리노 게이코'는 뭐냐. 입 안에서 욕설처럼 중얼거린다.

마키무라는 그 해가 끝날 때까지 과외를 했지만, 이듬해가 되자 사법시험 공부에 전념하겠다며 그는 게이코의 곁을 떠났다. 힘내라고 서로 격려하며 헤어진 그 날, 게이코는 그때까지 길었던 머리카락을 목덜미까지 깨끗하게 잘랐다.

7

유지의 말에, 게이코는 대답을 망설이지 않았다.

유지와는 언젠가 이런 얘기를 하게 될 거라고 마음속에서 각오하고 있었다. 그건 유지가 '게이코'라고 친근하게 부르기 시작했을 때 이미 예감하고 있었는지도 모르고, 둘 다 이 학교로 진학하기로 결정했을 때부터 그랬는지도 모른다. 혹은 훨씬 전부터, 조금씩 자신들 사이의 거리가 줄어드는 것을 느낄 때부터 게이코는 이때를 각오하고 있었다.

자신만의 착각이었다고는 생각하지 않는다. 유지가 말을 꺼내지 않았으면 언젠가는 자신이 얘기했을지도 모른다. 상상은 안 되지만, 유지와 자신은 이때를 기점으로 멀어져 갈 거라고 게이코의 마음속에서는 정해져 있었다.

교복 상의를 입고 난 유지는 조용히 게이코를 응시하고 있었다. 게이코는 어떻게 말하면 좋을지를 망설이면서 유지의 얼굴을 올려다본다. 그의 눈은 진지했지만, 그래도 그 안에는 불안이나 후회의 빛은 전혀 없었다. 평소처럼 당당한 시선이었다.

"거절할래."

게이코의 말에 유지가 짧게 숨을 삼키는 것을 알 수 있었다. 의외였을 것이다. 유지는 살짝 눈썹을 찌푸리더니 '왜?'라고 낮게 물어왔다.

"게이코, 너는 내가 싫어? 좋아하는 줄 알았는데."

"좋아해. 다만 나한테는 그런 게 잘 안 어울려서. 스스로가 연애에 집착하는 것 자체가 망설여진다면 웃을래?"

"……오래 알아왔으니까 너도 내 성격 알지?"

유지는 깊고 긴 한숨을 쉬었다.

"내가 그걸로 납득할 거라고 생각하는 거야?"

"글쎄, 그건 너한테 맡기는 수밖에 없지만, 난 납득해 달라고 할 수밖에 없어. 너 같은 사람은 이해 못 할지도 모르지만, 그게 내 진심이야. 나는 너하고 사귀게 되면 틀림없이 너한테 집착하게 될 거고, 그런 흉한 스스로를 견딜 자신이 없어."

"집착하면 되잖아! 난 그래 줬으면 좋겠다는 건데."

반쯤 고함치는 듯한 목소리로 유지가 말한다. 게이코의 어깨가 그 목소리에 움찔 떨었다. 묵묵히 유지를 보자 그는 자신을 똑바로 노려보고 있었다. 예상치 않았던 거센 목소리에 게이코는 천천히 유지로부터 눈을 피한다. 시선을 둘 곳이 없었다.

유지가 언성을 높일 거라고는 생각 못 했다.

게이코는 그래도 억지로 쓴웃음을 짓고는 고개를 저었다.

"무리야. 난 약해. 너처럼 당당한 사람은 아마 모를 거야."

유지는 말이 없었다. 그를 보지 않아도 유지가 지금 자신을 노려보고 있는 것이 느껴진다. 해가 져서 어두워진 창밖에는 하교 시간 전에 교문을 나가려고 서두르는 학생들의 목소리가 들렸다. 학생회에서 준비한 축제 간판이 교정 구석에 작게 놓여 있는 것이 보인다.

고집을 부리듯 서로 입을 다문 채 두 사람 사이에 숨 막히는 시간만이 흘렀다. 잠시 후 유지가 게이코에게 한 발 다가서서, 조용히 물었다.

"……마음 바꾸지 않을 거야?"

"응, 그래."

"나도 그렇게 끈질긴 사람은 아니고, 너를 귀찮게 할 생각도 없어. 포기하겠다고 하면 반드시 그렇게 할 거야. 앞으로 두 번 다시, 너한테 같은 말을 할 생각은 없어. 깨끗하게 포기하겠어. 그래도 좋다는 거지?"

"네가 무슨 말을 하고 싶은지 모르겠다."

게이코는 쓴웃음을 흘렸다.

"아까부터 그렇게 말했잖아. 두 번째 기회 같은 건 없어도 돼."

"알았다."

유지는 미련 없이 말하고 파일을 고쳐 들었다. 게이코의 옆을 지나쳐 학생회실을 나가려다가 멈춰 서 문에 손을 대고 게이코를 내려다보며 말했다.

"보기 흉하다든가, 집착한다든가. 그게 그렇게 나쁜 거냐? 미안하지만 난 너한테 집착했었어. 정말 보기 흉할 정도로."

게이코가 고개를 들자 유지는 눈을 가늘게 뜨고 숨을 들이쉬었다.

"올해 너하고 다카노가 같은 반이 됐지. 그때 내가 어떤 기분이었는지 말해줄까? 1학년 때 같이 학급위원으로 일했으니까, 다카노가 얼마나 괜찮은 녀석인지는 잘 알지. 다카노한테 너를 빼앗기면 어쩌나, 네가 그 녀석을 좋아하게 되면 어쩌나. 매일같이 그런 생각만 했어. 바보라고 웃고 싶으면 웃어. 그래도 난 무서웠다……. 부탁이니까 이런 나한테 당당하다고 말하지 마."

"——유,"

"난, 너 포기할 거야. 깨끗하게. 하지만 나에 대해서만이 아니라 넌 비겁해. 넌 더 흐트러져도 돼. 나는 너한테 무리인 건 아무것도 기대하지 않았어."

유지, 하고 부르려던 게이코의 목소리는 그의 목소리에 묻혀 버렸다. 똑바로 게이코를 노려보는 눈동자가 심하게 상처 입은 것을 알 수 있었다. 유지는 더 이상 아무 말도 하지 않고 복도로 나갔다. 게이코는 아무 말도 못 하고 그의 등을 지켜보았다.

몸 어딘가 일부분에 금이 간 듯, 게이코는 오랫동안 거기서 움직일 수 없었다. 자신이 유지에게 상처를 주었다는 사실이 갑자기 실감을 가지고 가슴에 치밀어 올랐다. 그리고 유지는 떠났다.

그가 포기하겠다고 했다면 그것은 틀림없는 사실이었다. 게이코가 원한다 해도, 그는 이제 결코 자신을 돌아보지 않을 것이다. 이제는 되돌릴 수 없었다. 그가 거듭 설득했는데, 자신이 그것을 거절했다. 그것이 게이코가 오랫동안 굳혀온 각오의 정체였다. 다가가면 다가갈수록 분명 서로에게 자신을 드러내게 된다. 상대가 유지이기 때문에, 게이코는 그걸 견딜 수 없었다.

가슴은 아직도 괴로웠지만, 울고 싶지는 않았다. 유지의 시선을 떠올리자 게이코의 입가에는 무심코 웃음이 떠올랐다. 그는 자신을 좋아한다고 했다. 그걸로 됐다. 그에게 상처를 줘 버렸지만, 게이코는 정말로 기뻤던 것이다.

내일부터, 유지는 자신을 포기할 것이다.

유지의 말을 떠올린다. 그것만이 게이코는 서운했다.

학생회실의 스피커에서 하교 시간을 알리는 종소리가 울려 퍼진다. 게이코는 교실을 나와 가만히 문을 닫았다.

내일부터, 학생회장 최대의 일이 시작된다.

다음 날인 축제 첫날.

유지는 준비 때문에 아침 일찍부터 학교에 나와 있었다. 그보다 약간 늦게 교문을 통과한 게이코에게 평소와 다름없는 얼굴로 '왜 이리 늦었어'라고 불평을 했다.

"왜 이리 늦었어, 게이코. 벌써 다들 왔는데. 다른 애들한테는 이미 얘기했지만, 오늘까지는 내일 할 연극 연습이 있어. 잊지 말고 정리 끝난 다음에 체육관으로 와. 오늘 경기에서 반 우승을 노리는 것도 좋지만, 적당히 기력을 남겨두라고."

"누가 할 소리. 너나 잘해. 우승 노리는 반 애들 앞에서 대충대충 할 수야 없지. 넌 어때? 우리 반 전력을 깎으려는 심보 아냐?"

게이코가 받아친 말에 유지가 심술궂게 웃었다.

"미안하지만 상대가 안 되지. 우리들도 제법 우승을 기대하고 있거든. 다카노한테도 그렇게 말해 둬. 그리고 공교롭게도 난 나보다 체력 좋은 녀석을 본 적이 없어. 걱정은 접어 두셔."

"……그렇지. 넌 괴물이야."

"얼른 옷 갈아입고 준비 좀 도와줘. 그래도 너는 나랑 달리 보통 사람이니까 무리하지 말고."

"명심하지."

말이 끝나자 유지는 운동회를 준비하러 간다. 게이코는 쓴웃음을 지으며 유지의 뒷모습을 바라보았다.

어제 있었던 일은 전혀 개의치 않는 듯한 말투와 태도. 유지가 분명 이렇게 행동하리라는 것을 게이코는 알고 있었다. 어제 느낀 것과 같은 서운함이 가슴을 흔든다. 그러나 그것이 얼마나 염치없는 서운함인지를, 게이코는 너무나도 잘 알고 있었다.

게이코는 걸으면서 유능한 학생회장을 생각했다. 아무리 그가 괴물이라고 해도 한계가 있다. 무리하지 않도록 옆에서 충고하는 것 정도가 자신에게 주어진 역할일 것이다.

자신과 유지는 분명 앞으로도 그런 사이로 계속해 나갈 것이다. 그거면 충분했다.

8

"선택할 수 있어, 게이코."

눈앞에 있는 여자의, 기분 나쁠 정도로 요염한 속삭임.

"올라갈지, 내려갈지."

게이코는 얼굴을 들고 눈앞의 괴물 '게이코'를 노려본다. 그녀는 웃고 있었다.

"도우러 갈지, 나갈 건지."

그 말을 들으며 게이코는 천천히 눈을 감았다.

투신자살이 있었던 그 날, 게이코는 그저 멍하니 그 사실을 받아들였다. 너무나 갑작스러운 동급생의 죽음. 어제까지 축제 준비로 바빴던 그 아이는 체육대회 때도 목소리를 높여 친구들을 응원하고 있지 않았던가.

그런데, 왜.

다음 날 있었던 전교 집회에서 모두의 앞에 선 유지의 목소리는 조용했다.

"저는 지금, 어째서냐는 생각만으로 머리가 가득해서, 다른 많은 것들은 하나도 말이 되어 나오지 않습니다……."

그날부터 시작된 그의 고뇌와 정신없이 바쁜 날들. 그가 아무리 튼튼하다고 해도 그래서는 마음의 안정을 찾을 시간이 있었을 리 없다. 유지는 지치고, 약해져 있었다.

"아아, 게이코구나."

언젠가 그랬던 것처럼, 학생회실에서 지쳐 잠들어 있는 유지를 방과 후에 깨운 적이 있었다. 그때의 유지는 축제 전 이상으로 잠이 부족했던 것 같다. 자기 학교 학생 한 명이 그런 식으로 죽어버렸다는 그 충격. 그때까지 열심히 준비해 온 축제가 그런 형태로 막을 내리게 된 것에 대한 분함도 있었을지 모른다. 주변 사람들 모두가 본격적으로 수험공부에 들어가던 시기에, 유지는 그 귀중한 시간을 상당 부분 자살의 뒤처리에 할애해야만 했다.

괜찮으냐고 게이코는 물었다. 왜 네가 그렇게까지 해야 해. 보고 있는 게이코가 괴로울 정도였다. 유지는 힘없이 웃으며 괜찮다고 짧게 대답했다.

"여태까지 학생회에서 회장이라고 잔뜩 잘난 척했으니까. 이런 일을 회장이 맡아서 해 줘야지. 나 바쁜 건 교장 선생님이나 사카키샘 바쁜 데 비하면 아무것도 아니야."

유지가 요구받고 있는 것은 학생회의, 학교 대표로서의 입장이었다. 거기에는 게이코가 도와줄 수 있는 일이 전혀 없었다. 중요한 것은 학생회가 아니라 회장이었다. 자신과 유지를 연결하는 선은 거기에서 끊겨 있었다. 게이코는 그의 힘이 될 수조차 없다는 것을 깨달는다.

얼른 가라, 유지는 조용히 말했다.

"난 좀 더 생각할 게 있어서. 남으려고."

언젠가 그랬던 것처럼 같이 가자는 말은 하지 않았다. 게이코는 거의 아무 말도 못 하고 '그래?'라고만 대답했다. 유지 혼자 학생회실에 남겨두고 게이코는 언젠가 그랬던 것처럼 문을 닫는다. 마지막에 문틈으로 보인 유지는 눈앞에서 양손을 맞잡고 고개를 숙이고 있었다.

기리노 게이코는 천천히 눈을 뜬다. 그리고 눈앞의 괴물을 응시했다.

이 여자는 지금, 자신은 선택할 수 있다고 했다. 위로 올라가 진상을 알든가, 내려가 밖의 세계로 돌아가든가. 자신은 지금 그것을 고를 수 있다고 한다. 그리고 게이코의 마음속에는 이미 계획이 서 있었다.

게이코는 고개를 들고 여자에게 말한다.

"난 여길 나갈 거야."

게이코의 대답에 여자의 새빨간 입술이 무언가를 말하려는 듯 조금 움직였다. 그러나 게이코는 그것을 가로막듯이 말을 이었다.

"여기 와서 난 진짜 이 위에 있는 사람한테 별별 일을 다 당했어. 물론 원망하기도 하지만 동시에 그 애에게 어떤 사정이 있었는지도 알고 싶어. ……네가 말한 것처럼 구해 주고 싶다는 생각이 안 드는 것도 아니야. 다만 여기에 와서, 난 정말 여러 가지를 생각했어."

갇힌 학교 안에서 허물없는 친구들과 행동을 함께하는 동안 내내 게이코의 가슴 속에서는 유지의 침울한 옆모습이 떠나지 않았다. 분명 유지는 지금도 학생회실에서 혼자 힘없이 고개를 떨어뜨리고 있던 그때와 같은 아픔을 견디고 있을 것이다. 게이코는 그걸 알 수 있었다.

"위로 올라가 맞서야 할 것이 있다는 건 알고 있어. 하지만 내가 맞서야 할 것은 밖에 있어. 난 내려가겠어."

게이코의 말에 '게이코'는 조용히 입술을 핥는다. 가늘게 뜬 눈으로 게이코를 바라보았다.

"……처음부터 결심하고 있었구나."

"여기에서는 도망치는 게 되겠지만. 난 이제 싫어. 충분히 괴로웠어. 이 위로 가는 건 내 역할이 아니야. 나에게는 정말로 맞서야만 할 게 따로 있어."

'게이코'는 희미하게 웃었다. 훌쩍 그 몸을 돌려 게이코의 앞에 섰는가 싶더니 뺨을 차가운 그녀의 손이 쓰다듬는다. 새빨간 입술과 긴 머리카락이 차가운 학교의 흰 벽과 선명하게 대비되었다.

"돌아가는구나. 너의 그것은 밖에 있어. …… 현관은 열려 있을 거야."

말을 마친 '게이코'의 몸이 점점 게이코에게서 멀어진다. 그것이 공중에 떠오르더니, 지켜보는 게이코의 눈앞에서 그녀의 몸은 벽 속으로 녹아들어 사라졌다.

'돌아보지 말고 가.'

자신의 목소리와 완벽하게 똑같은 목소리가, 게이코의 등 뒤에서 들려온다.

'절대로 뒤를 돌아보면 안 돼. 현관을 다 빠져나갈 때까지, 앞만 보고 나가.'

게이코는 말없이 끄덕였다. 그리고 눈앞의 계단을 내려가기 시작했다.

창밖에 끊임없이 내리고 있는 눈은, 처음 여기에 왔을 때의 기세를 그대로 지니고 있었다. 차가운 계단 위를 미끄러지듯 걸으면서 창밖에서 눈에 반사된 빛이 새어 들어와 발치를 비춰주는 것을 바라본다. 현관이 있는 층에 이르자 문의 유리창에 눈이 가득 얼어붙어 있는 것이 보였다.

게이코는 뒤돌아보지 않고 느린 걸음으로 문을 향해 다가간다. 완전히 싸늘해진 손잡이를 잡자, 그것은 너무나도 맥없는 소리를 내며 간단히 열렸다. 강한 바람 소리가 게이코의 귀를 때린다. 학교 안과는 비교도 되지 않을 정도의 추위가 피부를 찌른다.

눈이 마구 흩날려와 게이코는 눈을 가늘게 떴다. 속눈썹 끝에 눈이 얼어붙는다.

눈 속으로 한 걸음 내디딘 게이코는 자신의 시야가 거기에서 끊겨 가는 것을 느꼈다. 발끝과 손가락 사이에서 급격하게 힘이 빠져나간다. 게이코는 자신의 손끝을 내려다본다. 손가락은 하얗게 얼어붙은 듯, 이제는 스스로 움직일 수 없었다. 손끝에서부터 점점 석고로 둘러싸이는 듯한 감각. 하얀 눈 속에, 사라진 친구들의 변해버린 모습이 떠올랐다가 사라졌다. 그들이 사라졌을 때도, 그 순간은 이렇게 찾아온 것이다.

손끝부터 빠져나가는 힘. 몸 깊숙한 부분이 얼어붙는다. 새하얀 인형이 되어, 자신은 현실로 돌아가는 것이다.

끊임없이 울어대는 바람 소리를 들으면서 게이코는 스스로 눈을 감는다. 하얗게 끊긴 시야에 묻혀 천천히 자신의 의식을 놓았다.

석고로 만들어진 인형의 몸체가 눈 위에 조용히 쓰러졌다.

제14장

HERO

스가와라는 길게 이어지는 계단을 오르며, 이제 자신은 되돌아갈 수 없다는 것을 느끼고 있었다.

자신은 이 위에 있는 누군가와 끝까지 맞서야만 한다. 이제 도망갈 수는 없었다.

신기하게도 무섭다는 생각은 들지 않았다. 이 위에 있는 그 사람에게 화가 나지도 않았다. 이 앞에서 자신을 기다리고 있는 것이 무엇인지, 스가와라는 어렴풋이나마 알 수 있을 것 같았다.

계단 위쪽에서 문득 빛이 보였다. 눈이 반사하는 것과 비슷한 눈부신 빛이 위에서부터 자신을 비추고 있었다. 스가와라는 고개를 치켜들었다.

4층으로 이어지는 문이 눈앞에 나타났다.

1

“형, 형, 혀어어엉!!”

멀리서 들려오는 그 목소리를 무시하자고 결심하고, 스가와라는 아까부터 자전거 페달을 밟는 발에 힘을 주고 있었다. 눈앞에는 완만한 경사를 그리는 언덕길이 길게 이어지고 있어, 발을 멈추면 바로 자전거가 뒤로 미끄러져 내릴 것만 같았다. 강한 여름 햇볕이 셔츠를 입은 자신의 등을 사정없이 내리쬐고 있었다. 하늘은 상쾌할 정도로 푸르게 빛나고 있었지만, 주위에서 끊임없이 들려오는 매미의 울음소리가 스가와라의 신경을 건드리고 있었다.

이 긴 언덕길은 여름이 올 때마다 스가와라를 우울하게 만들었지만, 그중에서도 특히 오늘은 운이 없었다. 언덕에 접어들기 직전, 스가와라는 귀찮은 상대와 마주쳐 버린 것이다.

“형, 형……, 안 들리는 거야? 혀엉, 형! 히로, 저거 스가와라 형 맞지?”

“응. 그런 것 같은데.”

두 개의 혀 짧은 목소리가 스가와라의 등 뒤를 따라온다. 스가와라는 그게 귀찮아져서, 페달을 밟는 다리에 더욱 힘을 주었다. 두 사람의 목소리는 계속 이어졌다.

“왜 우리 안 돌아볼까? 이상하네.”

“열 받는다. 분명 무시하는 걸 거야.”

“나 쫓아가 볼래.”

좀 봐 달라고 생각하며 스가와라가 안장에서 엉덩이를 들고 더욱 빨리 지나가려고 한 그때, 거의 체중이 느껴지지 않는 가벼운 발소리가 탁탁탁 뒤쪽에서 들렸다. 그러나 그것은 잠깐이었다. 다음 순간 그 발소리가 들리지 않는다 싶더니 돌연 '으아앙' 하는 어린아이의 울음소리가 등 뒤에서 들려왔다.

스가와라는 그 소리에 깜짝 놀라 서둘러 자전거에서 내려 뒤를 돌아보았다.

언덕 중간에서 한 소년이 엉덩방아를 찧은 채 주저앉아 있었다. 작은 무릎을 잡고 엉엉 울고 있다. '히로!' 하고 또 다른 소년이 놀라서 소리를 지르며 작은 다리로 그를 향해 달려오는 모습이 보였다.

스가와라는 크게 숨을 들이쉬고는 어깨를 축 늘어뜨렸다. 소년의 무릎은 모래범벅이 된 데다 살짝 피가 배어 나오고 있었다. 스가와라는 자전거를 언덕에 눕혀두고 '너 바보냐?'고 내뱉으며 그들에게 다가간다.

"뭐야, 뭘 하는 거야."

다친 소년은 더욱 크게 울면서 달려온 스가와라의 손을 뿌리친다. 고개를 숙이고 계속 울고 있으면서도, 그의 팔은 고집스럽게 스가와라를 거부했다. 스가와라는 한숨을 내쉬고 '얼른' 하고 다시 그에게 손을 내밀었다.

"손 이리 내. 너희들 '해바라기' 가는 길이지?"

계속 울고 있던 소년에게서 시선을 돌려 옆에서 안절부절못하고 있는 소년에게 말을 걸자 그는 '응' 하고 고개를 끄덕였다. 친구가 울고 있어서 어찌할 바를 모르는 것인지, 그의 얼굴도 금방이라도 울음을 터뜨릴 것 같았다. 고개를 끄덕이더니 그는 스가와라에게 비난의 눈초리를 보낸다.

"형, 사실은 들렸지? 우리가 불렀는데, 그냥 가 버렸잖아."

"……나도 '해바라기'까지 가는 길이야. 어쩔 수 없지, 뒤에 탈래?"

이번 말도 못 들은 척하고 스가와라는 다친 소년의 팔을 억지로 붙잡았다. 어찌어찌해서 일으켜 세우고 자전거를 가리킨다.

"단, 태울 수 있는 히로는 한 명뿐이야. 넌 걸어가."

"……응."

다친 소년은 변함없이 말이 없었지만, 그래도 더 이상은 스가와라를 뿌리치지 않고 잡아끄는 대로 따라온다. 친구의 그런 모습을 다른 소년이 울 듯한 눈으로 쳐다보면서 스가와라의 말에 고개를 끄덕였다.

언덕길 중간에 눕혀놓은 자전거를 세워 스가와라는 다친 소년을 태웠다. 아직도 말없이 훌쩍이고 있는 그를 부축하며 자전거를 끌기 시작했다.

언덕의 경사면은 위로 가면서 점점 가팔라져서, 좀처럼 끝이 보이지 않았다. 스가와라는 팔이 아팠다. 욕이라도 하고 싶은 기분으로 소년들과 마주친 자신의 불운을 한탄했다. 전에 한번 이렇게 만났을 때, 스가와라는 우쭐해져서 둘을 태우고 언덕길을 단숨에 올라가는 기술을 보였다. 그때 이후로 맛을 들인 애들이 스가와라를 발견할 때마다 자전거 뒤에 태워달라고 조르게 되었다. 그야 비탈만 아니라면 얼마든지 태워줄 수도 있고, 둘을 모두 태우는 게 아니라면 그것도 괜찮다. 그러나 애들은 왜 그렇게 평등정신에 민감한 건지. 한 사람만 특별 취급하는 것은 용서하지 않는다.

스가와라는 머리를 벅벅 긁는다. 자신의 옆에서 걷고 있는, 자전거에 타지 못한 히로를 본다. 다친 히로와는 달리 그는 원래부터 얌전하기도 했고, 지금의 상황에 불만을 가지고 있는 것 같지도 않았다. 그래서 이번에는 왠지 모르게 스가와라의 양심이 아파오는 것이었다. 나이에 비해 이해심이 많다는 것도 왠지 불행하다는 생각을 했다.

자전거를 단단히 붙잡으면서 겨우 울음을 멈춘 그 —— 히로는 불쑥 스가와라의 귓가에 속삭인다.

"내일도 태워 줘."

스가와라는 그 말에 크게 한숨을 쉰다. 어째서 애들은 이런 건지, 진짜 누가 좀 말려 줬으면 좋겠다. 히로의 말을 무시하고 스가와라가 고개를 들자, 언덕 끝은 눈앞에 와 있었다.

2

스가와라네는 작지만 동네에서 평판이 좋은 부동산회사를 경영하고 있었다. 사장인 아버지와 부사장인 어머니. 전형적인 가족경영 형태의 시골기업이다.

여름방학에는 가족들이 홋카이도나 오키나와, 아니면 해외로 여행을 가는 게 연례행사였고, 정원에는 온통 푸른 잔디가 깔려 있다. 별장이 있는 것도 아니고 정원사를 두는 것도 아니었지만, 수입이 있는 만큼 안정된 사치를 누리는 집. 그게 스가와라가 태어나고 자란 환경이었다.

부잣집 부모가 자식들에게 지나치게 많은 용돈을 주고 애들끼리 놀게 하면서 전혀 돌보지 않는다는 얘기는 자주 듣지만, 스가와라의 집에서는 아버지도 어머니도 아들이 귀여워서 어쩔 줄을 모르겠는지 틈만 나면 가족서비스에 열심이었다. 용돈은 엄격하게 정해져 있어서 더 주는 일은 없었다. 그러면서도 아이의 자주성을 생각하는, 정말로 훌륭한 부모라고 스가와라는 자신이 자란 환경에 감사하고 있었다. 아들이 공부를 하든 안 하든 묵인해 줬고, 스가와라가 마작이나 담배를 가까이하기 시작했을 때에도 그걸 크게 뭐라고 한 일은 없었다. 그야 물론 걱정이 안 되는 것은 아니었겠지만, 어머니는 일단 못을 박아 두는 것을 잊지 않았다. '너를 믿고 있어'라는, 불평할 수 없게 만드는 웃음으로 가끔 아들에게 압력을 주었다.

그러나 그런 어머니도 딱 하나, 학생인 아들에게 내키지 않는 일을 강요했다.

'해바라기'에 일 도우러 가, 라는 게 그거였다.

'해바라기의 집'에 도착하자마자 히로가 와아아 하고 소리를 지르면서 스가와라의 자전거에서 뛰어내렸다. 조금 전까지 울던 건 어디 갔는지, 그는 '해바라기의 집' 안으로 뛰어 들어간다. 그 뒤를 쫓아 또 다른 히로도 안으로 사라졌다.

"사토 누나, 다쳤어! 사토 누나, 나 다쳤어——."

어리광부리듯 혀 짧은 목소리로 안에다 외친다. 스가와라는 자전거를 세우고 집 옆에 있는 가느다란 나무에 체인을 걸어 자전거를 고정시켰다.

'해바라기의 집'이 언제부터 여기에 있었는지 스가와라는 모른다.

원래는 고아원이었다는 둥, 보육원이었는데 경영이 안 좋았다는 둥 여러 소문을 들은 적이 있지만, 진위는 모른다. 스가와라가 아직 초등학생이었을 때부터 이미 존재하고 있던 지역 시설이었다.

'해바라기의 집'은 한 마디로 설명하자면, 초등학생을 위해 만들어진 보육원 같은 곳이었다.

작은 마을 회관 같은 건물에 학교 수업이 끝난 아이들이 와글와글 모여든다. 대부분이 집에 가도 맞아 줄 사람이 없는 아이들로, 부모가 데리러 올 때까지 '해바라기의 집'에서 다 함께 보낸다. 애들은 각자 아버지나 어머니가 없거나, 부모의 일이 바쁘거나, 아니면 집안 사정 때문에 부모와 떨어져 지내는 등 여러 사정을 안고 있었다. 아직은 돌봐 줄 사람이 필요한 초등학교 저학년들이 그 대부분을 차지하고 있다.

스가와라네 집은 '해바라기의 집'이 있는 지역에서는 조금 떨어진 옆 동네에 있었다.

초등학교 시절 스가와라의 동급생들 중에는 '해바라기'에 다니는 애들을 노골적으로 싫어하는 애도 있었다. '불량한 애들이다'고 경계하는 사람도 있었고, 반대로 '불쌍하다'며 동정하는 목소리도 있었다. 스가와라는 특별히 어떤 감정을 가진 적은 없었다. 그저 '해바라기'는 지역의 필연성에서 생겨난 시설이라고 막연하게 이해하고 있는 정도였다.

스가와라네 집에서 조금 떨어진 이 '해바라기'가 있는 지역은, 현내에서도 유명한 유흥가로 해가 짐과 동시에 유흥업소나 술집의 화려한 네온이 켜진다. 그곳에서 일하고 있는 아시아계 외국인의 모습도 흔히 보였고, 사실상 '해바라기'의 애들도 혼혈아들이 당연한 듯이 존재하는 상태였다. 그런 지역이라면 부모가 밤에 일하러 나가는 애들이 많은 것도 당연하고, 유흥가에 있는 집에 아이들을 혼자 둘 수 없는 것도 당연할 것이다. 지역 사람들은 모두 그것을 잘 알고 있었다. 지역에서 고용된 신뢰할 수 있는 어른들과 자원봉사 학생들을 스태프로 둔 '해바라기의 집'은 실제로 잘 돌아가고 있었다. 이 마을에는 꼭 필요한 시설이었다.

스가와라가 다니던 초등학교는 '해바라기' 애들이 다니는 학교와 다리 하나를 사이에 두고 있어서, 스가와라 주위에는 '해바라기'에 다니는 아이가 없었다. 그래서 스가와라 주위에는 쓸데없는 편견도 생겨났을 것이다. 실제로 '해바라기' 아이들은 어디에서나 볼 수 있는 평범한 아이들과 하나도 다르지 않았고, 자신들이 다니는 초등학교에는 아무 편견도 없었다고 한다.

직접적인 관계가 없었던 그런 '해바라기'가 갑작스레 자신과 가까워진 것은 스가와라가 초등학교 6학년이 되었을 때였다. 그 지역에서 어느 정도의 평판과 부를 얻은 사람들은 다들 그러는지, 스가와라의 아버지가 그 해에 아들이 다니는 초등학교에서 학부모회 회장을 자청한 것이 계기였다. 그때까지 자기 일밖에 흥미가 없는 것 같았던 그가, 어머니까지 끌어들여 갑자기 지역의 교육 문제에 열성적으로 관여하게 되었다. 그중에서도 이 '해바라기의 집'에 흥미가 끌렸는지 기부도 아끼지 않았고 여름방학에는 '해바라기'의 아이들과 캠프를 기획해서 어머니와 둘이 발걸음도 가볍게 다녀왔다. 스가와라는 스가와라대로 당시 소속되어 있던 소년 축구부 일로 바빴기 때문에 특별히 거기에 흥미를 느낀 적은 없었다. 부모가 새로운 취미를 발견했다고 생각했을 뿐이었다.

그랬는데, 스가와라가 중학교에 들어가면서 부모의 일이 바빠짐에 따라 그들은 좀처럼 '해바라기'의 활동에 시간을 할애할 수 없게 된 것이었다. 그 무렵의 스가와라는 축구도 그만두고, 새로 배운 마작과 담배에 푹 빠져 있었다. 놀 시간이 부족하다는 이유로 망설임 없이 동아리 활동을 그만두고 용돈을 모아 산 기타를 바라보며 장래에는 음악을 하면서 인생을 즐기며 살겠다고 친구들이랑 농담처럼 얘기하곤 했다.

"고등학교는 어디로 갈래?"

그 무렵엔 담임한테도 자주 불려가서 그때마다 같은 말을 들었다.

"너 정도 성적이면 세이난에 추천을 해 줄 수도 있는데."

"선생님도 참! 싫어요, 사립인 주제에 그렇게 후진 학교."

스가와라는 대답한다.

"난 슈에이 고등학교가 좋아요. 거기, 여자애들 교복도 예쁘고, 건물도 깨끗하고. 아무리 성적이 좋고 진학률이 높아도, 3년간 지낼 환경인데 쾌적한 쪽이 좋잖아요. 안 그래요?"

자기 집에서 제일 가까운 공립 고등학교 이름을 댄다. 담임교사가 얼굴을 찌푸렸다.

특별히 하고 싶은 일도 없고, 대충 적당히 아무렇게나 살아도 자신은 행복할 자신이 있었다. 그렇다면 쓸데없는 노력은 되도록 덜 하는 게 좋다. 편하게 살자. 그게 스가와라의 모토였다.

청천벽력과도 같은 일이 일어난 것은 그 무렵이었다. 가족이 전부 모인 단란한 저녁 시간에, 어머니가 웃으며 자신에게 이렇게 말했던 것이다.

"스가와라, 너 '해바라기의 집'에 일 도우러 가렴."

"형이 우리들을 안 태워줘서 쫓아가다가 넘어졌어."

아까까지 찔찔 울었던 주제에, 안에서 들려오는 히로의 목소리는 자신을 강하게 비난하고 있었다. 교복 소매를 걷어 올린 스가와라는 깊이 한숨을 쉬며 안으로 들어갔다.

"시끄러워, 그런 데서 넘어진 네가 잘못한 거잖아."

스가와라의 목소리에 안쪽 복도에서 다른 애들이 일제히 얼굴을 내민다. 학교가 끝난 지 얼마 안 되었는지, 오늘은 아직 몇 명 없다. 작은 얼굴들은 스가와라를 보더니 확 밝아졌다.

"오빠, 오늘도 왔네?"

"오빠, 오빠, 오늘 학교에서 켄이 나보고 '호박'이라 그랬어——."

"스가 형, 얘 거짓말쟁이야. 난 그런 말 안 했어."

"스가."

"있잖아."

"혀엉!!"

끊임없이 쏟아지는 그 말들에 스가와라는 얼굴을 찡그리며 '알았어, 알았어' 하고 대답한다.

스가와라는 '해바라기'에 오는 것을 좋아하지 않았다.

얼굴을 익힌 아이들이 생기고, 그들이 자신을 따르는 것은 그 나름대로 기분 좋은 일이었고, 무조건적으로 자신을 좋아해 주는 아이들은 물론 귀여웠다. 그러나 그렇다고 해도 어딘가 석연치 않은 감정이 스가와라의 마음속에는 남아 있었다. 스가와라는 자신이 이 집에 있는 것에 위화감을 느끼고 있었다. 원래부터 애들을 좋아했던 것도 아니고, '해바라기'와 자신이 관련되는 날이 오리라고는 생각도 안

해 봤다. 학교에서 동아리 활동을 하지 않아도, 이래서는 봉사부 같은 데에 들어 있는 거나 마찬가지다.

양손을 잡아끄는 아이들에게 둘러싸여 있는데 갑자기 안쪽 방에서 히로가 얼굴을 내민다. 치료가 끝났는지 무릎에는 노랗게 소독약을 바른 흔적이 있었다.

그런 히로 뒤를 따라서 한 소녀가 복도로 나왔다. 청결한 인상을 주는 하얀 앞치마를 두르고, 어깨까지 오는 머리를 하나로 묶었다. 그녀도 학교에서 돌아가는 길에 들른 것인지 앞치마 밑에는 이 근처에선 명문으로 유명한 세이난 고등학교의 교복을 입고 있었다. 그녀는 치료를 마친 히로의 머리를 쓰다듬고 있었다.

"장하다, 우리 히로. 치료하는 동안 아픈 것도 잘 참고. 끝나고 누나한테 고맙다고 인사도 하고. 예의도 바르지."

히로는 그 말에 부끄러운 듯이 아래를 본다. 머리를 쓰다듬는 소녀의 손에서 도망치려는 듯이 갑자기 달리기 시작했다. 히로를 배웅한 소녀는 복도에서 아이들에게 둘러싸여 있는 스가와라를 보았다. 이 소녀는 웃으면 눈이 실처럼 가늘어진다. 그 정도로 얼굴을 주름투성이로 만들면서 잘 웃는다. 눈으로 웃음 지으며 '어서 와'라고 말하는 그녀의 입술 사이로 흰 이가 보였다.

"히로를 태워 줬다면서. 고마워."

"아니, 그 바보 녀석, 날 쫓아오다가 넘어졌거든. 나 때문이지 뭐."

"스가와라가 좋아서 그러는 거야."

그녀는 히로를 눈으로 좇으며 또 웃었다.

"놀아달라고 조르는 걸 거야. 큰 상처가 아니니까 저렇게 뛰어다닐 수 있는 거고, 오늘도 같이 놀아 줄 거지?"

스가와라보다 4살이나 위인 그녀는 나이보다 훨씬 어려 보였다. 옆에 서면 키도 스가와라보다 작다. 그녀 역시도 초등학교 시절에 이 '해바라기의 집'에 다니면서 자랐고, 중학교 때부터는 '해바라기'의 스태프가 되어서 일을 도와주려고 온다. 올해 대입시험을 앞두고 있는데도 불구하고 '해바라기'에 계속 온다고, 다른 스태프가 얘기하는 것을 들은 적이 있었다. 세이난의 학생이니 대입시험을 보는 건 확실할 텐데, 그녀는 스가와라와 달리 여기에 오는 것이 너무나도 즐거운 듯 보였다.

세이난에 다닌다니 공부 잘하겠다. 스가와라는 그녀에게 그렇게 말한 적이 있었다. 그러나 그녀는 겸손인지 고개를 저으며 성적만 좋은 오래된 학교야, 라며 어깨를 으쓱했다. 그리고 그 몸짓은 조금도 가식적이지 않았다. 그녀가 머리가 좋다는 것은 같이 있다 보니 금방 알 수 있었다. 스가와라에게 있어 세이난은 그녀 같은 우등생이 다니는 곳이었지, 자신처럼 뭐든 대충인 녀석이 갈 곳이 아니라는 이미지가 있었다.

소녀는 스가와라를 보며 또 생긋 웃었다.

"정말로 다들 스가와라를 좋아하니까, 와 주는 게 기뻐."

그녀는 통칭 사토라고 불린다. 본명은 치사토지만, 다들 편하게 사토라 부르고 있다.

엄마와 한 '해바라기'를 돕겠다는 말뿐인 약속은 깨려고 하면 언제든지 그럴 수 있었다. 스가와라가 그러지 않는 것은 오로지 그녀의 존재 때문이었다.

언제 다쳤느냐는 듯 히로가 스가와라를 둘러싼 애들 사이로 들어오더니 '놀자——'라며 손을 잡아당겼다. 그 뒤에서 아까부터 같이 있었던 그의 친구인 히로도 조심스럽게 얼굴을 내민다. 이름이 같은 둘은 '해바라기'의 아이들 중에서도 특히 스가와라를 잘 따라서, 늘 그의 손을 놓지 않았다.

히로와 히로. 그리고 사토.

중학교 시절, 그들은 자신의 가장 가까운 친구들이었다.

3

4층으로 이어지는 문을 열자, 눈에 반사된 빛으로 복도가 어슴푸레 빛나고 있었다.

3층까지도 꽤 추웠지만, 여긴 정말로 공기가 차갑다. 하얗게 내뿜는 숨이, 색채가 사라진 을씨년스러운 복도에서 유일하게 색깔을 띠고 있었다. 귀가 아플 정도의 정적이 복도를 지배하고 있다.

"있는 거 다 알아……!"

스가와라의 목소리가 고요한 복도에 울려 퍼진다. 목소리는 길게 꼬리를 끌며 스가와라의 귀로 돌아왔다. 스가와라는 형광등 불빛도 소리도 없는 공간에 한 발을 내디뎠다. 자기 자신의 발소리가 여기에서는 마치 불청객인 듯한 느낌이 든다. 내서는 안 될 소리 같아서, 그 느낌이 주는 으스스함에 몸이 움츠러들었다.

여기에 있는 것, 여기에 웅크리고 있는 것을, 스가와라는 안아 올리기 위해 왔다. 도망치지 않는다. 구하러 왔다, 책임을 다하기 위해 왔다.

그러니까 나와.

기도와도 닮은 심정으로, 스가와라는 복도를 걷는다. 그때였다. 어딘가 먼 곳에서 신음인지 울음소리인지 모를 가냘픈 목소리가 새어 나오는 것을 들었다. 스가와라는 숨을 삼킨다. 얼굴을 들고 주변을 둘러보았다. 목소리가 난 방향이 분명하지 않았다. 그저 그것은 머릿속으로 직접 전해지는 듯 스가와라의 귀 깊은 곳을 강하게 흔들었다. 그리고 그 목소리가 누구의 것인지를 스가와라는 깨달았다.

스가와라는 얼굴을 찌푸렸다. 역시 그랬냐고, 가슴이 조여드는 듯한 심정으로 그 목소리를 들었다. 아마 처음부터, 자신은 알고 있었을 것이다. 그러나 안다고 해도 무엇을 어떻게 해야 좋을지, 스가와라는 알 수 없었다. 그 인물을 구하기 위해 자신이 할 수 있는 일은 무엇일까. 반 아이들과 함께 갇힌 이곳이 편해서, 스가와라는 그 안락함에 기대어 애써 생각하지 않으려 했다. 그 결과가 이거다.

——아직 늦지 않았어.

자기 자신에게 들려주는 듯한 기분으로 스가와라는 달렸다. 필사적으로 목소리가 들려오는 장소를 찾으면서, 가까이 있던 문손잡이를 잡는다. 그러나 단단한 감촉이 스가와라를 거부했다. 문은 열리지 않았다. 스가와라는 그것을 확인하고는 다음 문으로 옮겨갔다. 그러나 결과는 마찬가지였다.

여기에 있는 문들은 전부, 자신을 거부하고 있었다. 지금은 아직 이곳이 열릴 때가 아닌 것인가. 변해 버린 모습으로 쓰러져 있던 친구들. 분명 자신도 마찬가지로 그렇게 되기 위해 여기로 불려 온 것이다. 자신은 이곳을 열 수 없다. 그것을 머리 한구석으로는 이해하고 있었지만, 귀에 들려오는 흐느낌 때문에 문을 열려는 시도를 멈출 수 없었다. 스가와라는 이를 갈면서 같은 일을 반복한다. 열리지 않는 문을 두드리고 발로 차는 동안 머리에 떠오르는 것은 하나뿐이었다. 히로시, 그 녀석은 남아 있을까.

그 녀석은 분명, 이 문을 열 수 있다. 그리고 그 속에서 기다리는 어둠과 맞설 수 있는 사람도 분명 그밖에 없을 것이다. 그 녀석은 아직 이 아래에서, 그때까지의 시간을 견디고 있을까. 스가와라가 마지막으로 본, 농구 골대를 마주한 그의 등이 가슴을 스쳤다.

흐느껴 우는 목소리는 괴로운 듯 헐떡이고 있다. 스가와라는 약해져 있는 거라고 느꼈다.

어디에 있는 거지.

스가와라는 어금니를 악물며 고개를 들었다. 그리고 깊이 숨을 들이쉬었다.

복도 막다른 곳에, 위로 이어지는 계단이 나타나 있었다.

4

그 당시 스가와라의 친구였던 두 명의 히로는 키도 얼굴도 아주 비슷했지만, 그 이외의 가정환경이나 성격은 정반대에 가까웠다.

늘 상처가 끊이지 않는 밝고 활발한 히로는 원래부터 '해바라기'에 있던 아이였으나, 다른 하나의 히로는 그렇지 않았다. 굳이 말하자면 어른스럽고, 하고 싶은 말이 있어도 꾹 참는 구석이 있는 아이였다. 그리고 그는 스가와라와 같은 지역에 살고 있었다. '해바라기'와는 인연이 없는, 스가와라가 졸업한 초등학교에 다니고 있다. 스가와라네 집 가까이에 살고 있었던 것이 불운이라고 할지, 히로네 어머니와 사이가 좋았던 스가와라의 어머니가 그녀에게 '해바라기'를 열심히 추천한 것이 계기였다. 다달이 비싼 돈을 내면서 학원에 보내는 것보다 훨씬 좋다고 온갖 말로 '해바라기'의 매력을 늘어놓아 히로의 어머니를 설득해 버린 것이었다. 히로의 어머니는 친구가 많이 생겨서 아들이 조금이라도 활발해지면 좋겠다는 바람으로 그랬던 것 같다.

스가와라가 보기엔 히로도 히로의 어머니도 자기네 집안의 묘한 취미에 말려든 것뿐이었고, 그중에서도 히로 본인은 참 불쌍하게 되었다고 생각하고 있었다. 그러나 스가와라의 생각과는 달리 그는 '해바라기'의 아이들과 금방 친해졌다. 말이 짧은 아이들 사이에 흐르는 공기라는 것은 스가와라를 압도할 때가 많다. 처음에 히로는 수줍음을 많이 타서 '해바라기'의 아이들과 쉽게 친해지지 못했지만, 사토가 신경을 써 준 덕도 있고 또 한 사람의 히로와 친해진 것을 계기로 다른 아이들과도 순식간에 사이가 좋아졌다. 어머니의 바람대로 지금은 제법 말도 많아졌다. 여러 학원에 다니면서 영재교육에 가까운 공부를 하고 있었던 히로는 어휘가 매우 발달되어 있었다. 그만큼 어른들 사이에 있었던 시간이 길었을 거라고, 스가와라의 어머니는 나중에 히로를 가리켜 말했다.

"히로네 엄마는 자식 교육에 열성이라서. 히로는 학원에만 다니느라 또래 아이들이랑 논 적은 거의 없는 것 같아. 그대로 두면 분명 또래 아이들이랑 친해지는 방법도 몰랐을 거야. 아이들한테 괴롭힘을 당했을지도 모르지. 머리가 좋은 것도, 말을 잘하는 것도 주위 아이들이 보기엔 아니꼬울 수 있고, 그런 아이들 사이에서 히로가 프라이드만 높아져 버리면 손댈 수가 없잖아. 저렇게 귀여운 아이인데."

어머니가 거기까지 생각하고 설득한 거라곤 믿을 수 없었고, 뒤늦게 갖다 붙인 변명일 거라는 생각도 들었지만, 히로가 '해바라기의 집'에서 또 한 명의 히로와 즐겁게 노는 모습을 보는 것은 나쁘지 않았다.

다른 한 명, 처음부터 '해바라기'에 다니고 있었던 히로는 전형적인 '해바라기의 아이'로, 일본인 아버지와 필리핀인 어머니 사이에서 태어난 혼혈아이었다. 언뜻 보기엔 다른 히로와 비슷한 얼굴이라 일본인이라고 하면 그렇게도 보인다. 그러나 가까이서 자세히 보면 그의 눈동자는 색이 엷은 파란색이었고, 피부도 조금 검었다. 사정이 있어서 아버지와는 같이 살지 않는 것 같았는데, 외국인 어머니가 하는 일도 상당히 바쁜 것 같았다.

'해바라기'에 다니는 아이들은 밤 9시쯤엔 다들 부모가 데리러 오는 게 보통이었고, 스가와라와 사토도 대체로 그때쯤 '해바라기'를 나선다. 그러나 그 시간을 넘긴 훨씬 늦은 시간에만 아이를 데리러 올 수 있는 부모들도 몇 있었고, 그중에서도 히로의 어머니는 아예 아들을 데리러 오지 못하는 날도 종종 있는 것 같았다. 그럴 때 히로는 '해바라기'에 있는 이불을 꺼내 와서 그날 한가한 스태프와 같이 자는 듯 보였다. 다른 아이들 중에서도 그런 아이가 없는 것은 아니었지만, 히로는 그 빈도가 압도적으로 높아서 스가와라가 왔을 당시부터 이미 자신의 그런 처지에 익숙한 것 같았다.

'해바라기'의 다른 애들과 비교해도 히로는 부모와 함께 지내는 시간이 극단적으로 적은 편이었고, 쓸쓸하지 않을 리가 없는데도 '해바라기'에서 제일 성격이 밝고 활발했다. 스가와라는 '개구쟁이'라는 말이 제일 잘 어울리지 않나 생각한다. 건방지고, 떼를 쓰기 시작하면 멈추질 않는다. 노는 것, 장난치는 것에는 눈이 휘둥그레질 정도로 머리가 잘 돌아가고, 1분이라도 같은 장소에 진득이 있는 법이 없다. 자신이 중심이 되어 모든 일들을 진행하지 않으면 성에 안 차는지, 그런 그를 중심으로 '해바라기'의 아이들이 뭉치는 것도 사실이었다.

스가와라는 가끔 아이들이 가지고 오는 숙제를 봐 주는데, 학원놀이를 하듯이 아는 사람 손 들어보라고 하면 히로 이외의 아이들은 거의 손을 들지 않는다. 보면 다들 답은 다 썼고, 그게 정답일 경우도 많은데 애들 사이에는 무의식중에 '히로한테 맡겨두면 돼'라는 분위기가 형성되어 있는 것을 깨달았다. 그건 초등학교에서도 마찬가지일 것이다. 히로의 답은 틀릴 때도 많았지만, 모두가 그를 좋아하고 든든하게 생각한다는 것을 알 수 있었다.

스가와라가 여기에 온 지 얼마 안 되었을 때, 히로의 숙제를 같이 한 적이 있었다. 아마 산수 숙제 중 미터법에 대한 것이었던 것 같다. 자기 집의 가구와 그 외 주변에 있는 것들의 길이가 대충 얼마나 되는지를 생각해 보고, 그 계측방법을 생각해 보라는 숙제였다. 다른 애들은 말없이 노트 위에 답을 쓰고 있는데, 히로는 처음부터 생각하려고도 하지 않고, 스가와라 앞에 '몰라'라고 하면서 던지듯이 노트를 내밀었다. 혼혈이라고는 해도 히로의 일본어는 훌륭했고, 특별히 학교 공부를 못 따라가는 것 같지도 않았다. 히로는 그 문제를 어머니한테 보여줬다고 한다.

"우리 엄마는 필리핀 사람이라 이런 거 모른단 말이야."

무슨 소릴 하는 거냐는 생각도 했고, 어머니가 가르칠 열의가 없나 생각하기도 했지만 스가와라는 곧 깨달았다. 필리핀에서는 아마도 물건의 길이를 미터법으로 나타내지 않는 모양이다. 혼혈이라는 사실의 불편함은 이런 사소한 곳에서 나타나는 것이구나 하고 묘한 기분으로 납득하면서 스가와라는 그때 히로에게 아버지에 대해 물었다. '아버지는 안 가르쳐 줘?' 히로는 바로 고개를 저었다.

"아빠는 집에 잘 안 와."

그래서 외롭다든지, 심심하다든지. 그런 감상은 전혀 섞이지 않은, 아무렇지도 않은 목소리였다. 스가와라는 그때 거기에서 '해바라기의 집'의 실상을 살짝 본 것 같은 느낌이 들었다. 불쌍하다고 동정하거나, 괜한 걸 물었다고 반성하지는 않았으나, 여긴 이런 곳이라는 것을 알게 되었다.

그들에게 명확한 동정심을 느낀 적은 없었지만, 그런 환경에 완전히 '익숙해져 버린' 히로가 누구보다도 큰 소리로 웃으며 이리저리 뛰어다니는 모습은 이상하게 보였다.

처한 환경과 성격이 정반대인 두 사람의 히로가 어째서 이렇게나 빨리 친해진 걸까. 스가와라는 모른다. 아이들에게는 아이들만이 알 수 있는 이유가 있다. 혹은 이름이 같은 것이 계기가 되었을지도 모른다. 아이들에게 있어서 자신과 세계를 처음으로 이어주는 것은 이름이다. 그리고 두 명의 히로는 자신들 나름대로 무언가 거기에서 느끼는 바가 있었을지도 몰랐다. 둘 사이에 어떤 얘기가 오가고, 뭘 하며 노는지. 스가와라는 자세히는 몰랐지만, 그걸 묻는다 해도 본인들은 어리둥절한 표정만 지을 것이다. 그저 둘은 사이가 좋았고, 거기에는 말로 뭔가를 설명할 필요가 없었다.

부모의 관심을 거의 받지 못한 히로는 스태프들의 걱정거리였다. 애들을 돌려보낸 뒤에 하는 짧은 회의 시간에도 자주 그의 이름이 등장했다.

“히로가, 이번 주 내내 몸이 안 좋네요. 기침이 심해요.”

어느 날 회의에서, 스태프 중 하나가 커피로 손을 가져가면서 말했다.

“약을 먹고 있긴 한데 그냥 약국에서 파는 종합감기약 같아요. 병원에 안 간 것 같더라고요.”

“……우리들이 데리고 가는 건 너무 간섭하는 것 같을까요? 보험증은 있을까요?”

“저기, 제가 어머님하고 얘기해 볼까요?”

조심조심, 사토가 끼어들었다. 스태프 전원의 시선이 모였다. 사토는 서글서글하게 웃으면서 고개를 끄덕였다.

“보험증 있는지도 제가 여쭤볼게요.”

이런 회의가 있을 때, 스태프라고는 해도 스가와라는 늘 방관자였다. 아직 중학생이고 어린애인 자신한테 기대되는 역할은 고작해야 아이들 놀이 상대 정도고, 그 외의 실무적인 면에서는 없는 사람이나 마찬가지였다. 그것은 당연한 일이었고, 실제로 끼워주겠다고 해도 할 수 있는 일은 아무것도 없었다. 스가와라도 그걸로 만족하고 있었고 무슨 불만이 있는 것도 아니었지만, 똑같은 자원봉사자라도 사토는 그렇지 않았다. ‘해바라기’에서 자랐다는 사토는 갓 들어온 정규 스태프보다도 사정에 훨씬 밝았다.

안경을 쓴 나이든 여성 스태프가 한숨을 쉬며 사토를 보았다.

“그래 주면 정말 좋겠어. 우리들은 다 영어를 못해서.”

“그럴게요. 그래도 요즘은 히로네 어머님도 일본어 꽤 잘하세요. 저랑 얘기할 때도 영어랑 일본어가 반반 정도인 걸요.”

수줍게 웃으면서 사토가 말한다. 그건 '해바라기의 집'에서 사토가 맡은 중요한 역할 중의 하나였다. 고등학교에서도 영어 성적이 제법 좋은지, 그녀는 '해바라기의 집'과 아이들 가정 사이를 영어로 중개하는 중요한 역할을 맡고 있었다.

회의가 끝나고 밖으로 나오자, 여름의 미지근한 공기가 뺨을 스쳤다. 밤길을 바래다주면서, 사토가 스가와라에게 말했다.

"놀랐지? 보험증이 없을 수도 있다니."

그건 스가와라도 회의 시작할 때부터 마음에 걸리던 것이었다. 애매하게 고개를 끄덕이며 '그야 좀'이라고 대답하자 사토가 쓸쓸히 웃어 보였다.

"히로는 말이지, 태어났을 때 출생신고도 안 했었던 것 같아. 그걸 지역 사람들이 간신히 얘기해서 신고했대."

스가와라가 자전거를 끄는 옆에서 사토는 한 발짝 앞을 걷고 있었다. '해바라기의 집' 앞 언덕을 내려가면 강변으로 둑길이 길게 이어져 있었다. 고개를 들면 다리가 보인다. 점점이 켜져 있는 다리 위의 불빛이 둑 위의 잔디를 비추고 있었다.

"사실, 히로네 가정 사정을 좀 더 자세히 알 수 있으면 해줄 수 있는 일도 훨씬 많을 거고, 이번 일만 해도 병원에 데려갈 수 있을지도 모르는데. 거기까지는 물어볼 수 없으니까 할 수 없는 게 많거든. 우리뿐만 아니라 이 근처에선 학교도 마찬가지야. 선생님들도 힘든가 봐."

"듣다 보니까 되게 귀찮을 거 같다. 부모 대신 전부 해 주면 되잖아."

그 말에 사토는 예쁘게 생긴 입술 끝을 살짝 올리며 웃었다.

“정말 그래. 그럴 수 있으면 좋을 텐데.”

‘해바라기의 집’은 아이들을 돌보는 시설임은 틀림없었다. 하지만 너무 참견하지 않으며 해주길 원하는 것 이상으로 끼어들지 않도록 세심하게 신경을 쓰기 때문에 성립하는 시설이기도 했다. 아슬아슬하게 균형을 유지하며, 어디까지 아이들의 사정에 개입해도 될지를 스태프들도 망설일 때가 많았다.

둑길을 걸으면서 스가와라는 옆에서 걷는 자그마한 사토를 본다. 의욕이라고는 전혀 없이 ‘해바라기의 집’ 문턱을 처음 넘었을 때, 안내하러 나온 사람이 그녀였다. 누구보다도 확실한 생각을 가지고 있으면서도 어딘가 덤벙대는 여자. 곤란하게도 스가와라는 왠지 그녀를 내버려 둘 수가 없었다. 불순한 동기로 ‘해바라기의 집’ 문을 넘는 날들이 계속 이어지고 있었다.

“저기, 스가와라. 내일도 와 줄 거지?”

사토가 스가와라의 얼굴을 들여다본다. 스가와라는 깊게 숨을 들이쉬고는 어디까지 계산하고 하는 말인지 판별이 가지 않는 그녀의 말에 웃는 얼굴로 대답한다.

“예쁜 사토의 부탁인데, 당연하지.”

“다행이다. 고마워.”

말에 구슬려지는 건 하루 이틀이 아니다. 그래 봤자 중학생의 풋내나는 흑심이라는 것이 다 들킨 것도 알고 있었지만, 그래도 상관없다고 생각했다.

뭐, 조금만 두고 봐라. 사토는 반드시 나한테 반하게 될 거다.

5

그날. '해바라기의 집'에 가기 위해 자전거로 달리고 있는데, 눈앞에 빨간 책가방과 검은 책가방을 멘 두 아이의 모습이 보였다.

검은 가방에 달린 이웃집 토토로 열쇠고리가 낯익었다. 스가와라는 자전거의 속도를 늦추고 천천히 그 둘에게 다가갔다.

"너희, 뭐 하고 있냐? 지금 집에 가?"

스가와라의 목소리에 둘 다 돌아본다. 빨간 책가방을 멘 소녀는 스가와라의 얼굴을 보고는 생긋 웃었으나 대조적으로 검은 책가방을 멘 소년은 스가와라를 보자마자 노골적으로 상을 찌푸렸다.

"뭐야. '해바라기'에 가는 거잖아? 얼른 가."

곱게 자란 우등생 히로는 그렇게 말하며 스가와라를 쫓아버리려는 듯 길 앞을 가리켰다. 스가와라는 그걸 못 본 척하면서 더더욱 놀리듯이 웃어 보였다.

"너 말이지, 왜 날 그렇게 못 쫓아서 안달이냐? 진짜 쪼그만 커플이네. 너희 사귀냐?"

"……그런 거 아니라니까. 저리 가, 바보."

스가와라의 질문에 히로는 귀까지 빨개지면서 부끄러운지 고개를 숙인다. 소녀가 히로의 손을 잡고 '히로'라고 이름을 부른다. 히로가 대답하지 않는 것을 보고는 크고 또렷한, 귀여운 눈을 스가와라에게 향한다.

"오빠, 히로 괴롭히지 마. 얘는 금방 운단 말이야."

"뭐? 그건 우는 쪽이 잘못이지. 남자라면 좀 씩씩해져라."

"열 받아!"

갑자기 히로가 고개를 들더니 스가와라의 자전거 뒷바퀴를 있는 힘껏 찼다. 그러나 아이의 힘이 세 봤자다. 스가와라는 곁눈질로 보고는 태연히 히로와 함께 있는 '여자 친구'의 얼굴을 들여다보았다. 이 얌전한 히로가 자신에게 '해바라기' 밖의 얼굴을 보여주는 것이 너무나 흐뭇했다.

"너도 뒤치다꺼리하기 힘들지? 남자 친구가 울보라서."

"아냐, 안 그래."

소녀는 그렇게 말하고는 히로를 걱정스럽게 쳐다본다. 히로는 여전히 고개를 숙이고 있었으나 잠시 후 얼굴을 들고는 소녀에게 시선을 주지 않은 채 말했다.

"미, 가자."

"기다려 봐. 뭘 그렇게 수줍어해?"

"……스가 형은 시끄럽단 말이야. 말이 많잖아."

삐친 듯이 말하고는 더 놀리려고 하는 스가와라를 제지하듯 노려본다. 원래부터 어휘가 발달했던 데다 요즘은 다른 히로의 영향도 있어선지 점점 건방져진다. 요 녀석, 귀염성이 없어졌군. 스가와라는 그렇게 생각하면서 히로와 눈싸움을 하듯 자신도 노려보았다. 히로는 볼이 부어 있었다.

"형, 히로랑 다른 애들한테도 아무 말 하지 마? 나 누가 내 얘기 하는 거 싫어해."

"헤——, 히로한테 이를까 봐? 미처 생각도 안 해 봤는데, 그것도 재밌겠다."

스가와라의 심술궂은 말에 히로의 얼굴이 일순 굳었다. 어쩌면 좋을지 모르겠다는 듯 곤혹스러운 표정을 지은 후, 곧 그의 얼굴이 울음을 터뜨릴 듯 일그러졌다.

"스가 형 바보!!! 나 엄청 열 받았어. 오늘 '해바라기' 안 갈 거야."

말하자마자 그는 소중한 '여자 친구'의 손을 뿌리치고 달려가 버렸다. 소녀가 '히로'라고 불러도 아랑곳하지 않는다. 남겨진 소녀는 달려가 버린 '애인'의 등과 스가와라의 얼굴을 곤란한 듯이 번갈아 보더니 바로 히로를 쫓아간다. 그러면서 스가와라를 향해 혀를 잔뜩 내밀고 메롱을 했다.

"오빠 못됐어."

"하핫, 잘해 봐라."

둘을 배웅하는 스가와라를, 이번에는 히로가 돌아보더니 얼굴을 찡그린다. '지옥에나 떨어져라——' 하고 그가 큰 소리로 내뱉는 게 들려왔다. 아이가 어휘력이 풍부하다는 것은 정말로 재미있다. 웃으면서 그들에게 손을 흔들고, 스가와라는 다시 '해바라기'를 향해 자전거를 달렸다.

오늘은 히로가 안 올지도 모른다고 '해바라기'에서 기다리고 있던 단짝에게 전하자 그는 의외로 그다지 서운해 하지 않았다. '흐응' 하고는 이유도 묻지 않고 그대로 다른 애들 속으로 사라져 버렸다. 지난주까지 앓았던 감기도 지금은 다 나았는지, 그가 높은 목소리로 떠드는 소리가 바로 들려왔다.

스가와라는 건물 마루에 걸터앉아 아이들을 바라보면서, 아이들끼리의 우정이란 어차피 그렇게 얄팍할 수밖에 없는 관계인가를 생각했다. 자전거로 언덕길을 올라온 지 얼마 안 되어서인지 아직도 땀이 난다. 스태프가 건네준 보리차를 마셨다.

장마도 슬슬 끝날 무렵이었다. '해바라기의 집' 주변에서도 매미 우는 소리가 시끄럽게 울리기 시작했고, 아이들은 다들 눈앞으로 다가온 여름방학에 들떠 있었다.

"오늘은 히로군 안 와?"

안쪽 방에서 불쑥 사토가 얼굴을 내밀었다. 오늘은 어깨까지 오는 머리를 하나로 묶고 파란 리본을 그 위에 감았다. 사토는 원래부터 '해바라기'에 있었던 히로를 '히로', 좋은 집에서 자란 히로를 '히로군'이라고 구별해서 부른다. 스가와라는 고개를 끄덕이고는 일어나서 사토를 보았다.

"아마. 올지도 모르지만, 안 올 가능성이 높을걸."

"일이 있대? 오늘은 그 아이도 학원 안 가는 날일 텐데."

"그런 게 있어. 그 녀석한테도 사정이 있는 거지. 그건 그렇고 사토, 오늘은 한층 더 여성스러운 분위기라 귀여운데. 난 머리 긴 여자가 좋더라."

"어머, 그래? 그래도 난 어깨까지밖에 안 오니까, 그렇게 긴 편도 아니잖아."

말하면서 사토는 마루에 앉았다.

그럴 리가, 그 정도면 충분해. 스가와라가 그렇게 대답하려고 했을 때였다. 언제 왔는지, 스가와라 옆에서 개구쟁이 히로가 불쑥 얼굴을 내밀고는 사토를 올려다보고 있었다.

사토는 히로를 보더니, 생긋 웃으며 '무슨 일 있어?'라고 달래는 듯이 다정한 목소리로 묻는다.

"목말라? 그럼 슬슬 다른 애들한테도 보리차 줘야겠네."

"뭐야, 히로. 좀 남았는데 내 거 마실래?"

스가와라가 종이컵을 내밀었지만, 히로는 대답하지 않는다. 보리차를 가지러 가려고 일어선 사토의 얼굴을 뚫어지라 올려다보며 움직이지 않았다.

"왜에? 히로."

사토가 히로를 향해 몸을 굽히자, 갑자기 히로는 사토의 리본을 잡고 말했다.

"사토 누나는 머리 하나도 안 길어."

"이게, 무슨 소릴 하는 거야?"

간발의 여유도 두지 않고 스가와라는 히로의 머리를 쥐어박는 흉내를 낸다.

"길고 예쁜 머리잖아. 너, 사토 트집 잡으면 나한테 혼난다?"

"몰라도 돼. 그래도 하나도 안 길어."

"응. 아까 스가와라한테도 말했어. 난 그렇게 긴 건 아니지."

"응. 우리 엄마 머리가 더 길어."

히로는 힘있게 끄덕였다. 그 뒤로는 아무 말도 없이 다시 애들이 있는 곳으로 돌아갔다. 스가와라는 '뭐야, 저 녀석' 하고 중얼거리며 히로의 모습을 눈으로 좇는다. 조금 전에는 아무 일도 없었다는 얼굴로, 그는 다른 애들과 술래잡기에 열중해 있었다.

사토가 웃으며 다시 일어선다.

"거 봐, 내 머리는 그렇게 긴 거 아니라니까. ……애들한테 보리차 갖다 주고 올게."

"도와줄까?"

"괜찮아, 애들이랑 놀고 있어."

사토가 안으로 사라지고, 어쩔 수 없이 스가와라는 술래잡기에 열을 올리고 있는 애들에게 다가갔다. 그가 다가오는 걸 눈치챈 몇 명의 아이들이 제각기 '놀자' '놀자' 하고 스가와라의 팔을 잡는다. 스가와라는 그들의 머리를 마구 헝클어뜨리면서 그래그래 하고 건성으로 대답한다. 그때 다른 애들보다 훨씬 강한 힘이 등 뒤에서 스가와라의 오른팔을 잡았다. 아플 정도의 힘에 스가와라가 돌아본다. 히로였다.

"형, 사토 누나 좋아해?"

히로의 눈은 똑바로 스가와라를 올려다보고 있었다. 파랗고 커다란 눈이었다. 돌아봤는데도 그는 스가와라의 팔을 놓지 않는다. 다른 애들이 이상하다는 눈으로 히로를 보고 있었다. 히로는 또 한 번 물었다.

"사토 누나 좋아하는 거야?"

"좋아하는데, 그게 왜?"

스가와라가 대답하자, 히로는 뭔가 말을 하려는 듯 입을 열었다. 그러나 생각이 정리되지 않는지 다시 다물었다. 다른 애들을 팔과 어깨에서 떼어내고, 먼저 놀고 있으라고 하자 히로만이 남는다. 그는 거의 하늘을 보듯이 고개를 들고, 스가와라를 쳐다보았다. 그리고 말했다.

"나도 좋아해."

히로는 입술을 꾹 다물고 스가와라를 노려보고 있었다. 그 말에 스가와라는 일순 눈썹을 찡그렸으나, 잠시 후에 '헤에' 하며 입을 열었다.

"흐응. 그렇구나, 너도 사토를 좋아하는구나."

"다른 애들이, 형이랑 누나가 커플이라는데 진짜야?"

스가와라는 웃음이 터질 듯함을 꾹 참으며, 진지함 그 자체인 눈빛을 띤 히로의 머리를 쓰다듬으려 했다. '너희들 그렇게 날 기쁘게 해줄 생각을 하고 있었냐'고 칭찬해 주고 싶어진 것이다. 그러나 히로는 완고한 태도로 스가와라의 손을 뿌리치고 다시 묻는다.

"사실은 어떤데. 난 아니라고 생각해."

"헤에? 왜 아닌 것 같은데?"

"그야 사토 누나가 좋아하는 건 히로니까."

"엥?"

스가와라가 얼굴을 찡그리자, 히로는 사토가 들어간 방 안쪽을 바라본다. 그녀가 언제 돌아올지 신경 쓰고 있는 듯 불안한 모습으로 말을 이었다.

"누나가 히로한테, 좋아한다고 말했단 말이야. 나 들었어."

"그거 언제야?"

"……히로가 여기 막 왔을 때."

히로의 말에 스가와라는 그때를 떠올린다. 낯을 심하게 가리던 우등생 히로는 처음에는 좀처럼 '해바라기'에 적응하지 못했다. 사토가 이것저것 보살피며 늘 신경을 써 주던 게 생각난다. 누나는 히로가 너무너무 좋아, 그런 말을 했던 것도 같다.

중대한 비밀을 누설한 듯한 표정을 지은 눈앞의 히로는 당장에라도 울 것 같았다. 스가와라의 시선을 피하며 고개를 저었다.

"히로는 재미있는데다 같이 노는 것도 좋지만, 누나가 히로랑 결혼하는 건 싫어. 그렇지만 스가 형이랑 누나가 사이좋은 것도 싫어."

"흐응. 그랬군."

히로의 그 말에 스가와라는 가볍게 고개를 끄덕였다. 오늘, 자기 단짝이 못 온다고 했을 때 히로의 표정을 떠올렸다. 별로 유감스럽지도 않은 표정이었던 데엔 그런 이유가 있었던가.

"너, 히로한테 그 말 했어?"

"안 했어. 그 녀석도 누나를 좋아하면 어떡해."

"그건 아닐걸? 그 녀석 사토 말고 다른 여자 친구 있는 것 같던데."

"…… 진짜?"

히로는 고개를 번쩍 들더니 진지한 얼굴로 스가와라를 빤히 쳐다본다. 스가와라는 무심코 터지려는 웃음을 참으며 '진짜야'라는 대답과 함께 그의 머리를 쓰다듬어 준다. 이번에는 히로도 거부하지 않았다.

"정말이야. 조금 전에 여기 올 때 봤거든. 오늘도 데이트하느라 바쁠걸? 그래서 안 오는 거야."

결과적으로는 우등생 히로가 싫어했던 대로 비밀을 폭로한 데다 약간 과장까지 더하는 결과가 되었지만, 뭐 괜찮겠지. 스가와라는 웃었다.

"단, 히로한테는 아는 척하지 마. 놀리면 엄청 화낼 테니까."

"알았어."

히로가 의기양양하게 고개를 끄덕이고 나자 그 얼굴이 약간 부드러워졌다. 어린애 나름대로 가슴이 찜찜했던 걸까. 그렇게 생각하니 우스웠다. 스가와라는 표정을 다잡고 히로의 시선에 맞추어 몸을 굽혔다. 속삭이듯이 말했다.

"그야, 사토는 히로를 좋아하는지도 모르지만, 그래도 나는 포기 안 할 거다! 미안하지만 나 꽤 진심이거든."

그 말을 듣자 히로의 표정이 다시 굳었다. 입술을 꾹 다물고는 크게 고개를 끄덕였다. 스가와라는 다그치듯이 말을 이었다.

"그리고 너, 좋아하는 여자가 있으면 일단 많이 칭찬해 줘야 해. 우리 엄마 머리가 더 길다는 둥 하면서 깎아내리는 거 아냐."

"그렇지만, 사실인걸."

히로는 고집스레 고개를 젓는다. 원래부터 큰 눈을 더욱 크게 뜨고, 입술을 삐죽이며 스가와라에게 대항했다.

"형, 어른이라고 반칙하지 마. 난 형이 오기 전부터 누나랑 사이가 좋았단 말이야."

"그래그래, 정정당당히 승부하자."

쓴웃음을 지으면서 대답한 스가와라에게 만족했는지, 히로는 훌쩍 그 자리를 떴다. 다른 애들이 슬슬 스가와라가 놀아주려나 싶어 이쪽을 살피고 있다.

스가와라는 아주 흐뭇한 기분으로 그런 아이들의 표정과 그 사이로 사라지는 히로의 등을 바라보고 있었다. 평소에 사이가 좋은 듯 보였던 자신과 두 명의 히로, 그리고 사토 사이에는 사실 복잡한 긴장관계가 있었던 것 같다. 그걸 생각하면 당장에라도 웃음이 터질 것 같았다.

안쪽 방에서 보리차를 든 사토가 얼굴을 내밀었다.

"어라, 애들이랑 같이 안 놀아?"

"그렇게 됐어. 여러 가지로 복잡한가 봐, 저 녀석들도."

"응?"

주전자와 종이컵을 마루에 내려놓고 사토는 조금 신기한 듯한 눈빛으로 스가와라를 올려다본다. 스가와라는 살짝 코끝으로 웃고 나서 사토의 이마를 살짝 손끝으로 튕겼다.

"너, 진짜 괜찮은 여자다."

"무슨 소리야."

맞은 이마를 누르면서 사토는 고개를 갸우뚱한다. 문득 히로 쪽을 쳐다보니, 아니나 다를까 그는 불쾌하다는 듯이 스가와라와 사토를 바라보고 있었다.

반칙은 안 한다. 조금 전에 그렇게 얘기해 놓고, 스가와라는 자신의 우위를 마음껏 확인했다. 히로와는 달리, 자신은 사토와 대등하게 설 수 있다. 그것이 저 녀석과 자신의 차이다. 아이라는 것은 서글픈 일이다. 약속은 했지만, 자신이 언젠가 확실히 이 여자를 손에 넣을 것이라는 자신감은 흔들리지 않았다.

자신이 사토와 사귀기 시작하면, 히로는 어떻게 생각할까. 박애주의자인 사토니까, 당분간은 아이들에게 비밀로 할지도 모른다. 그걸 상상하기만 해도 즐거웠다.

의기양양한 웃음을 띠고, 스가와라는 히로에게 손을 흔든다. 히로는 스가와라를 노려보고는 발치의 돌멩이를 높이 차올렸다.

6

개구쟁이 히로의 학교 담임이 '해바라기의 집'을 찾아온 날은, 여름 방학이 코앞에 다가온 7월 중순의 일이었다. 그날 평소보다 늦게 학교를 나온 스가와라가 '해바라기의 집'에 도착하자마자, 안색이 변한 사토가 맞아주었다.

"히로가 없어졌어."

그녀의 얼굴은 그 사이에도 불안한 듯 시선을 이리저리 돌렸다.

"스가와라, 오는 길에 못 봤어? 히로네 학교 선생님이 지금 와 계시는데, 히로가 없어졌어. 그 애, 많이 혼냈더니 뛰쳐나가서……."

"개구쟁이 히로? 다른 히로는?"

"히로군은 저기에……. 어쩌지, 스가와라. 지금 다 같이 찾고 있는데, 정말 안 보여. 선생님도 곤란해 하시고, 아아."

단짝 친구가 없어졌다고 소란스러운데, 남아 있는 우등생 히로는 마루에 앉아 고개를 숙이고 있을 뿐이었다. 스가와라는 그걸 슬쩍 보고는 당장에라도 울어버릴 듯한 사토에게로 시선을 되돌렸다.

"혼냈다니, 왜? 왜 히로 학교 선생님이 와 있어? 지금까지 누구 담임선생님이 온 적 있었나?"

"……히로네 담임선생님은 학교랑 '해바라기'가 서로 협력해 나가야 한다고 힘써주시는 분이거든. 바쁘실 텐데, '해바라기'에도 자주 와 주셔."

사토는 거기서 한 번 숨을 들이쉰다. 옆에 있는 아이들에게 등을 보이고는 목소리를 낮춰 스가와라에게 말을 이었다.

"히로 책상에서 자하고 크레용이 수업 끝나고 발견됐대."

"자하고 크레용?"

스가와라는 앵무새처럼 반복하고는 이상하다는 생각으로 사토에게 되물었다.

"무슨 소리야. 그거 학습 교재잖아? 가지고 오면 안 되는 거야?"

"아니, 그게 아니라. 히로는 반대로, 항상 안 가져왔었대. 집 사람들하고 연락이 잘 안 되기도 하고, 원래부터 히로네 어머님이 그런데 무심하셔서. 그래서 계속 히로만 자랑 크레용이 없었어. 그래서 히로네 담임선생님이 자신의 크레용이랑 자를 그 애한테 주셨대."

"그게 책상 안에서?"

"응."

사토가 거기에서 한숨을 쉰다.

"그 받은 자로 있잖아……, 크레용을 전부 산산조각 냈나 봐. 진짜로 잘게 잘랐대."

사토는 자를 부엌칼처럼 쥐는 동작을 해 보인다. 스가와라는 자신도 모르게 감탄의 목소리를 흘렸다.

"그거 굉장하다."

사토는 고개를 저으며 '굉장한 게 아니야' 하고 스가와라를 노려보았다.

"오늘 줬는데, 수업 끝나고 보니까 전부 조각나 있더래. 선생님은 많이 화나셔서, 그것 때문에 오늘 '해바라기'에 오신 거야. 그래서 히로를 꾸중하셨는데, 히로가 뛰쳐나가 버렸어. 벌써 시간이 꽤 지났는데, 안 보여."

"진짜로?"

스가와라는 자신의 입술을 핥는다.

"정말로 다 찾아봤어?"

"안 보여. 슬슬 어두워지는데, 다들 곤란해 하고 있어."

사토는 그렇게 말하고 현관을 돌아본다. 거기에서 그녀의 얼굴이 일순 굳었다. 스가와라의 옆에서 떨어져 서둘러 그쪽으로 다가간다. 스가와라도 현관을 보았다. 그곳에는 안경을 쓴 중년 여성이 서 있었다. 그녀가 히로의 담임인지, 난처한 표정으로 달려온 사토에게 가볍게 고개를 숙여 보였다.

"……오늘은 그만 돌아가 볼게요. 히로가 돌아오면 내일 꼭 학교에 오라고 전해 주시겠어요?"

"네. 선생님, 죄송해요. 지금 다 같이 히로를 찾는 중인데, 정말 어디에 간 건지."

"아닙니다. 저도 같이 찾아야 하는 건데, 사정이 있어서. 저야말로 죄송했습니다."

히로의 담임은 약하게 쓴웃음을 지으며 마루 근처에 있는 다른 아이들에게 손을 흔들었다. 그들이 다니고 있는 초등학교의 선생님이라 다들 안면이 있는지 아이들은 모두 입을 모아 '안녕히 가세요. 선생님' 하고 인사를 한다. 선생님은 다시 사토를 바라보았다.

"오락실 같은 데 다니는 게 아니면 좋겠는데요. 이제 곧 어두워질 텐데, 정말 죄송합니다."

"찾으면 일단 선생님께도 연락드릴게요. 곧 찾을 수 있을 거예요."

"정말로 귀찮게 해 드려 죄송합니다. ——그럼 부탁드립니다."

선생님은 사토에게 감사의 말을 남기고, 그 옆의 스가와라에게도 정중하게 고개를 숙여 인사를 한 다음 집 앞의 언덕길을 타박타박 내려갔다. 그 등이 보이지 않게 되자, 사토가 또 크게 한숨을 쉬는 것이 들렸다.

"……좋은 선생님이셔."

"그런 것 같네. 하지만 아쉽게도, 그 개구쟁이의 담임을 하기에는 너무 마음이 약해 보여."

"응. ……꾸중을 한 사람도, 선생님이시니까 당연히 해야 하는 거 잖아. 물건을 소중히 여기지 않는 버릇은 고쳐줘야 하는 거고, 히로 나이의 아이들은 그때그때 혼내지 않으면 안 되니까."

"아까 선생님이 오락실이 어쩌고 그랬던 것 같은데, 이 근처 오락실은 위험해? 나 초등학생 때부터 아무렇지도 않게 오락실 다녔는데."
"응, 위험해. 별로 질이 안 좋은 중고생들도 많고. ——그래도 아마 히로는 괜찮을 거야. 오락실 같은 곳은 안 갈 거야."
"어째서?"
"그럴 돈이 없으니까. 히로네 집."
사토는 낮은 목소리로 스가와라에게 그렇게 말했다. 불안한 듯 다시 한 번 주위를 둘러보더니 스가와라를 올려다보았다.
"나도 히로 찾아봐도 될까? 스가와라, 다른 애들 좀 봐 줄래?"
"안심하고 다녀오셔."
스가와라는 크게 고개를 끄덕였다. 사토는 그것을 확인하고는 빠른 말투로 고맙다고 인사했다. 앞치마를 벗어 마루에서 안쪽 방으로 던져 넣고, 그대로 집 뒤쪽으로 사라졌다.
스가와라는 '조심해' 하고 그녀에게 손을 흔든다. 사토의 모습이 사라진 것을 확인하고 나서 마루에 앉았다. 아까부터 앉아 있던 히로가 옆에서 고개를 숙이고 있는 게 보였다.
"히로."
스가와라가 부르는 소리에 그의 어깨가 움찔 떨린다. 스가와라는 그의 얼굴을 밑에서 들여다보며 말을 이었다.
"너, 네 단짝이 어디에 있는지 알지? 가르쳐 줘."
"몰라."
히로의 목소리는 가냘팠다. 스가와라는 정색을 하고 히로를 응시했다. 잠시 말없이 그러고 있으려니, 히로는 점점 시선을 떨어뜨린다. 스가와라가 다시 물었다.
"어디에 있냐?"

"몰라. 정말 몰라."

"……히로."

스가와라가 한숨을 쉬자 겨우 히로가 고개를 들었다. 이를 악물면서 고개를 저었다. 스가와라는 그래도 히로에게서 시선을 떼지 않았다.

"이제 금방 어두워질 거고, 사토랑 나도 걱정하고 있어. 히로한테 무슨 일이 생겨도 상관없어?"

"몰라. 모른단 말이야."

자꾸 떨리는 목소리로 말하던 히로가, 결국 울음을 터뜨렸다. 얼굴을 일그러뜨리고 엉엉 울며 고개를 젓는다.

"난 히로 어디 있는지 몰라. 스가 형 바보! 모른다니까 왜 자꾸 그래?"

엉엉 우는 히로의 목소리가 점점 커진다. 스가와라는 심호흡을 하고 '잘 들어, 히로' 하고 조용히 말을 걸었다. 정면에서 똑바로 히로를 보았다.

"히로가 혼날까 봐 걱정하는 거면, 그럴 필요 없어. 나를 못 믿냐? 지금 다들 히로를 찾고 있잖아. 나 말고 다른 어른이 발견하면 히로는 혼날 거야. 아까 그 선생한테 끌려갈걸."

히로는 훌쩍이며 천천히 스가와라를 쳐다본다. 스가와라는 히로의 표정이 살짝 어두워진 것을 놓치지 않았다.

"알면 가르쳐 줘. 나는 히로도 너도 혼내지 않을게. 다들 걱정하잖아. 내가 너희를 감싸줄 테니까."

"……진짜야?"

아직 반신반의하는 눈치로, 히로가 조심스레 묻는다. 스가와라는 고개를 끄덕였다. '해바라기'의 스태프 중에서 자신은 제일 졸병인데다, 실제로 야단맞을 단계가 되면 히로를 완전히 감쌀 수는 없을 것이다. 잘못했으면 혼나야 한다. 하지만 야단맞을 때 같이 있어주는 것쯤은 할 수 있다. 지금 히로는 분명히 돌아오고 싶은데 못 돌아오고 있을 것이다.

히로는 스가와라가 고개를 끄덕이는 것을 보고 슥 일어섰다.

"저기."

언덕 아래를 가리키더니, 스가와라의 손을 잡고 걷기 시작했다.

히로가 스가와라를 데려간 곳은 언덕길 아래에 있는 강둑이었다.

잔디가 난 둑 위를 불안정한 종종걸음으로 중간까지 와서는 갑자기 그 둑을 내려가기 시작한다. 스가와라를 안내하면서 둑 아래 펼쳐진 풀숲을 가르고 들어갔다.

"절대로 아무한테도 말하면 안 돼."

"알아. 히로는 어디에 있어?"

"…… 비밀기지에."

히로가 스가와라를 데려간 곳은 풀숲 안에 풀이 쓰러져 있는 작은 공간이었다. 전에 노숙자라도 살았는지, 두 평쯤 되는 공간이 깨끗하게 정비되어 있었다. 키 큰 풀에 둘러싸여 있는 그곳은 아이들이 좋아할 만한 이상적인 장소였다. 이런 곳을 발견하기도 쉽지 않았을 텐데. 과연 '비밀기지'라 부를 만한 곳이었다.

"놀라운데."

스가와라는 안내해 준 히로에게 솔직한 감상을 말했다.

"이런 델 누가 찾았어?"

"히로가. 나랑 히로의 비밀기지야."

사방이 푸른 풀로 둘러싸인 그 비밀기지 한가운데에, 히로가 웅크리고 앉아 있었다.

스가와라와 히로가 다가오는 걸 눈치채지 못했는지, 히로는 웅크린 채 고개를 들지 않는다. '히로' 하고 스가와라가 불렀다.

"히로, 돌아가자."

그 목소리에 웅크린 히로의 몸이 살짝 떨린 듯 보였다. 무릎을 껴안고 얼굴을 묻은 채 고개를 들지 않는다. 수업이 끝나고 한 나쁜 짓의 흔적인지, 팔을 껴안은 손가락에 색색의 크레용이 묻어 있는 게 보였다.

"……히로."

곧 울 듯한 목소리로 자신을 부르는 친구의 목소리에, 히로가 그제야 붉게 충혈된 눈을 들어 단짝을 노려보았다.

"스가 형한테 말해 버렸어?"

"……그렇지만."

히로가 우물거리는 모습을 보고, 스가와라는 그의 머리를 쓰다듬어 주었다.

"내가 억지로 가르쳐달라고 했어. 안심해, 나는 아무한테도 말 안 할 거니까."

"……형, 선생님은?"

"돌아가셨어. 널 걱정하시더라."

"—— 흐응. 걱정할 필요 없는데."

히로는 말을 마치고 다시 고개를 숙인다. 퉁명스런 표정으로 발치의 풀을 하릴없이 잡아당기고 있었다. 스가와라는 그의 옆에 앉았다.

잠자코 보고 있으려니, 그는 고개를 숙인 채 난폭하게 풀을 뽑았다. 그리고 말했다.

"나 노구치 선생님 싫어."

아까 본 여교사의 이름이 노구치 인가보다. 스가와라는 아무 말도 하지 않고 히로를 보고 있었다. 그는 말을 이었다.

"화도 잘 내고, 금방 울고. 공부도 하나도 재미없고 못 알아듣겠어."

히로의 말을 들으면서, 스가와라는 이제 곧 1학기가 끝날 시기라는 것을 생각했다. 담임교사는 학생이 서른 명이나 있는 학급을 장악해야 할 테고, 그러려면 계속 웃고 있을 수만은 없을 것이다. 1학기 동안 계속 함께 생활해 온 아이들에게 정이 생기지 않을 리가 없다. 히로에 대해서도 정말로 걱정하고 있을 것이고, 그에게 애정도 가지고 있을 것이다. 다만 자신은 그걸 단언할 수 있을 정도로 그 선생님을 알지는 못하고, 지금 그런 얘길 해 봤자 눈앞의 반항아를 달랠 수 있을 것 같지도 않았다.

크레용이 잔뜩 묻은 손을 신경 쓰지도 않고, 히로는 입고 있는 티셔츠 가슴에 손바닥을 댄다. 차분하지 못하게 손에 묻은 풀과 흙을 닦자, 셔츠에는 파란색과 녹색 크레용으로 길게 선이 그어졌다.

"형이나 사토 누나가 우리 선생님이었으면 좋았을 텐데."

파란 눈으로 똑바로 스가와라를 올려다보며 그는 말했다.

"그럼 저건 안 돼, 이것도 안 돼 이런 말은 안 할 거 아냐? 형 '해바라기'에서 곧잘 우리한테 산수 가르쳐 주잖아. 학교에서도 해 주면 좋을 텐데."

"……글쎄. 나한텐 무리일 걸."

"할 수 있어!"

생각지도 못한 강한 목소리로 히로가 주장했다.

"형이 우리 선생님이면 나 잘할 거야. 형, 우리 학교에 와라."

"이봐, 선생님이 되는 건 무지 어려워. 너희들은 아직 모르겠지만 어려운 시험도 잔뜩 봐야 돼! 난 그런 고생을 하면서 애들이랑 사귀는 건 사양하고 싶다."

"……쫀쫀하게."

어디까지 이해한 건지는 모르겠지만, 히로는 그렇게 말하고는 고개를 숙여 버렸다. 스가와라는 깊이 한숨을 쉬고 '자——' 하며 히로에게 등을 돌린다. 히로는 눈을 동그랗게 뜨고 그 등을 바라보았다.

"업어줄 테니까 가자. 사토랑 딴 애들이 다들 엄청나게 걱정하고 있다고. 너 좋아하는 여자를 울리면 못 써."

그 말에 히로의 얼굴이 순식간에 어두워진다. 망설이는 듯 연약한 목소리로 물었다.

"사토 누나, 울었어?"

"정확하게 말하면 울기 직전. 어쩔래? 그래도 여기서 좀 더 버텨 볼래?"

"……갈래."

히로는 그 말을 끝으로 더 이상 저항하지 않고 스가와라의 등에 달라붙었다. 조금 떨어진 곳에서 그들의 대화를 지켜보고 있던 히로가 종종거리며 옆으로 다가온다. 스가와라의 등에 업힌 히로가 친구를 향해 손을 내미는 것이 보였다. 그는 이렇게 말했다.

"……미안해."

내밀어진 손을 꼭 잡으며, 히로는 기쁘게 웃었다. '응' 하고 크게 고개를 끄덕이고, 스가와라의 옆에 바싹 붙어서 같이 걷기 시작한다.
풀숲에서 강변으로 나오자 스가와라는 히로를 일단 내렸다.

"너, 그러고 가면 사토한테 혼날지도 모르니까, 손 씻고 와. 기다릴 테니까."

스가와라의 말에 히로는 그제야 처음으로 자신의 손바닥을 내려다본다. 크레용투성이인 손에서 고개를 들고는 말없이 끄덕이고 물가로 뛰어갔다.

그 뒷모습을 바라보면서 스가와라는 안도의 숨을 내쉰다. 옆에 있는 히로의 머리를 쓰다듬으며 '고맙다'고 중얼거렸다. 히로는 아까처럼 기쁘게 웃는다. 아까처럼 '응' 하며 고개를 끄덕였다.

'해바라기의 집'에 도착했을 때는 이미 해가 지기 시작한 뒤였다. 스가와라까지 없어져 곤혹스러워하고 있던 사토가, 그가 언덕을 올라오는 것을 발견하고 달려온다. 등에 업힌 히로를 보더니 울상이 된다. 그녀의 두 눈이 거의 원형을 잃고 실처럼 가늘어진다.

"자, 얼른 죄송합니다, 해."

스가와라의 말에 등에 업힌 히로가 작게 고개를 끄덕인다. 사토가 손을 내밀자 히로는 얼굴을 가까이했다.

"죄송해요."

"……걱정했단 말이야."

목이 멘 사토가 말했다. 씻기는 했지만 크레용이 완전히 지워지지 않은 손을, 히로는 사토 쪽으로 뻗었다. 그걸 보고 그녀가 쓴웃음을 지었다. 스가와라의 등에서 그를 안아 내리고, 부드러운 손으로 그 머리를 쓰다듬었다.

결국, 그날 히로는 다른 스태프들한테도 심하게 혼나지는 않았다. 다들 화가 나기보다 히로가 무사하다는 안도감이 컸던 데다 오늘도 그는 다른 아이들을 배웅한 뒤 '해바라기의 집'에서 잘 예정이었던 것이다. 히로의 어머니는 오늘도 데리러 올 수가 없는 모양이었다. 그렇게 혼자 남겨질 그를 스태프들도 엄하게 꾸짖을 수가 없다는 것이 본심이었다.

익숙한 듯이 안쪽 벽장에서 스스로 이불을 꺼내오는 그에게서는 그런 일을 신경 쓰는 모습은 보이지 않았으나, 사토는 돌아가기 직전까지 히로의 옆을 떠나려고 하지 않았다.

그날 돌아가면서, 늘 그렇듯이 둑 위를 걷던 사토가 불쑥 스가와라에게 질문을 했다.

"아직도 '해바라기'에 오는 게 싫어?"

"나 싫다고 한 적 없는데."

"그렇구나, 좋아하지 않을 뿐이라고 했던가?"

올려다본 다리 위에는 오늘도 드문드문 불빛이 보인다. 사토의 시선은 그쪽을 바라보고 있었지만, 갑자기 자전거를 끄는 스가와라를 돌아보았다.

"스가와라 마음에는 안 들지도 모르겠지만, 너희 집에서 내 주시는 기부금이랑 원조가 '해바라기'에는 크게 도움이 되고 있어. 스가와라네 어머님이나 아버님이 가끔 일을 도우러 와 주시는 것도 정말 기뻐."

"흐응."

그다지 관심 없는 얘기라 건성으로 대꾸한 것이 사토의 신경을 건드렸나 보다. 미간을 찌푸리며 다가오더니, 볼멘 얼굴을 했다.

"스가와라, 너도 너무해."

"내가 너무하다고?"

"그래. 진짜 너무해. 오늘도 쉽게 히로를 찾아냈잖아."

반은 진심으로 화가 났는지, 사토는 입술을 삐죽인다. 스가와라는 웃었다.

"왜, 질투나? 너 진짜 귀엽다."

"얼버무릴 생각 마. 저 나이 애들의 경우, 여자애들은 다들 '사토 언니, 사토 언니' 하면서 안기는데, 남자애들은 다들 부끄러워하잖아? 내가 업어주거나 안아 주려고 하면 부끄러워하면서 싫어한단 말이야. 그런데 스가와라는 오자마자 남자애들도 여자애들도 다 따르지, 남자애들도 아무렇지도 않게 업히잖아? 난 손 잡는 게 고작인데. 진짜, 너무해."

"응? 그래도 오늘은 사토도 히로랑 손잡지 않았어?"

"오늘은 특별해. 평소에는 오늘이랑 딴판인걸."

잔뜩 부은 얼굴로 사토가 스가와라 자전거의 뒷바퀴를 살짝 찼다.

"나도 히로랑 더 사이좋아지고 싶은데."

말을 끝내자마자 사토는 빠른 걸음으로 걷기 시작한다. 스가와라가 '사토' 하고 부르는 말에는 '몰라'라는 어린애 같은 대답이 돌아왔다.

그 뒷모습을 바라보면서 스가와라는 어쩔 수 없다는 듯이 어깨를 떨어뜨린다. 이렇게 토라지는 사토도 귀엽긴 하지만, 그런 점을 질투하는 건 반갑지 않았다. 방금 헤어진 히로의 얼굴을 떠올리자, 긴 한숨이 새어 나왔다.

자신들 사이에는 정말이지 미묘한 긴장관계가 존재한다. 스가와라는 '사토' 하고 다시 한 번 부르면서, 앞을 걸어가는 그녀를 쫓았다.

7

히로의 어머니 얼굴을 볼 기회가 생긴 것은 그 주말의 일이었다.

그날, 스가와라는 자신의 학교 학생주임 교사와 문제를 일으키고 말았다. 그래서 결국 '해바라기'에 갈 수 있었던 시각은 애들이 대부분 돌아간 뒤였다. 그래도 '해바라기'를 빠지려고 생각하지 않은 것은 사토가 아직 남아 있으리라고 판단했기 때문이었다. 스가와라는 자전거 페달의 밟는 속도를 높였다. '해바라기'에 도착하자, 생각대로 사토는 아직 남아 있었다.

"어라, 오늘은 안 오는 줄 알았어."

온화하게 웃으면서 그녀는 스가와라를 맞이했다. 이마에 밴 땀을 닦으면서, 스가와라는 쓴웃음을 짓는다. 겨우 늦지 않았다고, 안도의 숨을 내쉰다.

"좀 그럴 일이 있었어. 학교에서 선생님하고 문제가 있었거든."

"문제? 무슨?"

사토가 조금 이상하다는 듯이 고개를 갸우뚱했다.

"시험이라든가, 진로 문제?"

"그것도 좀 있었지. 우리 학교 그런 데 관심이 많잖아. 하지만 오늘은 내 행실에 대해서. 내 머리 색깔이 마음에 안 든대."

스가와라는 자신의 앞머리를 한 움큼 집어 올렸다. 태어날 때부터 색소가 옅은, 갈색이 진한 머리카락이다. 무심코 쓴웃음이 새어 나온다. 정말 어이가 없다.

"태어날 때부터 이런데, 그래도 보기 싫은가 봐. 동아리 활동도 안 하지, 껄렁하게 보이잖아? 그야 오락실도 마작도 좋아하니까 껄렁한 것도 맞지만."

"……여기 온다고 말하면 될 텐데."

"싫다, 애들 돌보는 걸 좋아하는 사람이라고 여겨지는 건 질색이야."

사토는 입술을 삐죽이며 말하지만, 스가와라는 코끝으로 웃어넘긴다. 아이들은 다들 돌아갔는지 건물은 쥐죽은 듯 조용했다. 기척이 없는 방을 둘러보고 있으니, 사토가 눈치챘는지 말했다.

"히로는 아직 있어. 맨 안쪽 방에서 숙제하나 봐. 도와주러 갈래?"

"흐응. 그럴까. 자전거 묶어놓고."

"응. 나중에 차라도 가지고 갈게."

사토가 부엌으로 들어가는 모습을 보고 스가와라는 현관 밖으로 나갔다. 세워 둔 자전거 앞에서 몸을 숙여 체인을 걸고 있는데 문득 누군가가 걸어오는 기척이 나서 스가와라는 고개를 들었다.

언덕길 저편에서 늘씬하게 키가 큰 롱스커트 차림의 여성이 '해바라기'로 걸어오는 모습이 보였다. 마른 체격과 긴 다리가 어슴푸레한 어둠 속에서도 알 수 있을 정도로 아름다웠다. 허리까지 오는 긴 머리카락이 해 질 녘의 바람에 가볍게 흔들리고 있었다. 샌들을 신은 발이 천천히 걸음을 옮겨 언덕을 올라온다. 도중에 스가와라를 발견하고는 그 여성이 가볍게 고개를 숙였다.

현관 불빛 아래까지 온 여성을 보았을 때, 스가와라는 아아 하고 납득했다. 그녀는 이목구비가 매우 뚜렷한 얼굴을 가지고 있었다. 불빛 아래에서 본 그 파란 눈빛은 눈에 익었다.

"히로, 있습니까?"

더듬더듬 끊기는 일본어로 스가와라에게 묻는다. 스가와라는 순간적으로 말이 나오지 않았다. 어떻게 대답해야 할지를 잠시 생각한 후, 순간 망설였지만 '있어요' 하고 집 안쪽을 가리켰다.

"들어가세요. 기다리고 있을 거예요."

"고마워요."

그녀가 활짝 웃는다. 마치 아시아 영화에 나오는 여배우처럼 그 동작 하나하나에 현실미가 없고 그림 같았다. 스가와라의 말을 이해했는지 어쨌는지 모르겠지만, 그녀는 현관에서 가지런히 신발을 벗어 놓고는 안으로 들어갔다.

"사토."

스가와라가 부르자 안쪽에서 사토가 얼굴을 내민다. 히로의 어머니를 보고는 놀란 표정을 지었지만, 이내 웃는다. 양손을 가슴 앞으로 내미는 제스처와 함께 '기다리세요' 하고 작은 목소리로 말하더니 히로가 공부하고 있다는 안쪽 방으로 사라진다.

사토가 가고 나자 스가와라는 새삼 히로 어머니를 자세히 관찰했다. 여배우나 모델처럼 다리가 길고, 전체적인 인상도 툭 치면 부러질 듯 말랐다. 마른 몸에 긴 머리카락이 잘 어울렸다. 복장이나 화장은 결코 화려하지 않았으나, 그녀의 분위기는 원래부터 다른 사람의 눈길을 끄는 그런 무언가가 있는 거라고 스가와라는 생각한다. 확실히는 알 수 없었으나, 상당히 젊은 어머니인 것만은 확실했다. 스가와라가 보는 것을 눈치챘는지 돌아본 그녀와 눈이 마주쳤다. 히로의 어머니는 소탈하게 생긋 웃고는 다시 안쪽 방을 쳐다본다. 돌아갈 준비를 마친 히로가 사토의 손에 이끌려 이쪽으로 오고 있었다. 어머니의 모습을 보더니 히로의 얼굴이 확 밝아졌다.

"엄마!!"

"히로."

히로의 어머니는 팔을 크게 벌려 달려 들어온 아들을 가슴에 안았다. 아들의 볼에 자신의 볼을 대고 부드럽게 키스를 했다. 히로의 어머니는 고개를 들더니 사토에게 떠듬떠듬 일본어로 '고맙습니다'라고 한다. 안쪽에서 다른 스태프가 얼굴을 내밀고 히로의 어머니를 보더니 '오셨어요?' 하며 인사한다.

어머니 팔에서 해방되자, 히로는 환하게 웃으며 스가와라에게 다가왔다.

"스가 형, 언제 왔어?"

"조금 전에."

대답하고 나서 스가와라는 '해바라기'의 스태프들과 뭔가를 얘기하기 시작한 히로 어머니의 옆모습을 쳐다본다. 중간에 사토가 통역을 하면서, 영어와 짧은 일본어로 대화가 이루어지는 것을 멍하니 보고 있었다. 평소에 생각해 본 적은 없었지만, 어쩌면 히로도 영어를 잘할까. 그런 생각을 하니 왠지 부러워졌다.

그때. 옆에서 스가와라처럼 그 대화를 바라보고 있던 히로가 스가와라의 셔츠 자락을 잡아당겼다. 스가와라는 몸을 숙여 얼굴을 아래로 향했다. 히로는 스가와라의 귀를 자기 입술까지 끌어당기고 작게 속삭였다.

"봐봐, 머리 길지."

히로의 속삭임에 스가와라는 히로 어머니의 등을 바라보았다. 허리 근처까지 오는 머리카락이 붉은 끈으로 단정하게 묶여 있었다. 스가와라는 쓴웃음을 짓고 '그래' 하며 고개를 끄덕였다.

히로가 어머니와 돌아가는 것을 배웅한 후.

조금 전까지 히로가 혼자서 숙제를 하고 있었던 안쪽 방에서, 사토와 스가와라는 스태프가 끓여 준 차를 마시고 있었다. 어린이용인 낮은 책상에 앉아 스가와라는 그녀에게 히로가 조금 전에 속삭인 내용을 말해 준다. 사토는 스가와라가 그랬던 것처럼 쓰게 웃더니, '못 당하겠는걸' 하고 중얼거리듯이 말했다.

"히로도 다른 아이들도 나름대로는 나를 좋아해 준다는 자신도 있고 당해내지 못한다 해도 상관은 없지만, 그래도 역시 졌다는 생각이 들어. 히로의 그 기쁜 표정, 봤어?"

"진짜 예쁜 엄마더라."

차가운 보리차를 마시면서 스가와라는 고개를 끄덕인다.

"아직 젊고. 여배우인 줄 알았다."

"응, 나도 처음 봤을 때 그렇게 생각했어. 히로도 분명 멋있게 자랄 거야."

쿡쿡 웃으면서 사토가 책상에 앉아 뻗은 다리를 문지른다. 미지근하고 축축한 바람이 맨다리에 기분 나쁜가 보다. 다리를 문지르면서 허공을 노려보듯 고개를 들었다.

"역시, 히로도 외로운 거야. 엄마를 그렇게 좋아하잖아. 그 아이는 다른 애들 앞에선 절대로 그런 척 안 하고 아무리 혼내도 기가 죽거나

하지 않지만. 아까 같은 모습을 보면 정말, 여러 가지로 느끼는 게 많아."

"그렇지."

우리 엄마 머리가 더 길어. 그렇게 말하던 그의 말을 지금은 있는 그대로 받아들일 수 있었다. 스가와라는 별생각 없이 보리차를 한 손에 들고 책상에서 일어나 방 한쪽 구석으로 갔다. 거기에는 이번 달 들어서부터 얇은 대나무가 하나 걸려 있었다. 칠석날 장식을 하자고 스태프가 어딘가에서 조달해 온 것이다. 지난주에 아이들이 종이를 접어 장식물을 만들고 소원을 적은 쪽지를 붙였다. 소소하나마 명절의 정취를 즐기긴 했지만, 7월 7일이 지난 지금도 정리하지 않고 방치되어 있었다.

대나무 가까이에 가서, 스가와라는 별생각 없이 소원이 적힌 종이를 하나 뒤집어 보았다. '야구 선수가 되고 싶어'라는 서툰 글자가 쓰여 있다. 왠지 흐뭇해져서, 스가와라는 그 옆에 있던 종이도 뒤집어 본다. '키가 컸으면 좋겠다'는, 이 연령대의 아이들이라고 보기에는 너무 반듯한 글자가 눈에 들어온다. 오늘은 못 본 우등생 히로가 쓴 것이었다. 다른 히로의 소원은 무엇일까. 그 생각을 하다가 스가와라는 문득 깨닫고 얼굴을 들었다.

"그러고 보니 히로는 영어 할 줄 알아? 엄마랑 의사소통할 때는 영어겠지?"

"응, 그런가 봐. 히로는 진짜 굉장해. 필리핀어랑 영어도 술술 하는 것 같아. 말은 할 수 있지만 쓰지는 못한다고 전에 얘기한 적이 있었지만. 알파벳을 보여 준 적이 있는데, 이게 뭐야? 하는 얼굴이더라고."

"흐응."

"가끔 옆에 있는 애들을 붙잡고 '마법의 언어를 말해 주지'라면서 영어로 얘기하는 거 본 적 없어? 진짜 좋은 발음으로 술술 얘기하거든. 다들 어리둥절해져서 굉장하다고 그래."

사토의 목소리를 등 뒤로 들으면서 스가와라는 히로의 소원을 적은 종이를 찾아보기로 했다. 그 녀석이 쓴 소원이니 '사토랑 결혼하고 싶어' 같은, 뭐 그런 걸 적었을 게 틀림없다. 보고 나중에 놀려줘야지, 그런 생각으로 하나하나 종이를 뒤집어 보는데, 빨간 종이에 눈이 간다. 히로의 이름이 쓰여 있었다.

그걸 보고 스가와라는 고개를 갸우뚱했다. 이건 대체 어떻게 된 일인가. 입속으로 적혀 있는 내용을 중얼거려 본다. 거기에는 이렇게 쓰여 있는 듯 보였다.

'히로가 되고 싶다.'

다른 히로와는 비교할 수 없을 정도로 삐뚤삐뚤한 글자로, 글자를 배운 지 얼마 안 돼서 겨우 쓴 것 같은 인상이다. 글자 크기도, 글자와 글자의 간격도 엉망진창이라, 갈겨썼다는 인상을 준다. 사토에게 등을 돌린 채로, 다시 그 내용을 되새겨 보니 감이 왔다. 히로가 되고 싶다. 오호라, 그런 거군.

'사토 누나가 좋아하는 건 히로란 말이야'라며, 울 듯한 큰 눈으로 그는 얼마 전에 스가와라에게 말했었다. 그게 아직 머릿속에 남아 있는 것이겠지. 내용상으로는 스가와라가 예상한 '사토와 결혼하고 싶어' 와 큰 차이가 없다. 스가와라는 쓴웃음을 지으며 사토를 돌아본다. 사토는 돌아선 스가와라의 얼굴을 보더니 '왜?'라며 고개를 갸웃거렸다.

"왜 그래? 히죽거리고."

"아니. 사토가, 히로 보면서 어머니한테는 이길 수 없다고 그랬지만 말이야. 걱정할 거 없어. 애들은 언젠가 부모로부터 자립하거든. 그러면 틀림없이 사토가 이길 거야."

"……무슨 소릴 하는 건지, 잘 모르겠다."

사토는 아직도 석연치 않다는 표정을 하고 있었지만, 스가와라는 아무 말도 없이 히로의 소원이 적힌 종이를 도로 뒤집어 놓았다. '슬슬 가자'라며 사토를 재촉한다.

"오늘도 데려다 줄게."

"그래? 그럼 부탁할게."

사토는 그렇게 말하고는 컵에 남아있던 보리차를 단숨에 마신다. 그녀가 일어서는 모습을 보고 스가와라는 대나무 앞을 떠나 방 입구로 갔다. 사토가 방을 나오기를 기다려 불을 끈다.

불이 꺼진 방 한쪽에서 히로의 소원이 적힌 빨간 종이가 희미하게 흔들리는 것이 보였다. 스가와라는 눈을 가늘게 뜨고 조금 전에 본 그의 소원을 다시 생각했다.

히로가 되고 싶다.

문득 떠오른 생각이 있었다. 어쩌면, 그 소원은 조금 전 생각한 것보다 훨씬 깊은 의미를 가졌는지도 모른다.

그러나 스가와라는 조금 전 본 히로 어머니의 아름다운 얼굴을 떠올리고, 머릿속에 떠오른 그 생각을 지우려고 했다. 얼마 전에 사토한테서 들은 히로네 집이 가난하다는 얘기나 다들 돌아간 뒤에 혼자 이불을 까는 그의 모습이 가슴을 스쳐 지나갔지만, 그다음은 생각하고 싶지 않았다.

히로는 오늘도 크레용 얼룩이 있는 그때의 옷을 입고 있었다. 그 옆에서 친구인 히로는 새 셔츠를 입고, 어머니와 함께 게임소프트가 잔뜩 있는 집으로 돌아가는 것이다.

스가와라는 걷잡을 수 없이 부정적인 방향으로 흘러가는 자신의 사고를 억지로 떨쳐버리고, 사토와 나란히 현관을 나선다. 그러나 대나무에 걸린 붉은 종이는, 스가와라의 머리 한구석에서 여전히 흔들리고 있었다.

8

여름방학이 시작되자마자, 스가와라는 '해바라기의 집' 아이들을 데리고 근처에서 열리는 여름 축제에 가게 되었다.

매년 가까운 사찰에서 개최하는 여름 축제는 '해바라기' 아이들에게 있어서 특히 즐거운 행사 중의 하나인 듯, 매년 다 함께 놀러 가는 것이 보통이었다.

아이들이 여름방학이 되었다고 해서 어른들의 상황이 바뀌는 것은 아니다. '해바라기의 집'은 여름방학에도 변함없이 돌아가고 있었다. 자신의 여름방학까지 '해바라기'에 바치는 건 싫다고, 솔직히 스가와라는 여름방학 중에는 '해바라기'에 안 갈 셈이었다. 그러나 사토는 방학 중에도 매일같이 '해바라기'에 가는 것 같아, 필연적으로 스가와라도 그렇게 되었다. 여름방학이 시작되고 나서 바로 사토한테만 가까운 유원지에 가자고 꾀어봤으나 그녀는 단칼에 거절해 버렸다. '고3이잖아'라는 게 그 이유였지만, 그렇다면 왜 '해바라기'에는 계속 다니는 걸까. 캐묻고 싶지 않은 것도 아니었지만, 아마 그녀는 성적이 좋은가 보다. '해바라기'에 가면 필요 없는 아귀들과도 만나게 되긴 하지만 사토와 만날 수 있는데, 다른 곳에서는 불가능하다. 그럼 어쩔 것인가. 선택의 갈림길에 선 스가와라는 자신의 여름방학을 '해바라기'에 바칠 각오를 했다.

하지만 원래부터 사람 많은 곳을 안 좋아하는 스가와라는 그 축제 날에, 실은 집에서 잘 생각이었다. 그랬던 것이 참가로 급선회하게 된 이유는 그 전날, 사토가 유카타를 입고 온다는 정보를 입수했기 때문이었다. 사토가 유카타를 입는다면 어쩔 수 없다. 연적인 히로에게만 그 모습을 보여주는 건 너무나도 마음에 안 들었다.

축제의 흥을 돋우는 북소리가 경내에 가득 차 있었다.

색색의 발을 내건 가게들이 빽빽이 늘어서 있다. 아까부터 철판구이 노점 특유의 맛있는 냄새와 철판구이 기계가 내는 커다란 소음이 느껴져 온다. 스가와라는 어머니가 강제로 입힌 진베(길이가 짧고 소매가 없는 여름용 기모노)의 소매를 걷어 올린다. 갈색 머리에다 그렇게 걷어 올린 폼이 불량스럽게 보인다고, '해바라기'의 스태프에게 놀림을 받았다. 방금 산 오징어 꼬치구이를 한 손에 들고, 스가와라는 옆에서 걷고 있는 사토를 보았다. 나팔꽃 무늬가 있는 감색 유카타가 그녀에게 잘 어울렸다. 어색한 게다를 신은 그녀가 천천히 걷고 있는 모습도 사랑스러웠다.

여름 축제는 사찰 경내에서 개최된다. 사찰이 별로 넓지 않기에, 아이들은 정해진 시간에만은 자유행동을 할 수 있었다. 처음과 마지막은 스태프들과 함께이지만, 나머지는 각각 사이좋은 친구들과 노점을 돌아다닌다. 그 덕분에 스가와라는 아까부터 피곤하게 아이들을 돌볼 필요도 없이 사토의 옆자리를 독점하는 흔치 않은 기회를 누리고 있었다.

사찰 주변 나무 사이에 걸어둔 작은 불빛의 등이 오늘은 밤을 환히 밝히고 있다. 그 불빛이 환하기 때문인지, 올려다본 하늘에는 맨눈으로 볼 수 있는 별이 거의 없었다.

"다들 시간 잘 지키려나."

어떤 노점들이 있는지 곁눈질로 보면서 사토가 혼잣말처럼 말했다. 좀 전에 산 작은 솜사탕을 한 손에 들고 스가와라를 올려다본다. 스가와라는 오징어구이를 다 먹고 꼬치를 반으로 꺾으면서 '글쎄' 하고 고개를 기울여 보였다.

"매년 하던 거면 괜찮지 않겠어? 시계도 다들 갖고 있잖아?"

"응, 일단은. 하지만 애들은 아직 규칙이라는 걸 잘 모르거든……. 뭐랄까, 규칙이 있는 건 아는데, 그걸 지켜야 한다는 필연성을 못 느끼고 있는 것 같아."

"그건 그렇군. 애들은 다 제멋대로라."

"응. ──아, 저거 도모미지?"

사토가 문득 얼굴을 들고 요요 낚시를 하고 있는 노점 앞을 가리킨다. 그쪽을 바라보자 사토가 말한 '도모미'의 모습이 보였다. 길게 양 갈래로 땋은 머리를 늘어뜨린 뒤통수로 알 수 있었다. 사토는 그녀의 모습을 확인하더니 스가와라에게 '나 이거 주고 올게'라며 버리지 않고 조심스럽게 챙겨 둔 분홍색 솜사탕 봉지를 들어 보였다. 스가와라의 대답도 듣지 않고 게다를 신은 채 총총히 달려간다.

'도모미'는 솜사탕 봉지에 그려진 애니메이션 캐릭터의 열렬한 팬으로 '해바라기'에서도 유명했다. 위태위태한 발걸음으로 달려가는 사토에게 '조심해'라고 외치고, 스가와라는 쓴웃음을 지으며 다른 노점을 쓱 둘러보았다. 사토가 가버리고 혼자 남자, 갑자기 주위에 있는 '해바라기' 아이들의 모습이 눈에 띈다. 금붕어를 뜨기에 여념이 없는 아이, 반 친구를 우연히 만났는지 스가와라가 모르는 아이들과 같이 놀고 있는 아이들도 있었다.

어깨를 으쓱하며 스가와라는 경내에 놓인 돌에 앉았다. 노점이 늘어서 있는 범위는 그렇게 넓지 않았다. 이렇게 앉아 한눈에 전체를 다 볼 수 있을 정도였다. 스가와라는 많은 사람들 가운데에서 두 히로를 발견했다.

두 히로는 외국인이 하는 노점 앞에서 발을 멈추었다. 반지와 목걸이, 귀걸이 등을 파는 액세서리 가게 같았다. 음식을 파는 데도 아니고, 장난감을 파는 데도 아닌 가게에 그들이 흥미를 보이는 것이 신경 쓰여 스가와라는 돌에서 일어난다. 두 히로에게 가까이 가 등 뒤에서 말을 걸었다.

"너희들 뭐 해?"

"스가 형."

히로 두 명이 동시에 스가와라를 돌아본다. 그러나 그다음 반응은 각각 달랐다. 우등생 히로는 생긋 웃으며 스가와라에게 액세서리를 가리킨다. 개구쟁이 히로는 잠자코 눈을 내리깔았다. 우등생 히로가 말했다.

"예뻐서 보고 있었어. 미한테 사주면 좋아할까?"

"미, 말이냐."

바로 얼마 전에 같이 집에 가는 히로를 놀렸던 생각이 난다. 연애에 눈을 떴나 보다, 왠지 웃기다. 스가와라는 쓴웃음을 지었다.

"괜찮을 것 같은데!"

몸을 숙여 노점에서 팔고 있는 물건들의 가격을 본다. 500엔 균일가인가 보다. 초등학생 용돈을 생각하면, 500엔은 큰돈이다. 이 아이들이 어떻게 할 셈인지 스가와라가 보고 있으려니, 개구쟁이 히로가 입을 오므리고 거기에 놓인 반지를 계속 보고 있는 것을 알 수 있었다. 스가와라는 그쪽에 얼굴을 가까이 대고 물었다.

"뭐야, 히로. 너도 사토한테 사 주려고? 아니면 미인 엄마한테?"

"……그런 거 아냐. 아무한테도 안 줄 거야, 내가 갖고 싶은걸."

눈을 내리깐 채, 히로는 스가와라를 보지 않는다. 망설이듯 일순 입을 다물더니, 잠시 후 겨우 스가와라를 향해 고개를 들었다.

"형은?"

"응?"

"형은, 사토 누나한테 사 줄 거야?"

다시 입을 오므리고, 히로는 기분이 안 좋은 듯이 그렇게 물었다. 스가와라가 오는 걸 보고 그가 눈을 내리깐 이유를 겨우 알 수 있었다. 스가와라는 한숨을 쉬고 나서 쓴웃음을 지으며 고개를 저었다.

"안 사줘."

"진짜?"

"응. 네가 사 줘라."

스가와라는 웃으며 그렇게 말했으나, 히로의 표정을 어둡게 만드는 요인은 그것만이 아니었던 것 같다. 히로는 반지와 귀걸이의 디스플레이를 다시 슬쩍 보고, 또 아까처럼 눈을 내리깐다. 그 옆에서는 친구가 어느 것을 미에게 선물할 것인지를 고르듯 액세서리들을 찬찬히 살펴보고 있었다.

스가와라는 눈을 가늘게 뜨고 그 모습을 바라보다가, 이윽고 깊이 한숨을 쉬었다. 자신의 지갑 안에 돈이 얼마나 있었는지를 생각하면서, 두 히로에게 시시하다는 표정으로 웃어 보였다.

"이런 걸 갖고 싶어 하다니 진짜 어리구나, 너희들."

그 말에 히로들이 스가와라를 올려다본다. 이번에는 둘 다 입술을 삐죽거리며 스가와라를 노려보았다.

"그렇지만 갖고 싶은걸."

"맞아, 갖고 싶어."

"알았다니까. 이런 거, 별로 비싸지도 않으니 내가 한 개씩 사 주지. 미한테 주든지, 자기가 갖든지 맘대로 해."

"진짜?"

스가와라의 말에 두 히로의 얼굴이 확 밝아진다. 스가와라는 쓴웃음을 지으며 '응' 하고 고개를 끄덕였다.

"그래, 비싼 것도 아닌데 뭐."

"나, 이게 좋아."

우등생 히로는 바로 액세서리 중의 하나를 집어서 스가와라를 향해 내민다. 미에게 줄 건가 보다. 그러나 그가 손에 든 액세서리를 보고, 스가와라는 질렸다는 듯이 한숨을 쉬었다.

히로의 손에는 금색 피어스가 쥐어져 있었다.

"야, 너 이거 어떻게 하는 건지 알아? 이거 피어스라고."

"몰라."

바로 고개를 젓는 히로에게, 스가와라는 자기 귓불을 붙잡고 한가운데를 가리켰다.

"봐봐, 귀 여기에 구멍을 뚫는 거야. 그리고 거기에 끼워서 쓰는 거지. ……너의 소중한 여자 친구가 귀를 뚫었든?"

"……안 뚫었던 것 같아."

"그렇지? 이거 말고 반지나 그런 걸로 해."

"우리 엄마는 구멍 있어."

우등생 히로를 설득하는 스가와라 뒤에서, 불쑥 개구쟁이 히로가 얼굴을 들었다. 스가와라는 히로를 돌아본다. 그는 이어 말했다.

"그거 태어날 때부터 그런 거 아냐? 뚫는 거야?"

"오, 너희 엄마는 뚫었을지도 모르지. 잘 안 봤지만."

"뚫는 거면 아프지 않아?"

진심으로 이상하다는 듯이 우등생 히로가 고개를 갸우뚱한다. 거기에 친구가 대답했다.

"우리 엄마는 별로 아픈 것 같지 않던데."

"우와, 멋지다."

히로가 말한 그 한마디에 개구쟁이 히로는 민감하게 반응했다. 파란 두 눈을 갑자기 빛내는가 싶더니 스가와라를 본다.

"저기, 그거 멋진 거야? 우리 엄마, 피어스 멋있어?"

"그야 물론이지. 아니 그것보다, 너희 엄마는 그런 거 빼더라도 멋있어. 내가 아들이 되고 싶더라."

"진짜? 멋있어?"

그 말이 상당히 마음에 들었는지, 히로는 집요할 정도로 그 말을 반복한다. 스가와라가 쓴웃음을 지으며 고개를 끄덕이자 놓여 있는 액세서리 중에서 조금 전 친구가 내려놓은 피어스를 집어 들고는 스가와라의 코앞에 내밀었다.

"나, 이걸로 할래."

"엄마 드리려고?"

"아니."

히로는 필요 이상으로 크게 고개를 저은 후 가슴을 폈다.

"내가 쓸 거야! 내가 할래."

"……그래도 되지만, 어릴 때 구멍 뚫어도 되려나. 뭐, 하고 싶으면 엄마한테 뚫어달라고 해."

"응."

히로가 너무나도 기쁜 얼굴로 고개를 끄덕이자, 스가와라는 금색의 그 피어스를 받아 들었다. 히로가 쓰지 않더라도, 그 미인 엄마가 써 주신다면 더 바랄 나위가 없다. 금색은 은색하고 비교하면 역시 화려하고 개인적으로는 취향이 아니었지만, 그 어머니의 피부색에는 잘 어울릴 것이다. 나쁘지 않았다.

다른 히로를 보자 그는 아직도 애인에게 줄 선물을 고르지 못하고 있었다. 스가와라는 그의 머리를 살짝 두드리고는 액세서리가 놓인 한쪽 구석을 가리켰다.

"미한테 줄 거면 피어스는 그만둬. 반지나 목걸이가 좋을 거야. 손가락도 애들이니까 가늘지? 여기 있는 반지, 어른 새끼손가락에 끼는 거니까 이걸로 하면 어때?"

"어느 거?"

작은 얼굴을 기울이며 히로는 스가와라가 가리킨 방향을 뚫어지라 응시한다. 이윽고 자기 마음에 드는 디자인을 발견했는지, 스가와라에게 반지를 하나 집어서 건넸다.

예상외의 지출에 혀를 차고 싶은 기분으로 스가와라는 돈을 지불한다. 그때였다. 밤하늘에 피유우우우, 하고 가냘픈 소리가 나더니 갑자기 머리 위에서 그 소리가 터졌다.

"불꽃이다!!"

히로들 둘이서 하늘을 가리킨다. 파란색, 보라색의 색채가 후드득 하늘에 흩어졌다. 얼굴을 들고 그것을 바라보는 스가와라에게 개구쟁이 히로가 손을 내민다. 개구쟁이답게 싱글거리는 얼굴을 하고 있었다.

"축제날에는 딱 한 번 불꽃이 터져."

"헤에, 그럼 지금 걸로 끝이야?"

단 한 번의 사치인 불꽃의 색깔은 스가와라의 눈 속에 강한 인상을 남겼다. 예뻤지만, 스가와라는 묘하게 허무한 기분으로 주변을 살핀다. 많은 사람들 속에서 사토의 모습을 찾았지만, 언뜻 본 범위 내에선 보이지 않았다.

모처럼 불꽃놀이가 있었는데, 어째서 이 녀석들이랑 함께 봐야 하는 건가. 이왕이면 좋아하는 여자랑 둘이서 보고 싶었다.

그렇게 생각하는 스가와라 옆에서 두 히로는 방금 사 준 액세서리가 든 종이봉투를 마구 흔들면서 열심히 장난을 치고 있었다. 스가와라의 심정은 어차피 알 바 아닌 것이다. 스가와라는 어깨를 늘어뜨리고, 팔에 매달려오는 두 히로의 머리를 쓰다듬는다.

얼굴을 들자, 공기 속에서 화약 냄새가 나는 것 같았다.

9

계단을 다 올라간 스가와라는 숨을 삼켰다.

도착한 학교 건물의 가장 위층인 5층은 들이치는 눈 때문에 온통 하얗게 얼어붙어 있었다. 4층에 있었을 때부터 들려오던 흐느낌은, 지금은 이미 비명처럼 바뀌어 있다. 듣는 이쪽의 가슴까지 아플 정도로, 그 목소리는 점점 커져간다.

그 비명에 공명하듯, 5층 복도가 떨리고 있었다.

복도의 창이라는 창은 전부 활짝 열려, 그곳에서부터 사정없이 눈보라가 들이친다. 들려오는 울음소리를 실은 거센 바람이 스가와라의 어깨를 싸늘하게 에워싼다. 교복 상의를 벗어두고 온 탓에 스가와라는 바람이 덮칠 때마다 어깨를 껴안고 몸을 움츠릴 수밖에 없었다. 거센 바람과 함께 눈보라가 몰아치는 모습은 황폐할 뿐이다. 황폐하고 얼어붙은 복도에 서자, 내쉬는 숨이 하얗다. 거센 바람 때문에 앞이 보이지도 않는다. 눈썹 위에도 눈이 얼어붙었다. 스가와라는 입을 열려다가 잇몸이 시려 바로 다문다. 금세 이빨이 딱딱 소리를 내며 떨리기 시작했다.

여기는 호스트의 황량한 마음속이다.

울음소리는 히스테릭하게 높아져 귀를 때린다. 눈보라가 스가와라의 진행 방향을 막으려는 듯 더욱 기세가 등등해진다. 입술이 얼어서 위아래가 지금이라도 달라붙어버릴 것만 같았다. 그렇게 붙어버리면 두 번 다시 입을 열 수 없을지도 모른다. 스가와라는 그런 생각을 하며 천천히 앞으로 고개를 돌렸다. 거센 바람에, 눈을 뜨고 있는 것도 괴로웠다. 귀와 뺨은 마치 자신의 것이 아닌 것처럼 얼얼하다.

"……!!!"

이 세계의 주인이라고 여겨지는 사람의 이름을, 스가와라는 외쳤다. 아까부터 계속 울고 있는 그 사람의 이름을, 스가와라는 겨우

부를 수 있었다. 그리고 말했다.

"어디 있어……!!"

대답 대신 바람만 더욱 세게 불어온다. 스가와라는 무심결에 얼굴을 돌린다. 울음소리는 높아지기만 하고, 스가와라의 부름에 대답을 하지 않는다.

마치 떼를 쓰는 아이 같다고, 스가와라가 생각했을 때였다.

지금까지 보다도 훨씬 강한 바람이 정면에서 불어오나 싶더니, 복도 유리창 하나가 쨍, 하고 소리를 내며 깨졌다. 순식간에 일어난 일이었다. 깨진 유리 파편이 바람과 함께 스가와라의 얼굴로 날아온다.

스가와라는 숨을 삼킨다. 눈을 감고 바닥에 바싹 엎드렸다.

가슴과 팔, 그리고 이마와 뺨에 일순 타는 듯한 느낌이 일었다. 아픔은 조금 뒤에 욱신 하고 찾아왔다. 어디를 다쳤는지 확인하기도 전에, 바람과 눈의 냉기가 상처를 핥는 것이 느껴졌다.

스가와라는 얼굴을 찡그리며 이를 악물고 정면을 향해 고개를 들었다. 다시 바람이 불어, 이번에는 더 가까운 곳의 유리창이 깨져 흩날렸다.

"…………웃!!"

스가와라는 얼굴을 일그러뜨리며 비명처럼 이곳 주인의 이름을 부른다. 유리 파편은 사정없이 스가와라의 몸에 내리꽂혔다. 스가와라는 그 아픔에 비명을 지른다. 신음하며 자신의 어깨를 껴안고 웅크렸다. 바닥에 이마를 대고, 금방이라도 흐려질 듯한 자신의 의식을 붙들어 맨다. 온통 하얗게 눈이 쌓인 복도에, 이마에서 배어 나온 피가 떨어졌다.

이 통증은 자신의 것일까. 여기에 흐르고 있는 피는 정말 자신의 것일까.

스가와라는 다시 신음 같은 목소리를 쥐어짠다. 눈과 바람으로 흐릿한 복도 안쪽을 응시하며 물었다.

"……오지 말라는 거야?"

대답은 없다. 바람 소리만이 긍정하듯 스가와라의 귀를 때리고 있었다. 스가와라는 지끈거리는 이마와 뺨을 누른다. 비틀거리며 간신히 일어서니 다리와 팔이 통증으로 비명을 질렀다. 스가와라는 이를 악물었다. 차가운 벽에 손을 짚으니 그것만으로도 무릎이 꺾여 쓰러질 것 같았다.

"오지 말라는 거야? 하지만 난 어떻게든 널 구해 주고 싶어."

입술을 깨물고, 스가와라는 한 발 내딛는다. 복도 전체를 덮은 눈에, 스가와라의 발자국이 선명하게 남았다. 누르고 있는 이마와 뺨에서 피가 흐른다. 얼어붙은 이 공간에서 유일하게 그것만이 확실한 온기를 가지고 있었다.

여기에서 죽으면 어떻게 되는 것일까. 스가와라는 문득 그런 생각을 했다.

누군가 한 명이 여기에 남아서, 이곳 호스트의 마음을 내부에서 닫는다. 여기에 온 지 얼마 안 되었을 때 시미즈가 말한 해석을 스가와라는 선명히 기억하고 있다. 누군가 한 명이, 여기에 남아야 한다.

스가와라는 발을 질질 끌면서 한 발, 또 한 발 주의 깊게 걸어 나간다. 울고 있는 인물로부터는 여전히 대답이 없었지만, 더는 유리창이 깨질 것 같지 않았다.

오지 마, 나를 보지 마. 그렇게 말하며 얼굴을 가리고 떼를 쓰는 이곳 호스트의 모습이 눈에 보이는 것 같았다. 그러나 그것이 진심일까? 사실은 도와주길 바라서, 도움을 청하고 싶어서 우리들을 이곳에 부른 것은 아닐까.

저 녀석은 도움을 청하고 있다.

바람이 강해질 때마다, 스가와라는 얼굴을 감싸고 몸을 피했다. 그러면서도 앞을 바라보며, 아픈 오른손으로 볼에서 흐르는 피를 닦아낸다. 혀를 차며 눈을 가늘게 떴다.

벌써 몇 년이나 지난 일이지만, 스가와라는 자신의 무력함을 실감하며 깊은 허무감을 곱씹어야 했던 적이 있었다. 절대 사라지지 않는 가슴의 아픔은 문득문득 떠올라 스가와라를 괴롭게 한다. 그런 경험은 더 이상 하고 싶지 않았다.

그리고 아마도 그때와 다름없는 아픔이, 그 축제날 다시 자신의 어깨에 내려왔다. 눈앞에서 뛰어내린 그 사람은, 온몸으로 스가와라에게 호소하고 있었다. 책임을 지라고, 당신들 탓이라고.

스가와라는 손등으로 오른쪽 볼에 흘러내린 피를 대충 닦아낸다. 그 손이 차가워진 귀를 스쳤을 때 그는 퍼뜩 깨닫고 귀를 만져 보았다. 오른쪽 귀의 피어스는 변함없이 거기에 있었다. 귀를 만지던 손으로, 스가와라는 이내 강하게 피어스를 쥔다. 더 이상 그런 경험은 하고 싶지 않았다. 그러니까 도망치지 않는다. 반드시 구해서 돌아갈 것이다.

스가와라는 정면을 똑바로 보고, 귓불에서 손을 뗀다. 느린 걸음으로 다가가는 앞에, 흐려진 복도 저편의 마지막 계단이 보인다. 끊임없이 귀를 때리는 울음소리 너머에 옥상이 있을 거라고 스가와라는 생각했다.

어째서 이 학교에 4층과 5층이 생겨난 것일까. 그 이유를 겨우 알 수 있었다. 그 사람은 그날을 후회하고 있다. 옥상까지의 거리가 좀 더 길었더라면 좋았을 텐데. 지금 이곳처럼 멀어서, 빨리 도착할 수 없는 곳이었다면 좋았을 텐데. 옥상까지 가는 도중 어딘가에서 마음을 고쳐먹었더라면. 그렇게 바라고 있다. 후회하고 있다. 그것이 이곳에 4층과 5층이 생긴 의미. 그리고 현실에는 존재하지 않는 이 장소에서 호스트는 혼자서 계속 울고 있는 것이다. 계속 후회하고 있는 것이다.

입술을 깨물며, 스가와라는 또 한 걸음 앞으로 내디뎠다.

10

그 일은 어느 날 밤에 갑자기 일어났다.

여름방학도 거의 끝나가고, 매일같이 '해바라기의 집' 개구쟁이들에게 휘둘리던 스가와라는 그날 밤은 일찌감치 잠자리에 들었다. 다음 날도 사토와 히로네를 데리고 가까운 숲에 가기로 약속했던 것이다. 곤충채집을 하겠다고 한다.

침대 안에서 꾸벅꾸벅 잠들어 있던 스가와라의 귀에 전화벨 소리가 들렸다. 반은 꿈속에 있던 스가와라는 이불을 뒤집어썼다. 아, 시끄러워. 얼굴을 찡그렸다. 오늘은 아직 아버지가 안 돌아오셨을 것이다. 바쁜 때인지, 요즘은 집에서 조금 떨어진 사무실에서 밤을 새우는 날도 드물지 않았다. 아마 아버지 전화일 것이다. 짜증이 나서 스가와라는 침대 옆의 벽을 가볍게 찼다. 귀에 거슬리는 전화벨 소리는 좀처럼 그칠 기색이 없다. 엄만 뭘 하는 거야, 얼른 전화 안 받고.

스가와라의 방은 2층에 있었고, 부모의 침실은 그 아래였다. 서둘러 걸어가는 슬리퍼 소리가 그곳을 나간다. 전화가 있는 복도에서 발소리가 멈추고, 전화벨 소리가 끊겼다. 어머니가 전화를 받는 소리가 스가와라의 방까지 희미하게 들려왔다.

스가와라는 손발을 쭉 펴고 뒤집어썼던 이불을 가슴까지 내렸다. 겨우 편히 잘 수 있겠다고 안도한 그때, 계단을 올라오는 어머니의 슬리퍼 소리가 들렸다. 스가와라의 방문을 노크도 없이 열더니 어머니는 불을 켰다. 갑자기 환한 빛이 스가와라의 감은 눈꺼풀을 뚫고 억지로 들어온다. 스가와라는 얼굴을 찌푸리고 양손으로 눈을 가렸다. 아직 잠이 덜 깬 그의 머리 위에서, 예상치 못한 떨리는 목소리로 어머니가 말했다.

"일어나."

짜증이 나서 무슨 일이냐고 소리를 지르고 싶은 기분이었지만, 스가와라는 온 힘을 다해 눈을 살짝 뜬다. 눈꺼풀이 달라붙은 듯 잘 떠지지 않았지만, 눈이 부신 빛 속에 파자마를 입은 어머니가 창백한 얼굴로 서 있는 모습이 보였다.

스가와라가 일어나자 어머니는 다짜고짜 말을 이었다.

"옷 갈아입어. 나랑 같이 좀 가야겠다."

안색은 새파랗고 입술이 가늘게 떨리고 있었다. 스가와라가 올려다보기도 전에 그녀는 발을 돌려 방을 나간다. 나가기 직전, 그녀의 눈이 자신을 보며 울 것처럼 일그러진 표정을 스가와라는 보았다.

영문을 모르는 채, 스가와라는 일단 자신의 방 벽에 걸린 시계를 올려다보았다. 오전 3시. 그것을 보고 스가와라는 짧게 숨을 들이쉬었다. 오전 3시에 걸려온 전화. 그것은.

제일 먼저 머리에 떠오른 것은 아버지한테 무슨 일이 생긴 게 아닐까 하는 것이었다. 오늘은 아버지가 아직 돌아오지 않았다. 어머니의 그 울 것 같은 눈을 떠올리고, 스가와라는 침대에서 벌떡 일어났다. 셔츠와 청바지를 대충 집어 입고 아래로 내려갔다.

어머니는 화장을 하지 않았다. 대충 입은 티가 나는 옷차림에, 자다가 일어났는데 세수도 안 한 것 같았다. 어머니는 말없이 아들을 재촉했다. 현관까지 자기 차를 가져와서 조수석에 스가와라를 태웠다. 입을 꾹 다문 채 앞을 노려보며, 아무 말도 없었다. 무슨 일이 있었는지도, 지금 자신들이 어디로 향하는지도 말해 주지 않았다.

비가 내리고 있었다. 유리창에 빗방울이 똑똑 떨어져 꾸불꾸불한 흔적을 남겼지만, 어머니는 관심도 없는 듯 와이퍼 스위치도 넣지 않는다. 앞을 응시하고 있으면서, 앞 유리창이 비로 흐려져 가는 것을 그저 말없이 노려보고 있었다. 어둠 속에, 마주 오는 차의 라이트가 어머니의 무표정한 얼굴을 비쳤다.

"엄마."

더 이상 참지 못하고 스가와라는 입을 열었다.

"와이퍼 켜. 안 그래도 밤이라 시야가 나쁜데 사고라도 나면 어쩌려고."

"……그러네."

엄마는 짧게 대답하고는 와이퍼 스위치를 켰다. 차내에는 와이퍼가 좌우로 단조롭게 움직이는 소리가 울리기 시작한다. 스가와라는 창문 밖을 바라본다. 아는 길이었다.

"어디 가는 거야?"

"……병원. 와 달라고 해서."

"아빠한테 무슨 일 있어?"

머릿속을 스치고 지나간 것은 구급차 램프가 붉게 점멸하는 모습이었다. 세상에는 과로사라는 말이 흔해진 지 오래다. 자신의 아버지를 그런 일과 연결해서 생각한 적은 없었지만, 그러고 보면 아버지가 요 며칠 계속 집에 안 왔던 것 같다. 초등학생이었던 옛날과 달리 스가와라는 이미 아버지가 놀아주기를 바라는 나이도 아니었지만, 아버지의 얼굴을 떠올리자 마음이 아팠다. 막연한 불안에 위가 타들어 가는 것 같았다.

하지만 어머니는 자신의 말에 놀란 듯, 앞 유리창에서 시선을 떼고 잠깐 아들을 보더니 '아니'라고 대답했다.

"아빤 괜찮으셔. 네가 잠든 뒤에 오셨어. ……지금은 집에서 주무시고 계셔."

"뭐라고?"

스가와라는 무심코 좌석에서 몸을 일으켰다.

"아빠한테 무슨 일 있는 게 아니었어?"

"……아니야. 집에서 주무셔."

아깐 몰랐지만, 어머니가 나온 침실에서 아버지는 자고 있었다고 한다. 어머니는 말을 이었다.

"정말 늦게 오신데다가, 푹 주무시는 것 같기에 안 깨웠어. 그것뿐이야."

"그럼 무슨 일인데. 왜 나랑 엄마가 병원에 가는 거야?"

"……운전 중이니까 기다려. 서둘러야 하는데 엄마는 운전 잘 못하잖아."

그렇게 말한 뒤로, 어머니는 아무 말이 없었다. 새파란 얼굴로, 이번에야말로 정면 유리창에서 눈을 떼지 않는다. 병원에 도착할 때까지, 한 마디도 하지 않았다.

이 근처에서 가장 가까운 병원의 넓은 주차장에 도착하자, 어머니는 현관 가까이에 차를 세웠다. 엔진을 끄자 빗소리만이 차내를 감쌌다. 스가와라는 옆에 앉은 어머니를 보았다. 그녀는 안전벨트를 맨 채로, 변함없이 앞을 보고 있었다. 망설이는 침묵이 내려왔다. 그 후 그녀는 아들을 보지 않은 채 말했다.

"―― 히로나오 마라야, 알지?"

"히로? '해바라기'의 개구쟁이잖아, 그 녀석이 왜……."

다음 말을 이을 수가 없었다. 한밤중의 병원, 히로의 이름.

어머니는 아들을 향해 돌아앉았다. 입술을 굳게 다문 창백한 얼굴. 스가와라를 똑바로 바라보는 눈동자에는 순식간에 눈물이 고였다. 스가와라는 어머니를 재촉하지 않았다. 얼어붙은 듯한 의식 끝에서, 다음 말을 듣고 싶다고 생각하는 자신과 듣고 싶지 않다며 귀를 막는 자신이 있었다.

어머니는 안전벨트를 풀었다. 그리고 스가와라에게 물었다.

"가족동반자살이라는 말, 아니?"

"…… 뭐라고?"

말의 의미를 모르는 게 아니었다. 어머니가 한 말을 못 들은 것도 아니었다. 알아도 되묻지 않을 수 없었을 뿐이었다. 어머니도 그것을 안 듯, 같은 말을 반복하지는 않았다. 무거운 사실을 털어놓고 나니 어깨의 힘이 조금 빠졌는지, 눈물에 젖은 그녀의 눈이 스가와라를 똑바로 바라보았다.

"히로나오네 어머님이, 그 아이를 부엌칼로 찌른 다음에 자신의 손목을 그어서 자살하려고 했어. 옆집 사람이 이변을 눈치채고 그 아이네 집에 가 보니, 어머님이랑 히로나오 둘 다 아직 살아 있었대. 병원으로 옮겨졌지만 어머니는 바로 돌아가시고, 히로나오는 찔린 상처가 얕았는지 아직 수술실에 있다는구나."

"……거짓말이지."

"거짓말하는 것 같니?"

창백한 얼굴에 입술을 떨고 있는 어머니는 거짓말을 하고 있는 것처럼 보이지는 않았다. 아들에게 사실을 전부 말하고 나서 핸들 위에 이마를 대고 엎드렸다. 스가와라는 문을 열었다. 비가 내리고 있었다.

어머니를 기다리지 않고 넓은 주차장을 달리면서, 스가와라는 자신이 할 수 있는 일은 무엇일까를 생각했다. 아스팔트를 박차는 다리에 현실감은 전혀 없었다.

사토는 다른 많은 '해바라기'의 어른 스태프들과 함께 수술실 앞 소파에 앉아 고개를 숙이고 있었다.

텔레비전 드라마 같은 데서 자주 본 광경이었다. 수술실 앞에서 친지들이 환자가 살아나기를 빌면서 고개를 숙이고 기도한다. '해바라기'의 스태프나 전에 본 히로의 담임교사. 어떤 사람은 고개를 숙이고, 어떤 사람은 평정을 잃고 울고 있었다. '너무해'라고 중얼거린 울음소리는 구체적으로 무슨 말을 해야 할지 몰라서 그러는 것일 게다. 말이 울음소리 속으로 전부 녹아들어 잘 들리지 않았다.

사람들 사이에서 사토는 울지도 소리 지르지도 않았다. 사토는 누구보다도 울부짖고 있을 거라고 스가와라는 생각하고 있었다. 그러나 그렇지 않았다. 고개를 떨어뜨리고 있는 다른 어른들 거의 전부가 눈이 빨개져 있는데, 그녀는 줄곧 발치를 노려보고 있을 뿐이었다. 마치 자신이 조금이라도 울면, 그 틈에 히로를 빼앗겨 버린다고 여기는 것 같았다, 사토는 조용히 고개를 숙이고 있었다. 한 치의 틈도 보이지 않겠다는 듯이, 그녀가 모든 것에서부터 마음을 닫고 있는 것을 알 수 있었다. 사토는 스가와라가 온 것조차 모르는 것 같았다.

스가와라는 '수술 중'이라는 빨간 램프를 바라본다.

자신의 집으로 연락이 온 시각은 사고가 일어나고 한참이나 지난 후였다는 것을 깨달았다. 그동안 히로는 어떤 상태였을까. 내일 곤충채집 하러 간다고 자신이 한가로이 침대에 누워 있었을 때, 히로는 그 작은 몸으로 어떤 아픔을 견디고 있었을까. 지금 눈앞에 고개를 숙이고 있는 사토는, 대체 얼마나 오래 이런 아픔을 견디고 있었던 것일까.

스가와라는 사토가 앉은 소파 옆에 말없이 앉았다. 어쩌면 사토는 자신이 왔다는 것을 눈치 못 챘을지도 모른다고 생각했지만, 그렇지는 않았나 보다. 옆에서 작은 중얼거림이 톡 떨어졌다.

"……우리 집, 히로네랑 똑같았어."

스가와라는 자신보다 낮은 위치에 있는 사토의 머리를 바라본다. 그녀는 고개를 들지 않는다. 얘기하는 목소리가 스가와라에게 향하는 것인지도 분명치 않았다. 같은 자세로 아래를 내려다본 채, 사토는 담담히 말했다.

"아버지가 없어. 어머니밖에, 없어. 비유가 아니야. 정말 없어."

그 말은 더듬더듬 끊어진다. 스가와라는 잠자코 있었다.

"호적을 봐도 없어. 엄마는 항상 날 남겨두고 일하러 갔어. '해바라기의 집'에서, 난 엄마를 기다렸어. 데리러 오면 정말 너무 기뻤고, 엄마가, 정말 좋았어. 엄마의 손은, 따뜻했어. 모르겠어, 모르겠지만, 내 세계는 엄마와 나로 이루어져 있었어. 만약 엄마가 나한테 죽자고 그랬으면, 따뜻한 손으로 나를, 만약 엄마가."

"치사토."

스가와라는 사토의 이름을 불렀다. 그 목소리에 사토는 처음으로 느릿느릿 고개를 든다. 창백한 얼굴에 초점이 맞지 않는 푸른 눈이 이리저리 움직이고 있었다. 히로의 눈과 많이 닮은, 아름다운 푸른색이다. 스가와라의 갈색 머리보다 더 밝은 붉은 머리카락이, 빗질을 하지 않아 엉켜서 뺨에 달라붙어 있었다.

일본인 아버지와 외국인 어머니. 그녀도 '해바라기'에서 자란 아이들 중 한 사람이었다.

"히로는, 엄마가 없는 집으로 돌아가는 거야?"

사토는 그렇게 말하고 다시 고개를 숙였다. 울지도, 스가와라의 가슴에 기대지도 않았다. 다만 발치를 노려보고 있을 뿐이었다. 스가와라는 사토의 어깨를 보았다. 자신보다 키가 작은 그녀를, 스가와라는 자신보다 어른이라고 생각한 적은 한 번도 없었다. 사토의 어깨는 가늘게 떨리고 있었다.

스가와라는 사토의 어깨를 억지로 자신에게로 끌어당긴다. 그것이 여태까지 사토가 있는 힘껏 버티고 있던 감정의 둑을 무너뜨렸나 보다. 그녀는 울음을 터뜨렸다. 스가와라는 달리 어떻게 해줄 수도 없었다. 사토는 계속 울었다.

11

히로가 병원에 실려 온 다음 날, 학교를 마치고 병원에 온 치사토는 복도에 서 있는 스가와라를 보았다.

그는 다른 '해바라기' 스태프들 사이에 섞여, 다른 한 명의 히로를 데리고 있었다. 잘생긴 얼굴이 무표정하게 아래를 내려다보고 있다. 그에게 다가가는 치사토를 먼저 발견한 사람은 히로였다. 벽에 등을 기대고 아래를 보고 있던 스가와라의 셔츠를 끌어당기고는 히로는 치사토를 가리켰다.

스가와라는 치사토 쪽을 본다. 눈이 마주치자 치사토는 가냘프게 웃는 것으로 인사를 대신했다. 스가와라는 웃지 않았다. 그저 오른손을 살짝 들어 대답했을 뿐이었다. 스가와라의 곁에 있던 히로가 치사토를 향해 달려온다. 발걸음이 불안한 것은 아직 머리가 무거운 어린 아이라서 일 것이다. 그 모습이 병실 안에 있을 히로와 겹쳐져서 치사토는 또 눈시울이 뜨거워지는 것을 느꼈다. 콧속이 찡하고 아팠다.

어제 이후로 치사토는 눈물이 멈추질 않았다. 집에서도 학교에서도, 조금만 긴장을 풀면 눈물이 나려 한다. 오늘은 보충수업이 있었지만, 수업 내용은 하나도 기억이 안 난다. 용케도 학교에 갈 생각을 했다고 자신도 생각했다.

치사토에게 다가온 히로도 울어서 부은 눈을 하고 있었다. 그 또래의 아이들 중에서 그는 머리가 좋은 아이다. 상황을 완전히 파악하지 못했어도 그 아픔은 다 아는지, 치사토에에게 다가온 히로는 다리에 달라붙어 떨어지지 않았다. 이 아이는 큰 소리로 울지는 않는다. 훌쩍 훌쩍 조용히 울기 시작한다. 치사토는 '히로군' 하고 말을 걸다가 목이 메었다.

고개를 숙이고 있는 스가와라의 모습이 보였다. 어젯밤엔 거의 자지 못했는지 얼굴이 피곤해 보였다.

치사토는 자신에게 매달리는 히로의 머리를 쓰다듬고, 함께 스가와라가 있는 곳까지 걸어갔다. 고개를 들고 스가와라에게 말을 걸려던 그때였다.

갑자기 주변의 공기가 팽팽해지는 것을 치사토는 느꼈다. '해바라기'의 어른들과 히로의 담임교사 등 모두가 복도 저쪽을 보고 있다. 방금 치사토가 걸어온 통로에 모든 시선이 집중되어 있었다. 무슨 일인가 하고 치사토도 고개를 돌린다. 그리고 숨을 삼켰다.

고개를 숙이고 걸어온 사람은, 정장을 입은 중년 남성이었다. 빳빳하게 풀을 먹인 셔츠와 반들반들한 구두, '해바라기'의 스태프도 아니고 학교 관계자도 아닌 듯한 그 인물이 누구인지, 치사토는 금세 짐작할 수 있었다.

아빠는 집에 잘 안 와.

히로는 자기 아버지를 모르는 것은 아니었다. 가끔 집에 찾아오는 아버지와 만나고 있었다.

아들이 있는 집중치료실 앞에서 그는 일순 주저했다. 망설이듯 발을 멈추고, '해바라기'의 스태프와 히로의 담임을 향해 깊이 고개를 숙인다. 주변 어른들의 당혹스러움이 느껴져 왔다. 시선 둘 곳을 찾지 못하고, 치사토는 스가와라를 본다. 스가와라도 갑자기 나타난 그 남자를 바라보고 있었다. 그 눈이 갑자기 가늘어진다. 그는 치사토에게 그가 물었다.

"저 사람은……?"

"아마, 히로의……."

작은 목소리로 치사토가 속삭이고 있을 때, 남자는 고개를 숙이고 집중치료실에 들어가려고 했다.

그 순간이었다. 벽에서 등을 뗀 스가와라는 집중치료실 문에 손을 댄 그 남자에게 성큼성큼 다가간다. 치사토는 스가와라의 이름을 부르며 말리려고 했다. 그러나 목소리는 도중에서 끊기고, 그 뒤는 이어지지 않았다. 주변 어른들이 모두, 숨을 삼키는 것이 느껴졌다. 병실 복도에 쿵 하는 둔한 소리가 울려 퍼졌다.

있는 힘껏 얻어맞은 히로 아버지의 몸은 문에서 떨어져 나가 바닥 위에 쓰러졌다. 갑자기 눈앞에 나타난 소년에게 맞은 얼굴을 감싸고, 그는 말없이 고개를 숙였다. 스가와라는 꽉 쥔 주먹을 풀지도 않고, 거기에 서 있었다.

"스가와라……!!"

당황한 듯 '해바라기'의 스태프들 중 하나가 스가와라에게 달려왔다. 무슨 짓이야, 하고 그녀의 입이 중얼거린다. 스가와라는 대답하지 않았다. 대답 없이, 달려온 스태프의 몸을 조용히 밀어내고는 발길을 돌려 말없이 병원을 빠져나갔다.

12

히로가 '해바라기'에 도착했을 때, 그곳은 약간 혼란 상태였다.

스가와라가 병원을 나가버린 후에 집으로 돌아갔다가, '해바라기의 집'에 왔다. 단짝인 또 한 사람의 히로는 병원에 있고, 자신이 따르는 스가와라 형도 오늘은 안 올 거라고 생각했지만, 역시 다른 애들을 만나고 싶었다. 다른 애들과 함께 히로가 돌아오기를 기다리고 싶었다.

이마에 땀을 흘리며 긴 언덕길을 올라가니, 히로의 얼굴을 본 사토가 달려왔다. 불안한 듯 어쩔 줄 몰라 하는 표정은 예전에도 본 기억이 있었다. 전에 히로가 없어졌다고 소동이 났을 때도, 사토는 이런 얼굴을 하고 있었다.

"형 못 봤니?"

그녀가 물었다.

'못 봤어'라고 대답하는 히로에게, 이번에는 다른 목소리가 질문을 했다.

"우리 아들 못 봤니? 자전거는 있으니까 여기 온 건 확실한 것 같은데, 보이질 않아."

고개를 드니, 스가 형네 아주머니가 서 있었다. 이쪽도 역시 사토처럼 지친 얼굴을 하고 있다. 히로는 고개를 저었다.

"못 봤어요. 무슨 일 있어요?"

사토와 아주머니는 서로 얼굴을 마주 보더니, 못 봤으면 됐다고 말했다. 마루 쪽으로 걸어가 걸터앉으니, '해바라기'의 어른들 몇 명이, 아주머니와 사토가 있는 곳으로 오는 모습이 보였다. 아주머니는 몇 번이나 머리를 숙이며 '죄송합니다, 정말로 죄송합니다'라고 반복했다.

"그러지 마세요, 스가와라 어머님."

여성 스태프가 민망한 듯이 말했다.

"저희들도 그 애와 같은 심정이에요. 다만 역시 '해바라기'는 지역의 선의가 있어야 성립되는 시설이라……. 일단 사과는 해 둬야 할 것 같아요."

"물론이지요. 정말로, 이 애가 어딜 간 거지."

아주머니는 하늘을 올려다보듯 얼굴을 위로 향했다.

"정말 죄송합니다. '해바라기'에도 폐를 끼치고. 그 애, 아직 어린애라서요."

마루에서 다리를 흔들며, 히로는 스가와라 형이 어린애인가를 생각한다. 여자 친구랑 같이 있는 걸 놀리거나, 애들이랑 놀이로 하는 술래잡기인데도 꼭 전속력으로 달리는 게, 확실히 어른스럽지 못하다고 생각한 적이라면 잔뜩 있다. 그러나 형이 어린애라는 말을 듣고 있는 건 좀 이상했다. 형은 어른이다.

계속 사과하는 아주머니 앞에, 스태프 중 하나가 '일단' 하고 목소리를 낮췄다.

"일단 죄송하지만, 어머님만이라도 같이 가 주시겠어요? 아드님은 나중에 찾기로 하더라도, 오늘 중에 일을 수습해 두는 게 좋을 것 같아요."

"……알겠습니다. 죄송합니다."

"저, 차 빼 올게요."

어디에 가는지, 아주머니와 어른들이 다 함께 어딘가 가는 것 같다. 왠지 상황을 예상할 수 있을 듯한 기분이 들었지만, 히로는 말없이 마루에서 다리를 계속 흔들었다. 마루에서 보이는 '해바라기의 집' 앞의 큰 나무, 그 앞에 스가 형의 산악용 자전거가 세워져 있었다.

아주머니도, 같이 있던 어른들도 사라져 버리자, 다른 애들이 집 안에서 열심히 뭔가를 하는 모습이 보였다. 평소에는 밖에서 놀고 있었는데 신기하다. 히로는 방에 들어가 그들을 들여다본다. 모조지 가득 큰 글씨로 '히로, 괜차나'라든가 '빨리 건강해져서, 같이 놀자' 같은 게 쓰여 있었다. 틀린 글자도 눈에 띄고, 받침도 빠졌다. 히로는 그런 생각을 했으나 입 밖에 내지는 않았다. 고개를 숙이고 색종이로 학을 접는 아이도 있었다. 다들 오늘은 평소답지 않게 조용했다.

방에 들어온 사토가 히로를 보고 약하게 웃었다. 그것이 억지웃음이라는 것은 히로도 금세 알 수 있었다.

"히로군도 뭐 할래? 종이접기나, 편지 쓸 종이 줄까?"

히로는 말없이 고개를 젓는다. 사토는 '그러니'라며 고개를 끄덕이고 다시 웃는 척을 한다.

"그럼, 보리차 갖다 줄게. 덥지? 다른 애들 것도 가져와야겠다."

"응."

히로는 그 말에 고개를 끄덕이고, 사토가 부엌으로 사라지는 모습을 눈으로 좇았다. 사토가 보이지 않게 된 것을 확인하고는 방을 나가 말없이 언덕길을 내려간다. 내려가는 동안 속도가 붙어 뭔가에 등을 떠밀리기라도 한 듯 반은 고꾸라지듯이 앞으로 몸을 숙이고, 히로는 언덕 아래에 펼쳐진 강변 둑길로 나왔다.

잔디가 깔린 둑 아래에는, 무성하게 자란 풀숲이 펼쳐져 있다. 히로의 키보다 큰 풀들은 자신들에게 있어서는 정글과 마찬가지였다. 둑을 내려가, 풀숲을 헤치며 히로는 비밀기지로 가는 걸음을 서둘렀다.

스가와라 형은 거기에 있었다.

풀이 뺨을 쓰다듬을 때마다 간지럽다. 히로는 짧은 팔을 흔들면서 형에게 다가간다. 형은 좁은 비밀기지 가득 팔다리를 뻗고, 하늘을 보며 누워 있었다.

"……스가 형."

"히로냐."

다가오는 히로를 보고 스가와라가 상체를 일으켰다. 히로는 말없이 작게 고개만 끄덕였다. 스가 형이 돌아보았다.

히로는 스가와라 옆에 가서 답삭 쪼그려 앉았다. 형은 말없이 히로가 앉을 만큼만 자리를 비켜주었다.

"다들 형을 찾고 있더라."

"누구한테 말했어?"

"아니, 아무한테도 안 했어."

"사토한테도?"

"……응. 말할 걸 그랬나?"

"아냐."

형은 입술만으로 웃었다. 사토 때와는 달리, 히로는 그것이 억지웃음인지 아닌지 알 수 없었다. 한 번 웃고 나더니 스가와라는 더 이상 아무 말도 하지 않는다. 히로는 땅을 보고 있었고, 스가와라는 말없이 하늘을 보고 있었다. 그러다 침묵에 지친 히로는 얼굴을 들고 형을 보았다.

"……형네 엄마가 왔었어."

"응."

"걱정하셨어. 형 찾았어. 사과하러 가야 한다고."

이번에 스가와라는 바로 대답하지 않았다. 그는 조용히 심호흡하고 나더니 말했다.

"……그래?"

"형, '해바라기의 집'에 오는 거 싫어?"

자신도 왜 이런 질문을 할 생각이 들었는지 모르겠지만, 히로의 입에서 질문이 튀어나왔다. 스가와라의 눈이 이쪽을 향했다. 진지한 얼굴을 하고 있었지만, 히로의 질문에 불만스러운 듯 입을 삐죽이고 있었다.

"누가 그래. 좋아하진 않을 뿐이야."

"정말로? 정말로 안 좋았어? 나나 히로랑 노는 것도? 칠석날 잔치 했을 때도?"

히로는 자신의 얼굴이 울 것처럼 일그러진 것을 깨달았다. 눈앞의 형이 너무나 불쌍했다. 자신도 불쌍했다. 사토도, 다른 '해바라기'의 어른들도, 형네 아줌마도, 물론 병원에 있는 히로도, 그 어머니도, 모두가 불쌍했다.

"여기에 히로를 데리러 왔을 때도, 축제 때도?"

"……울보. 왜 울려고 그래? 바보같이."

스가와라는 어깨를 움츠리고는 히로의 뺨을 커다란 손으로 쓰다듬었다. 히로는 울지 않았다. 금방이라도 울음이 터질 것 같았지만, 가까스로 참았다.

"난……, 어째서 형이 '해바라기'에 오는 걸 싫어하는지 알아."

형은 히로의 말을 무시했다. 적어도 무시하기로 마음먹은 것 같았다. 그는 대답하지 않는다. 히로를 보지도 않는다. 그러나 히로는 말을 이었다.

"형은, 당연한 듯 돌아갈 집이 있고, 어머니랑 아버지도 있어. 집에 가면 목욕물도 준비되어 있고, 밥걱정도 안 해도 되니까, 그래서."

"……그래서 뭐?"

"난, 형이 그거 때문에 늘 괜히 미안해하는 거, 알아."

그 말을 입 밖에 내자 더는 참을 수 없었다. 히로의 눈에 그득히 눈물이 고였다. 히로는 눈물을 흘리지 않으려고 애썼지만 결국 그것은 히로의 볼을 미끄러져 내렸다. 한번 흐르기 시작한 눈물은 멈추지 않았다. 히로는 무릎을 끌어안았다. 양팔로 꽉 끌어안았다.

"형도 나도, 앞으로의 일 같은 건 하나도 결정하지 않아도 되고, 가만히 있어도 다 엄마가 해주잖아. 그런 집에 태어나서, 나는 행복하다고……."

히로는 넘치는 눈물을 훔쳤다.

"난 형이 그걸 부끄럽게 생각하는 거, 알아. 알고 있어."

스가와라는 대답하지 않았다. 히로는 콧물을 훌쩍이며 자신을 보지 않는 형의 얼굴을 쳐다보았다.

"……그렇지만, 형한테 엄마가 있는 것도, 아빠가 있는 것도, 밥 먹을 걱정이 없는 것도, 히로가 불쌍한 것도……, 히로네 아빠가 없는 것도 전부 형 탓이 아니야, 스가 형 탓이 아니야."

히로의 말에 스가와라는 대답하지 않았다. 여전히 대답하지 않았다. 입을 다문 채, 조용히 허공을 노려보고 있었다. 히로는 슬펐다. 모든 것이 슬펐다. 스가와라에게서 눈을 떼고는 큰 소리로 계속 울었다. 그때, 껴안은 다리에 얼굴을 묻고 흐느끼는 히로의 등에 갑자기 무언가가 덮쳐왔다. 코웃음을 치는 듯한, 비웃는 듯한 목소리가 머리 위에서 들려왔다.

"……너 말이야, 자기 아픈 거보다 남 아픈 걸 먼저 알게 되면 행복해지기 힘들다!"

히로는 훌쩍이며 고개를 든다. 형의 얼굴이 바로 자신의 얼굴 위에 있었다. 양팔을 히로의 목 뒤에서 늘어뜨려 등 뒤에서 히로를 껴안고 있었다. 강한 힘이었다. 끌어안겼다기보다, 목을 졸리고 있다는 말이 더 어울릴 것 같았다. 히로는 괴로워서 스가와라의 팔 안에서 버둥댔다.

"형……."

스가와라는 놓아주지 않는다. 버둥대는 자신의 반응을 재밌어하는 거라고 생각했다. 강한 힘으로 그를 계속 조르고 있을 뿐이었다. 정말 숨 막힌다니까, 히로는 팔을 흔들며 고개를 움직여 의사표시를 해 본다. 그러나 그것들은 모두 헛수고였다. 형은 자신이 하는 말을 진지하게 들을 생각조차 없는 거라고 생각했다. 스가와라의 팔을 풀려고, 그의 팔을 향해 손을 번쩍 든다.

"형, 나, 진지하게——."

스가와라의 팔을 때리려던 히로는 문득 무언가를 깨닫고 팔을 멈췄다. 스가와라의 손은 풀리지 않았다. 그러나 그 대신 히로의 가슴에는 스가와라의 손바닥으로부터 예상치도 않은 떨림이 전해져 왔다.

"형……."

형을 부르려고 고개를 들다가, 히로는 그 떨림의 정체를 알았다.

스가와라는 울고 있었다. 히로의 등에 자신의 몸을 기댄 채, 소리를 죽이고 흐느껴 울고 있었다. 얼굴을 히로의 머리 위로 숙이고, 강한 힘은 매달리듯 히로를 놓지 않는다. 그는 울고 있었다. 그는 결코 소리를 내지 않았다. 그러나 그 입술이, 단 한 번 희미하게 움직였다. 형의 입술은, 히로의 단짝 이름을 불렀다. 떨리는 목소리가 '히로'라고 말했다.

히로는 입술을 깨물고, 스가 형의 떨림을 등으로 받아들였다.

친구 대신 입을 오므려 '왜'라고 대답한다. 히로는 매달려오는 스가와라 손 위에 자신의 손을 포갰다.

히로는 그 후로 이틀간 병원 침대 위에서 지냈다. 작은 몸으로 정말 잘 버텼으나, 사흘째 밤에 끝내 힘이 다했다. 다시는 '해바라기'에 돌아오지 않았다. 일곱 살이었다.

13

히로와 그 어머니의 장례식은 '해바라기의 집'에서 하기로 결정되었다.

장례식을 돕고 나서 스가와라는 안쪽 방에 틀어박혔다. 방 한쪽에는 언젠가 본 칠석의 대나무가 잊힌 채 남겨져 있었다. 잎끝은 노랗게 변색되어 바삭하게 말라 있었다. 아이들이 만든 장식도 소원을 적은 종이도, 색이 전부 바래 있었다.

멀리서 장례식 뒷정리하는 어른들의 목소리가 들린다. '해바라기' 스태프들의 목소리에 섞여, 스가와라의 부모님 목소리도 가끔 들려온다.

스가와라는 숨을 들이쉬고, 방 안을 한번 둘러보았다. 아이들을 위해 준비된 낮은 책상과 놀이 도구. 마치 누군가가 남긴 아쉬움처럼, 나무 블록 하나가 방바닥 위에 떨어져 있었다. 스가와라는 그것을 바라보면서, 자신이 이곳에 서는 것은 이걸로 마지막일 거라고 생각했다. 확실히 결심한 건 아니었지만, 아마도 자신은 그렇게 할 것이다. 더 이상 여기에는 오지 않을 것이다.

입구에 등을 돌리고 방 안을 둘러보고 있으려니, 갑자기 뒤에서 누가 말을 걸었다.

"여기 있었구나. 또 어디 간 줄 알았어."

돌아보니 사토가 서 있었다. 교복을 단정히 입은 그녀는 스가와라의 대답을 기다리지 않고 옆으로 다가왔다. 그 얼굴에는 피로의 색이 짙었다. 푹 꺼진 눈 밑에 밤새 운 듯 엷게 그늘이 져 있다. 그래도 이전보다 많이 좋아진 상태였다. 맨 처음 같은 애처로움은 보이지 않았다. 그녀는 차분했다.

희미하게 웃으며, 사토는 스가와라 옆에 선다. 어깨까지 오는 머리카락이 예쁘게 흔들리고 있었다.

히로와 자신은 둘 다 사토를 좋아한다는 얘기를 했다. '어른이라고 치사한 짓 하지 마' 히로는 그렇게 말했다. 스가와라는 그렇다고 봐줄 생각은 전혀 없었다. 어린애는 손해 보는 게 당연하다고 생각했고, 언젠가 자신은 사토랑 사귈 거라고 생각하고 있었다. 그러나 눈앞의 사토에게 드리운 히로의 짙은 그림자를, 스가와라는 똑바로 바라볼 수 없었다. 누가 더 치사하냐고, 스가와라는 쓴웃음을 지었다. 자신은 이제 이 여자 곁에는 있을 수 없다.

스가와라의 곁에 온 사토는 '이거' 하며 손을 내민다. 그 손 위에 무언가가 놓여 있었다. 그리고 그것이 무엇인지를 확인한 순간, 스가와라는 무심결에 한숨을 흘렸다.

사토의 손바닥에는 금색 피어스가 달랑 놓여 있었다.

"이거, 축제날 히로가 나한테 준 거야. ……나 주려고 샀나 봐. 하고 다니라고 그러더라."

사토는 눈을 가늘게 뜨고 우는 듯 웃는 듯한 표정을 띠었다.

"나, 지금은 귀에 구멍 안 뚫었는데. 하지만 수험 끝나서 고등학교 졸업하면 뚫는 것도 괜찮을 것 같아. 그때까지 보관해 줄래? 하고 히로한테 물어봤거든. 히로는 멋있는데, 하면서 불만스러운 표정을 짓더라."

사토는 거기까지 말하곤 문득 진지한 표정으로 스가와라를 올려다보았다. 손바닥에 있는 피어스 한쪽을 스가와라에게 내밀었다.

"스가와라한테, 하나 주고 싶어."

스가와라는 사토의 손에서 잠자코 피어스 한쪽을 받아들었다. 싸구려 피어스는 가벼워서 조금이라도 힘을 주면 일그러져 부서질 것 같았다.

어금니를 악물지 않으면 자신이 사토에게 무슨 말을 할지 몰라서 두려웠다. 스가와라는 작게 고개를 끄덕이며 '응'이라고 대답했다. 내가 쓸 거야, 라고 가슴을 펴고 대답하던 히로의 목소리를 스가와라는 아직 선명하게 떠올릴 수 있었다.

뭐야, 무심코 쓴웃음이 새어 나온다. 그럴 줄 알았어, 결국 넌 사토가 좋았던 거잖아.

"먼저 갈게. 슬슬 정리가 끝날 시간일 거야."

스가와라의 심경을 눈치챘는지 눈치채지 못했는지 모르겠지만, 사토는 그 말만 남기고 방을 나갔다.

혼자 남겨진 스가와라는 사토와 나눠 가진 금색 피어스를 멍하니 바라보았다. 귀를 뚫은 어머니를 자랑스럽게 '멋있어'라며 되풀이해

말하던 히로의 목소리를 떠올렸다. 스가와라는 묘하게 허무한 기분으로 피어스를 움켜쥐었다.

방 한쪽에 노랗게 시들기 시작한 대나무 잎이 보인다. 스가와라는 빨간 종이를 찾았다. 다가가 뒤집자 언젠가 보았던 히로의 글씨가 있었다. 연필로 쓴 글자는 그때보다 흐릿해졌지만 그래도 아직 읽을 수 있었다. 처음 이것을 봤을 때, 순간 스가와라의 가슴을 스쳤던 미미한 두려움. '히로가 되고 싶다'는 소망을 가슴속에 간직한 채, 그는 마지막 순간까지 어머니의 손에 안겨 있었던 것일까.

스가와라는 종이를 잡은 손을 놓으려다가 문득 어떤 사실을 눈치채고 그 앞에 바싹 얼굴을 댔다.

빨간 종이 위에 쓰인 글자는 각각 크기도 간격도 제멋대로였다. '히로가 되고 싶다'고 쓴 글자의 '히'와 '로'의 사이, 얼룩처럼 보이는 난폭한 선이 그어져 있다. 전에 봤을 때에는 몰랐다. 그만큼 종이는 더러워져 있었고, 글자도 읽기 힘들었다. 스가와라가 별로 신경 써서 보지 않았던 탓도 있었을 것이다. 아직 글자를 쓰는 게 익숙하지 않은 초등학교 2학년생이 할 만한 실수였다. 막 배운 글자를 제대로 쓰지 못하는 아이도 '해바라기'에는 많이 있었다. 히로도 그런 애들 중의 하나였다.

거기에는 이렇게 쓰여 있는 거라고, 비로소 깨달았다.

'히어로가 되고 싶다.'

"히로, 너……."

무심코, 쉰 목소리가 새어 나왔다. 히어로가 되고 싶다. 어른이 보면 웃어버릴, 거의 현실감이 없는 소원이었다. 어디선가 배운 히어로라는 단어. 그걸 꼭 써먹고 싶었던 건지도 모른다. 아니, 원래부터 히로는 영어를 잘했다. 알파벳을 쓰지는 못했지만, 그 나름대로 '마법의 말'을 쓴 걸지도 모른다. 그의 어머니가 그를 부를 때, 그 이름에는 어떤 의미를 넣어 불렀을까. '히로, 있습니까?' 자신에게 묻던 그때 그녀의 목소리를 스가와라는 떠올린다.

스가와라는 움켜쥐었던 오른손을 살짝 편다. 싸구려 피어스 한 짝이 화려한 색으로 빛나고 있었다. 스가와라는 거기에서 눈을 돌려 방 안을 돌아보았다. 아이들이 돌아간 뒤에, 히로는 이불을 꺼내어 여기에서 자곤 했다. 그것이 어떤 건지, 스가와라는 알고 있었다. 안다고 생각했지만, 지금 여기에 혼자 있어 보니, 방 안은 너무나 조용했다. 너무나 넓었고, 너무나 외로웠다. 히로는 여기에서 혼자 잤던 것이다. 다른 애들을 부러워하지도 않고, 현실을 자신의 것으로 받아들였다. 다른 애들을 시기하진 않을까 하는, 스가와라의 쓸데없는 걱정을 웃어넘기며, 히로는 꿋꿋이 살아가고 있었던 것이다.

졌다, 스가와라는 생각한다. 당해낼 수 없다, 나의 패배다.

쓴웃음을 지으며, 스가와라는 오른쪽 귀를 더듬는다. 귓불에 손을 대고, 반대편 손에 든 금색 피어스를 눈을 가늘게 뜨고 바라보았다. 그 히로는 이제 없다. 다시는 만날 수 없다. 다시는 여기에 오지 않을 것이다.

'형이나 사토 누나가 우리 선생님이었으면 좋았을 텐데.'

언젠가 풀숲의 비밀기지에 웅크리고 앉아 있던 히로는, 어디까지가 진심인지 알 수 없는 목소리로 그렇게 말했다. 히로가 되고 싶어 했던 히어로가 어떤 걸까, 그가 한 말의 진정한 의미는 무엇일까. 스가와라는 알 수 없었다.

스가와라는 방을 나왔다. 장례식 뒷정리를 마친 '해바라기' 어른들께 정중히 인사를 하고 마지막으로 사토의 앞에 선다. 사토는 웃고 있었다. 눈이 거의 보이지 않을 만큼 활짝 웃으며, 사토는 말했다.

"그럼, 또 봐."

"그래."

사토와는 그 후로 만나지 않았다. 스가와라는 '해바라기의 집'에 두 번 다시 가지 않았다.

사토하고는 정말로 그것이 마지막이었다.

이듬해 봄이 되어, 그녀가 유명한 국립대학 교육학부에 진학했다는 소식을 들었다. 그녀에게는 어울리는 길이었다. 스가와라는 중학교 3학년에 올라가 고교입시의 해를 맞이했다.

"스가와라. 너, 진지하게 진로에 대해 생각할 맘이 있긴 하냐?"

3학년 때 스가와라의 담임이 된 교사는 지친 듯이 한숨을 쉰다. 원래부터 갈색인 머리카락 때문에 스가와라에 대한 교사들의 인식은 빈말로도 좋다고는 할 수 없었다. 동아리 활동도 안 하고, 학교 활동에도 제대로 참가하지 않는다. 그런 주제에 방과 후에도 학교에 남아서는 내기 마작에 열심이니, 불량하다는 낙인이 찍혀도 어쩔 수 없는 일이었다.

진로 상담 시간, 스가와라는 다리를 쭉 펴고 의자에 앉아 있었다. 눈앞의 교사는 아까부터 스가와라의 태도를 걱정스러운 얼굴로 보고 있었다.

"물론 있죠."

스가와라는 싱긋 웃으며 가볍게 응수했다.

"열심히 생각하고 있어요. 저도 대학 갈 생각은 있고요. 선생님, 전 되는 대로 살긴 하지만, 아예 바보는 아니잖아요?"

"……그걸 아니까 하는 소리지. 대체 학교 건물이 근사해야 된다느니, 여학생 교복이 예뻐야 된다느니. 네가 낸 작년 진로조사표는 말이 안 돼. 어디에 진학하고 싶은지는 정했어? 네 조건에 딱 맞는 고등학교는 없다?"

갈색 머리에, 작년에 뚫은 한쪽 귀의 피어스가 결정타였다. 완전히 문제아의 칭호가 정착된 스가와라한테는 담임교사도 두 손 들었다. 스가와라의 성적이 나빴다면 또 다르게 말할 수도 있을 텐데 싶어서 속으로 이를 갈고 있을지도 모른다. 그러나 스가와라는 자신의 머리가 그렇게 나쁘지 않다는 것을 알고 있었다. 스스로 어느 정도는 노력하고 있기 때문이기도 했다.

스가와라는 또 웃으며, 금색 피어스를 낀 오른쪽 귀를 쓰다듬었다. 그리고 말했다.

"세이난 고등학교. 제 성적이면 갈 수 있죠? 레벨이 높은 고등학교에 가 두면 손해는 안 볼 거고. 딴 조건이 좀 나쁘더라도 참죠, 뭐."

흰 앞치마를 두른 사토가 그 밑에 입고 있던 세이난의 교복. 어차피 고등학교에 갈 거라면, 그 교복에 둘러싸여 3년을 보내는 것도 나쁘지 않다. 싱긋 웃는 스가와라의 얼굴을 보고, 담임은 또 지쳤다는 듯이 한숨을 쉬었다.

14

바람이 강하게 불고 있었다.

눈은 멈추지 않고 계속해서 어두운 구름 속에서 떨어져 내린다. 5층까지 들려오던 울음소리가 지금은 사라지고 없었다.

옥상에 도착한 스가와라는 아픈 발을 문지른다. 올려다본 하늘은 잔뜩 흐려져, 무서울 정도로 어두웠다. 추위에 몸이 떨려 이가 딱딱 소리를 낸다. 발끝에도 손끝에도 거의 힘이 들어가지 않았다.

하늘이란 게 이렇게 숨 막히는 것이었나. 위를 쳐다보면서 스가와라는 생각했다. 계속 학교 안에 있어선지, 올려다본 하늘은 마치 잘 만든 모조품 같은 인상을 주었다. 어깨에, 머리 위에 내려오는 눈의 기세는 5층에 들이치던 눈과는 비교도 안 되게 세찼다.

몸이 얼어붙는 데는 시간이 얼마 걸리지도 않는다. 옥상은 온통 눈에 덮여 있었다. 5층처럼 엷게 쌓인 게 아니다. 모든 것이 하얗게 덮여, 딱딱하게 얼어붙어 있다. 앞머리에 달라붙었던 눈이 바람에 날려가는 게 언뜻 보였다. 숨을 들이쉬자 당장에라도 가슴속이 동상을 입을 것 같았다.

스가와라는 숨을 멈추고 있는 힘껏 눈보라 속을 노려본다. 눈을 크게 뜨면 눈초리가 갈라져 깨질 것 같았다. 아플 정도로 눈이 퍼붓고, 뺨에서도 피가 흘러내린다. 주먹을 움켜쥐고, 스가와라는 온 힘으로 소리를 지른다.

어디에 있어. 어디에 있는 거야.

자신의 목소리는 바람 소리에 거의 다 지워져 의미가 없었다. 스가와라는 눈을 꽉 감는다. 한 번 눈을 감아 버리니 몹시 편했다. 이대로 눈 속에 쓰러져버리고 싶은 유혹이 스가와라의 머릿속을 달콤하게 흔든다. 스가와라는 머리를 흔들고, 눈꺼풀이 얼어붙기 전에 눈앞의 하얀 풍경을 주의 깊게 살펴본다. 눈을 뜨고, 유혹에 저항하는 데에는 굳은 각오가 필요했다. 다음 순간이었다.

스가와라는 눈을 부릅떴다.

울타리 옆에 세이난 교복을 입은 사람이 등을 돌리고 서 있었다.

등을 돌린 채, 돌아보지 않는다. 마치 아지랑이처럼 불안정하게 그 등이 흔들리고 있었다. 그 얼굴이 이쪽을 향하지 않아도 스가와라는 그것이 누구인지 알 수 있었다. 그 뒷모습이 눈에 익었다.

"……!"

그 사람의 이름을 부르며, 스가와라는 울타리까지 달려간다. 구하고 싶다, 어떻게든 도와주고 싶다. 스가와라는 팔을 뻗는다. 스가와라의 손에 확실히 붙잡힌 그 사람의 어깨는 소름 끼치도록 차가웠다. 이 아이는 얼마나 오래, 이 눈 속에 있었을까. 얼마나 괴롭게 울고 있었을까.

그 사람은 돌아보지 않는다. 스가와라는 그 등을 껴안는다. 꽉 껴안아, 등을 팔 안에 가둔다. 가슴이 아플 정도로 마른 어깨였다.

울음소리가 들려왔다.

그것은 어떤 강한 의지의 표현처럼 느껴졌다.

문득 스가와라의 손끝에서 힘이 빠져나갔다. 쓰러지지 않으려는 저항을 비웃듯이, 발끝에서도 힘이 빠져나간다. 눈을 뜨고 있으려 해도 시야의 둘레가 검게 닫혀 간다. 순순히 인형이 될 것 같으냐,

그렇게 생각하는 동안에도 팔 안에서 마른 어깨가 스르륵 빠져나가는 것을 느꼈다. 기다려, 내뻗은 팔이 도중에 풀썩 힘을 잃고 떨어진다. 스가와라의 손가락이 허공을 긁었다.

기다려, 가지 마. 그렇게 생각하는 동안 의식은 어둠 속으로 빨려 들어간다.

흐려져 가는 의식 속에 어렴풋이, 종이 울리는 소리가 들렸다.

제15장
카운트다운

1

츠지무라 미즈키는 그때를, 1층 복도에서 맞이하고 있었다.

미즈키는 그 시간을 가만히 앉아서 기다리고 있을 수가 없었다. 마지막으로 시간을 확인했을 때는 5시 40분이었다. 그 시간이 오는 것이 무섭다. 시간이 멈췄으면 좋겠다고, 미즈키는 계속해서 그렇게 중얼거렸다.

스가와라와 게이코, 그리고 다카노. 그들도 같은 마음일까. 그러나 그들과 자신은 그 시간이 오는 것에 대한 두려움의 의미가 다르다. 그들은 그 시간에 자신의 몸에 닥쳐올 일이 두렵다고 느끼는 것이겠지만, 미즈키는 반대였다. 그 시간에 또다시 자신에게만 아무 일도 일어나지 않을까 봐 그것이 두려웠다. 마지막 순간까지 자신이 남겨진다는 사실, 지금 그것은 확신에 가깝다. 모두가 사라지고 난 뒤 혼자 남겨지는 공포를 생각하면, 미즈키는 당장에라도 비명을 지를 것만 같았다.

양호실 침대에서 내려와 미즈키는 복도로 나갔다.

기분이 너무 나쁘다. 게다가 아까부터 아랫배에 둔한 통증이 느껴지고 있다. 몸은 무겁고 나른했다. 미즈키는 울고 싶은 기분을 억누르며 아픈 배를 끌어안는다. 게이코, 게이코는 어디에 있을까. 머릿속에 나쁜 예감이 들었다.

양호실에서 가장 가까운 화장실로 뛰어 들어가 미즈키는 몸을 웅크렸다. 이런 통증은 예전에도 느낀 적이 있었다. 생각대로였다.

생리가 시작되었다.

토할 것 같은 철 냄새. 손목에 난 상처와 같은 색이다. 미즈키는 머리를 끌어안는다. 어째서,

——어째서, 이런 때에.

생리는 지난 몇 달간 계속 없었다. 하루코를 계기로 시작된 미즈키의 자기혐오. 그것은 미즈키의 식욕을 빼앗고 몸을 쇠약하게 만들었다. 무리한 다이어트 때문에 생리가 멈추기도 한다는 얘기를 들은 적은 있었다. 미즈키의 경우도 그것과 마찬가지였는지도 모른다. 예정일이 지나도 생리는 오지 않고, 몸 상태가 완전히 엉망이 되어버렸다. 모두의 보살핌 속에 식욕이 돌아오고 나서도 생리는 없었다. 지난 반년 가량, 생리가 없었다. 그래서 미즈키는 초조하게 생리가 다시 시작되기를 기다리고 있었다. 그런데 그게 어째서 꼭 지금이어야만 하는가.

그때, 문득 머릿속에 떠오르는 광경이 있었다.

언젠가, 미즈키는 지금처럼 화장실 칸 안에 웅크리고 있었다. 그것이 언제였는지, 어디에서 그랬는지는 모르겠다. 그러나 지금처럼 미즈키는 갑작스레 시작된 출혈에 어쩔 줄 몰라 하며 울고 있었다. 그때

느낀 충격과 짙은 불안이 선명히 떠오른다. 이건 도대체 어떻게 된 일일까. 혼란스러워하며 미즈키는 생각했다. 누군가에게 얘기하고 싶다, 누군가를 만나고 싶다. 누군가라니, 누구를?

미즈키의 관자놀이 안쪽이 쿡쿡 쑤셨다. 사카키. 사카키를 만나고 싶었다. 다른 누구도 아닌, 그때 자신에게 필요했던 사람은 그였다고 생각했다.

미즈키는 등줄기에 오싹 한기를 느꼈다. 더 이상 생각해서는 안 된다고, 누군가 자신에게 경고하고 있다. 미즈키는 화장실을 나왔다. 게이코, 게이코는 어디 있을까. 생리를 어떻게든 처리해야 한다. 미즈키는 울면서 복도로 나왔다. 시간은 얼마 남지 않았다.

그때였다.

복도로 나온 미즈키의 머리 위에서 낮은 종소리가 들려온다. 절망적인 소리였다. 미즈키는 발을 멈추고, 그 장소에 멈춰 선다. 아무도 없는 복도에 서 있는 것은 자신 혼자뿐. 미즈키는 천천히 마른 침을 삼켰다. 천천히 손목을 들어, 숫자를 본다.

5시 53분.

팔이 떨려 시계도 가늘게 흔들리고 있었다. 미즈키는 숨을 멈추고 조용히 종소리가 멈추기를 기다렸다. 아직도 오지 않는다, 자신에게는 아무 일도 일어나지 않는다.

사라진 친구들이, 지금 사라졌을 누군가가 너무나도 부러웠다. 소리가 끊기고 나서도 미즈키는 불안하게 주변을 둘러보았다. 떨리는 양손으로 눈을 가리고, '아아' 하며 한숨을 내쉰다.

미즈키는 남겨졌다.

어떻게 하면 좋을까. 불안하게 주변을 둘러보며 미즈키는 추운 복도로 발을 내딛는다. 이번에는 대체 누가 사라졌을까. 누군가, 자신 외에도 남겨진 사람이 있을까. 자신 혼자만 남았다면, 자신은 대체 언제까지 그걸 견뎌야 하는 것일까.

불안한 걸음을 내딛던 미즈키의 다리가 현관 앞에서 멈췄다.

현관문 밖, 무언가가 바람에 흔들리고 있는 것이 보인다. 눈이 쌓여 온통 하얗게 된 창문 너머 운동장에, 조금 전까지 없었던 것이 누워 있었다. 미즈키는 숨을 삼키고 시선을 내리깔았다. 세이난의 교복 스커트가 눈 위에서 바람에 흔들리고 있었다. 그걸 확인하고 나자 더 이상 가까이 가고 싶은 마음조차 들지 않았다. 미즈키는 울면서 그 자리에 몸을 웅크렸다.

게이코다.

새하얀 얼굴을 한 게이코의 마네킹이 현관 밖에서 눈에 묻혀 누워 있었다. 미즈키는 나갈 수 없는 이 학교 건물 밖에, 그녀는 인형이 되어 쓰러져 있었다. 게이코는 밖으로 나가는 것을 허락받았다.

게이코의 몸에 일어난 일, 그것이 무엇인지는 모른다. 다만 너무나 부러울 뿐이었다. 부탁이니까 나도 데려가. 그녀는 복도에 주저앉았다.

츠지무라 미즈키는 남겨졌다.

2

다카노 히로시는 체육관 안을 향해 있는 힘껏 공을 던졌다.

힘껏 날아간 공은 체육관 무대 위에서 튕겨 바닥에 몇 번 바운드하더니 서서히 힘을 잃고 단상에서 굴러떨어졌다. 종소리가 사라진 체육관 안, 공이 힘없이 튕기는 소리만이 울리고 있다. 공이 멈추고 나서는 자신의 숨소리만 남았다.

다카노는 고개를 들고 말없이 체육관을 나섰다. 공을 더 이상 돌아보지 않았다.

체육관 입구를 나서던 다카노는 문득 자신의 발치를 내려다본다. 체육관 문은 철제 여닫이문이라 무거웠다. 그 문 앞에 담배 한 갑과 라이터가 세워져 있었다. 무심코 한숨이 새어 나온다.

"……스가와라."

다카노는 체육관을 나가던 그의 뒷모습을 떠올린다. 다카노를 마지막으로 만나러 왔을 때, 그는 담배를 피우지 않았다. 다카노에게 이것을 남겨주기 위한 것이었나.

다카노는 담뱃갑을 주워들고, 안을 들여다본다. 안에는 담배 두 개비가, 주인에게 버려진 채 남아 있었다.

3

양호실로 들어가 보니 미즈키는 침대에 누워 있었다.

칸막이 커튼은 젖혀져 있었다. 미즈키는 침대에서 눈을 감고 있다. 붕대를 감은 왼쪽 팔을 이불 위에 얹고, 조용히 숨 쉬고 있었다.

다카노는 가까이 가서 침대 옆에 놓여 있던 파이프의자에 앉는다. 미즈키의 왼팔 붕대에 붉은 피가 배어 나와 있었다. 갈아 줄 새 붕대를 들고 다카노는 미즈키의 이마에 손을 댔다. 그 기척에 미즈키가 천천히 눈을 떴다.

"……자고 있었어?"

다카노의 말에 미즈키는 약하게 고개를 젓는다. 그녀가 일어나려는 것을 고개를 저어 제지하고 다카노는 붕대를 갈아 준다. 낡은 붕대를 풀자 그 아래에 감추어져 있던 생생한 상처가 얼굴을 내밀었다. 다카노의 손에 닿은 미즈키의 팔은 아주 뜨거웠다. 열이 있는지도 모른다. 미즈키의 팔은 다카노의 손 위에 힘없이 놓여 있었다.

다카노는 미즈키의 얼굴을 보았다. 미즈키는 가만히 천장을 노려보고 있다. 어쩌면 다카노의 시선도 느끼지 못하는 게 아닐까 의심이 들 정도로 무표정한 얼굴이었다. 울고 싶은 걸 참고 있는 건지, 아니면 모든 것을 포기한 것인지, 알 수 없는 눈이었다. 그녀는 그저 고요했다.

"스가와라는?"

붕대를 거의 다 감고 나서야, 미즈키는 겨우 다카노를 보았다. 다카노는 잠자코 고개를 젓는다. 감은 붕대 끝을 가위로 자르고, 테이프로 고정했다. 미즈키는 놀라지 않았다. '그래'라고 작게 고개를 끄덕이고는 말이 없다. 다카노는 일어서서 가위를 두러 양호교사 책상까지 걸어간다. 미즈키의 얼굴을 보지 않는 게 좋을지도 모른다. 무언가, 자신들은 더 얘기해야 할 것이 있다. 그야말로 아주 많이 있을 것이다. 그러나 다카노와 미즈키 사이에는 그 언급을 용서하지 않는 공기로 꽉 차 있었다. 무언가 하나를 입에 담으면, 그것은 모든 것을 무너뜨려 버릴 것이다. 그걸 견딜 수 없었다.

미즈키에게 등을 돌린 채, 다카노는 말했다.

"……스가와라뿐 아니라, 아마 게이코도."

"나, 봤어."

다카노의 등 너머로 미즈키의 대답이 돌아온다.

"현관 밖에, 게이코가 쓰러져 있어."

"그렇군."

양호교사의 책상에 가위를 갖다 두고, 다카노는 벽시계를 올려다본다. 아직도 바늘은 계속 움직이고 있었다. 6시 25분. 스가와라와 게이코도 없어졌다. 남겨진 다카노와 미즈키를 위해, 시간은 아직도 그때를 향해 움직이고 있는 것일까.

미즈키한테는 더 이상 갈 곳이 없다고, 다카노는 생각했다.

지금 느끼고 있는 그녀의 괴로움, 자기혐오, 사라진 상대에 대한 시기. 그것들 전부가 손댈 수 없는 지경에 이르렀다. 자신이 죽었을지도 모른다는 사실을 앞에 두고, 말도 감정도 그녀 안에서 갈 곳을 잃었다. 다카노도 그것을 너무나 확실히 느끼고 있었다.

미즈키가 누워 있는 침대 옆에 다가가 앉았다. 눈을 감고 있던 미즈키가 옆에 앉은 다카노의 기척에 실눈을 떴다. 숨을 멈춘 듯 보였다. 그녀가 희미하게 입술을 열고, 숨을 들이쉰다. 다카노의 얼굴을 보며 조용히 말했다.

"다카노도 없어진 줄 알았어."

다카노는 미즈키가 울고 있을 줄 알았다. 당장에라도 울음을 터뜨릴 거라고 생각했다. 그러나 그렇지 않았다. 미즈키의 눈은 계속 운 탓에 빨갛게 부어 있었고, 볼도 핼쑥하고 창백했다. 그러나 그 눈에서 새로운 눈물이 나오지는 않았다. 미즈키의 눈이 부드럽게 가늘어진다. 미즈키는 울지 않았다. 그녀의 얼굴에 떠오른 것은 가냘픈 미소였다. 그걸 본 순간, 다카노의 가슴에는 뜨거운 것이 치밀어 올랐다.

참을 수가 없어서, 미즈키에게서 고개를 돌린다.

미즈키가 우는 게 아니다. 울음을 터뜨릴 듯한 사람은 다카노였다. 다카노는 크게 숨을 들이쉰다. 뜨거운 미즈키의 손바닥을 잡고, 자신의 눈가로 끌어당겼다.

"——어째서 자살을."

계속 하지 않고 담아 둔 말이었다. 마지막이 될지도 모르는 지금에 와서도, 결코 해서는 안 된다고 생각한 말이었다. 그러나 다카노는 더 이상 그 말을 가두어 둘 수 없었다. 이를 악문다. 미즈키의 손을 잡은 자신의 굳은 손가락이, 굳어 떨리기 시작한다. 자신은 이렇게도 약한 인간이었나, 한 번 그렇게 생각하기 시작하니 그 이상 허세를 부릴 수가 없었다.

얼굴을 들지 못하는 다카노의 머리를, 미즈키의 손이 쓰다듬었다. 목이 멘 듯, 떨리는 그녀의 목소리가 들려온다.

"……미안, 해."

모든 것이 이미 늦었을지도 모른다. 처음부터 다카노와 친구들이 할 수 있는 일은 아무것도 없었을지도 모른다. 그럼 자신들은 무엇 때문에 여기에 불려 온 것인가. 다카노는 미즈키의 손을 꼭 쥐었다. 뜨거운 손이었다. 피가 흐르는 손이었다. 미즈키가 죽었을지도 모른다니, 그건 아무리 생각해도 악질적인 농담으로밖에 들리지 않았다.

무슨 말을 해 줘야 한다. 미즈키와 얘기를 하고 싶은데, 어디서부터 어떻게 얘기해야 할지를 모르겠다. 미즈키와 자신 사이에 이렇게나 거리가 있었나. 다카노는 그녀가 궁지에 몰렸던 것도 몰랐다.

미즈키와 얘기를 하고 싶었다. 다카노는 애써 밝은 얼굴을 꾸미고, 미즈키의 얼굴을 바라보며 갑자기 물었다.

"미즈키. 너 대학은 어디 지망이야?"
"대학……?"
"응, 학부."
갑작스러운 질문의 의미를 파악하지 못한 듯, 미즈키가 살짝 고개를 기울인다. 다카노는 말을 이었다.
"성적이나 지망학교……, 우리 그런 얘기 자주 했었잖아. 근데 생각해 보면 장래에 어떤 일을 하고 싶다든지, 어떤 길로 나가고 싶다든지, 그런 구체적인 건 거의 얘기한 적이 없는 것 같아. ……물으면 안 돼?"
"——아니, 그런 건 아니지만."
미즈키는 희미하게 웃었다. 천장을 보며 잠시 생각에 잠기더니, '안 웃을 거지?'라고 다카노에게 묻는다. 다카노가 고개를 끄덕이자, 미즈키는 조용히 대답했다.
"나같이 마음 약한 애가 할 수 있겠냐고 그러면……, 그렇게 생각해도 당연하지만——나, 심리학 방면으로 가고 싶어. 임상심리사나, 카운슬러 같은."
"아——."
처음 듣는 얘기였다. 심리학부는 여자애들한테 인기가 있어서, 경쟁률도 제법 높다는 얘길 어디선가 들은 적이 있었지만, 미즈키도 그쪽 지망이었구나. 미즈키는 천장을 올려다보며 말을 이었다.
"나……, 여러 가지 일로 고민하고 있었을 때, 엄마가 카운슬러 선생님한테 데려갔었거든. 다카노도 알지? 정신과에 오래 다녔었잖아. 내 담당 선생님은 여자 선생님이었는데, 굉장히 친절한 선생님이셨어. 나 정말로 감사하고 있거든. 얘기를 들어주기도 하고, 말을 걸어주기도 하고, 그러면서 고민하는 사람들을 도울 수 있는 기술이 있다는 게, 정말 신기했어. ……난, 내가 굉장히 약하다는 걸 알고 있고, 그러니까 그렇게 다른 사람을 돕는 일은 나한테 안 어울릴지도 몰라. 하지만 내 마음속의 그런 약한 부분을 생각해 보자는 의미에서도, 심리학부에 진학하는 건 괜찮지 않을까 해서. ——사카키샘도, 그러라고 그랬어."

"심리학부라."

다카노는 조용히 중얼거렸다. 쥐고 있던 미즈키의 손을 이불 위에 놓고, 자신의 빈 손바닥을 바라본다. 다카노는 짧게 숨을 들이쉬었다. 진로와 장래의 방향. 자신이 무엇을 배우고 싶은지.

"……내가 어디 지망하는지는, 알아?"

"T대 법학부 아니야? 다카노, 네 얘긴 유명하니까 다들 알아."

미즈키는 또 살짝 웃었다.

"너는 워낙 우수하니까."

"그렇지 않아. 난——."

어떻게 얘기하면 좋을까. 다카노는 생각한다. 자신의 손바닥을 쳐다보자 갑자기 모든 것이 허무해져서 다카노는 얼굴을 숙였다.

"어렸을 때부터 난 1등 하는 애였어."

다카노는 입술을 깨물었다. 얼굴을 숙인 채 침대에 팔꿈치를 짚고, 미즈키를 보지 않고 말했다.

"미즈키, 넌 알지? 옛날부터 성적은 계속 좋은 편이었고, 달리기도 제법 잘했잖아. 고등학교 진학할 때에도 현에서 제일 좋다는 데에 왔지. 선생님이나 부모님도 추천했었고, 나도 괜찮을 것 같아서, 그래서 여기에 왔을 뿐이야."

미즈키는 다카노의 말을 잠자코 듣고 있었다. 다카노의 말은 이미 독백에 가까웠다. 기도하는 듯한 자세로 아래를 보며, 다카노는 말을 이었다.

"내가 T대 법학부에 가려는 건, 거기가 제일 좋은 곳이기 때문이야. 법률을 공부하고 싶어서도 아니고, 뭔가가 되고 싶다는 신념이 있어서도 아니야. 그 학교에 가지 않으면 나는 반드시 후회하게 될 거라는 걸, 알기 때문이야. ……스스로도 알 수 있어. 난 아마도 T대가 아닌 다른 학교에 진학하면, 나보다 더 위가 있다는 사실을 견딜 수 없었을 거야. 자신의 가치가 과소평가되었다고, 멋대로 생각하곤 괴로워하겠지."

다카노는 고개를 들고 미즈키를 보더니 '재수 없지?'라고 물었다.

"……재수 없지? 제일 위에 있지 않으면 안심할 수가 없어. 그런 걸로 스스로의 가치를 증명하지 않고서는 영원히 만족하지 못하는 인종이야. 최고가 아니면 안 돼, 자신은 이런 데에 있을 사람이 아니라고, 분명 그런 생각을 하면서 살게 되겠지. 그게 무서운 거야. 나는 이거밖에 안 되는 인간인가, 그게 계속 신경 쓰여서 만족할 수 없게 되는 거야. —— 그게, 나야."

미즈키는 말없이 다카노를 바라보고 있었다. 다카노가 그 말을 하고 나서도, 그녀는 아무 말도 하지 않았다. 다카노는 또 입술을 깨문다. 미즈키가 아무 말도 하지 않는 것이 고마웠다.

이런 생각을 하는 사람은 자신만이 아닐 것이다. 그건 알고 있고, 그런 식의 사고방식이 절대적으로 나쁘다고 할 수만은 없다는 것도 알고 있다. 그러나 그런 건 아무래도 좋았다. 중요한 것은 다카노가 자신 안에 있는 그런 생각을 경멸하고 있다는 사실이었다. 타인과의 비교에서 얻는 우월감은 의미가 없다.

다카노는 힘없이 웃으며, 미즈키를 바라보았다.

"시미즈가 한 말, 기억나? 누군가 한 사람이 여기 남아서 호스트의 마음을 안쪽에서 닫아야 한다는 거."

"……기억나."

미즈키는 작게 고개를 끄덕였다. 다카노도 끄덕였다.

"시미즈는 그런 걱정은 안 해도 된다고 했어. 여기 호스트는 이미 죽었으니, 남는 건 호스트 본인이라고. 하지만 여기는 좀 다른 곳인 것 같아. 어쩌면 이미 일어난 여러 일들을 고쳐나가는 게, 가능할지도 몰라. ……만약 이곳의 호스트가 미즈키, 너라면."

미즈키는 무언가를 견디는 듯한 표정을 지었다. 경련하는 얼굴로 다카노를 올려다본다. 다카노는 진지한 얼굴로 말했다.

"나를 가둬."

"……싫어."

예상했던 대답이었다. 다카노는 고개를 젓는다.

"순간의 변덕이나 위선으로 하는 말이 아니야. 나는 진심이야."

"……그러지 마."

미즈키는 신음처럼 말하며 약하게 고개를 저었다. 침대 위에 양팔을 올려놓은 다카노의 손 위에 미즈키의 오른손이 겹쳐진다. 다카노는 그 위에 자신의 이마를 기댔다. 미즈키의 체온을 느끼며, 고개를 숙였다.

"아까도 얘기했지만, 나한텐 별달리 대단한 목표가 있는 것도 아니고, 삶에 의의가 있는 것도 아냐. 그냥 흘러가는 대로 살고 있을 뿐. 그렇다면 나는 널 대신해주고 싶어."

"부탁이야, 다카노."

미즈키는 그렇게 말하면서 왼손으로 눈가를 덮었다. 손가락 사이로 보이는 그녀의 눈에서 참고 참았던 눈물이 흘러내렸다.

"그렇게 잘해주지 마."

그렇게 대하는 게 정말 괴로운 듯이, 미즈키는 다카노를 거절한다. 다카노의 머릿속에 한 마디 말이 떠올랐다.

'여기 호스트는 집요하게 미즈키를 공격하는 것 같거든.'

없어지기 전에 스가와라가 자신에게 한 말이었다. 여기에 있는 모든 것들이 미즈키를 공격해 그녀에게 고통을 주고 있다. 거기 있는 누군가의 의도, 그것을 읽을 수 없었다. 아니면 그것이 미즈키 자신의 바람이라는 것인가.

미즈키는 천천히 상체를 일으키고, 정면에서 다카노를 바라보았다. 흐르는 눈물을 닦으려고도 하지 않고 말했다.

"네가 진심으로 한 말이라는 건, 알아. 그러니까……, 이제 그만해, 다카노."

미즈키의 창백한 얼굴을 받치고 있는 목은, 만지면 부러져버릴 듯 가늘었다. 덧없을 만큼 희고 가냘픈 목이었다.

"너는 재수 없지 않아."

"……미즈키."

다카노는 짧게 숨을 들이쉬며, 조용한 목소리로 말을 이었다. 울고 있는 미즈키의 뺨을 조심스레 만진다. 뜨거워진 눈가의 무게를 견딜 자신은 이제 없었다.

"난, 너를 좋아했었어."

4

그때가 오기까지의 짧은 시간 동안, 다카노는 미즈키 옆에서 그녀의 얼굴을 바라보고 있었다.

결국, 미즈키에게는 수면제를 먹였다. 또 그 시간이 되어서 자신이 사라지는 것에 대한 공포를 더 이상 그녀에게 느끼게 하고 싶지 않았다.

미즈키는 약을 먹자 바로 잠이 든 것 같았다. 이미 오래전에 몸도 마음도 한계에 이르렀을 것이다. 무리도 아니다

미즈키 옆에서 한나절을 보내고, 시곗바늘이 5시를 가리켰을 때 다카노는 조용히 양호실을 나왔다.

스가와라가 자신에게 남겨 준 담배를 하나 꺼내 입에 물고 불을 붙였다. 복도의 차가운 공기 속에 흰 연기가 둥실 떠올랐다. 다카노는 눈을 가늘게 뜨고 하늘거리는 연기를 바라보고 있었다. 대체 얼마만의 담배일까. 가슴속 깊이 힘껏 연기를 빨아들이자 머리가 핑 도는 부유감을 느꼈다. 이 느낌도 그리 나쁘지는 않다. 그야 스가와라처럼 인이 박히는 건 싫지만. 그렇게 생각하면서 다카노는 복도를 걷기 시작한다.

지금까지 사라져 간 친구들이 인형으로 변한 모습들을 하나하나 보고 싶었다.

거기에서 무언가 힌트를 얻을 수 있을 거라고는 생각하지 않았고, 특별히 큰 변화가 일어날 거라고도 생각하지 않았지만, 그저 어떻게

든 마음을 정리하고 싶었다. 시간이 오는 것에 대한 초조함은 이제 거의 없어졌고, 감정이 마비된 듯 현실감도 없었지만, 무슨 일이 일어날지에 대한 막연한 불안은 그렇게 쉽게 사라지지 않았다.

샤워실, 미술실, 양호실에서 보이는 나무숲 그늘, 음악실…….

순서대로 둘러보고 나서 다카노는 마지막으로 자신들의 교실 안으로 발을 들였다.

아무도 없는 교실 안, 사라진 친구들이 가지고 온 짐이 책상 위에 그대로 남아 있다. 다카노는 쓴웃음을 띠며 자신의 자리에 앉았다. 여기에서 수업을 받던 때가 있었다는 게 오히려 거짓말 같았다. 자신이 인형으로 변한다면, 장소는 여기였으면 좋겠다.

창밖에서 교실을 비추는 눈에 반사된 빛에, 교실의 시곗바늘이 빛나고 있었다.

5시 50분 정각. 앞으로 3분. 담배를 입에 물면서 다카노가 시간을 확인했을 때였다.

다카노는 문득, 자신의 시야가 슥 흐려지는 것을 느꼈다.

긴장으로 굳은 자신의 어깨에서 거짓말처럼 힘이 빠진다. 그것은 너무나도 이상한 감각이었다. 시야가 하얗게, 안개가 낀 것처럼 흐려진다. 대체 무슨 일이 일어나고 있는 것인가. 다카노는 그렇게 생각하며 자세를 고치려고 했다. 그러나 잘되지 않았다. 자신의 눈꺼풀이 감기고 있다는 것을 깨달을 때까지 많은 시간이 걸렸다. 깨닫고 나서도 눈꺼풀은 무겁고, 다시 뜨려고 해도 잘되지 않았다.

다카노는 그제야 자신이 졸리다는 걸 깨달았다. 믿을 수 없었다. 점점 멍해져 가는 머리 한구석에서, 다카노는 몇 번이나 정신 차리라고 스스로를 다그친다. 그러나 그것도 잠시였다. 몸을 지탱하고 있던 다리가 힘을 잃고 책상을 찬다. 자신에게 일어날 일을 보고 있어야만 한다. 그렇게 생각하는데, 머리가 책상 위로 털썩 떨어진다. 담배를 문 입술에도 힘이 들어가지 않아, 물고 있던 담배가 바닥에 떨어졌다. 몸이 앞으로 쓰러져 다카노는 책상 위에 엎드려 버렸다.

왜.

그렇게 생각한 것을 마지막으로, 다카노의 의식은 잠에 빠졌다.

"다……카노. 다카노……!"

어딘가 멀리서 자신을 부르는 목소리가 들린다.

다카노 히로시는 작게 신음했다. 눈동자가 아플 정도로 눈부신, 하얀빛이 보인다. 다카노는 목소리로부터 도망치려는 듯 눈을 꽉 감았다. 그러나 자신을 부르는 목소리는 집요하게 자신을 뒤쫓아 온다.

"다카노, 다카노!! 어이, 반장!?"

목소리와 함께, 강한 힘이 어깨를 흔든다. 반장이라는 말에 다카노는 숨을 삼킨다. 지금까지 둥둥 떠 있던 의식이 갑자기 땅에 내동댕이쳐진 듯, 다카노의 등에 갑자기 감각이 돌아왔다. 등에 바닥의 단단한 감촉이 느껴졌다. 등이 아프다. 여긴…….

"반장, 일어나!"

다카노는 눈을 뜨고, 짧게 숨을 들이쉰다. 처음 눈에 들어온 것은 하얀 천장이었다. 하얀 천장, 그것을 배경으로 자신을 들여다보고 있는 얼굴이 있다. 다카노는 멀거니 눈을 뜨고 그 얼굴을 보고 있었다. 눈을 제대로 깜박일 수 없었다. 다카노는 일어났다.

"다행이다, 겨우 일어났네. 저기, 다음 준비도 있으니까 얼른 나가야 해. 교실로 가자, 지친 건 알겠지만."

태평하게 눈앞의 얼굴이 그렇게 말했다. 그녀의 얼굴은 본 적이 있다. 같은 반 친구다. 다카노와 같은 3학년 2반인 아마미야라는 여학생이었다. 왜, 그녀가 여기에.

그런 생각을 하고 있는 다카노의 눈앞에서, 그녀는 이상하다는 듯이 고개를 갸우뚱하며 '괜찮아?'라고 물어왔다. 아연해 있는 다카노의 눈앞에서, 오른손을 저어 보인다.

"매일 바쁘긴 했지, 반장. 그래도 오늘로 다 끝이니까 괜찮아. 이제 동아리 활동도 없고."

"……아마미야."

"응?"

왜에? 아마미야는 웃으면서 대답한다. 다카노는 숨을 삼킨 채, 고개를 들고 주변을 둘러보았다. 자신은 자고 있었던 걸까, 아까부터 등이 아픈 것은 바닥에서 자서일까. 조금 전까지의 잠기운이 싹 달아났다. 이곳은 아는 장소였다. 학교 2층에 있는 자료실이다.

자료실 밖에서는 경쾌한 음악 소리가 들려온다. 웅성거림과 환성, 교실 곳곳에 색색의 장식이 걸려 있고 눈에 익은 포스터가 산처럼 쌓여 있다. 창문을 보자 조금 전까지 내리던 눈은 보이지도 않았다. 다카노는 등에 소름이 돋는 것을 느꼈다. 설마——.

"그렇지만 깜짝 놀랐어——."

말을 잃은 다카노 앞에서, 아마미야가 태평하게 한숨을 쉰다.

"자료실에 포스터를 가지러 왔더니, 네가 이런 데서 자고 있잖아? 정말 피곤했나 보구나. 그야 좀 어이없기도 했지만."

"여기……."

다카노는 등의 아픔을 무시하고 천천히 일어선다. 창밖에서 불어와 뺨을 스치는 미지근한 바람은 도저히 겨울바람이라고는 생각할 수 없었다. 그러나 다카노는 자신의 팔에 소름이 돋는 것을 느낀다. 설마, 이런 일이.

다카노는 눈을 감고, 천천히 심호흡을 한다. 자신의 관자놀이 부분을 힘껏 누르며 다시 눈을 뜨고 아마미야에게 물었다.

"미안, 아마미야. ―― 지금이, 언제지?"

"지금? 3시 좀 지났는데. 괜찮아, 그렇게 오래 잔 건 아닐 거야."

"아니, 그게 아니고."

다카노는 다시 아마미야를 본다. 아마미야는 이마를 살짝 찡그리고 이상하다는 눈빛으로 다카노를 보고 있었다. 다카노는 다시 한 번 같은 질문을 한다. 한심할 정도로 자신이 동요하고 있는 것을 느꼈다.

"날짜 말이야. 오늘 몇 월 며칠이야?"

"왜 그래?"

아마미야는 어이없다는 표정을 지었다. 웃으려고 한 것 같았으나, 묻는 다카노의 눈이 진지한 것을 깨닫고 어깨를 으쓱하더니 입술을 오므리며 대답했다.

"10월 12일이잖아? 축제 마지막 날. 덧붙이자면 일요일인데, 정말 무슨 일 있어? 기억상실이라도 걸린 거야?"

차가운 학교의 시간은 멈춘다	해답용지
(　　) 학년　(　　) 반　　이름 (　　　　　　　　)	

◎ 우리들이 잊어버린, 그날 죽은 우리 반 친구의 이름을 가르쳐 주십시오.

◎ 왜 그렇게 생각하는지를 가르쳐 주십시오.

제16장
해결편

종소리가 울리고 있다.

츠지무라 미즈키는 그 소리에 선잠에서 깨어났다. 여기가 어디였는지, 의식의 끝을 천천히 뒤져본다. 눈앞에 펼쳐진 것은 하얀 천장이었다. 여긴 양호실이다.

천천히 몸을 일으키고, 미즈키는 주변을 둘러본다. 난방이 꺼져 있었다. 얼마나 오랫동안 자고 있었는지, 차가운 공기에 볼이 얼얼하게 아팠다. 얼굴을 씻고 싶었다. 미즈키는 일어나서 바닥에 있는 실내화를 신는다. 일어서서 양호실 안에 있는 세면대로 가서 세수를 한다. 수건으로 물기를 닦고 복도로 나갔다. 양호실 비품인 생리대 하나를 선반에서 꺼내어 화장실로 간다.

다카노는 이미 없다. 사라져 버렸다. 미즈키는 혼자가 되어 버렸다.

잠에서 깨었을 때, 다카노가 곁에 있으면 얼마나 좋을까. 솔직히 미즈키는 잠들기 직전까지 그것을 바라고 있었다. 아니면 눈을 떴을 때, 모든 것이 없었던 일이 되어 있었으면. 인형이 되어 버려도 상관없다. 선택받은 사람이 자신이었다면.

화장실에서 나온다. 복도의 공기는 차갑게 침묵하고 있었다. 창밖은 눈으로 하얗게 얼어붙어 있다. 미즈키는 혼자 계단을 올라가 2층에 있는 3학년 2반, 자신의 반 교실로 들어간다. 교실 안에는 역시 아무도 없고 정적만 감돌고 있었다. 다카노와 게이코의 책상, 이 학교 안에 자신과 같이 있었던 친구들의 책상 위에는 각자의 짐이 첫날 아침 그대로 남겨져 있다. 미즈키는 쓴웃음을 지으며 그중 하나에 다가간다. 스가와라의 가방 위에 그의 노트가 놓여 있었다. 정학을 당했던 일주일간, 그가 썼다는 일기였다. 마치 초등학생이 쓸 것 같은 학습장. 표지에는 커다란 고딕체 글자로 '일기'라고 쓰여 있다. 절대로 보지 마, 그가 그렇게 당부하던 게 갑자기 떠올랐다.

이제 아무도 없다.

미즈키는 가까이 가서 스가와라의 일기를 손에 들었다. 페이지를 넘기고, 미즈키는 눈을 크게 떴다. 스가와라가 남긴 노트 페이지를, 끝에서 끝까지 넘겨본다.

노트는 백지였다. 전부 백지였다.

여기에는 처음부터 미즈키 이외에는, 아무도 존재하지 않았다는 걸까. 미즈키는 눈을 꽉 감고, 노트를 도로 책상 위에 놓는다.

정말로 혼자가 되어 버렸다.

미즈키의 순서는 오지 않았다.

1

다카노가 자료실을 나오자 복도는 축제 분위기로 가득 차 있었다.

언젠가 본 적이 있는 광경이었다. 각 반이 주최하는 이벤트의 PR 포스터, 노점에서 손님을 부르는 목소리, 각 반이 꾸민 놀이 공간의 내용을 화려하게 그려 놓은 간판. 문득 복도 게시판을 보니, '히치콕 세 편 연속 상영'이라는 글씨가 보였다. 다카노가 시미즈에게 그려 달라고 한 그 포스터였다. 눈이, 귀가, 복도를 걷는 발소리가, 모두가 확실한 현실감을 띠고 있다. 여긴 세이난 고등학교 2층이 분명했다. 자기 반 교실이 있는 층이다.

자료실에서 눈을 떴을 때 다카노는 믿을 수 없는 기분으로 여기가 어디인지, 이것이 대체 어떻게 된 일인지를 생각했다. 지금까지 자신이 있었던 장소는 어디였을까. 퍼붓는 눈 속에 서 있던 그 건물은 자신의 환상이었나. 그런 말도 안 되는 일이. 그럼 여기가 환상일까? 그것도 대답은 아니었다.

혼란이 정점에 달해 아연해진 다카노를 제정신으로 되돌린 것은 다카노를 깨운 아마미야의 목소리였다. 그녀는 다카노를 의아한 듯 바라보고 있었으나, 갑자기 뭔가를 보더니 '아——, 안 돼'라며 소리를 질렀다.

"안 돼. 반장이면서. 얼른 그거 숨겨. 주머니에서 다 보이잖아. 난 못 본 척해줄 테니까."

"응?"

그거그거, 라고 아마미야가 가리킨 곳은 다카노의 교복 주머니였다. 다카노는 당황하며 그녀의 시선을 좇다가 숨을 삼켰다.

주머니 속에는 스가와라가 준 담뱃갑이 보였다.

"그런데 의외네——. 반장, 사실은 불량아야?"

아마미야의 말을 흘려들으며, 다카노는 담뱃갑을 주머니에서 꺼낸다. 안에 든 것은 이제 하나뿐. 그곳에서 마지막으로 본 것과 일치한다.

"미즈키 있어?!"

3학년 2반 교실에 들어서자마자 한 말에, 안에 있던 몇 명의 학생들이 놀란 듯이 문을 돌아보았다. 다카노는 그들 사이에서 미즈키의 얼굴을 찾는다. 없었다. 미즈키뿐만 아니라 제발 있기를 바랐던 다른 학급위원들의 얼굴도 없었다. 얼마 전까지 다카노와 같은 곳에 있었던 친구들. 그들이 아무도 없다. 다카노는 이를 악물고 싶은 심정으로 혀를 차며 밖으로 나가려고 했다. 그러자 '무슨 일이야?'라며 물어오는 사람이 있었다. 같은 반 남자애가 다카노를 불러 세운 것이다.

"다카노, 너 학생회 안 가봐도 되냐? 거기 일 끝났으면 접수 좀 봐주라. 슬슬 가게도 닫으러 가야 하고, 나 밥도 못 먹었어."

"……미안, 지금 좀 바빠. 그보다 누구 없니? 미즈키나 게이코, 리카, 아키히코. 스가와라라도 괜찮아. 학급위원 아무나 못 봤어?"

속사포 같은 다카노의 말에 상대는 어안이 벙벙한 듯 '뭐?' 하고 중얼거리더니 다카노의 말을 반복한다.

"미즈키에, 기리노 게이코, 아키히코에……. 그리고 스가, 와라? 다카노, 너 무슨 말을 하는 거야?"

"못 봤으면 됐어."

다카노는 교실을 뛰쳐나갔다. 그들은 지금 접수를 담당하고 있지 않은 모양이다.

여긴 대체 어디일까. 복도를 달리면서 다카노는 생각한다. 여기도 호스트의 손바닥 위일까. 아니면 자신만이 그날 그 시간으로 돌아가는 것을 허락받은 것일까. 그러나 분명한 것이 있다. 자신의 주머니 속에 있는 담뱃갑. 그 눈 속에서 일어난 일련의 사건들, 그것은 꿈도 환상도 아니었다. 그리고 그게 사실이라면, 지금 이곳에서도 '그 일'이 일어날 것이다. 다카노는 그것을 알고 있다. 알고 있는 이상, 자신이 할 수 있는 일을 하는 수밖에 없었다. 그곳으로 가 보는 수밖에 없다.

복도의 사람들을 하나하나 살피면서, 다카노는 기도하는 마음으로 친구들 얼굴을 찾는다. 그들은 다들 어디에 있을까. 손목시계를 보니 3시 반이었다. 아직 5시 53분까지는 시간이 있다. 괜찮다, 괜찮다. 반드시 발견할 수 있다. 다카노는 스스로에게 그렇게 들려준다.

"다카노 선배, 아이스크림 안 드실래요?"

가는 길에 육상부 후배가 말을 걸어 와 다카노는 고개를 젓고 그녀에게 물었다.

"미즈키 못 봤어?"

후배는 고개를 갸웃거리며 대답한다.

"오전에 선배네 교실 갔을 때 접수하고 계시던데요."

그러나 그것으로는 도움이 되지 않는다.

고마워, 라고 형식적인 대답을 하고 다카노는 다시 걷기 시작했다. 필사적으로 그날의 기억을 되살리려 노력한다. 미즈키와는 분명히 축제 마지막 날, 점심을 같이 먹었다. 정확히는 기억나지 않지만 느지막한 점심이었다. 2시 정도였던 것 같다. 그러고 나서 다카노는 학생회 일을 하러 갔다. 놀이 시설 부문 인기투표 개표작업이었다. 다카노는 혀를 찬다. 그 후로는 미즈키와 만나지 못했다.

지금에 와서도 뛰어내린 그 아이의 이름이 뇌리에서 사라져 있는 것이 화가 났다. 뛰어내렸을 때의 상황도 그때 느꼈던 자신의 기분도 하나도 생각이 나지 않는다.

아무도 없는 학교 안에 계속 있었던 탓에, 학생들이 넘치는 학교의 모습에 심한 위화감을 느꼈다. 다카노는 정처 없이 그저 교내를 걸어 다니며 필사적으로 친구들의 모습을 찾는다. 아무도 없다. 이렇게 사람이 많은데도, 그들의 모습만은 보이지 않는다. 미쓰루, 시미즈, 아키히코, 리카, 게이코, 스가와라, 그리고 미즈키. 사카키라도 상관없다, 그 녀석은 분명히 이 일과 관련이 있을 터였다.

그들의 모습은 어디에도 없다. 아는 사람들을 만날 때마다 다카노는 수상하게 여겨질 것을 알면서도 빠르게 묻는다.

미쓰루 못 봤어, 시미즈 못 봤어, 아키히코 못 봤어 ——. 사카키라도 괜찮아, 못 봤어?

그들의 대답은 한결같이 부정적이었다.

못 봤어요, 무슨 일인데요. 오전에 봤어. 아까 어딘가에서 본 것 같은데 어딘지 모르겠다. 조금 전까지 여기 있었는데.

언제나 다카노가 한발 늦었다. 그들의 모습은 어디에도 없었다.

대체 무슨 일인데? 물어오는 그들에게 대답할 말이 있을 리도 없었다. 직접 체험한 자신조차 믿을 수 없는 이런 바보 같은 얘기를 대체 누가 믿어준다는 것인가.

같은 장소를 각각 세 번 이상 왕복하고 나자, 다카노도 지쳐서 주저앉았다. 통행에 방해가 되는 것도 신경 쓰지 않고, 1층과 2층 사이의 계단에 주저앉았다. 머리를 숙이고, 어깨로 크게 숨을 쉬면서 달리 찾아보지 않은 장소가 없나 생각해 본다. 거기에 있던 친구들 중 누구 하나 찾을 수 없었다. 학생회가 활동하고 있는 곳은 몇 번이나 게이코를 찾으러 갔었고, 미술부가 하는 가게에도 몇 번이나 시미즈를 찾으러 갔었다. 조금 전까지 여기 있었는데, 대답은 늘 그 말의 반복이었다. 자신이 상황을 바꾸려는 시도는 역시 헛된 발버둥에 지나지 않는 것일까. 여기도 호스트가 만들어낸 가상의 세계일 뿐인가.

거친 숨을 내쉬면서 다카노는 자신의 손목시계를 들여다본다. 이내 눈을 감고, '아아' 하고 고개를 떨어뜨렸다.

정각, 4시. 자신의 기억 속에 있는 투신자살까지, 앞으로 2시간도 남지 않았다.

어째서 자신은 여기로 돌려보내진 걸까. 어째서 자신의 무력함을 이렇게나 통감해야만 하는가. 입술을 깨물며 다카노가 다시 일어서려고 한 바로 그때였다.

"다카노."

갑자기 머리 위에서 자신을 부르는 목소리가 들렸다. 다카노는 눈을 부릅뜨고 서둘러 머리 위를 올려다본다. 그리고는 숨을 삼켰다.

"너, 학생회 일 돕기로 했었잖아? 나는 땡땡이는 두고 볼 수 없는데."

계단 위에서, 학생회장 스와 유지가 다카노를 내려다보고 있었다.

2

"유지."

목소리는 금방 나오지 않았다. 다카노는 눈을 부릅뜨고, 유지를 올려다본다. 겨우 이름을 부르자, 유지가 '왜 그래?' 하고 태연한 얼굴로 계단을 내려온다.

"굉장한 얼굴인데. 그렇게 나를 만나고 싶었냐? 아니면 땡땡이가 들켜서 당황한 거야?"

유지는 다카노가 앉아 있는 근처까지 내려와서 귀찮다는 듯 눈을 가늘게 뜨며 그렇게 말했다. 다카노는 일어섰다. 이 세계에서 시간 경과가 어떻게 움직이고 있는지는 모른다. 그러나 유지를 만나는 건 정말 오랜만인 기분이 들었다. 다카노는 가슴 깊숙한 곳에서 깊은 한숨을 내쉬었다. 이 기분을 어떻게 전하면 좋을지, 감이 잡히지 않았다.

다카노는 쓴웃음을 지었다. 뺨이 긴장해서 표정을 잘 지을 수 없었다.

"만나고 싶었어, 정말로."

"아까부터 회의실에서 개표작업하고 있어. 그렇게 내가 좋으면 얼른 따라와."

"기다려, 유지."

다카노는 바로 회의실 쪽으로 발길을 돌리려는 유지를 불러 세웠다. 유지는 다카노를 돌아본다. 의아한 듯 미간에 주름을 지으며 다카노를 보았다. 그 일순간 다카노는 생각했다. 가슴 속에 망설임이 스친다. 여긴 대체 어디일까. 발견되지 않는 자신의 반 학급위원들, 쏟아지는 눈 속에 서 있던 그 학교 건물, 옥상에서의 투신자살, 지금 이 시간.

일순 주저했지만, 다카노는 고개를 든다. 유지에게 다가가 부탁했다.

"중요한 얘기가 있어. 바쁜 건 알지만, 잠깐만 같이 가자. 너밖에 부탁할 사람이 없어."

"나중에 하면 안 돼?"

"지금 아니면 안 돼."

다카노의 대답에 유지는 불쾌한 듯 눈을 찌푸렸다. 그러나 그것은 다카노의 요청을 귀찮게 생각해서가 아니다. 다카노는 그것을 알고 있다. 그것은 유지가 무언가를 생각할 때의 버릇이었다. 그는 조용히 대답했다.

"오늘, 나는 공식적인 큰일을 하고 있는데. 그걸 알면서 하는 소리지?"

"네가 학생회장이라 바쁘다는 건 너무 잘 알아. 무리라는 건 알고 있고, 미안하게도 생각해. 하지만 중요한 일이야."

유지는 아직도 얼굴을 찌푸린 채였다. 손에 든 학생회 소책자를 말아 쥐고, 자신의 목을 가볍게 두드리고 있다. 생각하듯이 복도 저쪽, 회의실이 있는 방향을 보더니 깊은 한숨을 내쉬었다.

"알았어. 하지만 5분만 기다려. 학생회 애들한테 말하고 올게."

"고맙다, 유지."

"그리고 조건이 하나 있어."

"조건?"

유지는 천연덕스러운 얼굴로 다카노의 얼굴을 들여다본다.

"너희 반 영화 팸플릿, 사는 걸 깜박했으니까 한 부 얻어 줘. 히치콕도 시미즈 그림도 나 꽤 좋아하거든."

다카노는 처음 자신이 눈을 뜬 자료실로 유지를 데려갔다.

다른 사람들 눈에 띄고 싶지 않았다. 유지와 단둘이 아니면 할 수 없는 얘기였다. 다카노는 유지에게 지금까지의 일을 간략하게 설명했다. 얘기하면서, 그 내용에 몇 번이나 좌절할 뻔했다. 그것을 체험한 자신조차 믿을 수 없는 이상한 얘기다. 지금으로선 그것이 정말 있었던 일이었는지조차도 애매했다.

처지를 바꿔 자신이 갑자기 이런 얘기를 듣게 된다면 어떻게 생각할까. 다카노는 그런 생각을 했다. 아마 상대방이 농담을 한다고밖에 생각하지 않을 것이다. 믿을 수 있을 리가 없었다.

그런 어이없는 얘기를, 유지는 말없이 듣고 있었다. 다카노가 얘기를 마칠 때까지 한 번도 입을 열지 않았다. 쓸데없는 참견을 하지도 않았으며, 무언가를 질문하지도 않았다.

이제 시간이 얼마 없다. 다카노는 일단 전체적인 사정 설명을 끝내고, 잠자코 유지를 본다. 유지는 한동안 말이 없었다.

"부탁해, 유지."

다카노는 매달리는 심정으로, 유지를 부른다.

"믿지 못할 얘기라는 건 나도 알아. 얘기하는 나조차 도저히 믿을 수가 없어. 하지만 그게 전부 꿈이었다고는 생각되지 않아. 그럼 막아야 하잖아?"

유지는 자료실 바닥에 앉은 채, 서 있는 다카노를 말없이 올려다보고 있었다. 허공에서 시선과 시선이 부딪치고, 한동안 침묵이 있었다. 먼저 눈을 피한 사람은 유지였다. 그는 자신의 손목시계를 내려다보더니 신경질적으로 눈썹을 찡그리며, 불쑥 말했다.

"5시 53분이란 말이지. 앞으로 한 시간 반 남았군."

"유지!"

"……도움이 될지는 모르겠지만, 난 너를 만나기 직전에 사카키 선생님과 미즈키를 만났어. 아니, 사카키 선생님은 만났다고 할 수도 없지. 걸어가는 모습을 본 거뿐이야. 어디에 가는 중이었는지는 모르겠지만, 1층 복도를 서둘러 걷고 있더라."

유지는 거기서 자세를 고치고 다카노를 똑바로 바라본다. 일어서서 천천히 말했다.

"문제는, 미즈키야. 잘 들어. 그 애는 널 찾고 있었어."

"아아."

역시. 다카노는 체념에 가까운 기분으로 그 말을 들었다. 자신 안에 되살아나는 축제 마지막 날의 기억. 유지에게 들은 얘기. 미즈키가 나를 찾고 있다. 다카노는 물었다.

"——언제?"

"아까 너하고 만나기 바로 전. 3층 여자 화장실 안에서 미즈키가 입가를 누르면서 새파랗게 질린 얼굴로 나왔어. 그걸 보면 토한 것 같아. 요즘은 거식증도 많이 나았다고 너한테서 들었는데 의외라고 생각했지."

"……미즈키가."

"어디 안 좋아? 라고 내가 물었더니 미즈키는 놀란 듯이 나를 보더니, 다카노 못 봤냐고 물었어. 내가 못 봤다고 하니까 그럼 됐다면서 계단을 내려갔어."

"무슨 일이 있었던 걸까."

"아마. 무슨 일인지는 모르지만, 그 아이 힘들면 토하는 버릇 있었지?"

"응."

그건 사실이었다.

하루코로부터 자신을 비난하는 편지를 받았을 때도 그랬지만, 미즈키는 정신적으로 궁지에 몰렸을 때, 바로 그것을 구역질로 연결해 버리곤 했다. 그 토하는 버릇이 거식증과 함께 그녀를 괴롭히고 있었다.

그렇다면 역시 이날, 미즈키에게는 무슨 일인가가 있었다. 하루코에게 공격을 받았던 건 아닐까 하는 아키히코와 다카노의 추측이 적중한 것일까. 다카노는 입술을 깨문다. 미즈키는 어디에 있을까. 그날, 그녀는 다카노를 정말 필사적으로 찾고 있었던 게 틀림없었다.

"어떻게 할래, 다카노?"

유지가 묻는다.

"이제 시간이 없어. 그렇잖아, 어쩔 거야?"

"유지. 너 내 얘기 믿어 주는 거야?"

다카노의 질문에 유지가 눈을 가늘게 뜨고 다카노를 보더니 웃지도 않고 고개를 끄덕인다.

"거짓말이라고 하기엔 너무 리얼 하잖아. 그게 진짠지 어떤지는 둘째 치고, 넌 정말 있었던 일이라고 생각하는 거지? 믿어 달라고 한 건 너잖아."

"…… 모르겠어."

목에서 쥐어짜는 듯한 목소리로 다카노가 말했다.

"그게 정말 있었던 일인지 아닌지. 그 시간이 되어도 실제로는 아무 일도 안 일어날지도 몰라."

그렇게 말하는 다카노를 앞에 두고, 유지는 그 무표정을 고수했다. 학생회 자료를 손안에서 말아 들고 일어서더니 시침 뗀 얼굴로 다카노를 보았다.

"그땐 네가 그걸 막았다고 생각해 줄게. ……해야 하는 일이잖아?"

"고맙다, 유지."

다카노는 쓴웃음을 지으며 유지를 보았다. 1학년 때 같은 반에서 함께 일했을 때부터, 유지는 이런 녀석이었다. 자신들은 정말 유능한 학생회장을 두었다. 다카노는 표정을 다잡고 유지를 마주 보았다.

"같이 우리 반 학급위원들을 찾아 줘. 아마 그중에 하나가 틀림없이 뛰어내릴 거야. 막고 싶어."

"알았어. 다만 찾는 건 나 혼자 할게. 다카노, 넌 옥상으로 가라."

다카노는 유지를 보았다. 유지는 턱짓으로 위를 가리켜 보였다.

"뛰어내릴 녀석은 반드시 옥상으로 올라갈 거 아냐? 시간이 될 때까지 넌 거기를 지키는 거야. 그편이 확실히 그 애를 설득할 수 있어."

유지는 희미하게 코끝으로 웃으며 다카노의 어깨를 두드렸다.

"너희 반 학급위원이잖아? 전부 다 아는 사이니까 걱정 마. 혼자서도 찾을 수 있고, 여차하면 아무 핑계나 대고 후배한테도 부탁할게. 게이코쯤은 내가 찾아도 아무도 이상하게 생각하지 않을 거 아냐?"

"은혜 꼭 갚을게, 유지."

다카노는 지금 여기가 언제의 어디인지도 모른다는 사실을 떠올렸다. 현실 세계인지인지도 알 수 없고, 지금 자신과 얘기하고 있는 유지가 본인인지 어떤지조차 확신할 수 없지만, 다카노는 그래도 상관없다고 생각했다.

"유지, 쓸데없는 참견인지도 모르지만 하나 부탁하고 싶은 게 있어."

"뭔데?"

"너, 게이코 포기하지 마."

유지는 조용히 다카노를 바라보았다. 무슨 말을 하려는 듯 그 입술을 살짝 움직인 것 같았다. 그러나 다카노는 기다리지 않고 말을 이었다.

"이건 내 감인데, 게이코는 널 기다리고 있어."

유지는 잠자코 다카노의 얼굴을 쳐다보고 있었다. 침묵이 내려왔다. 유지는 일순 다카노를 보며 눈을 살짝 찡그렸지만, 잠시 후 입술을 추켜올리며 웃었다. 그리고 말했다.

"네가 말 안 해도 알아. 그 녀석한텐 나밖에 없어."

얄미울 정도로 여유가 느껴지는 웃음이었다. 보고 있으려니 저도 모르게 한숨이 새어 나온다. 다카노는 웃었다.

"너답다, 유지. ……정말 고맙다, 은혜는 꼭 갚을게."

"여기서 이러고 있을 시간 없어. 너도 얼른 위로 가라."

유지는 말을 끝내자마자 다카노에게 등을 돌린다. 다카노는 그 등을 지켜보고 나서 고개를 들어 천장을 노려보았다. 앞으로 약 한 시간.

다카노는 자료실을 나와 서둘러 계단을 올라갔다.

3

옥상으로 나가는 문에 열쇠는 잠겨 있지 않았다.

다카노는 문을 열고 옥상을 둘러본다. 거기에는 아직 아무도 없었다. 하늘은 아직 햇빛을 간직하고 있었고, 희미하게 푸르렀다. 다카노는 울타리 가까이에 가서 교정을 내려다보았다. 축제의 노점들은 슬슬 정리에 들어갈 시간이다. 그러나 아직 학교는 학생들의 목소리로 시끄러웠고, 교정은 사람들로 넘치고 있었다. 노점 텐트와 그 앞에 세워진 간판들로 장식된 교정은 축제다운 활기가 넘치고 있었다. 다른 학교 학생들도 많이 온 듯, 세이난 교복이 아닌 다른 학교 교복도 많이 보였다.

다카노는 다시 한 번 옥상을 둘러보고, 만일의 사태에 대비해 건물 안으로 이어지는 문을 닫아걸었다.

시계는 정각 5시를 가리키고 있다. 앞으로 한 시간 안에 그 인물은 여기로 올 터였다. 유지가 학급임원들 중 누군가를 발견하더라도 이리로 데려올 것이다. 그러나 아직 누가 올라오는 듯한 기척은 없다. 다카노는 옥상 문 앞, 계단에 앉아 자기 얼굴 앞에서 깍지를 꼈다.

3층에서부터 아래는 축제의 소란스러움으로 가득 차 있었다. 그러나 옥상인 이곳은 축제와는 원래부터 관계없는 공간이었다. 아무도 오지 않고, 여기 앉아 있으면 외부의 들뜬 공기에서 자신이 완전히 차단된 것을 느낀다. 학생들이 떠드는 목소리를 멀리 느끼면서, 다카노는 여기에 올 사람을 기다렸다. 생각해 보면 다카노는 계속 기다리고만 있다. 묘하게 우스워져, 자조하듯 혼자 웃었다. 기다린다는 행위는 아무리 반복해도 익숙해질 것 같지 않다. 긴장으로 몸이 굳고, 심장은 계속 크게 뛰며 자신을 초조하게 한다.

팔을 꽉 껴안고 고개를 떨어뜨린 채, 다카노는 기다림을 견디고 있었다. 아직 안 온다, 그 인물은 아직 오지 않는다. 시계를 본다. 막 5시 반이 되고 있었다.

침착하지 못하게 일어나며 다카노는 생각한다. 뛰어내린 시간은 5시 53분이었다. 그럼 그 사람이 오는 건 그 이전이어야 한다. 그럼 슬슬 올 때가 되지 않았는가. 오는 그 아이를 어떻게 설득해야 하는가, 그럼 무슨 얘기부터 해야 하는가. 다카노는 그런 생각을 하면서 계단 아래를 내려다보았다. 그러나 아직 누가 오는 기척은 없었다.

어금니를 악물며 벽에 이마를 대고, 다카노는 짧게 숨을 들이쉬었다. 눈을 감고 기도하는 마음으로 생각한다. 아무도 안 오는 걸까. 그것은 전부 꿈이었을까. 아니면 자신과 유지의 존재가 그날 그 사건을 회피할 수 있게 한 건가.

무서워서 좀처럼 시계를 볼 수 없었다. 한 번 보면 자신은 계속 시계만 보게 될 것 같았다. 시곗바늘이 좀처럼 움직이지 않는다며 신경을 곤두세우는 것만큼은 피하고 싶었다. 예민해져서, 그 누군가가 왔을 때 말을 제대로 못 하게 되면 큰일이다.

이젠 됐을까. 슬슬 시간이 됐나. 다카노는 눈을 감고 왼쪽 손목에 찬 시계를 오른손으로 감쌌다. 마음을 다잡고 천천히 눈을 떠 시계를 보았다.

다카노는 조용히 숨을 삼켰다.

5시 50분 정각. 앞으로 3분. 거기서 마지막으로 본 시간과 같았다.

그때였다. 다카노는 자신의 시야가 천천히 흐려지기 시작하는 것을 느꼈다. 불길한 예감이 가슴속을 스치고 지나간다. 하얗게 안개가 낀 듯한 시야——, 설마.

자신의 발끝에서, 그리고 무릎에서 힘이 빠져나가는 것을 느꼈다. 다카노는 벽에 손을 짚고, 필사적으로 잠기운으로부터 도망치려 해 본다. 바보같이, 말도 안 돼. 이런 중요한 때에. 다카노는 입술을 꽉 깨문다. 의식을 놓치면 안 된다, 그렇게 필사적으로 되뇐다. 지금 여기서 자신이 잠들어 버리면, 누가 미즈키를 설득하겠는가.

수마는 집요하게 다카노의 머리를 흔들어댄다. 다카노는 크게 고개를 저으며 눈가를 힘껏 눌렀다. 벽에 손을 짚고, 내려오는 눈꺼풀을 필사적으로 밀어 올렸다. 온 힘을 다해 주먹으로 벽을 친다. 악문 입술에서는 피 맛이 흘러들어왔다.

점점 흐려져 가는 시각과 청각 저편에서, 다카노의 귀가 계단을 올라오는 희미한 발소리를 들은 것 같았다. 하얗게 흐려져 가는 시야 속에 걸어오는 그 누군가의 머리가 보인다.

왔다.

그 생각에 다카노는 눈을 뜨려고 했다. 그러나 잘되지 않았다. 그 누군가의 머리를 본 순간이 마지막이었다. 다카노의 의식은 툭 끊겨 잠 속으로 삼켜졌다.

4

저녁의 교정, 다카노는 거기에 서 있었다.

조금 전까지 자신이 어디에 있었는지 애매하다. 다카노는 마른침을 삼키며 옥상을 올려다보고 있다. 머릿속 의식은 얼어붙은 듯 새하얗고, 올려다보고 있는 자신의 내부에서 목소리가 들려오는 것을 느낀다.

떨어진다, 고 그 목소리는 말하고 있었다.

믿을 수 없는 심정으로 다카노는 주위를 둘러본다. 유지가 서 있었다. 유지도 옥상을 올려다본 채 꼼짝도 하지 않았다. 다카노를 돌아보지도 않았다.

어째서, 자신은 지금 여기에 있는 걸까. 조금 전까지 옥상 입구를 감시하고 있었다. 그런데, 그런데 지금. 어째서 이런 곳에서 또 옥상을 올려다보고 있어야만 하는가. 이래서는 그날을 반복할 뿐이다.

그만둬, 죽을 거야? 저거 누구야? 그런 일을 해 봤자 뭐가 돼, 위험해, 누가 좀 도와줘, 누가 좀 누가 좀 누가 좀 누가 좀, 누가 좀 도와줘——.

다카노는 옥상을 바라본 채 눈을 크게 떴다. 주위에서 들려오는 목소리가 전부 사라진다.

옥상 울타리 위에서, 교복 스커트가 바람에 펄럭이고 있었다.

'떨어진다', 라는 목소리를 정말 들었는지 아닌지. 동요 때문에 그것은 이제 와서는 잘 생각나지 않는다.

그 목소리는 그때 그 순간 분명히 어디에선가 났고 또 실제로 자신이 들었다고 생각했지만, 구체적으로 누가 말했는지, 어떤 목소리였는지를 떠올리려 하면 그 부분이 갑자기 애매해져서 확실하지가 않다.

다만 그때, 다카노의 머릿속은 새하얬다. 경련하는 그 머릿속에서,

오직 한 마디의 조용한 목소리가 불쑥 떠올라 분명히 알리고 있었다.

이제 떨어진다, 고.

얼어붙은 듯 움직임이 일절 멈춘 공기 속에서, 다카노는 마른침을 삼키며 옥상을 올려다보고 있었다. 올려다보기 위해 쳐든 목이 아프다. 그 아픔이 말해주듯이 그곳은 높다. 절망적으로 높다, 왠지 그런 생각이 들었다. 늦었다. 아무리 해도 이 일을 피할 수는 없다.

그는 경직된 눈꺼풀 때문에 눈 한 번 제대로 깜박일 수도 없었다.

옥상 울타리를 등지고 힘없이 떨어뜨린 고개가 움직이지 않는다. 그 귀에는 자신의 이름을 부르는 소리도, 끊임없이 되풀이되는 울부짖는 듯한 만류도 전혀 들리지 않는 듯 보였다.

아무것도 하지 못한 채 계속 올려다보고만 있던 다카노의 눈에 출렁, 하고 균형이 무너지는 모습이 보였다.

옥상에 서 있던 사람은 츠노다 하루코였다.

시선을 피할 수가 없다. 여자아이들이 찢어지는 듯한 비명을 지른다. 누가 좀, 누가 좀, 이라고 외치는 목소리가 들린다.

하루코의 몸이, 울타리에서 멀어진다.

울음소리가 크게 들려왔다.

'하루코!!!!' 하고 그 목소리는 비명을 질렀다. 미즈키였다.

차갑게 식은 바람이 강하게, 다카노의 볼을 때리듯이 스쳐 지나갔다.

한층 높아진 주위의 울음소리, 비명.

믿어지지 않을 정도로 가슴 속이 차갑게 식어, 그것은 말라비틀어진 것 같았다. 그런가 하면 갑자기 뜨거운 것이 울컥 치밀어 다카노는 숨을 잘 쉴 수 없었다.

유지가, 아무 말 없이 옆에 서 있다. 입술이 말라붙어버린 듯, 아무 말도 하지 못하고 있다. 다카노와 눈이 마주쳐도 마찬가지였다.

그날과 완전히 똑같았다.

다카노는 필사적으로 주위를 살핀다. 모든 것이 색을 잃어버린 그 곳에, 주변 사람들은 아무도 움직이지 않는다. 그들은 모두 마네킹처럼 그 자리에 고정되어 있었다. 다카노는 그 안에 멍하니 서 있을 키가 큰 남자를 찾는다. 그날 다카노는 여기에서 사카키를 보았다.

그날, 오직 혼자서 허공을 올려다보고 있던 자신의 사촌 형. 얼어붙었다는 표현이 딱 맞게 그는 움직이지 않았다. 아무 말도 없이, 망연히 서 있었다. 그는 그날 다카노에게 이렇게 말했다. 한숨 같은, 신음에 가까운 목소리로 '왜 저 녀석이 뛰어내리는 거야'라고.

사카키는 그날과 같은 곳에 서 있었다.

옥상을 올려다보고 있던 그 얼굴이 천천히 다카노를 향한다. 그 표정은 그날과는 전혀 달랐다. 그 얼굴에는 슬픔이 섞인 쓴웃음이 희미하게 떠올라 있었다. 경악으로 숨을 삼키며 눈을 부릅뜨고 있는 다카노에게, 그는 이렇게 말했다.

"겨우 생각이 났구나, 히로시."

사카키가 서 있었다.

제17장

차가운 학교의 시간은 멈춘다

사카키는 한밤중부터 내리기 시작한 눈을 창문 너머로 잠자코 보고 있었다.

책상 위에 몇 장의 서류를 놓고, 사카키는 아까부터 그것을 보고 있었다. 서류를 읽고 있다기보다는 그냥 보고 있다는 말이 정확했다. 본다고 해서 결론이 날 얘기가 아니다. 사카키가 서류를 집어넣으려고 했을 때였다. 방 안에 '딩동'하는 초인종 소리가 울렸다.

사카키는 고개를 들고 방 시계를 본다. 텔레비전 위에 놓여 있는 시계는 알람시계도 겸한 사카키 집의 유일한 시계였다. 사카키는 살짝 눈을 찌푸리며, 이런 시간에 대체 누굴까 하고 생각한다. 오후 10시 반. 이른 시간이라고 하긴 어렵다.

사카키는 일어서서 커튼 틈으로 밖을 내다본다. 아까부터 내리기 시작한 눈은 점점 심해지고 있는 것 같다. 이대로 가면 내일은 휴교가 될지도 모른다. 그 정도로 바람이 세고 눈이 많이 내리고 있었다. 이런 날, 이런 시간에 대체 누가 무슨 일일까.

현관에 가까이 가서 '네' 하고 대답하며 방범 렌즈로 밖을 보니, 친근한 얼굴이 거기에 서 있었다. 고개를 숙이고, 추운지 입고 있는 코트 팔을 계속 문지르고 있다. 사카키 반의 학생, 츠지무라 미즈키였다. 누구인지를 확인함과 동시에 사카키는 문을 열었다.

사카키의 본가는 학교에서도 충분히 통근할 수 있는 거리에 있다. 그러나 사카키는 분가를 선택하고, 여기에 혼자 방을 얻었다. 그 때문에 마음이 편했는지, 진로 상담 같은 걸 하려고 직접 자신의 집을 찾아오는 학생도 많았다. 수능시험이 다가오는 요즘은 더해서, 학생들이 다들 긴장하고 있다는 게 사카키로써는 우습기도 하고, 안타깝기도 했다.

미즈키는 그중에서도 사카키의 집에 오는 횟수가 많은 학생이다. 같은 반인 다카노 히로시와 자신이 사촌지간이라는 게 큰 이유지만, 그걸 빼고도 사카키는 미즈키가 어렸을 때부터 잘 알던 사이였다. 그러나 이런 날씨에 이런 시간이라는 건 좋은 징조가 아니다. 사카키를 찾아올 때에는 다들 미리 전화를 하는 게 보통이었다. 미즈키도 예외는 아니었다. 그렇다면 어머니와 진로 때문에 싸우다가 집을 뛰쳐나오기라도 했나. 있을 법한 일이라고, 사카키는 생각했다.

"무슨 일이야? 미즈키."

문을 열자 순간 놀랄 정도로 차가운 공기가 방 안으로 흘러들어왔다. 검게 먹을 뿌린 듯한 밤하늘에 흩어지는 눈은 차라리 상쾌한 인상을 주기도 했다. 그러나 사카키가 그걸 올려다본 것은 잠깐이었다. 미즈키가 '사카키샘'이라고 부르며 고개를 들었다.

사카키는 짧게 숨을 삼켰다.

방범 렌즈로는 알 수 없었다. 미즈키는 우산을 가지고 있지 않았다.

머리와 어깨 위에는 눈이 하얗게 덮여 있었고, 복도 불빛 아래 비친 얼굴은 창백했다. —— 걸어온 걸까, 이렇게 눈이 오는 길을 우산도 안 쓰고.

"……눈이 엄청 오네."

사카키는 한 마디 중얼거리듯이 그렇게 말하고는 미즈키의 어깨에 손을 얹고 방 안으로 인도했다. 미즈키의 발은 움직이지 않는다. 사카키를 올려다보는 그 눈이 크게 흔들렸다. 사카키의 손이 닿은 그녀의 어깨는 작게 떨리고 있었다. 미즈키는 말했다.

"사카키샘……. 나, 사카키샘한테 고백할 게 있어요."

"뭔데."

"나, 하루코를 죽였어."

사카키는 말없이 미즈키를 보았다. 미즈키는 사카키를 올려다보고 있었다. 혼란에 빠져 있는 거로 생각했으나, 그런 것 같지는 않았다. 그녀는 냉정했다. 미즈키는 한 번 더, 이번엔 아까보다 더욱 침착한 목소리로 말했다.

"말 그대로야. 내가 그 애를 죽였어요."

1

다카노가 정신이 들었을 때, 그곳은 다시 눈이 내리는 세이난 고등학교 안이었다.

천천히 눈을 뜬다. 그는 학교 3층에 서 있었다. 조금 전까지 들려오던 축제의 소란스러움은 이미 없었다. 어두운 복도에서 고개를 들자 창밖에는 눈이 쌓여 있었다. 다카노는 정면을 바라본다. 눈앞에는 위로 이어지는 계단이 나타나 있었다.

어째서 자신은 여기가 3층인 줄 알았을까. 어째서 저것이 4층으로 가는 계단이라는 걸 알 수 있는 걸까. 그러나 다카노는 자신이 가야 할 곳을 알고 있었다. 다카노는 인형이 되지 않았다.

다카노는 계단을 한 단씩 올라간다. 4층에 올라가자 제일 정면 교실 문을 망설이지 않고 열었다. 안을 보며 다카노가 조용히 중얼거렸다.

"그런 거였어? 사카키 형."

칠판과 제일 가까운 자리에 사카키가 앉아 있었다. 다카노를 돌아보더니, 그는 희미하게 쓴웃음을 짓고는 오른손을 들어 보였다.

"아아, 처음부터."

그 얼굴이 말했다.

"어떻게 된 건지 말해 줘. 형은 다 알고 있을 거 아냐."

다카노는 사카키가 앉아 있는 자리로 다가간다. 사카키의 표정은 변하지 않았다. 추궁하는 다카노에게 '앉아'라며 자신의 앞자리를 가리킨다. 다카노가 말없이 자리에 앉자 사카키는 또 조용히 웃었다.

다카노는 사카키를 바라보며 물었다.

"'여기'는 대체 어디야? 죽은 사람은 츠노다 하루코였어. 그럼 이건 대체 누구 '안'인 거지?"

"미즈키야."

별것 아닌 일처럼 사카키는 딱 잘라 대답했다. 다카노는 눈썹을 찌푸리며 그를 응시한다. 사카키는 조용히 다카노를 바라보고 있다.

"여긴 미즈키의 머릿속이야. 우리들은 그곳에 갇혀 있어. 더 이상 도망칠 곳이 없어진 그 애가, 여길 만들어내서 우리들을 가뒀어."

"……대체 무슨 일이 있었는데?"

다카노는 얼굴을 일그러뜨리고 입술만을 움직여 중얼거렸다. 그 목소리는 한숨처럼 떨려서 거의 소리가 되어 나오지 않았다. 사카키는 희미하게 웃는다. 다카노를 바라보며, 침착한 목소리로 그가 말했다.

"그럼 처음부터 얘기해 볼까, 히로시."

2

"이것이 시작되기 전날 밤……, 이라고 하는 게 이해가 빠르겠지. 눈이 내리기 시작한 그 날 밤에 미즈키가 갑자기 우리 집을 찾아왔어."

어딘가 그늘진 눈으로, 사카키가 얘기를 시작했다.

"학생이 그렇게 나를 찾아오는 건 드문 일도 아니고, 미즈키도 그게 처음이 아니었거든. 하지만 밖에는 눈이 내리고 있었던 데다 미즈키는 우산도 안 쓰고 있었어. 온몸이 눈에 젖어서 집 앞 현관에 서 있었지."

'무슨 일이야? 미즈키.'

사카키가 묻는다. 미즈키는 고개를 들지 않았다.

"어머니랑 싸우고 뛰쳐나오기라도 한 줄 알았지. 근데 그게 아니었어. 미즈키는 흥분한 것 같지도 않았고. 어쨌든 난 그 아이를 안으로 들어오게 하려고 했는데, 미즈키가 갑자기 이렇게 말하더군. '나, 하루코를 죽였어'라고."

다카노는 입을 꾹 다물고 사카키를 보았다. 얘기를 잇는 그의 눈빛은 고요했다. 어렸을 때부터 알고 있는 사카키가 갑자기 전혀 모르는 다른 사람처럼 보인다.

"미즈키가 방에 들어오고 나서, 난 어쨌든 얘기를 듣기로 했어. 그 자살은 두 달이나 전에 있었던 일인데, 지금에 와서 새삼 무슨 얘길 하는 거냐고 생각했지. ……그때 있었던 일은 이제 다 생각났냐?"

"대충. 자세한 것도 제법 기억나."

다카노가 고개를 끄덕이자 사카키는 자조하는 듯한 건조한 목소리로 말을 이었다.

"츠노다 하루코가 자살한 원인은 수험 노이로제였어. 미즈키와 싸운 일 따위와는 전혀 관계없어. 미즈키랑 마찰이 있었던 건 반년이나 지난 얘기고. 그 아이 성적이 지망하는 학교 수준까지 잘 오르지 않았던 데다 마음만 초조해서 악순환이 반복됐지. 노력은 하지만 요령을 모르는 애였어. 공부를 안 하는 것도 아닌데 성적은 안 오르고. 그게 자신을 궁지로 몰고 가고. 진로지도를 담당해서 알지만, 하루코만큼 열심히 공부한 애도 없어. 미즈키나 너하고 비교할 게 아니었지."

"……너무 공부만 한 게 역효과를 가져온 거 아냐?"

다카노는 신음하듯 말했다.

"놀기도 하고 책을 읽기도 하고, 가끔 숨을 돌리지 않으면 효율이 떨어진다는 건 모두들 알 거 아냐? 우리는 어쩌다 그걸 잘했을 뿐이라고."

"알아. 하지만 하루코는 그렇게 생각하지 않았어. 머리로는 알고 있었을지도 모르지만, '공부해야 돼'라는 강박관념이 쉬는 걸 용서하지 않았지. 책상에만 달라붙어 있다 보니, 스스로도 마음의 균형을 잡을 수 없게 된 거야. 그게 수험 노이로제, ……경찰과 매스컴, 우리 학교 측에서 내린 하루코의 자살 원인이야."

"그게 우리들 때문이라는 거야?"

다카노는 내뱉듯이 말했다. 화가 났다. 그건 너무 자기중심적인 변명이다.

"자신이 힘든 상황에 몰렸는데, 옆에 있는 우리들은 노는 것처럼 보인다? 그게 분하고 시기가 나서, 그래서 죽었다는 거야? 그렇다고 해도 그게 '하루코를 죽였다'는 결론이 되는 건 아니잖아. 미즈키는 거기에 책임을 느끼고 고민을 했다는 거야?"

"너 좀 진정해라. 그게 아니야."

사카키의 말투는 지극히 냉정했다. 그는 고개를 저었다.

"미즈키는 이렇게 말했어. '나, 하루코를 죽였어. 말 그대로야. 내가 그 애를 죽였어요'라고 말이지. 내가 하는 말도, 말 그대로의 의미. 하루코가 자살한 원인에는 아까 말한 수험 노이로제도 있긴 했겠지. 그러나 그게 다는 아니었어. 탄환이 장전된 총이 준비되어 있었다고 해도, 흉기가 있다는 것만으로 사람이 죽지는 않지. 죽기 위해서는 누군가가 방아쇠를 당길 계기를 줄 필요가 있어. 그걸 한 사람이 미즈키야."

"무슨 소린지 모르겠군."

다카노는 이를 악물고 중얼거렸다.

"무슨 소린지 모르겠어. 자살이라는 건 자기 의사로 하는 거잖아? 그걸 어떻게 미즈키가."

거기까지 말하다가, 다카노는 문득 깨달았다. 머릿속에 짚이는 게 하나 있었다. 조금 전에 유지가 한 얘기. 축제날, 미즈키가 창백한 얼굴로 자신을 찾고 있었다고 했다. 다카노는 분명 그 말을 들었다.

츠노다 하루코가 자살한 그 날 방과 후, '그러고 보니'라고 막 생각난 듯 유지가 자신에게 말했다. 그건 실제로 있었던 일이다. 미즈키에게 '무슨 일 있었어?'라고 다카노는 나중에 물었다. 그러나 미즈키는 애매하게 고개를 저으며 '그냥 기분이 나빠져서. 아무것도 아니야'라고 무뚝뚝하게 대답했을 뿐이었다.

다카노에게도 미즈키에게도, 그날은 자살의 충격이 너무 컸다. 그래서 그 얘기는 거기서 끝이었다. 다카노는 그 일을 하루코의 자살과 직접 연관 지어 생각한 적은 없었고, 미즈키도 하루코의 자살이 있었던 직후여서 사소한 얘기를 할 상황이 아니었을 거라고 생각했다. 그러나 미즈키에게는 금방 토하는 안 좋은 버릇이 있다. 그 버릇이 가장 현저하게 일어났던 원인이 누구 때문이었는지. 조금만 생각해 보면 바로 알 수 있었을 텐데.

다카노는 마른침을 삼키며 사카키를 보았다. 조용하고 흔들림 없는 눈이 다카노를 보고 있었다.

"츠노다 하루코는 그날 미즈키에게 편지를 썼어."

감정이라고는 없는, 표정을 읽을 수 없는 목소리였다.

"단, 그건 너희가 걱정했던 것처럼 미즈키를 공격하는 내용은 아니었어. 축제 마지막 날, 하루코는 그걸 미즈키에게 건넸어. 미즈키가 시미즈 대신 접수를 하고 있었을 때라고 하더군. 지금까지의 일은 전부 없었던 것처럼 밝은 얼굴로, 다른 사람이 안 볼 때를 골라 하루코가 건넨 것 같아. '미안하지만 이거 읽어 줄래?'라면서. 미즈키는 그걸 열어볼 수가 없었어. 무서워서 읽을 수가 없었지. 자신이 토하는 버릇이 있다는 것도 알고 있었을 테고. 접수 시간을 어찌어찌 보내고, 그 애는 서둘러 3층 화장실로 갔어. ……널 찾으면서."

'그걸 보면 토한 것 같았는데.'

유지가 보았다는, 미즈키의 새파랗게 질린 얼굴. 필사적으로 다카노를 찾는 미즈키.

"편지로, 하루코는 미즈키에게 사과했어."

다카노는 그렇게 말한 사카키의 얼굴을 뚫어지라 바라보았다. 그 시선에는 상관하지 않고 사카키는 말을 이었다.

"이제 와서 용서받을 수 있을지 모르겠지만, 날 용서해 줄래? 미즈키가 없으면 외롭다는 걸 깨달았어. 더 이상 못 견디겠어. ――예전처럼 사이좋게 지낼 수 있을까? 원래대로 돌아가고 싶어."

담담한 사카키의 목소리를 들으면서, 다카노는 자신의 팔에 오싹 소름이 돋는 것을 느꼈다.

원래대로 돌아가고 싶어. 예전처럼, 사이좋게…….

그래서, 미즈키는 토한 것이다.

"미즈키는 이미 그렇게 할 수 없었어."

사카키는 다카노가 생각한 것과 같은 말을 했다. 당연했다. 없는 게 나은 친구도 있는 법이라고, 반복해 들려주며 자신들은 미즈키를 격려해 왔다. 하루코에게 그렇게 비굴해질 필요 없다. 미즈키가 스스로를 혐오하던 마음을 하루코에게 돌리려고 애쓴 사람은 자신들이었다. 미즈키는 몇 번이나 하루코에게 사과하며 원래대로 돌아가고 싶다고 울었다. 그때마다 그걸 거절해 온 사람은 하루코 자신이 아닌가.

다카노는 중얼거렸다.

"……그럴 수 있을 리가, 없어."

"그렇지, 그럴 수 있을 리가 없지."

사카키는 고개를 끄덕였다.

"웃기지 마, 미즈키는 그렇게 생각했어. 나도 그게 당연하다고 생각해. 그때 미즈키는 하루코에게 더 이상 미련도 없었고, 그녀에게서 받은 상처를 다 잊지는 못했겠지만 너나 다른 학급위원들이 있어 주어서 하루코하고의 일은 어떻게 되든 상관없다고 생각하게끔 되어 있었어. 그러면 그 일을 계속 질질 끌고 있던 건 오히려 하루코 쪽이 되지."

"그건, 알 것 같아. 우리들은 하루코에게 좋은 인상을 갖고 있지 않았어. 학급위원들 모두. 반에서 하루코가 조금 입장이 곤란했던 건 느끼고 있었지만."

"그래. 그리고 나도."

자조적으로 웃으며 사카키는 다카노를 본다. 몹시 무거운 침묵이 흘렀다. 입을 다물어버린 다카노를 상관하지 않고 사카키가 말을 이었다.

"옆에서 보면, 하루코는 미즈키를 괴롭힌 가해자였어. 사정을 모르는 다른 애들까지 그걸 눈치챌 정도로 노골적인 가해자. 하루코의 편지에 있던 '못 견디겠어'라는 말은 미즈키가 없어서 외롭다는 사실이 아니라 그렇게 자신이 가해자로 몰리는 것, 그거였을 거야. 수험 노이로제 말고도 그 애를 괴롭히는 게 있었다면, 바로 그거야."

사카키는 거기서 문득 허공에 시선을 던졌다. 이곳에 와서 처음으로 보인 표정이었다. 사카키는 허공을 올려다보며 다카노에게 질문을 던졌다.

"여기에 있는 미즈키, 그 아이가 진짜 미즈키라고 생각하니?"

"……무슨 뜻이야?"

"말 그대로야. 계속 보고 있었는데, 여기의 미즈키는 너무 약해. 네가 알고 있는 미즈키는 그렇게까지 약하고 스스로를 자책만 하는 아이였니? 오랜 친구잖아. 생각 좀 해 봐."

한동안, 다카노는 말이 나오지 않았다. 천천히 마지막으로 만난 그녀를 떠올린다. 양호실 침대 위에 누워, 울면서 고개를 젓는 미즈키. 그것도 분명 그녀의 한 모습이긴 하다. 그러나…….

"너무 약하다, 그런 생각을 하긴 했어."

다카노는 불쑥 말했다.

"실제의 미즈키라면 하루코에 대한 미움도 약간은 가지고 있었을 거라고. 그 생각은 했어. 확실히 여기 있는 미즈키는 하루코에 대한 악감정이 너무 없어. 이건 미즈키가 제일 심각했을 때 그대로야. 그 시기가 지나고 나서 미즈키는 하루코를 싫어하게 되었으니까."

"맞아. 잘 모르겠지만, 저건 아마 미즈키의 약한 부분이 극대화된 모습이겠지. 여긴 호스트가 바라는 것이 무엇보다도 우선시되는 세계니까. 하루코를 비난하고 싫어한 자신에 대한 후회, 그게 여기에서 보이는 그 아이의 모습이야. 실제의 미즈키는 그렇지 않았어. 하루코 얘기는 거의 하지 않았지. 완전히 무시하고, 완전히 벗어났었어. 싫어했다고 말할 수도 있지."

"미즈키가 하루코한테 뭘 했는데? 이곳의 미즈키 모습이 그 아이의 이상이라는 거야? 하루코에 대한 공격성을 전부 버린 미즈키, 그런 모습이 그 아이가 바라는 이상이라고?"

다카노의 어조가 강해진다.

"그날, 미즈키가 대체 하루코한테 뭘 했는데?"

"하루코의 편지에는 사죄와 제안이 쓰여 있었어. 만약 자신을 용서해 준다면, 6시에 옥상으로 와 달라, 얘기가 하고 싶다고. 미즈키는 거기 가지 않았어. 안 간 것만이 아냐. 하루코의 편지를 읽고, 미즈키는 토했지. 창백해진 얼굴로 편지에 대해 상의하려고 너를 찾았어. ……찾으려고 교내를 돌아다니다가, 하루코를 만났지."

다카노는 조용히 사카키의 말을 듣고 있었다. 등줄기에 차가운 것이 흘러내린다. 정면으로 사카키의 얼굴을 바라보며 숨을 삼켰다. 말이 되어 나오지 않았다. 얘기를 재촉할 생각도 들지 않았다.

사카키는 담담하게 말을 잇는다.

"미즈키의 모든 것이 일순 멈췄어. 자신의 토하는 버릇, 방금 자신이 토하고 왔다는 사실, 교실에서 고립되었을 때의 일들, 피해망상에 사로잡힌 하루코에게 자신이 어떤 짓을 당했는지. 이미 완전히 끝난 일을 그녀는 들춰내려고 하고 있었어. 그리고 자신과 다시 사이좋게 지내고 싶다고 제안을 한 거야. 그때 미즈키는."

미즈키는.

그 뒤는 듣지 않아도 알 수 있었다. 여태까지 억눌러왔던 것들이 있는 게 당연했다. 하루코와 있었던 일들을 자신 안에서 소화시키는 동안 그녀는 한때 자신이 얼마나 비굴했었는지를 깨달았을 것이다.

두 번 다시 그런 일에 휩쓸리고 싶지 않다. 미즈키는 그렇게 생각하고 있었을 것이다.

달리 아무도 없는 어두운 교실에서, 무정할 만큼 차분한 사카키의 목소리가 말했다.

"하루코에게 이렇게 말했어. '난 이제 너하고는 상관없어. 아무것도 변하지 않을 거야. 지금 이대로 변하지 않을 거야. 네가 나한테 한 일도 변하지 않아. ……다른 애들의 시선도 변하지 않아'."

3

긴 침묵이 흘렀다.

할 말을 잊은 듯 다카노는 말없이 그곳에 앉아 있었다. 창밖에서, 바람이 유리창을 덜컹덜컹 흔든다. 하얗게 얼어붙은 눈 속으로 모든 것이 빨려 들어갈 듯한 착각에 사로잡혔다. 침묵을 깬 사람은 사카키였다.

"6시가 된대도 미즈키는 옥상에 갈 생각이 없었어. 할 말을 다 한 다음 하루코와 헤어져서, 미즈키는 그걸로 모든 일이 끝났다고 생각했겠지. 하지만 그렇지 않았어. 6시 전, 하루코는 도박을 해 보기로 했지. 그게 아마도 그거였을 거야."

"……그런, 것."

다카노의 목소리는 목에 걸려 갈라져 있었다.

"그런 것 때문에, 자살을 한 거야? 그건."

"물론 그것 때문만은 아냐. 성적 문제도 있었고, 진로 문제도 상당히 그 아이를 괴롭혔지. 미즈키랑 있었던 일은 방아쇠에 불과해. 총에 탄환은 이미 장전되어 있었어. 그 방아쇠가 된 것, 그게 그 도박이었을 거야. 6시 전에 미즈키가 올까, 오지 않을까. 문제는 그 자체가 아니야. 오든 오지 않든, 하루코는 아마 뛰어내릴 셈이었을 거야. 실제로 6시가 되기 전인 5시 53분, 미즈키를 기다리길 포기하고 하루코는 뛰어내렸어."

"그럼 미즈키가 오고 안 오는 게 무슨 관계가 있어? 아무것도 바뀌지 않잖아. 원래부터 죽을 셈이었다면 뭘 걸고 도박을 한다는 거지?"

"자신의 생명을 내던져서, 하루코는 미즈키와 승부하기로 한 거야. 너희도 말했던 것처럼, 하루코가 왜 그렇게 사람들 눈이 많은 곳에서 자살해야 했는가를 생각해 봐. 하루코는 그렇게 눈에 띄고 싶어 하는 아이는 아니었어. 그럼 그게 왜겠니?"

다카노는 다시 입을 다물었다.

몰랐기 때문이 아니다. 확실하진 않지만, 알 것 같은 생각이 들었기 때문이었다. 사카키는 얼굴을 찡그렸다. 보이지 않는 고통을 견디는 듯 보였던 그가 내뱉었다.

"피해자와 가해자를 역전시키기 위해서야."

사카키의 눈에는 깊은 그늘이 보였다.

"아무것도 변하지 않아, 미즈키는 그렇게 말했어. 하지만 주위 사람들의 시선은 어떨까? 옥상에서, 전교생이 보는 앞에서 뛰어내리는 것으로 미즈키와의 사이에 생겨난 피해자와 가해자라는 도식을 부수는 것. 하루코는 그걸 하고 싶었던 거야. 그래서 도박이라는 거지. 언제부터 하루코가 죽을 결심을 했는지 그건 몰라. 미즈키하고 정말 예전으로 돌아갈 수 있을 거라고 생각하지도 않았겠지. 유서도 없는 이상, 진실은 알 수 없어. ……다만 미즈키의 마음속에는 평생 지울 수 없는 가해자의 낙인이 찍히게 되지. 참 별거 아닌 동기라고 나는 생각하지만, 노이로제로 괴로워하던 츠노다 하루코에겐 그렇지 않았어. 이건 단순히 그런 얘기야."

사카키는 말을 마치고 다카노를 응시한다. 단순히 그런 얘기라고 딱 잘라 말한 뒤에, 뒤끝이 나쁜지 한숨을 쉰다. 다카노는 조용히 사촌 형을 올려다본다. '하지만……' 하고 그대로 질문을 한다.

"하지만 실제로는 하루코가 자살한 원인은 수험 노이로제라고 발표되었잖아. 주위 시선도 미즈키에게 별로 공격적이진 않았고, 우리들도 충격은 받았지만 그런 시선을 느낀 적은 없었어. 애들 전체가 하루코의 이름을 꺼내는 걸 터부시했고. 변한 건 그것뿐이야."

"미즈키가 자신이 하루코를 죽였다고 생각하는 제일 큰 이유가 그거야. 어째서, 피해자와 가해자의 도식이 뒤바뀌지 않았을까."

사카키의 목소리는 변함없이 냉정했다.

"미즈키가 하루코에게서 받은 편지를 찢어버렸기 때문이야."

다카노는 사카키를 보았다. 사카키도 조용히 다카노를 보고 있었다.

"하루코가 뛰어내리고, 사람들이 혼란에 빠진 교정으로부터 미즈키는 도망쳤어. 화장실로 뛰어 들어가 받은 편지를 잘게 찢었지. 증거가 남으면 안 된다고, 무의식중에 그렇게 생각하고 그걸 변기에 흘려보냈어. 하루코의 유서가 된 그 편지를, 갈기갈기 찢은 거야. 하루코의 도박은 아마 거기까지 계산되어 있었겠지. 미즈키가 유서를 남길까 없앨까. 도박의 승패는, 하루코의 승리일까 패배일까. 거기까지는 이제 알 수 없어. 다만 미즈키는 졌어. 그건 확실해."

다카노는 눈을 꽉 감았다. 그 말을 하는 사카키의 얼굴을 제대로 보고 있을 수 없었다. 움켜쥔 손바닥에 땀이 배어 나온다. 그러나 등줄기는 싸늘했다. 다카노는 눈을 감은 채 중얼거렸다. 그렇게밖에 말할 수 없었다. 그것이 솔직한 감상이었다.

"어떻게 그런 일이."

4

다카노는 눈을 감고, 사카키가 지금 한 말을 천천히 되새기고 있었다.

축제 마지막 날, 실제로는 무슨 일이 있었을까. 미즈키는, 하루코는 무슨 일을 하고 있었을까. 사카키는 이곳이 미즈키의 마음속이라고 했다. 그리고 그 안에서 미즈키는 괴로워하고 있다. 다카노는 마지막으로 양호실 침대 위에 두고 온 그녀를 떠올렸다. 그녀는 지금 어디서 무엇을 하고 있을까. 아직도 이 아래에서 자신에게 찾아온 고독에 떨고 있는 것일까.

"우리들이 여기에 있는 이유는, 그렇게 된 거야."

눈을 뜨자 사카키가 진지한 얼굴로 다카노를 바라보고 있었다.

"도박에 져서 하루코를 죽여버린 미즈키가, 그 후회 때문에 이런 일을 하고 있는 거지. 자신도 어쩔 수가 없었을 거야. 하루코를 거기까지 몰아세운 건 자신이라고, 혼자서는 그 책임의 중압감을 견딜 수 없어서, 그래서 우리들을 끌어들인 거지. 자살 뒤에 변함없이 일상을 보내고 있는 우리들에게 자살한 하루코의 이름을 완전히 지워버리고, 잊고 있다고 비난하는 것. 잊어선 안 된다고 몰아세우는 것. 우리들 사이에서는 이미 지난 일이라도, 미즈키에게는 아직 끝난 일이 아니었던 거야. 한 명 한 명을 몰아세워 비난하며 없애간 것, 그게 미즈키가 한 일이야. 가장 용서할 수 없었던 자신은 마지막까지 철저하게 괴롭히면서. 이 위에서 일부러 전화를 걸기도 하고, 마지막까지 혼자 남겨두기도 하고. 그게 그 아이의 의사였어."

"잠깐. 이 위에서라니, 무슨 뜻이야?"

다카노는 사카키를 노려본다. 사카키는 천장을 가리키며 아무렇지도 않게 중얼거렸다.

"이 위, 5층 아니면 옥상에 진짜 미즈키가 있어."

"……진짜 미즈키?"

"아래에 있는 건 약한 면만 모은 미즈키. 하루코에게 느꼈던 악감정을 일체 없앤 미즈키의 이상적인 모습. 그때 그대로였으면 좋았을걸. 그랬으면 하루코는 안 죽었을 텐데, 하는 후회에서 태어난 이상형이지. 그리고 그 애가 그렇게 계속 괴로워하는 거, 그게 진짜 미즈키가 바라는 거였어. 진짜는 위에서 모든 일을 조종하고 있지."

"모르겠어."

다카노는 소리 지르듯 말했다. 사카키는 괴로운 듯 눈을 가늘게 뜨고 다카노를 바라본다. 지친 듯 '뭘' 하고 중얼거렸다.

"뭘 모르겠어? 난 다 설명했는데."

"어째서 미즈키가 그런 일을 하는 건데? 그리고 그 자살이 있은 지 벌써 두 달이나 지났어. 미즈키가 괴로워했다, 하루코를 죽였다고 고민했다. 그건 알겠어. 그런데 왜 그걸 이제 와서 이러는 건데? 두 달간은 가만히 있다가, 왜 지금에 와서. 제일 괴로웠던 건 오히려 자살 직후 아냐? 왜 지금인 건데."

"그건 나도 물어봤어. 왜 이제 와서 그걸 밝힐 생각이 들었는지. 여태까지 계속 아무 말 없었던 건, 앞으로도 말할 생각이 없었는지도 몰라. 끝까지 감추는 게 훨씬 미즈키한테는 이득이겠지. 왜 지금 그걸 말할 생각이 들었는지. ……갑자기 마음이 불안해져서. 미즈키는 처음엔 그렇게 말했어. 미즈키가 그렇다면 우리들은 그런가 보다 할 수밖에 없지. 하지만 그렇다고 해도 뭔가 계기는 있었을 거야. 계속 추궁했더니 미즈키는 결국 대답했어."

사카키는 깊이 숨을 들이쉬었다. 그리고 중얼거리는 듯한 목소리로 다카노에게 말했다.

"생리가 왔어, 그 애는 그렇게 말했어."

"……생리?"

사카키는 고개를 끄덕이고는 코끝으로 살짝 웃었다.

"너나 나한테는 실감이 안 나지. 하지만 미즈키한테는 그게 중요한 일이었어. 미즈키는 식사를 잘 못 하게 된 반년 전부터 계속 생리가 없었거든. 원인은 하루코였지. 하루코 때문에 그렇게 됐어. ……그 자살이 있었던 이후 우리 반에서 하루코 얘기는 터부였고 모두가 그렇게 하루코를 잊고 싶어 했지만, 미즈키 자신만은 책임을 지고 마지막까지 그녀를 기억하기로 결심했지. 모두가 일상으로 돌아가 하루코를 잊어버리는 것을, 자신이 기억하는 것으로 버티려고. 그리고 그건 실제로 잘 되어 갔을 거야. ……생리가 오기 전까지는."

다카노는 겨우 이해했다.

자신의 몸이, 하루코를 잊고 원래대로 돌아가고 있는 것. 미즈키는 그 사실에 맞닥뜨리고 말았다. 절대로 잊지 않겠다, 그렇게 생각하고 있었는데, 다른 사람도 아닌 자신의 몸이 그것을 잊으려고 하고 있다. 미즈키는 그걸 견딜 수 없게 된 것이다.

"생리가 시작되어 마음이 불안정해진 미즈키는 그날 무슨 일이 있었는지를 밝힐 결심을 하고 창백한 얼굴로 나를 찾아왔어. 다 말하고 나서 미즈키는 조용해졌어."

"그래서."

다카노는 그다음을 묻는 자신의 목소리가 쉬어 있는 것을 깨달았다. 모든 것을 밝힌 미즈키, 사카키를 찾아가서 그다음엔? 여기 오고 나서 바로, 시미즈 아야메가 자신에게 설명했던 내용. 사람이 자신의 정신세계에 타인을 가둘 때에는, 그 사람이 어떤 상황에 있을 때라고 말했던가.

"무슨 일이 있었어? 무슨 일이 있어서 이렇게 된 거야?"

"추워……, 히터를 잔뜩 틀어 놓은 내 방에서 미즈키가 어깨를 껴안고 갑자기 그러더라. 눈 속을 우산도 없이 걸어왔으니, 미즈키의 몸은 젖어서 차가웠어. 닦을 수건을 주긴 했지만, 따뜻한 물에 들어가는 게 나을 거라는 생각이 들었어. 미즈키는 고개를 들더니 나한테 '사카키샘, 미안한데 욕실 좀 써도 돼?'라고 하더군."

다카노는 숨을 들이쉬었다. 사카키는 표정 없이 말을 이었다.

"샤워만 쓴다고 그러더라. 그대로 두면 감기에 걸릴 것 같아서, 그러라고 했어."

"그래서……."

다카노는 자신의 뇌가 얼어붙듯이 굳어가는 것을 느꼈다. 머릿속이 새하얗게 변한다. 사카키는 다카노의 얼굴을 보지 않았다. 허공을 노려보며 담담히 말을 잇는다.

"미즈키가 욕실을 쓰는 동안 그 물소리를 들으면서 나는 미즈키가 한 얘기를 생각했어. 내용은 전부 앞뒤가 맞는데, 그럼 나는 어쩌면 좋을지. 그걸 생각해 봤지."

"그게 다가 아니지?"

다카노의 목소리는 자신도 모르는 사이에 힐문하는 어조가 되어 있었다. 말하지 않을 수 없었다.

"그게 다가 아니야, 형은 미즈키한테 말했을 거야. 세이난을 그만둔다고, 자살사건이 일어난 뒤에 계속 그걸 생각하고 있었다고. 형은 미즈키한테 그 얘길 했을 거야. 그렇지?"

"아아. 했어."

사카키의 얼굴에는 여전히 표정이 없었다.

"그건 훨씬 전부터 결정한 거야. 미즈키를 방에 들일 때, 내가 재취직 요강을 보고 있었다는 걸 깜박하고 있었어. 눈투성이인 미즈키를 서둘러 들여놓느라 그랬을 거야. 어디다 치웠어야 했는데. 미즈키는 그걸 보고 바로 눈치를 챘는지 그만두느냐고 묻더라. 난 나간다고 대답했어."

마치 다른 사람 얘기를 하듯, 그 말에는 감정이 없었다. 사카키가 눈을 내리깔았다.

"욕실에 들어간 미즈키가 나오길 기다리면서, 나는 이제부터 어떻게 해야 할지를 계속 생각하고 있었어. ……이상하다는 생각을 한 건 제법 시간이 흐른 다음이었지. 미즈키가 너무 오랫동안 나오지 않아 욕실에서 우나 보다 하는 생각도 하고. 그렇다고 쳐도 너무 늦는 데다 샤워 소리에 전혀 변화가 없었어. 단조롭게 쏟아지는 소리만 계속 들리고. 그래서 욕실로 가서 문을 여니 미즈키가 피투성이로 쓰러져 있었어."

다카노는 눈을 감고 얼굴을 찡그렸다. 아아, 가슴속에 한숨이 새어 나온다.

"처음부터 그럴 셈이었나 보더군. 자신의 죄는 털어놔야 한다. 하지만 그런 후에는 일 초라도 숨 쉬고 싶지 않았다고 했어. 달려가서 왼쪽 손목을 보니 그을 때 망설였는지 무수한 얕은 상처랑 깊은 상처가 몇 개. 거기서 피가 계속 나고 있길래 서둘러 밖으로 안고 나오려고 했는데 미즈키가 얼굴을 일그러뜨리면서 나한테 말하더라. '나 못 죽었어. 이렇게 아픈데도 못 죽었어.' 미즈키를 안고 밖으로 나와 보니 옷 갈아입는 곳에 종잇조각이 놓여 있더군. 종이엔 '미안'이라고 미즈키 글씨로 쓰여 있었어. 그리고 그 종이를 본 그 순간 난 갑자기 현기증이라도 난 듯 정신을 잃었어. 다음에 정신이 들어 보니 이 꼴이더라."

사카키는 깊이 숨을 들이쉬고 단호하게 말했다.

"이게 내가 아는 전부야. '못 죽었다'고 미즈키는 말했지만, 그냥 두면 그 아이는 확실히 죽을 거야. 그건 치명상이었어. 여기에서도 그 애는 피를 흘리기 시작했으니 빨리 돌아가지 않으면 방치된 미즈키는 죽을 거야."

다카노는 시미즈의 말을 떠올린다. 생사의 갈림길을 헤매고 있는 사람이, 정신세계에 다른 사람을 가둘 수 있게 된다. 생사를 헤매다 자신도 어찌할 수 없게 된 미즈키가 괴로워하며 무의식중에 하고 있는 일. 그것이 이것인 것이다.

"현실의 미즈키는 생사를 헤매고 있다는 거지?"

"그래."

사카키가 고개를 끄덕였을 때였다.

둘이 마주 보고 얘기하고 있던 4층 교실 문이 열리는 소리가 울렸다. 그 소리에 사카키와 다카노가 입구를 돌아본다. 다카노는 숨을 삼켰다. 가슴속에서 심장이 뛰어올랐다.

문 건너편에 미즈키가 서 있었다.

얼굴을 내민 미즈키는 다카노와 사카키를 보자마자 놀란 듯이 입가를 눌렀다. 그 태도에 다카노는 이 미즈키가 아래에 두고 온 '약한' 미즈키라는 것을 직감했다. 사카키가 말한 진짜 미즈키가 아니다.

"다카노……?!"

정말 놀란 시선이었다. 동그랗게 뜬 눈이 다카노를 보더니, 서서히 옆에 있던 사카키를 향한다. 순서대로 두 사람의 얼굴을 본 뒤, 그녀는 말했다.

"스가와라도, 어떻게 된 거야? 둘 다 무사했어……?"

그 말에, 스가와라 사카키는 고개를 든다. 얼굴에 짙은 쓴웃음을 띠면서, 제자의 이름을 중얼거렸다.

"미즈키."

5

어디서부터 어떻게 얘기하면 좋을지. 다카노는 알 수가 없었다.

혼자 아래에 남겨져 있던 미즈키에게도 결단의 때가 왔나 보다. 그녀도 4층에 오는 것이 허락되었다.

미즈키는 당황한 듯, 말 없는 자신들에게 다가왔다.

"나, 아래에 있었는데, 3층에서 여기로 올라오는 계단이 있길래……. 그랬더니, 얘기 소리가 들려서. 그래서."

미즈키는 말을 멈추고 조심스레 다카노와 사카키를 번갈아 본다.

"다카노랑 스가와라도 무사했던 거야? 둘 다 아래에 인형이 없었어. 난 이젠 혼자만 남은 줄 알고, 그래서 목소리가 들려서 깜짝 놀라서."

"미즈키……."

다카노는 일어섰다. 미즈키에게 다가가, 그 왼손을 잡았다. 야윈 손목이었다. 감긴 붕대 위에는 애처로울 정도로 붉은색의 피가 배어 나와 있었다. 차근차근 이르듯이, 다카노가 미즈키를 불렀다.

"미즈키, 잘 들어. 죽은 사람은 네가 아니야."

"뭐?"

"네가 아니야. 죽은 사람은, 츠노다 하루코야."

미즈키의 표정이 얼어붙은 듯이 굳었다. 무슨 말을 하는지 모르겠다고, 눈이 호소하고 있었다. 다카노는 한 번 더 말했다.

"하루코였어, 처음부터."

"하루코……가 왜?"

미즈키는 다카노를 올려다보고 있었다. 경련하는 뺨에 억지로 웃음을 지으려 한다. 갑자기 미즈키가 시선을 떨어뜨리나 싶더니, 그녀는 고개를 흔들며 사카키를 보았다.

"그럼, 그 사진은? 한 사람이 부족했던 사진. 그래서 우리들 중 한 명이 죽은 거 아니냐고 그랬었잖아? 그 사진은 왜 그런 거야?"

미즈키의 말에 다카노는 그 사진을 떠올린다. 자살이 있은 후에 학급위원들은 사카키를 둘러싸고 사진을 찍었다. 교무실 사카키의 책상 위, 한 번은 존재했으나 금방 사라져버린 사진. 생각해보면 모든 오해는 거기에서부터 시작되었다.

“그 사진은 한 사람이 부족했던 게 아니야. 지금 여기 있는 우리들이 한 사람 많은 거야.”

다카노는 대답한다. 사카키는 말없이 앉은 채로 미즈키를 보고 있었다. 호스트인 미즈키가 자신들에게 보여주고 싶지 않았던 것. 그것은 빠진 사람의 얼굴이 아니다. 처음부터 그것은 사카키의 얼굴이었다. 눈앞의 ‘스가와라’와 ‘사카키’. 두 사람의 얼굴이 같다는 것을 들켜서는 안 되었다. ‘사카키’의 얼굴. 자신들이 그것을 떠올리는 것을 피하고 싶었던 것이다.

“생각해 내, 미즈키. 우리 반에 스가와라라는 학생이 있었어? 학급위원은 6명, 학생회에 자주 얼굴을 내밀던 게이코를 포함해도 7명. 8명째 학생은 없었어.”

미즈키는 눈을 깜박였다. 다카노는 미즈키를 놓지 않았다.

“――‘스가와라’는 사카키 형이야. 스가와라 사카키, 그게 우리들 담임의 이름이잖아. 기억나?”

“사카키……?”

지금 듣고 있는 말의 내용을 도무지 이해할 수 없는 듯 미즈키는 반복해서 중얼거린다. 도와달라는 듯이 사카키를 본다. 사카키는 말없이, 조용히 일어섰다. 자신들이 알고 있는 것보다 더 젊은 얼굴이, 거기에 서 있었다. 다카노는 기억하고 있다. 사카키가 학생으로 여기에 다니던 고등학교 시절, 그는 지금 이 얼굴과 똑같은 얼굴이었다. 다카노와 닮은, 이 얼굴이었다.

다카노는 말을 이었다.

"죽은 사람은 하루코였어. 이제 너도 생각해 내야 해. 너는 하루코가 죽은 걸 견딜 수 없었어. 그게 자신 때문이라는 사실에 어쩔 줄 몰라 했지. 어딘가에서 그 자살을 막을 수 있지 않았을까, 몇 번이나 그렇게 자책했지? 하루코가 죽은 건 너만이 아니라 우리들 모두의 책임이기도 해. 하지만 수험 노이로제라는 표면상의 이유를 듣고 우리들은 모두 하루코에 대한 죄책감을 버려 버렸어. ……너는 그걸 참을 수 없었던 거야. 반 친구들과 담임교사에게까지 무언의 비난을 당한 하루코를 생각했어. 최소한 사카키 형이 교사가 아니었다면, 그렇게 생각한 적 없어? 학생들에게 비난당하는 거랑 교사에게 비난당하는 건 무게가 전혀 달라. 사카키 형이 우리들과 똑같은 학생이었다면 좋았을걸. 미즈키, 너 그렇게 생각한 적 있었을 거야."

자신들이 이 아래에서 자살한 사람의 이름을 떠올리려 애쓰고 있었을 때.

다카노와 친구들의 머릿속에는 명백히 사실에 반하는 일그러진 기억이 딱 하나 존재하고 있었다. 사카키는 츠노다 하루코를 비난하지 않았다. 미즈키를 대놓고 감싸지도 않았다. 자신의 여동생 같은 존재인 미즈키가 상처받아도, 감정적이 되지 않았다. ——그건 거짓말이다.

그때 자신을 감싸주었던 존재, 사카키는 그대로 자신 옆에 있어줬으면 좋겠다. 하지만 하루코도 살아있어 주길 바랐다, 그러려면 하루코를 옹호해 줄 존재가 필요했다. 담임인 사카키가 그래 주었다면. 하루코를 가해자로 몰고 가지 않는 환경. 사카키가 그걸 마련해 주었더라면.

두 개의 모순된 에고(ego)가 하나의 형태를 맺는다. 자신들 머릿속의 일그러진 기억과 지금 눈앞에 있는 '스가와라'가, 그 정체였다.

미즈키는 멍하니 서 있었다. 꼼짝도 하지 않았다. 다카노는 단숨에 말했다.

"여기는 호스트가 바라는 대로 이루어지는 세계야. 그리고 여기 호스트는 미즈키, 바로 너야."

"……거짓말. 거짓말이지? 무슨 말인지 모르겠어."

미즈키는 다카노에게 잡힌 손을 뿌리치려고 애썼다. 울음 섞인 웃음으로 오로지 고개를 저었다.

"자살한 사람은 하루코인데, 호스트는 나라고? 그게 무슨……."

"미즈키, 생각해 내야 해."

다카노는 미즈키의 손을 놓지 않는다. 미즈키는 사카키에게로 시선을 피했다. 그러자 그때 처음으로 사카키가 천천히 입을 열었다.

"미즈키, 왜 네 손에서는 피가 나고 있지?"

"응……?"

다카노에게서 벗어나려고 애쓰고 있던 미즈키의 손이 멈췄다. 사카키는 반복했다.

"왜 네 손에서 피가 흐르고 있는지. 왜 그 피가 멈추지 않는지. 너는 생각해 내야 해."

"——다카노, 놔 줘."

가냘픈, 신음에 가까운 목소리로 미즈키는 말했다. 다카노의 손 안에서 잡힌 손목을 다시 뿌리치려고 한다. 얼굴을 일그러뜨리고, 곧 울 것 같은 목소리로 외쳤다. 사카키로부터도 얼굴을 돌리고, 다카노의 팔을 밀쳐낸다.

"부탁이야, 놔! ……아파, 정말 아프다고."

다카노는 그 말에 깜짝 놀라 손을 놓는다. 미즈키는 스르륵 다카노의 손에서 빠져나가 한 발 물러섰다. 해방된 손목을 오른손으로 감싼다. 눈물이 고인 눈이 다카노를 올려다보고 있었다. 원망하는 눈초리로 미즈키는 고개를 젓는다. 어깨가 가늘게 떨리고 있었다.

"…… 미즈키."

"모르겠어. 난 모르겠어……. 생각 안 나."

말이 끝나자마자 미즈키는 다카노에게 등을 돌리고 교실을 뛰쳐나갔다. '미즈키!' 하고 다카노가 불러보지만 돌아보지 않는다. 복도를 달려가는 그녀의 발소리가 점점 멀어진다.

사카키가 얼굴을 들고 다카노를 보았다.

"쫓아가자."

"사카키 형."

"아마 위로 갔을 거야. 위에는 또 한 사람, 진짜 미즈키가 있어."

"하나 물어도 돼?"

다카노는 지금까지 눌러 삼키고 있던 말을 뱉었다.

"언제부터 알았어? 여기 오고, 언제부터 사실을 알고 있었어?"

"…… 처음부터. 학교 안에 들어오기 전부터."

"다 알면서 말하지 않았다? 그렇게 생각해도 되는 거겠지?"

"어린애처럼 삐치지 마. 미즈키 머릿속에서 그 아이가 바라지 않는 일을 할 수는 없잖아. 난 나에게 주어진 역할을 충실히 이행했을 뿐이야."

"역할의 범위에서 할 수 있는 일을 하려고 했다. 그런 거야?"

사카키는 거기서 입을 다물었다. 잠시 후에 '뭐 그렇지'라고 대답했다.

"난 너희들 중 누구도 괴롭게 하고 싶지 않았어. 진심이다."

리카가 사라지기 직전, 잠을 자는 방법으로 자신들을 덮칠 사람으로부터 도망치자고 처음 말을 꺼낸 사람은 '스가와라'였다. 괴로워하지 않았으면 좋겠다. 자는 동안에 조용히 현실로 돌아갔으면 좋겠다. 사카키는 그것이 자신의 힘으로 어떻게 될 일이 아니라는 걸 알고 있었다. 그렇지만 상처 입지 않았으면 좋겠다는 말은 진심이었던 것이다.

"내 담배 내놔, 히로시."

사카키는 다카노에게 손을 내밀었다. 어디서 다쳤는지, 사카키의 손과 볼, 눈썹 위에 상처가 생겨 피가 나고 있었다. 그러나 사카키는 신경 쓰는 것 같지 않았다. 다카노가 교복 주머니에서 담뱃갑을 꺼내자 잠자코 받아든다.

"미즈키를 찾으러 가자. 반드시 구해서 돌아가야 해."

사카키는 오른쪽 귀에 낀 금색 피어스를 어루만지며 다카노에게 그렇게 말했다.

6

츠지무라 미즈키는 울면서 학교 5층에 도착했다.

5층의 공기는 4층까지는 거짓말이었던 것처럼 차가웠다. 복도의 창이라는 창은 전부 활짝 열려 있었고, 열린 창으로 눈보라가 사정없이 몰아치고 있다. 어두운 복도 위에는 바람 때문에 깨졌는지, 유리 파편이 잘게 흩어져 있었다. 걸을 때마다 실내화가 유리를 밟으며 소리를 냈지만, 미즈키의 발은 마비된 듯 아무것도 느끼지 못했다. 바람이 치마 아래로 드러난 다리를 훑는다. 미즈키는 바람이 가져오는 냉기에 이대로 자신이 얼어붙어 버렸으면 좋겠다고 생각했다.

죽은 사람은 츠노다 하루코였다.

아까부터 미즈키의 머릿속에 있는 사실은 하나였다. 그런 바보 같은 일이. 하루코가 죽었다니, 그런 일이.

미즈키는 입가를 누르고 울면서 벽에 손바닥을 짚었다. 손으로 누른 입에서 약한 오열이 새어 나온다. 어두운 복도에, 걷고 있는 사람은 자신 혼자. 달리 아무도 없다. 그리고 이 만들어진 학교는, 자신의 마음이 만들어낸 산물이라고 한다.

"누가……."

자신이 누구를 필요로 하는지, 미즈키는 그것조차 모르게 되어 버렸다. 미즈키는 붕대가 감긴 자신의 왼쪽 손목을 바라본다. 어째서 여기에서 피가 나고 있는가. 그걸 생각해 내라고 스가와라는, 사카키는 말했다. 대체 그건 어떻게 된 일일까.

눈앞에 펼쳐진 복도에 불이 켜진 교실 하나가 있었다. 미즈키의 다리는 빨려들 듯 자연히 그곳으로 향하고 있었다. 단 하나, 노란 불빛이 새어 나오는 교실. 그 앞에 서서 미즈키는 문을 연다. 눈부신 빛이 자신을 감싼다.

미즈키는 눈을 가늘게 떴다. 서서히 눈이 빛에 익숙해진다. 미즈키는 숨을 삼키고 눈을 크게 떴다.

눈을 뜨자 보이는 곳. 그곳은 욕실이었다.

본 적이 있는 광경이었다. 욕실 안은 뭉게뭉게 피어오르는 수증기로 가득 찼고, 단조로운 샤워의 물소리가 끊임없이 들려온다. 그리고 그 안에서, 짙은 피 냄새가 났다. 욕실 타일 위에 붉은색이 흐르고 있었다. 그 붉은색 안에 본 적이 있는 검은 커터칼이 떨어져 있다. 피투성이가 된 예리한 칼날. 가운데에는 벌거벗은 여자가 쓰러져 있었다.

미즈키는 비명을 질렀다.

여자는 축 늘어져 엎드려 있어 얼굴이 보이지 않았다. 두 손을 힘없이 타일 위에 늘어뜨리고 있다. 그 손목에는 생생한 상처가 몇 개나 그어져 있었다. 알고 있다. 자신은 여기에서 무슨 일이 일어났는지 알고 있다. 미즈키는 발을 끌며 뒤로 물러선다. 발에 무언가가 밟히는 감각이 들었다. 움찔 등이 긴장했다. 천천히 발치를 보자 밟고 있는 것은 작은 종이였다. 미즈키는 떨리는 손으로 그것을 주워들었다. 안을 보니 '미안'이라는 한 마디만이 쓰여 있었다.

미즈키는 믿을 수 없는 심정으로 그것을 움켜쥔다. 자신의 글씨였다. 그리고 그것을 미즈키가 확인한 그때였다. 미즈키의 귀에, 또렷한 목소리가 들려와다.

"생각났어?"

미즈키의 머릿속에서 무언가가 얼어붙었다. 그 목소리에 미즈키는 조심조심 고개를 든다. 눈앞에 있던 벌거벗은 여자, 그녀가 팔꿈치를 타일에 짚고 지금이라도 일어설 듯한 모습을 하고 있었다. 얼굴은 아직 보이지 않았으나, 그 마른 가슴과 어깨가 누구의 것인지, 미즈키는 잘 알고 있다. 방금 들린 목소리가 누구의 목소리인지도, 미즈키는 알고 있다.

눈앞에서, 여자가 일어섰다.

"이제야 생각났어?"

그것은 무서울 정도로 차가운 목소리였다. 눈앞에는 츠지무라 미즈키가 서 있었다.

10월 12일. 세이난 고등학교 축제 마지막 날.

미즈키는 옥상을 올려다보고 무심코 숨을 삼켰다. 미즈키가 교실에서 쓰레기를 버리러 교정으로 나왔을 때였다. 쓰레기가 든 검은 비닐봉지를 손에 들고 현관을 나왔을 때, 밖에서는 이미 큰 소동이 벌어져 있었다. 학생과 교사, 거기에 있었던 다른 학교 학생들까지 옥상을 가리키며 무언가를 외치고 있었다. 조금 전까지의 축제 활기와는 비교할 수도 없는, 무언가 이상한 흥분이 거기에 충만해 있었다. 창백한 얼굴로 서 있는 사람, 울고 있는 사람, 그 모습들은 축제의 장소와는 묘하게 어울리지 않았다. 미즈키는 상황을 잘 알 수 없었다.

미즈키 옆을 서둘러 달려가는 학생의 외치는 말이 들렸다. '자살' '투신'. 그런 말이었다. 미즈키는 그 단어의 뜻은 이해했지만, 순간 그것이 무엇을 뜻하는지는 알 수가 없었다. 안 것은 실제로 옥상을 올려다보고, 하루코의 모습을 확인했을 때였다.

하루코는 옥상 울타리에 불안정하게 등을 기대고 서서, 아래를 보고 있었다.

강한 바람이 불었다. 교복 스커트가 흔들리고 있었다. 울타리를 잡은 하루코의 양손이 너무나도 연약해 보였다.

미즈키의 교복 가슴주머니에는 오늘 하루코에게 받은 편지가 들어 있었다. 미즈키는 눈도 깜빡이지 못하고, 흔들리고 있는 하루코를 바라보았다. '용서해 줄 수 있다면 오늘 6시에 옥상으로 와 줘.' 편지의 내용이 미즈키의 기억 끝에서 깜박깜박 점멸한다.

미즈키는 쓰레기봉투를 떨어뜨렸다. 학교의 큰 시계를 보았다. 5시 53분이었다. 6시에 옥상으로 와 줘. 떠오른 내용에 등이 오싹한다. 미즈키의 목이 바싹 말랐다.

그만둬.

가슴 속에서 미즈키는 외쳤다.

그만둬, 부탁이야 그만둬. 떨어지지 마.

미즈키는 계속해서 외쳤다. 그러나 그것은 목소리가 되어 나오지 않았다.

올려다보고만 있는 미즈키 앞에서, 울타리 앞에 서 있던 하루코의 몸이 앞으로 크게 기울었다. 눈도 귀도 막은 기억이 없는데, 갑자기 눈앞의 광경이 무성영화처럼 색과 소리를 잃어버렸다. 미즈키는 천천히 눈을 부릅뜬다. 크게 숨을 들이쉬고, 얼굴을 양손으로 가렸다. 주저앉고 나서야 목 안쪽에서 비명 같은 목소리가 나왔다.

"하루코……!"

일어나 옥상을 올려다볼 용기가 없었다. 하루코가 떨어진 곳을 볼 수도 없었다. 미즈키는 웅크려 앉은 채 주변을 신경 쓰지 않고 큰 소리로 울었다. 계속 하루코의 이름을 울부짖었다.

미즈키의 목소리는 주변의 가득 찬 혼란에 삼켜졌다. 세계가 갑작스레 다시 색을 되찾았다. 하루코의 이름을 부르며 모두가 달려간다. 그런 혼란 속에서, 미즈키는 가까스로 얼굴을 들었다. 머리 위로 날아다니는 목소리들을 멍하니 들으며, 느릿느릿 일어선다. 무릎이 한심할 정도로 와들와들 떨리고 있었다.

정신이 들자 미즈키의 머릿속에는 해야만 하는 일들이 하나씩 모두 떠올라 있었다.

미즈키는 눈물도 닦지 않고 밖으로 나오는 사람들을 거슬러 교사 안으로 도망쳤다. 가지고 있던 쓰레기봉투는 내버려 둔 채였다.

교사 안으로 들어오자마자 1층 제일 가까운 화장실로 뛰어들었다. 조금 전에 막 토했는데 가슴속에 구토감이 남아 있었다. 토할 것이라고는 이미 아무것도 없었다. 그렇게 생각하는데도 미즈키의 목으로 쓴 위액이 역류한다. 미즈키는 울면서 토했다. 입 안이 썼다. 바싹 마른 목이 아팠다. 미즈키는 울음소리를 내지 않도록, 울음소리가 들리지 않도록, 입을 막고 낮게 울었다. 가슴주머니에 넣어 둔 하루코의 편지를 떨리는 손으로 꺼냈다. 편지가 잘 펴지지 않았다. 편지 속 글자가 손과 함께 가늘게 떨렸다.

'이제 와서 용서받을 수 있을지 모르겠지만, 날 용서해 줄래? 미즈키가 없으면 외롭다는 걸 깨달았어. 더 이상 못 견디겠어.'

가슴이 괴롭다. 심한 구역질이 났다. 미즈키는 전부 알고 있었다. 자신이 어떻게 해야 하는지. 지금 해야 할 일이 무엇인지.

미즈키는 떨리는 손으로 하루코의 편지를 찢었다.

찢고 또 찢어도 안심할 수 없었다. 계속 찢으면서, 미즈키는 어금니를 악물었다. 조각난 종이를 변기에 넣고 비명처럼 치밀어 오르는 울음소리를 억누르며 레버를 당겼다. 뿜어져 나온 물이 종잇조각을 삼키고, 물소리가 조용해졌을 때 종이는 더 이상 보이지 않았다.

입 안이 쓰다. 미즈키는 입을 누르고 칸막이에 힘없이 기댔다. 어깨로 크게 숨을 쉬면서, 미즈키는 울었다. 생각해라, 의식의 끝에서 자신에게 경고하는 목소리가 들린다. 생각해라, 달리 불리한 사실은 아무것도 없나. 하루코의 죽음과 자신을 연결하는 것은 달리 아무것도 남아 있지 않은가.

괜찮다, 아무도 보지 않았다. 하루코가 자신에게 편지를 건넨 것은 사람이 없을 때였다. 괜찮다, 괜찮다. 자신 안에서 다른 목소리가 대답한다. 그러나 안심할 수 없었다. 아직 자신이 무언가를 놓치고 있는 듯한 기분이 든다. 그렇게 생각했을 때, 미즈키는 하루코가 뛰어내린 후 그녀가 어떻게 되었는가를 잘 보지 않았다는 사실을 떠올렸다. 하루코는 아마 즉사했을 것이다. 그 높이에서 떨어진 것이다. 아마 살아나지 못할 것이다. 그러나 정말로 떨어졌을까. 그것을 확인했던가. 만에 하나라도, 하루코가 살아난다면. 아니면 그녀가 달리 유서를 남겼을 가능성도 있다.

어깨와 무릎이 덜덜 떨리고 있었다. 미즈키는 울음소리를 죽이며 벽에 매달렸다.

――제발 죽어. 죽어버려, 부탁이니까.

만약, 그녀가 살아 있다면? 그녀는 이런 짓을 한 이유에 대해 질문을 받을 것이다. 미즈키의 이름을 댈 것이다. 목청을 돋우어 미즈키를 가리킬 것이다. 나를 괴롭힌 사람, 나를 죽인 사람은 저 아이라고.

목이 졸린 듯이 숨이 괴롭고, 닦아도 닦아도 눈앞은 눈물로 금방 다시 흐려졌다.

생각해 보면, 거기서 미즈키가 저지른 '살인'이 확정되었다. 자신과 하루코를 잘라내기 위해 증거를 찢는다. 자신을 지키기 위해, 미즈키는 마음속으로부터 하루코의 죽음을 바랐다. 죽어버려, 제발. 몇 번이나 그것을 중얼거리며 바랐다.

하루코를 죽인 사람은, 미즈키였다.

"생각난 거지? 아무리 너라도."

눈앞의 츠지무라 미즈키는 그렇게 말했다. 차가운 목소리였다.

"'내'가 무슨 일을 했는지. 다카노도 사카키도 다 알아. 하루코한테, 뭐라고 사과할 거야?"

야윈 얼굴에 옛날부터 눈만 크다. 눈앞의 미즈키는 무서울 정도로 냉정했다. 흰 손이 천천히 자신에게 뻗어온다. 그녀는 말했다.

"도망칠 곳은 없어. 다카노나 다른 사람한테 지켜달라는 것도 참 뻔뻔한 얘기지. 난 죽으려고 했는데, 어째서 내가 살아 있는 거야?"

그녀는 상처에 감긴 붕대를 잡았다. 강한 힘이었다.

"응? 왜 살아 있는 거야?"

정신이 들자, 눈앞에는 5층 복도가 펼쳐져 있었다. 조금 전까지 서 있었다고 생각한 욕실은 이미 사라졌다. 알몸으로 쓰러져 피를 흘리고 있던 자신의 모습. 그것만이 눈앞에 다가왔다가 슥 녹아들었다. 미즈키는 일순 눈을 감고 말없이 그것을 받아들인다. 통증은 없었던 손목에, 욱신 하고 아픔이 되살아났다.

미즈키 머릿속에는 해야 할 일들이 전부 떠올라 있었다.

미즈키는 생각해 냈다.

7

다카노와 사카키가 옥상에 도착했을 때, 울타리 앞에는 교복을 입은 소녀의 뒷모습이 흔들리고 있었다.

"미즈키……!"

다카노는 있는 힘껏 외쳤다. 그 목소리에 츠지무라 미즈키는 천천히 뒤돌아본다. 울타리 밖으로 내민 몸 위에 하얗게 눈이 내리고 있었다. 눈을 뜨고 있는 것이 괴로울 정도의 눈보라였다.

옥상을 둘러싼 울타리는 미즈키의 어깨보다 약간 위 정도의 높이였다. 철로 된 울타리 위에 눈이 얼어붙어 있는 것이 여기에서도 똑똑히 보였다. 미즈키의 가냘픈 손이 울타리를 붙잡고 있는 모습을 보고, 다카노는 얼굴을 굳혔다. 펜스는 눈 때문에 차가울 텐데 잡고 있을 수 있는 걸까. 잡고 있는 그 손이 미끄러지지는 않을까.

미즈키가 무엇을 하려고 하는지는 다카노에게도 사카키에게도, 너무나 잘 전해져 왔다. 돌아본 미즈키의 얼굴은 얼어붙은 듯 무표정했다. 그녀는 냉정했다. 그녀가 진심이라는 것을 다카노는 어쩔 수 없이 느끼고 있었다.

다카노는 미즈키에게 달려가려고 했다. 그것을 보고 미즈키의 표정이 일그러졌다.

"오지 마."

미즈키는 소리치지 않았다. 그저 조용한 목소리로, 그렇게 말했을 뿐이었다. 그 목소리에 다카노는 발을 멈췄다. 미즈키의 눈이 다카노를 바라보고 있었다.

강한 바람은 끊임없이 고함을 지르고 있었다. 마치 통곡하는 것 같다고 다카노는 생각했다. 시야는 전부 회색으로 일그러져 있었다. 그것은 심한 눈보라 때문만은 아닐 것이다. 이 세계의 붕괴가 진행되고 있다는 것을 다카노는 깨달았다.

미즈키는 생사의 갈림길에 서 있다.

눈앞에서 울타리를 붙잡고 있는 가녀린 팔. 모든 것은 그 팔 하나로 겨우겨우 연결된 것에 불과하다. 누군가 한 사람이 여기에 남는다, 안쪽에서 그 마음의 뚜껑을 덮는다. 그리고 그럴 수 없는 경우, 호스트는 어떻게 된다고 시미즈가 그랬더라. 실제로 호스트가 이미 죽은 사람일 것, 그것이 모든 일을 원만하게 처리하기 위한 절대조건이었다. 그러나 여기는 지금 살아 있는 미즈키의 마음속이다.

다카노는 움직일 수 없었다. 어떻게 하면 좋을지 알 수 없었다. 눈앞에서 미즈키가 죽으려고 한다. 그 생각을 하니 모골이 송연해지는 공포가 덮쳐왔다. 다카노는 움직이지 못한 채 자신의 어깨가 스스로의 의사와는 상관없이 위축되는 것을 느끼고 있었다. 목구멍에서 신음 같은 목소리가 새어 나왔다. 어째서.

다카노의 뒤에 서 있던 사카키가 갑자기 미즈키를 불렀다.

"그만둬, 미즈키."

미즈키처럼, 그것은 묘하게 침착한 인상을 주는 목소리였다. 미즈키의 눈은 흩날리는 눈발 사이로 사카키의 얼굴을 찾는 듯 보였다. 눈을 가늘게 뜨고 다카노의 뒤를 보더니, 스윽 초점이 잡힌다. 사카키는 다시 한 번 말했다.

"네가 죽는 건 싫다. 그만둬."

"……미안, 사카키 오빠."

미즈키의 눈이 그림자를 드리우듯 아래를 본다.

"전부, 잊어 줘."

전부 잊어 줘.

미즈키가 그렇게 말한 다음 순간이었다. 그녀의 팔이 울타리에서 떨어졌다. 다카노가 고함을 질렀다. 머릿속에서 모든 소리가 사라지고, 눈앞은 새하얗게 얼어붙었다. 눈앞의 눈보라를 헤치며 다카노는 달렸다.

눈앞의 울타리에서, 미즈키의 몸이 슥 떨어져 간다. 다카노는 아무것도 하지 못하고 그저 떨어지는 마른 몸을 바라보고 있었다.

다카노는 손을 뻗으며 달렸다. 제발 늦지 않기를. 입술을 깨물며 다카노는 빌었다.

그때였다.

다카노를 제치고 사카키가 달려 나갔다. 사카키는 조용히 앞만 보고 달렸다. 그 손이 다카노 앞에서 울타리를 잡았다. 그에게는 망설임이라고는 없었다.

사카키는 울타리를 훌쩍 뛰어넘어 그대로 미즈키를 따라 그 몸을 허공에 던졌다. 다카노는 숨을 삼킨다. 믿을 수 없었다.

"사카키……형!"

다카노는 눈을 부릅떴다.

겨우 울타리에 다다라, 다카노는 아래를 내려다보았다. 가슴이 거칠게 뛰고 있었다. 허공에 떠오른 미즈키의 몸을 사카키의 손이 붙잡는다. 사카키는 미즈키의 몸을 품에 안았다. 다카노는 부릅뜬 눈으로 그것을 보고, 울며 허공으로 손을 뻗었다. 사카키는 처음부터 이럴 작정이었던 것이다.

보고 있을 수 없었다. 다카노는 울면서 사카키의 이름을 불렀다. 외치면서 갑자기 가슴에 떠오른 얼굴이 있었다. 벌써 몇 년이나 지난 옛날에, 자신과 사카키가 동시에 잃어버린 작은 영웅──가장 친했던 친구의 얼굴이었다. 히로, 구해줘. 사카키를, 미즈키를. ──형을.

어느 날 갑자기 친구를 빼앗긴 그 아픔과 상실감. 다카노가 고통 속에서 헤매고 있었을 때, 구해내 준 사람이 사카키와 미즈키였다. 혼자서는 도저히 일어설 수 없었던 그때, 옆에는 항상 사카키와 미즈키가 있었다. 다카노의 슬픔을 막연하게밖에 알지 못했던 미즈키는, 그래도 매일 다카노 옆에서 함께 울어 주었다. 위로조차 하지 않고, 다카노의 아픔을 함께 견뎌 주었다. 아마도 그것이 미즈키와 다카노를 처음으로 이어 준 끈이었을 것이다. 끊을 수 없는 인연이었다.

다카노의 손은 닿지 않는다. 아무것도 잡을 수 없는 그 손바닥을 다카노는 그래도 필사적으로 앞으로 내민다. 사카키의 몸이 미즈키를 감싼다. 다카노의 눈앞에서 순식간에 아래로 내려간다. 떨어진다.

다카노는 떼를 쓰는 아이처럼 울부짖었다. 미즈키 아니면 사카키. 둘 중 하나가 죽는다.

그때였다.

갑자기 다카노의 눈앞에서 하얀빛이 터졌다. 다카노의 시야가 하얗게 흐려지더니, 그 빛은 모든 것을 감싸듯이 크게 부풀어 올랐다. 다카노는 상관하지 않고 계속 손을 뻗었다. 제일 처음 그 빛에 삼켜진 것은 미즈키를 껴안은 채 떨어지는 사카키의 몸이었다.

부풀어 오른 빛은 사카키의 몸을 감싼 듯 보였다.

다카노는 숨을 삼킨다. 하얀빛이 아래에서부터 솟아오른다. 그것은 순식간에 다카노를 덮어 감쌌다. 다카노의 시야가 하얗게 끊어진다. 흐릿하게 지워져 가는 의식 끝에서, 다카노는 어떤 목소리를 들은 듯한 기분이 들었다.

——미안, 미즈키

목소리는 한 번 더 들려왔다.

——미즈키, 용서해 줘

제18장
눈이 그치다

1

다카노가 스가와라 사카키의 아파트에 도착했을 때, 제일 먼저 눈에 띈 것은 구급차의 점멸하는 붉은빛이었다.

오전 3시였다.

다카노는 자신의 집에서 갑자기 눈을 떴다. 그는 침대 안에 있었다. 파자마 위에 바로 코트를 걸치고 집을 뛰쳐나간다. 밖에는 눈이 내리고 있었다. 잠들기 전 마지막으로 봤을 때보다 훨씬 많이 내리고 있었다.

구급차의 불빛은 빙글빙글 크게 돌면서 땅바닥을 훑는다. 거센 눈은 그 빛에 반사되어 아파트 벽에 춤추는 듯 보인다. 다카노는 헐떡이며 눈앞의 그 붉은빛을 바라보고 있었다. 자전거로 쉴 새 없이 달려온 탓에 숨은 거칠어져 있었다. 아파트 앞에 도착하자 자전거를 팽개치고 다카노는 2층에 있는 사카키의 방을 노려보았다.

사카키 집의 현관문은 열려 있었다. 끊임없이 눈이 내리는 밤하늘에, 열린 문으로부터 새어 나온 노란 불빛이 비치고 있다. 무슨 일인가 하고 다른 집 창문과 현관에서 사람들이 고개를 내밀고 있었다. 사카키의 방에서는 구급대원으로 보이는 사람의 넓은 등이 보였다. 등을 돌린 채 밖으로 나온 그들이 들것을 들고 있는 모습이, 다카노가 있는 곳에서도 보였다.

다카노는 아직도 거친 호흡을 가다듬으며, 사카키 방 아래까지 달려간다. 아파트 계단은 사람 하나가 겨우 지나갈 수 있을 정도로 좁은 통로다. 구급대원 둘이 들것을 들고 조심조심 그곳을 내려오고 있었다.

다카노는 계단 아래에서 들것에 실린 사람의 얼굴을 보려고 발돋움을 한다. 서둘러 자전거 페달을 밟은 탓에 다리가 잘 움직이지 않는다. 들이마시는 공기가 너무 희박하게 느껴졌다. 다카노는 들것 안에서 미즈키의 하얀 얼굴을 보았다.

계단에서 신중히 아래로 내려진 미즈키는 그대로 구급차 안으로 옮겨졌다. 지켜보는 다카노 앞을 구급대원들이 지나간다. 다카노는 아주 잠시, 옮겨지는 미즈키의 얼굴을 볼 수 있었다. 핏기가 없는 창백한 얼굴. 눈이 힘없이 감겨 있었다. 입술이 반쯤 벌어진 상태로, 꼼짝도 하지 않았다.

다카노는 고개를 들고 사카키의 방을 올려다보았다. 구급대원들에 이어 집주인이 얼굴을 내밀었다. 사카키는 아래에 있던 다카노를 바로 발견한 것 같았다. 그곳에 있었을 때처럼, 그는 손과 눈 위에 생채기가 나 있었다. 계단을 내려오더니 다카노에게 짧게 물었다.

"너도 갈래?"

말없이 고개를 끄덕이자, 사카키는 다카노를 구급차로 데려갔다.

그는 눈투성이인 다카노의 머리를 보더니 희미하게 웃었다. 다카노도 자신의 꼴이 엉망이라는 자각은 하고 있었다. 급하게 집을 뛰쳐나온 것이다. 그러나 그것은 사카키도 마찬가지였다. 그의 얼굴에 난 상처는 치료한 흔적도 없이 피가 말라붙은 채 방치되어 있었다.

구급차 안에서 지혈 처치가 시작되었다. 허락을 받고 다카노는 미즈키의 오른손을 꼭 잡았다. 꽉 쥐면서 그 손이 자신의 손을 마주 잡아 오기를 기도했다. 축 늘어진 손. 아무런 힘도 느껴지지 않는다. 전혀 체온이 느껴지지 않는 차가운 손이었다. 미즈키의 얼굴은 죽은 사람처럼 보였다.

"살 수 있을까?"

다카노는 사카키에게 물었다. 신음 같은 목소리였다.

"몰라."

사카키가 대답했다.

"미즈키가 힘들어지는 건 지금부터야."

미즈키의 손을 꼭 쥐고, 다카노는 떨려오는 자신을 견뎠다. 미즈키의 얼굴은 아무것도 대답하지 않는다. 마지막으로 그곳에서 느꼈던 그녀의 체온이 그리웠다. 미즈키의 손은 차갑기만 했다.

2

병원에 도착하자 미즈키는 바로 수술실로 옮겨졌다.

다카노는 미즈키가 보이지 않게 될 때까지 그녀의 핏기 없는 얼굴을 바라보고 있었지만, 미즈키가 수술실로 옮겨지고 램프에 '수술 중'이라는 불이 들어오자 잠자코 로비로 돌아왔다. 소파 위에 쓰러지듯이 몸을 맡긴다. 사카키도 다카노도 말이 없었다.

갑자기 눈앞의 자동문이 열리는 소리를 듣고 다카노는 고개를 들었다. 창백한 얼굴을 한 미즈키의 어머니가 들어오고 있었다. 그 뒤에 미즈키의 아버지가 따라온다. 그들의 모습을 보더니 사카키가 일어섰다.

"사카키."

미즈키의 어머니가 고개를 들었다.

"미즈키는, 우리 애는?"

"지금 수술 중입니다."

사카키의 얼굴은 굳어 있었다. 움푹 꺼진 눈동자에서 피로가 비쳤다. 사카키는 미즈키의 부모님께 깊숙이 머리를 숙였다.

"죄송합니다. 제 책임입니다."

"……우리 집에 있었어도, 분명히 그랬을 거야."

미즈키의 어머니는 고개를 저으며 말했다. 입고 있던 옷 그대로 뛰어 나온 모습이었다. 창백한 얼굴로 그녀는 입가에 손수건을 댄다. 눈에 눈물이 고여 있었다. 주변에 딸이 있을 거라고 생각하지도 않을 터인데, 황망히 병원 로비를 둘러보며 묻는다.

"그 아이는 어디 있니?"

"이쪽입니다."

사카키는 짧게 대답하고 미즈키의 부모님을 안내하며 앞장서서 걸어간다. 미즈키네 집과 사카키의 본가는 가깝다. 가족끼리 서로 친한 탓도 있어서, 미즈키 어머니에게 사카키는 교사라기보다 딸 친구에 가까운지도 모른다. 방금, 눈앞에서 오고 간 대화를 들으며 다카노는 그런 생각을 했다.

사카키와 미즈키네 부모님 사이에 끼어들기가 망설여져서, 다카노는 로비에 혼자 앉아 있었다. 혼자 남겨지자, 문득 등줄기가 서늘해졌다. 미즈키는 살아날 수 있을까. 그 생각을 하면 너무나 두려웠다. 벌써 얼마나 기다렸는지 모른다. 자신은 아까부터 계속 기다리고만 있다.

그러나 기다리는 것도 이것이 마지막일 것이다.

반쯤 기도하는 마음으로 다카노는 자신에게 들려준다. 이것으로 마지막이다. 미즈키는 돌아온다. 반드시 돌아온다.

힘없이 머리를 숙인 다카노는 어금니를 악물었다. 그러고 있으려니 다카노는 자신이 아직도 그 눈 속의 학교에 혼자 있는 듯한 기분이 들었다. 얼마나 그렇게 혼자 기다리고 있었을까. 그것은 1분 같기도 하고 한 시간 같기도 했다.

갑자기 다카노는 누군가가 자신을 부르는 목소리를 들었다.

"다카노."

다카노는 천천히 얼굴을 들었다. 그리고는 길게 숨을 삼켰다. 눈앞에 기리노 게이코가 서 있었다.

"게이코……."

계속 아래만 보고 있어서 몰랐다. 게이코도 다카노처럼 파자마 위에 카디건 하나만 걸치고 있었다. 게이코 옆에는 사에키 리카가 바싹 붙어 서 있었다. 리카만이 아니었다. 다카노는 일어섰다. 가타세 미쓰루도 서 있었다.

무사했구나. 다카노가 제일 먼저 느낀 것은 깊은 안도였다. 그곳에서, 모두 무사히 돌아와 있었다.

"리카랑 미쓰루까지, 어떻게……."

"몰랐니? 기리노 종합병원은 우리 집이야."

팔짱을 끼고 게이코가 무표정하게 말했다. 다카노는 그 말에 깨닫는다. 그녀가 의사 집안의 딸이라는 건 알고 있었다. 여기가 그 병원이었구나.

"미쓰루가 애들한테 연락했어. 아키히코랑 시미즈도 곧 올 거야."

게이코의 말에 다카노는 그 옆에 서 있는 미쓰루를 본다. 그는 힘없이 고개를 끄덕였다.

"제일 처음 돌아온 게 나인 것 같아. 난 그게 꿈이라고는 도저히 생각할 수 없어서, 다 연락해 봤어. 밤이 늦어서 꽤 시간이 걸리긴 했지만."

"우리 집에 연락이 왔을 땐 믿을 수 없었지만. 흥미롭게도 전원 다 그곳에서의 기억이 남아 있었어. 꿈이 아니라는 거지. 어떻게 된 일인지 생각하고 있었는데, 미즈키가 여기로 실려 왔다는 걸 들었어."

"……그랬구나."

다카노는 앉아서 게이코와 미쓰루의 얼굴을 본다. 왠지 모를 그리움에 어깨에서 힘이 빠져나간다. 그때까지 조용했던 리카가 한 발 다카노에게 다가온다. 그녀는 낮은 목소리로 말했다.

"미즈키, 죽는 거야?"

다카노는 리카를 보았다. 그녀는 두 다리로 서서, 입술을 꾹 다물고 다카노를 노려보고 있었다. 그녀의 눈은 눈물로 붉게 충혈되어 있었다. 다카노는 조용히 고개를 저었다.

"……몰라."

"사카키샘은?"

"지금 미즈키 부모님이랑 수술실에."

다카노의 대답을 듣고 리카는 수술실 쪽에서 사카키의 모습을 확인하더니 고개를 떨어뜨리고 그대로 다카노 옆에 주저앉았다. 무릎에 놓인 그녀의 주먹이 작게 떨리고 있었다. 리카는 아래를 본 채 울기 시작했다. 방금 한 질문을 다시 했다.

"미즈키, 죽는 거야? 왜? 사카키샘도 미즈키도, 리카한테는 아무 말도 안 하고!"

"리카……."

게이코가 리카의 어깨를 살짝 감싸 안았다. 리카는 게이코의 가슴에 얼굴을 묻고 훌쩍였다. 다카노와 미쓰루는 그 모습을 보고 있을 수밖에 없었다.

그때였다. 또 눈앞의 자동문이 열리는 소리가 나서 다카노는 입구를 쳐다보았다. 아키히코와 시미즈였다.

"미즈키는?!"

눈이 잔뜩 묻은 시미즈의 안경이 병원 안의 온기에 흐려진다. 추운 길을 급하게 왔을 것이다. 아키히코와 시미즈의 집은 이 병원에서 상당히 먼 곳이다. 아마 아키히코가 자전거로 중간에 시미즈를 태워 왔을 것이다. 자전거로 달리는 눈길이 얼마나 추웠을지, 다카노도 대충 상상이 되었다. 아키히코와 시미즈의 얼굴도 창백하게 굳은 듯 보였다. 시미즈는 로비 의자로 달려오더니 다카노를 향해 비통한 얼굴로 다시 한 번 물었다.

"미즈키는?"

"안에서 수술 중이야. 출혈이 심해서."

"……어떻게, 이런."

시미즈는 헐떡이듯이 중얼거리더니 그대로 천천히 바닥에 주저앉았다. 시미즈의 눈은 애절할 만큼 눈물이 고여 있었다.

"그렇게까지, 어쩔 수가 없었던 거야……? 하루코의 죽음에는, 분명 나한테도 책임이 있었다고 생각해. 하지만……, 이런."

그런 시미즈에게 다카노는 무엇을 어떻게 전해야 할지를 알 수 없었다. 미즈키가 안고 있던 마음속의 어두운 부분, 마지막까지 그곳에 남겨져 있었던 다카노가 아니면 알 수 없는 비밀이었다. 어떻게 말하면 좋을까, 망설이면서도 다카노가 입을 열려고 하자 그것을 막는 목소리가 옆에서 끼어들었다.

"아무 말 안 해도 돼, 다카노."

아키히코였다. 다카노는 그를 보았다. 아키히코는 다카노를 노려보는 듯한 시선으로 보고 있었다. 눈길을 달려왔기 때문만은 아닌 창백한 얼굴은 무표정했고, 숨은 거칠었다. 아키히코는 입술 끝을 삐죽거리며 말을 이었다.

"내가 거길 나오고 나서 무슨 일이 있었는지. 어떻게 됐는지. 그야 궁금하기도 하고 네가 얘기하고 싶으면 그래도 되지만, 난 꼭 들어야겠다는 생각은 없어. ……우리들 말이야, 친구잖아? 여태까지 다 함께 이런저런 일을 헤쳐 왔고, 그곳에도 같이 갇혔으니까. 미안하지만, 난 지금 엄청 화났거든."

아키히코는 슥 시선을 피하더니 복도 저쪽 수술실을 노려본다. '아키히코' 하고 부르는 다카노의 목소리에도 이쪽을 보지 않았다. 아키히코는 말없이 로비 의자에 앉더니 발치를 보며 중얼거리듯 말했다.

"화났어. 미즈키한테도, 사카키 선생님한테도."

"……아아."

아무도 말을 하지 않았다. 다카노는 복도 끝 수술실 주변을 보았다. '수술 중'의 빨간 램프 앞에 미즈키의 부모님과 사카키가 멍하니 서 있었다. 눈을 감자 생기라고는 없는 축 늘어진 미즈키의 얼굴이 불쑥 떠올랐다. 그에 촉발되어 옥상 울타리 밖으로 몸을 내밀며 다카노를 돌아보던 미즈키의 얼굴이 떠오른다. 전부 잊어 줘. 그녀는 그렇게 말했다.

'전부, 잊어 줘.'

현관의 유리로 된 자동문 밖에 눈이 내리는 것이 보였다. 이 눈은 언제까지 내리는 것일까. 다카노는 문밖을 바라보며, 기도하듯 손을 맞잡았다.

눈은 아직도 그치지 않는다.

3

미즈키의 수술이 끝난 시간은 신기하게도 5시 53분 근처였던 것 같다.

다카노와 다른 아이들도 그때 즈음은 완전히 지쳐서 로비 소파에 앉아 말없이 고개를 숙이고 있었다. 모두가 그렇게 시간을 견디고 있었을 때, 갑자기 램프가 꺼지고 미즈키를 실은 침대가 수술실에서 2층의 집중치료실로 옮겨졌다. 부모님이 옆을 따라간다. 침대는 엘리베이터 안으로 사라졌다.

갑자기 부산해진 수술실 주변을 다카노와 친구들은 모두 목을 쭉 빼고 마른 침을 삼키며 주시하고 있었다. 긴박한 공기 속에서 사카키가 나타났다.

사카키는 지친 얼굴이었다.

로비에서 기다리고 있던 그들을 보더니 일순 표정이 굳었다. 그러나 바로 그 얼굴에 온화한 표정을 지으며 그가 말했다.

"이제 괜찮아. 문제없다."

사카키의 그 한 마디에 전원이 안도의 한숨을 쉬었다. 다카노에게 그 안도는 더더욱 컸다. 미즈키는 살아났다.

사카키는 다시 그들 전원의 얼굴을 둘러보았다. 온화하게 고개를 끄덕이더니 다시 말했다.

"다만, 언제 의식이 돌아올지는 몰라. 너희들은 이제 집에 가. 오늘도 학교 가는 날이니까. ——눈이 이렇게 오니 휴교가 될지도 모르지만."

"사카키샘."

리카가 힘없이 말하는 사카키를 부른다. 고개는 들고 있지만, 리카의 목소리도 생기가 없고 약했다. 사카키는 말없이 리카를 바라보았다.

"세이난, 그만둘 거예요?"

"응."

사카키는 대답했다. 리카를 향해, 희미하게 쓴웃음을 지어 보였다. 그리고 한마디 덧붙였다.

"미즈키나 너희 때문도 아니고, 물론 하루코 때문도 아니야. 예전부터 그러려고 했었어. 말 안 해서 미안하다."

다카노를 비롯한 무언가 말하고 싶은 모두의 시선을 한몸에 받은 사카키는 그것을 무시하기로 한 듯 복도 끝 집중치료실로 잠자코 걸어간다. 리카를 비롯하여 모두 아무 말도 하지 못했다. 사카키의 모습이 보이지 않게 되자 리카가 고개를 숙이며 조용히 중얼거렸다.

"너무해."

짧은 중얼거림이었지만 어미가 떨리고 있었다.

"그런 표정으로 말하면 리카는 아무 말도 못 하잖아."

다카노는 마지막까지 병원 복도에 남았다.

소꿉친구를 감싸주고 싶은 충동이, 다카노에게는 있었다. 그러나 그것을 모두에게 어떻게 전해야 할지 알 수 없었다. 지금에 와서 무슨 낯으로, 자신이 그녀의 잘못을 묻지 말아 달라고 부탁할 수 있을까. 그런 생각을 하는 다카노의 어깨를 게이코가 두드렸다. 차분한 목소리였다.

"다카노."

초췌한 얼굴을 부드럽게 가로젓고 나서 말했다.

"남는 건 너 혼자면 돼."

다카노는 그 말에 고개를 들었다. 그 말을 한 게이코를 정면에서 똑바로 바라보았다. 목소리가 나오지 않았다. 게이코 옆에서 시미즈가 말없이 고개를 끄덕였다. 시미즈는 울고 있었다. 얼굴이 엉망진창인 채 조용히 울고 있었다. 다카노는 가슴에 크게 숨을 들이쉬었다.

"── 고마워."

머리를 깊이 숙이고, 그들에게 고마움을 표시했다.

미즈키가 깨어난 시간은 오전 7시가 다 되어서였다.

로비에서 기다리고 있던 다카노는 얕은 잠에 빠져 있었다. 사카키가 어깨를 흔들어서 잠이 깨었다. 아직 멍한 시야 속에서 눈을 비비자 사카키의 얼굴이 바로 눈앞에 있었다.

"미즈키가 깨어났어."

그는 다카노에게 그 말을 전하고, 소파에 무너지듯 등을 기댔다. 다카노가 그 얼굴을 보자 그는 지친 웃음을 띠고 미즈키가 있는 병실을 가리켰다. 계단이 있었다.

"2층 집중치료실. 올라가면 바로야. 얼굴 보고 와."

"그래도 돼?"

사카키는 슬쩍 턱을 끄덕였다.

"오래는 안 되지만."

사카키도 만나고 왔나 보다. 다카노는 고개를 끄덕이고 서둘러 2층으로 갔다.

4

병실 안에서 미즈키는 조용히 눈을 감고 있었다.

다카노는 누워 있는 미즈키의 얼굴을 보며, 문을 조용히 닫는다. 침대에 다가가자 기척을 느꼈는지 미즈키가 힘없이 눈을 떴다. 눈이 반쯤 감긴 듯 보이는 것은 수술의 피로 때문에 생각대로 힘이 들어가지 않아서인가 보다. 힘없이, 천천히 그 눈이 다카노를 찾아 움직였다. 다카노의 얼굴 앞에서 그 움직임이 멈춘다. 미즈키는 자신의 눈꺼풀을 무겁게 들어 올렸다.

미즈키의 손에 붕대가 감겨 있다. 자신은 언젠가 이런 광경을 본 적이 있다고, 다카노는 생각했다. 다카노는 미즈키 옆에 앉았다. 어떻게 얘기를 꺼내야 할지 모르겠다. 미즈키의 의식이 회복되기를 기다리고 있는 동안, 다카노는 몇 번이나 그것을 생각했고, 그때가 되면 자연스레 말이 나올 거라고 생각하고 있었다. 그런데 막상 미즈키를 앞에 두고 보니 다카노는 무슨 말을 어떻게 해야 할지 망설여졌다.

그런 다카노 앞에서 미즈키가 천천히 입을 열었다.

"……꿈, 꿨어."

아직도 꿈의 연장선에 있는 듯, 그 눈은 허공을 보고 있었다. 다카노는 미즈키를 말없이 바라본다.

"긴 꿈, 모두 나왔어……. 다카노도, 하루코도."

미즈키의 연약한 목소리에 다카노는 천천히 눈을 깜박였다. 미즈키 옆에 앉아 다카노는 이불 위에 놓인 상처 없는 쪽의 팔을 잡는다. 다카노의 팔 안에서 약하지만 따스한 체온을 그 팔은 느끼게 해 주었다. 다카노는 가슴속에 뜨거운 것이 치밀어 오르는 것을 애써 참았다. 내버려두면 당장에라도 미즈키에게 매달려 울 것 같았다.

"미즈키. 너 자신이 무슨 짓을 하려고 했는지 알아?"

다카노가 물었다. 미즈키는 힘겹게 느릿느릿 다카노를 본다. 힘없이, 고개를 끄덕였다. 다카노는 미즈키의 손을 꼭 잡았다.

"진심이었어?"

"진심이었어."

"죽으려고 했어?"

미즈키는 이 질문에도 천천히 고개를 끄덕였다. 다카노는 입술을 깨물고 질문을 계속했다.

"지금도?"

미즈키의 대답은 없었다. 미즈키는 그저 힘들게 눈을 뜨고, 다카노에게 그 눈빛을 조용히 보내고 있을 뿐이었다. 다카노는 미즈키의 손을 양손으로 감쌌다. 그 손이 가늘게 떨리기 시작한다.

"네가 죽는다고 생각하니까, 나 눈물이 났어."

이 손의 떨림은 대체 어디에서 오는 것인지 다카노는 알 수 없었다. 다만 솟구치는 충동을 어떻게든 억누르는 것으로 겨우 자신은 버티고 있는 것이었다. 그런 생각만이 강하게 들었다.

"정말 무서웠어. 정말 어떻게 해야 좋을지 모를 정도로, 나 많이 울었어. 앞으로도 그럴 거야. 네가 죽으면, 난 울 거야. 내가 얼마나 걱정했는지 알아? ……너한테 소리도 지르고 싶고, 때리고 싶어. 그만큼 나 화났으니까."

"다카노."

미즈키의 눈이 다카노를 가만히 응시하고 있었다. 떨리는 다카노의 손을 자신의 손으로 느끼면서, 힘겹게 뜨고 있던 그녀의 눈이 더욱 가늘어진다. 얼마나 정신이 들었는지 모르겠다. 어쩌면 미즈키는 지금도 꿈이라고 생각하는지도 모른다. 다카노가 쥐고 있는 미즈키의 손가락 끝에 문득 힘이 들어가는 것이 전해졌다.

"다카노는, 재수 없지 않아."

그것은 잠꼬대 같은 속삭임이었다. 다카노는 자신의 얼굴이 우는 건지 웃는 건지 알 수 없게 경련하는 것을 느낄 수 있었다. 말이 끝나자마자 미즈키의 눈은 힘을 잃은 듯 완전히 닫혔다. 그게 한계였다. 다카노의 눈에서 눈물이 흐른다. 다카노는 다시 잠에 빠진 미즈키의 이마에 자신의 손을 올려놓았다.

"고마워, 미즈키."

미즈키는 더 이상 대답하지 않았다. 다카노는 천장을 올려다보며 눈가를 비비고 나서 깊은 한숨을 쉬었다.

미즈키는 돌아왔다.

다카노가 미즈키의 병실에서 나오자 바깥 복도에는 사카키가 서 있었다.

사카키는 벽에 등을 기대고 서 있었으나, 병실에서 나온 다카노를 보더니 벽에서 떨어졌다. 그와 마찬가지로 자신이 나오기를 기다리고 있던 미즈키의 부모님이 소파에서 일어나 다카노와 교대하듯 병실 안으로 들어간다.

복도에는 사카키와 다카노, 둘만 남았다.

"정말 그만두는 거야?"

사카키의 마음에 무언가 변화가 있지는 않았을까. 일말의 희망을 걸고 다카노가 물었다. 그러나 사카키는 표정도 바꾸지 않고 간단하게 대답했다.

"그래야지."

사카키는 그렇게 대답하고는 다카노를 남겨두고 계단을 내려가려고 한다. 그 뒷모습을 본 순간 다카노가 외쳤다.

"그만두지 마……!"

사카키는 돌아보지 않는다. 다카노의 말에도 대답하지 않고, 계단을 내려간다. 다카노는 계속 외쳤다.

"그만두지 마. 형, 선생님 계속 해."

사카키는 아직도 대답하지 않는다. 이 남자는 늘 그렇다. 다카노는 이를 악물고 사카키를 쫓았다.

"사카키 형!!"

"히로. 너 말이지, 병원에서 그렇게 큰 소리를 내면 안 돼."

사카키는 돌아보았다. 계단 아래에서 다카노를 올려다보며, 얼버무리듯 웃는다. 그러나 그것도 그 순간뿐이었다. 사카키는 다시 시선을 앞으로 돌리더니 멍하게 서 있는 다카노를 내버려두고 걸어간다.

그리고 사카키는 더 이상 뒤돌아보지 않았다.

5

그 후, 사카키는 다카노와 그 친구들과 이 일에 관해서 더는 얘기하지 않았다.

아무 일도 없었다는 듯이 이후의 수능시험, 사립대학시험, 국립대학 2차 시험일정을 무난히 마치고 다카노와 친구들이 졸업할 때까지 담임 일을 했다.

미즈키는 한동안 건강을 찾지 못하고 입원과 자택요양을 계속하고 있었다. 그러나 이것에 대해 반 애들 사이에는 미즈키가 교통사고를 당했다는 해석이 이상할 만큼 자연스럽게 침투해 있었다. 미즈키의 결석에 대해 '자살 미수'라는 말이 나오는 일은 없었다. 다카노도 다른 학급위원들도 아무 말도 하지 않았다. 아마 사카키가 대충 얼버무린 모양이었다.

미즈키의 일도 하루코의 일도, 자신들 사이에서 화제가 되는 일은 거의 없었다. 미즈키의 몸을 걱정하기는 했지만, 그것을 그 눈 날리는 학교 안의 일과 연결 짓지는 않았다.

수험도 끝나고, 속 시원히 졸업을 맞이한 그 날.

졸업식이 끝난 후 오후부터 시작된 반의 졸업파티에 아무리 기다려도 사카키가 오지 않는 것을 깨달았다. 불길한 예감이 들어서 다카노를 비롯한 친구들 모두가 사카키의 아파트로 달려갔다. 그러나 사카키의 아파트는 이미 텅 비어 있었다.

당했다. 다카노는 생각했다. 서둘러 사카키의 본가, 다카노의 숙모에게 연락을 했더니, 그녀도 처음 듣는 말이었나 보다. 아무 말도 못 들었어, 라고 했다. 그러나 다음 순간 숙모는 어딘가 여유 있게 웃더니 이어 말했다.

"그 아이는 원래 그런 애니까, 익숙하단다. 지내다 보면 돌아올 거야."

사카키가 학교를 퇴직하는 절차는 예전에 끝난 것 같았다. 다카노가 그다음으로 걱정한 사람은 리카였다. 그러나 텅 빈 사카키의 집을 본 그녀는 '아――아' 하고 아쉬운 듯한 한숨을 쉬었지만 그것뿐이었다.

"뭐, 어디로 도망가도 잡을 수 있지만 말이야. 리카는 집념이 강하거든."

사카키가 어디로 갔는지. 그건 전혀 알 수 없었다.

제19장
마지막으로

1

눈이 핑 돌 듯한 더위였다.

다카노 히로시는 이마에 배어 나온 땀을 닦으며 자전거에 체인을 걸었다. 안경을 밀어 올리고 도착한 커피숍의 유리창을 들여다본다. 고등학교 시절, 몇 번 와 본 적 있는 찻집이다. 찻값이 고등학생에게도 부담되지 않는 수준의 가게여서, 학교가 끝나고 자주 이곳에서 참고서를 보곤 했던 기억이 있다.

창문 너머에서부터 아는 얼굴을 찾으며 다카노는 찻집 안으로 들어섰다. 그 순간, 냉방으로 차가워진 공기가 다카노를 감쌌다. 조금 전까지의 더위가 거짓말 같다. 이래서는 땀도 금방 다 날아갈 것이다. '어서 오세요'라며 점원이 맞이했으나 다카노는 가볍게 고개를 숙이는 걸로 대답을 대신하고, 바로 가게 안을 둘러본다. '다카노' 하고 자신을 부르는 소리가 들렸다. 목소리가 난 쪽을 보니 반가운 얼굴들이 이미 안쪽에 모여 있었다.

"오랜만이다."

다카노는 웃으며 그쪽으로 걸어간다. 그들은 '응, 오랜만이야'라며 자신을 맞이하더니 비워둔 자리를 권한다. 다카노가 앉기를 기다려서 아키히코가 말했다.

"봄에 보고 못 봤지?"

"아키히코, 너하곤 그렇지. 미쓰루랑 리카는 그때 없었으니까, 1년 만인 것 같다."

아키히코와 리카, 미즈키와 미쓰루 4명이 앉아 있었다. 아무래도 다카노가 제일 늦게 온 것인지, 모두의 앞에는 이미 반 정도 마신 음료수가 놓여 있었다.

"늦었어."

리카가 입을 삐죽인다.

"오랜만에 보는 건데——, 리카, 캡 신경 쓰고 왔는데 다카노는 지각이나 하고."

"미안, 어젯밤 집에 늦게 들어갔거든. 늦잠 잤다."

"도시가 즐겁기는 하겠지. 시골에 남은 리카가 밸 꼴리는 것도 이해하지? 심심한 데다, 기대하고 있었단 말이야."

미니스커트를 입은 다리를 반대로 꼬면서 리카는 다카노를 향해 볼멘 얼굴을 했다.

교칙 제한이 없어서인지, 리카는 지금 고등학교 시절보다 훨씬 밝은 붉은색 머리를 하고 있다. 그 머리카락을 귀찮다는 듯이 쓸어 올리면서 마스카라를 진하게 칠한 눈으로 다카노를 노려본다. 머리카락 색도 복장도 완전히 어른스러워졌지만, 리카의 이런 버릇은 그대로라고 다카노는 생각했다. 어딘가 어린애 같아서 미워할 수가 없다. 대학생활 2년째인 지금도 그건 달라지지 않았다.

리카는 결국 근처의 국립대학 교육학부에 진학했다. 화려한 걸 좋아하는 그녀는 틀림없이 도쿄에 있는 대학에 진학할 거라고 모두들 생각했기 때문에 당시 리카의 선택은 모두를 놀라게 했다. 하지만 본인은 예전부터 그럴 생각이었던 것 같다. 그녀는 천연덕스럽게 이렇게 말했다.

'리카가 여기 안 남으면 외롭다고, 동생들이랑 엄마가 그러잖아. 사카키샘도 여기 계속 있을 줄 알았고. 사실은 졸업하면 장기전 각오하고 선생님한테 작업을 걸 계획이었거든. ……계획이 엉망이 되긴 했지만.'

"그건 그렇고."

리카가 말을 이었다.

"올해는 다섯 명뿐이네. 작년엔 전원 다 왔는데."

"그러고 보니 시미즈는 잘 있어? 대학에서도 가끔 만나긴 하지? 오고 싶다고 했는데."

리카의 말을 받아 미즈키가 다카노를 올려다본다. 다카노는 웃으며 고개를 끄덕였다.

"잘 지내. 올해는 그림 콩쿠르 마감이 가까워서 아무래도 안 되겠다고 했지만. 다들 보고 싶어 하더라."

"굉장하다——. 그림 계속 하는 거야?"

"응. 대학도 아마 나보다 훨씬 더 열심히 다니고 있을 거야. 재능이 있다는 건 그런 걸 말하는 거겠지. 벌써 행동력부터가 다른 사람하고는 전혀 달라."

"그렇지. 고등학교 때부터 시미즈는 굉장했으니까. ——아, 게이코도 올해는 못 왔구나."

미쓰루가 말했다. 그 말에는 아키히코가 대답했다.

"교토잖아. 어쩔 수 없지 뭐. 우리들하고는 달라서 오고 싶다고 바로 올 수 있는 거리도 아니고."

"얼마 전에 전화 왔었어."

다카노가 끼어들었다.

"하긴 게이코가 한 게 아니고 유지가 한 거였지만. 게이코랑도 통화했어. 잘 지내나 보더라."

"뭐야, 둘이. 진짜 러브러브네."

리카가 삐친 듯이 중얼거린다. 그러나 바로 그것은 놀리는 듯한 웃음으로 바뀌어, 그녀는 '좋겠다——'라며 깊은 한숨을 쉰다.

"그래도, 너희 안 놀랐어? 게이코 재수한다는 건 알았지만. 이번엔 교토에 있는 대학밖에 시험 안 봤지? 유지가 K대라서. 리카 말이지, 게이코가 남자를 쫓아갈 거라곤 상상도 못 했어."

"나도."

미즈키가 고개를 끄덕였다.

"의학부라니 어렵겠구나——하는 생각은 했지만, 교토에 있는 대학 의학부면 더 어렵잖아. 난 재수라는 것만으로도 이번에 떨어지면 대학 못 간다고 생각했으니까, 게이코는 정말 대단한 것 같아."

"그야 게이코가 그런 티는 하나도 안 냈지만."

미즈키의 말에 다카노도 고개를 끄덕였다.

세이난 고등학교에서는 보통 학생의 80%가 그해 대학에 진학한다. 해당 연도 진학을 내걸고 있는 고등학교라서 당연히 그래야 한다는 암묵적인 분위기가 있긴 했지만, 그래도 몇 명은 희망하는 대학에 가기 위해 재수를 한다. 다카노네 반에서는 미즈키와 게이코가 그랬다. 다카노와 리카, 시미즈를 비롯한 미쓰루와 아키히코도 각각 그해 도쿄 시내에 있는 사립대학에 진학했다.

게이코는 처음부터 의학부만 지망한 것도 있어서 재수할 각오를 하고 있었던 것 같다.

'내 머리로 의학부를 그해에 붙으면 그게 더 이상한 거지.'

첫해의 수험 일정을 모두 마친 게이코는 말했다. 그동안 스와 유지는 교토에 있는 국립대학에 합격해서 진로를 결정했기 때문에, 다카노는 옆에서 왠지 쓸쓸한 기분으로 그것을 바라보고 있었다.

그러나 올해, 게이코는 교토에 있는 사립대학의 의학부에 멋지게 합격했다.

"게이코네 집. 예전부터 알았지만, 상당히 보수적이거든. 집이 병원이라 더 그런지도 모르겠지만, 견실한 게 최고라는 분위기가 있어. 그래서 부모님한테 많이 혼나면서도 딱 부러지게 이유를 말했나 봐. 리카 진짜 놀랐어."

리카가 마시던 주스를 빨대로 빙글빙글 휘저었다. 아까보다도 한층 더 크게 한숨을 쉰다. 다카노는 올해 봄 게이코를 만났을 때를 떠올린다. 합격통지서를 손에 든 그녀는 진학하게 된 학교를 알려주고 웃으며 말했다.

'지금까지 늘 하라는 대로만 하면서 살아왔어. 한 번 정도는 내 맘대로 해도 되겠지.'

다들 의외라고 말했지만 단 한 사람 스와 유지만은 천연덕스럽게 게이코를 자신이 사는 곳으로 맞아들였다. 그 녀석한텐 나밖에 없어, 그렇게 대답하던 유지의 목소리. 그것이 정말 있었던 일인지 아닌지 다카노는 알 도리가 없었다. 그래도 다카노에게는 그 목소리가 가끔 들려오는 것 같았다.

"부럽니? 리카."

미쓰루가 물었다. 부드러운 목소리였다.

고등학교를 졸업하고 나서도 계속 자라는 사람도 있는 법이다. 미쓰루는 대학에 들어가고 나서 제법 키가 자랐다. 고등학생 때는 심약한 인상을 주던 태도에 지금은 온화한 안정감이 깃들어 있다. 도쿄에서의 대학생활이 그에게는 좋은 영향을 주었는지, 표정도 지난 2년간 많이 변한 것 같다. 지금 이 목소리도 지극히 자연스러운 말투였다.

리카는 어깨를 으쓱하고는 '조금'이라고 대답했다.

"하지만 리카는 그런 것보다, 오히려 게이코가 1년 늦게 시작하는 게 부러워. 지금 1학년이잖아? 아——아, 리카도 1학년으로 돌아가고 싶다. 우린 앞으로 2년밖에 안 남았잖아——. 리카는 영원히 대학에 있고 싶어. 우리들이 사회인이 되어도 게이코는 학생이잖아."

"2년밖에 라니, 우리 이제 2학년이잖아?"

미쓰루가 웃으며 말했다.

"게다가 게이코는 의학부니까, 원래부터 우리들보다 오래 대학을 다니게 되어 있어. 공부도 상당히 힘들 거고. 리카, 너는 놀고 싶으니까 대학에 남고 싶은 거잖아?"

"그건 그렇지만……. 그럼 미즈키. 미즈키도 부러워. 대학은 1년만 있으면 좀 지루해지는데, 지금은 너무 재밌지?"

"응, 그건 그래. 하지만 난 재수하는 거 힘들었거든."

자신에게 화제가 돌아오자 미즈키는 마시던 아이스커피를 테이블 위에 내려놓았다.

"부모님한테도 걱정 많이 끼쳤고. 그냥 결과만 보면 1년 늦은 게

나한테는 플러스가 된 것 같긴 해. 그때 성적으로는 J대학은 꿈도 못 꿨으니까. 그런 점에서는 재수하게 도와주신 부모님이 너무 고맙지."

첫 수험연도 때, 미즈키는 몸이 안 좋아 입원해 있어서 수험을 포기했다. 그녀는 올봄, 도쿄 시내의 사립대에서 막 새 출발을 한 참이었다. 지금은 몸도 제법 좋아졌고, 대학 공부도 순조로운 것 같다. 리카에게 웃음을 보이며 미즈키는 다시 자신의 아이스커피를 한 모금 마신다. 그런 그녀를 보던 다카노는 한곳에 시선이 모아졌다. 음료수 컵을 잡고 있는 그녀의 왼손 새끼손가락에 빨간 보석이 박힌 심플한 디자인의 반지가 끼워져 있었다. 다카노가 착각한 게 아니라면, 그 반지는 본 적이 있었다.

정말 잘 간직하고 있었구나. 다카노는 감탄하며 조용히 쓴웃음을 지었다.

그런 다카노의 모습을 눈치채지 못하고, 다카노 옆에서 아키히코가 몸을 내밀었다.

"어이, 쌓인 얘기도 많지만, 일단 여기서 나가자. 저녁은 어차피 술집에서 먹을 거지?"

"너무 저녁이 늦어져서 모기한테 물리면 비참하기도 하고."

리카는 캐미솔을 입어 밖으로 다 드러난 팔을 문지른다. 미즈키가 고개를 끄덕였다.

"맞아. 꽃이랑 향은 어떻게 할까?"

"작년처럼 편의점에서 사자. 오는 길에 파는 거 봤어."

리카가 의자를 빼고 일어선 것을 신호로 미쓰루가 계산서를 손에 들었다. 다카노도 따라 일어서 한발 앞서 가게를 나간다. 자동문 앞은 눈부신 햇살과 열기, 그리고 매미의 울음소리가 펼쳐진 여름이었다.

다카노는 실눈을 뜨고 하늘을 올려다본다. 구름 한 점 없는, 푸른 하늘이었다.

2

츠노다 하루코가 잠들어 있는 묘지는 한산한 주택가의 구석에 있다.

포장되지 않아 걸으면 흙먼지가 일어나는 좁은 길과 작은 대숲에 둘러싸인 한쪽 구석에, 아담한 묘지가 있다. 그녀는 거기에 묻혀 있었다.

묘지 안으로 들어서자 바로 작은 수도가 보인다. 그 옆에는 낡은 주전자가 하나 놓여 있었다. 아마 대숲 건너편에 있는 절의 물건인지, 작년에도 그전에도 언제 봐도 여기에 놓여 있었다.

다카노는 그 주전자에 물을 가득 담아 다른 친구들보다 한발 늦게 하루코의 묘지로 간다. 걸으면서 주전자가 흔들릴 때마다 주둥이에서 물이 흙먼지 위로 떨어져 신기한 모양을 그린다. 그래도 강한 햇볕에 금방 말라 버릴 것이다. 태양이 이글이글 자신의 등을 태우는 것이 눈에 보이는 것 같았다. 주변에 가득 찬 매미 울음소리가 더위에 더욱 박차를 가하고 있었다.

'츠노다 가의 묘'라고 새겨진 묘석 앞에서 맨 앞을 걷고 있던 아키히코와 미즈키가 발을 멈췄다.

"덥다."

아키히코가 혼잣말처럼 중얼거렸다.

"정말 덥다. 다카노, 물은?"

"가져왔어. 잠깐만."

다카노는 묘지 옆으로 다가간다. 묘석을 향해 서서 몸을 내밀고 주전자를 기울였다. 매끈하게 빛나는 검은 비석 위에 물 몇 줄기가 흔적을 남기며 흘러내린다. 그것을 보며 다카노는 기분 좋을 때처럼 눈을 가늘게 떴다. 돌이 그렇게 생각할 리도 없겠지만, 보고 있는 이쪽까지 시원해지는 것이 신기했다.

하루코가 잠든 무덤은 매우 청결했다. 그녀의 부모가 늘 손질을 하나 보다. 언제 와도 묘지에 있는 다른 어떤 무덤보다 깨끗하게 청소되어 있었고, 꽃이 없을 때가 없었다. 지금이 봉(양력 8월 15일. 추석과 비슷한 휴일 - 옮긴이)이라는 것도 어쩌면 관계가 있을지도 모르겠지만, 흰색과 노란색, 자주색의 국화가 오늘도 묘석 양옆에 보기 좋게 장식되어 있었다.

1년에 한 번, 봉이 오면 모두가 모여 하루코의 무덤에 성묘를 간다. 그것이 졸업하면서 자신들이 한 약속이었다.

미쓰루가 묻는다.

"아키히코, 라이터 있어?"

"아——, 나 담배 안 피워서 없어. 다카노나 리카, 안 갖고 있어?"

"아, 나 있어."

다카노는 대답하고 아직 물이 반 정도 남은 주전자를 땅에 내려놓았다. 입고 있던 청바지 주머니에서 100엔짜리 라이터를 꺼내어 미쓰루에게 건넸다. 미쓰루는 '땡큐' 하고 받아 든다. 꽃을 껴안은 리카가 옆에서 '헤——' 하고 감탄하는 목소리를 냈다.

"다카노, 담배 피우는구나?"

리카의 시선은 다카노의 뒷주머니에 보이는 붉은 담배 상자에 가 있었다. 다카노는 쓴웃음을 지으며 대답했다.

"그냥 스트레스 해소 정도. 원래부터 우리 집 사람들이 다 피우거든. 사카키 형도 그렇고. 난 그렇게까지 많이 피우진 않지만."

"흐응. 왠지 의외다."

"리카는?"

미즈키가 물었다.

"리카야말로, 제일 먼저 챙길 것 같은데."

"그냥 스트레스 해소 정도."

다카노의 말투를 흉내 내며 리카는 자신의 입술을 살짝 핥았다. 미즈키를 보며 '미즈키, 향'이라고 말했다. 미즈키는 들고 있던 편의점 봉투에서 향 다발을 꺼냈다. 조심스럽게 감겨 있는 종이를 풀어 미쓰루에게 건넨다. 미쓰루는 라이터로 향에 불을 붙인다. 다발에서 조금씩 꺼내어 모두에게 나눠 주었다.

향냄새가 주변에 퍼진다. 다카노도 미쓰루의 손에서 몇 개 받아 들었다.

준비한 향과 꽃을 묘에 올리자 누가 말한 것도 아닌데 다들 손을 모았다. 말없이 눈을 감고 손을 모으고 있는데 갑자기 바람이 불기 시작한 것을 느꼈다. 미지근하지만 기분 좋은 바람이 코끝을 스친다. 올린 향 연기가 가늘게 흔들렸다.

아무도 말하지 않고, 오랫동안 그렇게 있었다. 가장 먼저 눈을 뜨고 얼굴을 든 사람은 아키히코였다.

"나 중학교 때 말이야."

다카노도 눈을 뜨고 그때까지 공손히 모으고 있던 손을 내렸다. 옆에 서 있는 아키히코의 얼굴을 들여다본다.

"친구가 자살했거든. 같은 반이었던 애가."

아키히코의 눈은 하루코의 무덤 위를 가만히 보고 있었다. 누굴 보는 것도 아니었지만, 그의 시선은 거기에서 움직이지 않았다.

"원인은 학급 내 괴롭힘. 왠지 말이야, 잘 말은 못하겠지만 난 그 일에 상당히 책임감을 느꼈어. 내가 괴롭힌 것도 아니고, 그 아이를 무시했던 것도 아닌데. 사이는……, 그래. 그 아이 입장에서 보면 좋은 편이었을 거야."

아키히코는 깊이 숨을 내쉬었다.

"여러 가지로 후회가 많아서, 왠지 성묘도 못 갔어. 그러고 있는데 마침 그해 축제 때 그 아이의 동생이 날 찾아온 거야. 형이랑 똑같이 생긴 얼굴로 말이지. 난 그 동생이 날 탓하러 온 줄 알았어. 앞장서서 괴롭힌 건 아니지만, 어째서 형을 감싸주지 않았느냐, 뭐 그런 거. 책망을 들어도 어쩔 수 없다고 생각했었어. 근데, 그 아이가, 나한테 묻고 싶은 게 있어서 왔다고 그러는 거야."

아키히코의 말투는 독백에 가까운 울림을 띠고 있었다. 2년 전 축제날을 떠올리고 있는지, 그의 말과 시선이 어딘지 멀게 느껴졌다. 어쩌면, 회상하고 있는 것은 그것보다도 훨씬 더 오래된, 자신의 중학교 시절인지도 모른다.

"괴롭힘을 당하고 있었을 때, 집에서는 그런 얘기를 한 마디도 하지 않았었대. 평범하게 동아리 활동 얘기나, 수업에 대한 얘기 같은 걸 명랑하게 했었다고. 그 안에서 내 이름이 많이 나왔대. 오늘 아키히코가 이런 얘길 했다, 돌아올 때 오락실에 들러서 놀았었다. 그야말로 매일같이, 동생한테 그런 얘길 했다는 거야. 아키히코하고는 친구다. 얘기도 많이 했었다고."

"하지만 그건."

미쓰루가 조심스레 끼어들었다. 아키히코는 선뜻 고개를 끄덕였다.

"응, 거짓말이야. 본인도 거짓말이라고 알고 있었을 거야. 학교에서 괴롭힘을 당해도, 집에서는 오늘 그런 일이라곤 전혀 없었던 걸로 하는 거지. 친구랑 같이 즐거웠다는 얘기를 하면서, 어떻게든 견디려고 한 게 아닐까. 지금이야 그냥 추측이라 확인할 방법도 없지만, 그게 한계였다고 생각해. 그래서 동생 입장에서는 놀랐을 거야. 아무 변화도 없다고 생각하고 있었는데, 형이 점점 학교에 안 가게 되고, 어느 날 갑자기 자살한 거지. 견디기 힘들었을 거야."

아키히코는 츠노다 가의 묘석으로 긴 팔을 뻗었다. 돌에 새겨진 '츠노다 하루코'라는 이름 위를 오른손 손가락으로 더듬었다.

"그 아이가 그러더라. 형이 했던 말들이 사실이냐고."

아무도 말이 없었다. 다카노도 잠자코 아키히코를 볼 뿐이었다. 아키히코는 무표정하게 하루코의 이름을 응시하고 있었다. 여기에 오자마자 묘석에 뿌린 물은 몹시 더운 날씨에 벌써 마르기 시작했다.

"그 말을 할 때, 동생 얼굴은 새하얬어. 나한테 오기까지 고민도 많이 했겠지. 형을 믿고 싶어 하는 모습이 빤히 보였어. 형이 거짓말쟁이라고 생각하기 싫어서가 아니라, 괴롭힘을 당하긴 했지만 적어도 형에게는 친구가 있었다고 생각하고 싶었던 거야. 친구가 하나도 없었다면 형이 너무 불쌍하다고, 그 아이가 그렇게 생각하는 걸 알겠더라."

아키히코는 그제야 고개를 들고 다카노 쪽을 보았다.

"나 말이지, 거짓말 못 하거든. 감춰도 바로 들켜버린다는 것도 알고. 내가 어떻게 했어야 했을까?"

"나한테 묻기 전에 넌 이미 어떻게든 했을 거 아냐."

다카노의 대답에 아키히코가 쓴웃음을 지었다.

"응. 고민할 시간도 없었고. 나, 그 애를——사와구치를 좋아했다고 했어. 죽지 않았으면 좋았을 거라고, 살아 있다면 좋겠다고 생각한 건 사실이야. 그래서 친한 친구였다고 거짓말을 했어."

아키히코의 눈은 다카노에게서 멀어져 다시 먼 곳을 향했다. 하루코가 잠든 묘를 한순간 보더니 발치로 고개를 떨어뜨렸다.

"하루코 일이 있고 나서, 창피한 얘기지만 나 그제야 그 아이 집에 향 올리러 갔었다. 거기서 안 건데, 그 아이는 정말 집에서는 내 얘기만 했나 봐. 내가 모르는 곳에서, 난 다른 사람의 의지가 되기도 하고——상처 입히기도 하고, 그 두 가지 일을 다 해온 거라는 걸 알았어. 그 아이도 하루코도, 난 왠지 비슷하게 느껴져. 결국 뭐가 마지막까지 의지가 되었는지, 무엇이 그 아이를 자살까지 하게 만든 건지는 본인이 아니면 모르는 거고. 이젠 영원히 알 수 없어졌지만."

말하고 있는 아키히코 앞에서 갑자기 미즈키가 무릎을 구부려 주저앉았다. 묘 앞에 올린 향이 떨어져 있었다. 미즈키는 그것을 주워 원래 있던 자리로 그것을 돌려놓는다. 차분한 동작으로 그녀가 가만히 손을 모으는 것이 보였다.

다카노는 아키히코가 그랬던 것처럼 돌에 새겨진 하루코의 이름을 손가락으로 어루만진다. 향년 18세라고 그 아래에 쓰여 있는 글을 똑바로 볼 수 없었다. 다카노는 이번 여름에 스무 살이 된다. 그다음

해 여름에는 스물한 살이 된다.

시선을 피해 묘지 구석에 있는 커다란 삼나무를 멍하니 보고 있으려니 매미 한 마리가 날아올랐다. 날개를 퍼덕이며 우스울 정도로 서둘러 날아간다.

"슬슬 갈까."

리카가 말했다.

"내년에야말로 사카키샘을 끌고 같이 왔으면 좋겠다."

"그래."

다카노는 쓴웃음을 지으며 대답하고 마지막으로 한 번 더 하루코를 향해 합장했다.

3

"축제, 들렀다 가자."

"축제?"

친구들과 헤어지고 집으로 돌아가는 길에, 미즈키가 다카노 뒤에서 불쑥 그렇게 속삭였다. 다카노는 몸을 비틀어 자전거 뒤에 태운 미즈키를 올려다본다. 그녀는 생긋 웃었다.

"응. 지금 가면 불꽃놀이 볼 수 있을 것 같아서."

미즈키는 자신들이 사는 옆 마을 사찰에서 매년 열리는 그 축제를 말하나 보다. 작은 여름 축제지만, 축제 끝 무렵에 단 한 번 불꽃이 터진다. 다카노도 초등학교 때는 자주 갔었고, 미즈키와도 몇 번 같이 간 적이 있었다.

다카노는 다시 앞을 보며 그 축제 말이구나, 하고 작게 중얼거렸다.

"가도 괜찮은데, 안 늦으려나."

"사찰까지 안 가도, 근처까지 가면 불꽃은 보이잖아. 불꽃이 끝나고 나서도 노점은 계속 할 거고. 먹을 거 싸게 팔지?"

"그건 상관없지만, 또 먹으려고?"

다카노는 조금 전까지 아키히코, 리카와 같이 있던 술자리 모습을 떠올리며 졌다는 듯이 말했다. 생각하는 것만으로도 배가 불러올 지경이니, 미즈키에게는 두 손 들 수밖에 없다.

그러자 다카노의 말에 미즈키는 '바보' 하고 뒤통수를 살짝 쳤다.

"집에 사 가려고 그러는 거지! 나도 그렇게 많이는 못 먹어."

"아프잖아, 위험하게. 그럼 사찰 쪽으로 모시겠습니다. 그럼 돼?"

"응."

술이 들어가 조금 취했는지, 다카노의 어깨를 잡은 미즈키의 손에는 힘이 거의 들어가 있지 않았다. 자전거를 구르는 다리에 힘을 주면서, 다카노는 자신의 팔에 찬 시계를 슬쩍 본다. 조금만 서두르면 충분히 불꽃을 볼 수 있는 시간이다.

낮과는 달리 바람이 불기 시작해서 어느 정도 선선해졌다. 미지근한 바람을 볼에 느끼며 다카노는 뒤에 태운 미즈키를 생각했다. 고등학교 시절, 몇 번 지금처럼 미즈키를 자전거 뒤에 태운 적이 있었다. 그때와 비교해서 미즈키는 조금 무거워진 것 같다. 그래서 안심이 되었다.

그런 생각을 하고 있는데, 다카노 뒤에서 어깨를 잡고 있던 미즈키가 불쑥 다카노의 얼굴을 들여다보았다.

"저기, 오늘 리카가 말이지. 네가 어쩌면 사카키샘 찾은 거 아니냐고 물어봤었어."
"어라, 어째서? 미즈키, 위험하니까 움직이지 마."
다카노는 앞을 본 채로 대답한다. 미즈키는 마지못해 '네에'라고 대답하고는 머리를 다시 뒤로 집어넣었다.
"모르겠어. 오늘 술 마시다가 갑자기 그랬으니까. 아마 리카도 이유는 없는 것 같아. 여자의 감이라고 그러더라."
"헤에……, 여자의 감이란 말이지. 그거 왠지 상당히 강할 것 같은데."
"나도 사카키 오빠 만나고 싶어."
불쑥, 중얼거리듯이 미즈키가 말했다. 다카노는 잠자코 있었다.
"나, 오빠한테 해야 할 말이 너무 많아. ……지금이 아니어도 괜찮으니까, 찾게 되면 꼭 알려 줘. 리카한테도 알려줘야 해. 안 그러면 다카노 용서 안 할 테니까."
"알면 벌써 말했지."
다카노는 짧게 대답했다. 미즈키는 '응' 하고 작은 목소리로 말하며 고개를 끄덕였다.
"리카 수첩 오늘 봤는데, 아직도 사카키 오빠 사진 들어 있더라. 고등학교 때부터 계속 가지고 있었나 봐. 리카는 단순히 오빠를 만나고 싶어 하는 것만이 아니고, 진짜 오빠 걱정 많이 해. 지금 어디서 뭘 하고 있나 하고."
"응."
가로등이 드문드문 켜져 있는 어두운 시골길 양옆으로는 논밭이 펼쳐져 있다. 문득 앞을 바라본 다카노는 펼쳐진 밤하늘 가득한 별에 새삼스레 눈을 빼앗겼다. 작년부터 시작된 도쿄 생활에서는 거의 보기 힘든 광경이었다.

그 길을 말없이 달리고 있으려니 문득 자신의 등에 따뜻한 무게가 느껴졌다. 미즈키가 몸을 기대고 다카노의 머리 뒤에 얼굴을 숙이고 있었다.

"……고3 겨울에, 내가 한 일 기억나?"

그것은 작은 속삭임이었다. 다카노는 계속 페달을 밟으며 말없이 눈앞의 어두운 길을 본다. 그리고 대답했다.

"기억나."

"그때, 눈을 뜨니까 네가 있었어. 그럼 내가 그때 긴 꿈을 꿨다고 한 것도 기억나?"

밭에서 이어지는 길을 오른쪽으로 꺾으면 사찰까지는 일직선이다. 멀리서 희미한 웅성거림과 북소리가 들려온다. 길 앞이 아련한 노란 빛으로 밝았다.

다카노는 대답했다.

"기억나. 긴 꿈을 꿨다고 했지. 그게 왜?"

"응……."

미즈키의 목소리는 변함없이 작았다. 그러나 그때까지 거의 힘이 들어가 있지 않았던 미즈키의 손이, 갑자기 다카노의 어깨 위에서 떨린 것 같았다. 다카노는 잠자코 자전거 페달을 밟는다. 눈앞에 축제에서 돌아오는 유카타 차림의 아이들이 보였다. 솜사탕 봉지를 들고, 어머니 손을 잡고 웃고 있다. 다카노의 자전거가 그들을 스쳐 지나고 나자 미즈키가 다시 다카노에게 물었다.

"내가 얼마나 너희들을 좋아하는지 다카노, 넌 모르지?"

"너야말로 우리들이 다 널 얼마나 좋아하는지 모르잖아."

다카노는 돌아보지도 않고 그대로 대답했다.

"알아!"

놀리는 듯한 다카노의 말에 미즈키가 단호하게 대답한다. 생각지도 못한 강한 목소리가 돌아와서, 다카노는 자전거를 세웠다. 뒤에 있는 미즈키를 돌아보자 그녀는 고개를 숙이고 양손으로 다카노의 어깨를 꽉 붙잡고 있었다. 다카노의 위치에서는 그 표정까지는 보이지 않았다.

"알아. 다들 얼마나 다정한지, 얼마나 날 소중하게 여겨 주는지. 나는 정말 고맙게 생각하고 있어."

대답할 말이 막혀서 다카노는 그냥 미즈키를 바라보았다. 그때였다.

다카노는 슈루루룩——하며 공기가 울리는 소리를 들었다. 미즈키를 보던 시선을 돌려 앞쪽 하늘을 쳐다본다. '봐, 미즈키' 하고 말을 걸었다.

"불꽃이다. 안 늦었네."

그 말에 미즈키도 고개를 든다. 다카노의 어깨를 붙잡은 그녀가 '응' 하고 대답했다. 그녀가 희미하게 웃은 것을 알 수 있었다.

큰 소리를 내며 여름 축제의 단 한 번뿐인 불꽃이 밤하늘을 수놓고 사라졌다.

다카노는 미즈키를 돌아본다. 흰 손목밴드로 가려진 그녀의 상처에 힐긋 시선을 주고 나서 다시 미즈키의 얼굴을 응시한다. 그녀는 불꽃이 사라진 하늘을 아직도 올려다보고 있었다. 미즈키의 마음속에 새겨진 상처는 아마 앞으로도 완전히는 사라지지 않을 것이다. 그렇게 상처를 품은 채, 그녀는 살아가려 하고 있다.

"저기, 다카노."

미즈키가 주저하며 다카노를 부른다.

"뭔데? 미즈키."

"……사카키 오빠 말인데."

"응."

미즈키를 뒤에 태우고, 다카노는 자전거 페달을 다시 밟았다. 사찰까지 남은 길을 다시 달리기 시작했다.

4

약속 시간 딱 5분 전에 시미즈 아야메가 약속 장소에 나타났다.

T대 학생 구내식당이었다. 밖은 상당히 더운 모양이다. 그녀는 오른손으로 계속 자신의 얼굴에 부채질하며 걷고 있다. 그녀는 건물 안으로 들어서면서 시선으로 다카노를 찾고 있다. 큰 스케치북과 무거워 보이는 가방으로 손이 가득 차 있었다.

"시미즈."

다카노가 부르는 소리에 시미즈가 그를 발견하고 발을 멈췄다. 다카노가 앉아 있는 테이블까지 빠른 걸음으로 걸어온다.

"오랜만이야, 다카노."

여름방학의 학생 구내식당이어서인지 적은 수의 사람만이 드문드문 앉아 있었다. 설치된 텔레비전에서는 계속 영상이 흘러나온다. 아무도 보지 않는 텔레비전 앞을 가로질러 오면서 시미즈가 다카노에게 손을 흔들었다. 다카노의 앞자리에 앉으며 자신의 짐을 옆에 내려놓는다. 후우 하고 숨을 쉬더니 다카노를 쳐다보았다.

“미안, 내가 만나자고 해 놓고. 늦었네.”

“아직 약속 시간 안 됐어.”

다카노가 쓴웃음을 지으며 자신의 손목시계를 보여준다.

“좀 일찍 왔거든. 시미즈, 넌 항상 정확한 시간에 오니까, 내가 늦기 미안해서.”

“고마워. 그런 점은 여전하구나, 다카노.”

시미즈가 싱긋 웃는다.

“다들 잘 있어? 올해도 다 왔고?”

“시미즈 말고도, 올해는 게이코도 못 왔어. 온 애들은 다 잘 지내. 너 보고 싶어 하더라.”

“나도 가고 싶었는데.”

시미즈는 부드럽게 쓴웃음을 지었다.

“그림 콩쿠르 마감이 일주일만 빠르든가 늦든가 했으면 갈 수 있었을 텐데. 딱 겹쳤잖아. 아 너무 억울하다.”

“다음에는 여기서 동창회 하자고 리카가 그러더라.”

다카노도 시미즈를 따라 미소를 짓는다. 아까 산 아이스커피를 한 모금 마셨다.

“미즈키 아니면 너희 집에서 잘 계획인 것 같던데. 리카는 거기 남았으니까, 놀러 오고 싶은가 봐. 미쓰루랑 아키히코도 모이자고 하면 바로 올 거고.”

“좋다, 그거. 여름방학에 해 주면 더 고맙고. 내가 간사 맡을까?”

시미즈는 쿡쿡 웃으며 말하더니, 갑자기 진지한 표정을 지었다. 화장한 얼굴도 아닌데, 그녀는 고등학교 때보다 훨씬 예뻐졌다. ‘미즈키는?' 그녀가 물었다.

"미즈키는 괜찮아 보여? 새 환경에 잘 적응했어?"

"대학에도 자취 생활에도 익숙해진 것 같던데. 그 일도 제대로 정리해 나가려고 하고 있어."

"그렇구나."

시미즈는 다카노의 대답에 안도한 듯 작게 한숨을 쉬었다.

"다행이다. 모처럼 가까운 데 사니까 미즈키랑 더 많이 만나고 싶은데, 좀처럼 시간이 나질 않네. 다카노하고는 같은 대학이라 제법 만날 기회가 있는데 말이지. ── 오늘도 미안. 갑자기 불러내서."

"아냐. 나도 어차피 학교에 볼일도 있었고. 너야말로 괜찮아? 지금부터 또 그림 그리러 가야 되지?"

다카노는 시미즈가 들고 있는 스케치북과 무거워 보이는 가방에 슬쩍 시선을 던졌다. 시미즈는 그것을 눈치채고 '아아' 하며 다시 쓴 웃음을 지었다.

"이건 괜찮으니까 신경 쓰지 마. 어차피 오늘은 간단한 스케치뿐이니까."

시미즈는 그렇게 말하고는 얘기의 실마리를 찾아 잠시 입을 다물었다. 건물 안에 가득 찬 에어컨 바람에 그녀가 밖에서 끌고 들어온 더위는 사라진 것 같았다. 시미즈는 고개를 든다. 그리고 바로 본론으로 들어갔다.

"할 얘기라는 건 미즈키 얘기야."

커피컵에 손을 대고 있던 다카노는 시미즈의 말에 그 손을 멈춘다. 다카노는 시미즈의 눈을 보았다. 그다음을 재촉하며 다카노가 말없이 있자, 시미즈가 물었다.

"그때 미즈키의 내부를 닫은 사람이 누구인지, 다카노는 알고 있지?"

"대충은 짐작해."

다카노는 살짝 고개를 끄덕여 긍정했다. 시미즈는 다카노의 대답에 만족한 듯 보였다. '그렇구나'라고 중얼거리더니 말을 이었다.

"나도, 그 사람일 거라고 짐작은 했어. 그야 난 그때 상황도 끝까지는 모르고, 나중에 여러 가지 생각해 봐서 그 사람밖에 없다는 소거법으로 내린 결론이지만."

다카노는 잠자코 있었다. 시미즈는 다카노의 얼굴에서 시선을 돌리고 건물 창밖에 있는 어딘가 먼 곳을 보았다.

"난 다른 사람들하고는 잘 사귀지 않았었잖아……. 못했었다는 게 맞는 말이겠지만, ……그래서 모르겠어. 이건 어쩌면 당사자가 아니면 모르는 일인 걸까. 나로서는 하루코가 한 행동의 진의를 잘 알 수가 없어."

"나도 아마 핵심적인 부분은 아무것도 모를 거야. 너와 다를 것도 없어."

"미즈키는 이해한 것 같았어? 자신의 내부를 닫아준 사람이 누구인지. 아는 것 같아 보여? 아니면 완전히 거기의 일은 잊어버린 것 같아?"

"글쎄, 어떨지."

다카노는 애매하게 웃었다.

"지금 상황으론, 그런 것처럼 보이진 않아. 다만 눈치는 챘는지도 몰라. 그런 생각은 들어."

"그렇구나."

시미즈는 일단 말을 끊고, 잠시 후에 다카노의 얼굴을 보며 말했다.

"난, 그 일이 있고 나서 바로 수험이랑 대학 때문에 바빴어. 요즘에야 겨우 본격적으로 거기서 있던 일을 조사할 기회가 생겼어. 그러다 알게 된 게 있어서, 오늘 다카노를 부른 거야. 미안."

"아냐, 괜찮아. 어떤 건데?"

"거기, 벌써 2년이나 지났지만, 그 안에서 내가 '정신세계'의 규칙에 관해 얘기한 적 있지. 기억나?"

"응."

다카노는 조용히 고개를 끄덕였다.

"그렇게 뭐가 뭔지 모를 곳이었잖아. 시미즈가 거기서 체계적으로 설명해 준 게 상당히 도움이 됐고, 또 고마웠어. 물론 기억해."

"응. 그 안에서 '내부를 닫는다'는 개념에 관해 얘기했었지? 살아 있는 사람이든 이미 죽은 사람이든, 누군가 한 사람이 안에 남을 것. 그것이 안에 갇힌 사람들이 밖으로 나올 수 있는 조건이었어. 근데 거기에 우리가 미처 몰랐던 규칙이 있었나 봐. 요즘에 조사해 보고 나서 알았어."

"미처 몰랐던 규칙?"

"내가 그 얘길 했을 때, 인간 소실에 대해서 몇 개 예를 들었던 거 기억나? 랭고리얼 사건하고 독일 버스사고. 그중에 네덜란드의 종유굴에서 아이들이 집단 실종된 사건이 있었지."

시미즈는 천천히 눈을 깜박였다.

"네덜란드의 한 지방 초등학교 아이들이 종유굴로 소풍을 가서, 안에 들어간 채로 아무도 나오지 않았다. 걱정한 어른들이 안에 들어가 보니, 아이 한 명이 웅크려 앉아 떨고 있었다. 하지만 그 아이 말고는 인솔자 선생님도, 스무 명 정도 있었던 다른 아이들도 발견되지 않았다. 결국, 그들이 발견된 것은 행방불명이 된 지 한 달 이상 지나고 나서. 혼자 발견된 그 아이가 자신의 집 마당에서 놀고 있을 때, 눈앞에 행방불명되었던 선생님과 아이들이 갑자기 나타났다."

"그 아이가 전형적인 괴롭힘 당하는 아이였다는 얘기였지. 다들 행방불명이 된 그 날도, 종유굴 안에서 괴롭힘을 당한 그 아이가 긴장 때문에 자신 안에 선생님과 친구들을 가둬 버렸다. 그때 그의 내부를 '닫은' 사람은 그 애를 괴롭히던 아이여서, 그만이 돌아오지 않았다."

"맞아. 그래서 아직도 발견되지 않았다고, 난 그때 그렇게 말했었는데……."

시미즈는 거기서 말을 멈췄다가 잠시 후 다시 말을 잇는다.

"그런데 그게 아니었어."

"그 아이가 돌아왔다는 거야?"

"응. 예전에 내가 본 책에는 안 실려 있었는데, 이번에 다시 조사했더니 다른 책에는 실려 있었어. 행방불명된 지 1년 이상 지나고 나서, 그 아이가 돌아왔어. 다른 아이들처럼, 그 아이를 '가둔' 아이네 집 마당에 불쑥 나타난 거야."

"그 아이를 가뒀던 아이는 무사했어? 자신의 내부를 닫을 사람이 없는 경우에는, 가둔 그 본인이 죽어 버린다는 규칙도 네가 그때 얘기했잖아?"

"응."

시미즈는 테이블 위에서 손을 바꿔 쥐며 말을 이었다.

"그 아이도 무사했어. 결과적으로, 아무도 사라지지 않았던 거지. 다들 무사히 돌아왔대. 1년이라는 긴 시간이 필요하긴 했지만. ——

조사해 보니까, 집단 실종 이외에도, 누군가의 '마음에 빨려 들어가는' 개인 실종 기록이 옛날부터 여기저기에 남아 있었어. 그중에는 사건 후 어느 정도 시간이 흐르고 나서 역시 '돌아온' 경우도 몇 개 있더라. 네덜란드의 그 아이들처럼. 가둔 쪽, 갇힌 쪽 양쪽 다 무사히 돌아온 케이스. 그 부분에 대해서 전문가인 젤드 박사가 내린 견해가 어떤 책에 나와 있었는데, 그게 내가 몰랐던 규칙이야. '마음의 내부를 닫는' 역할을 한 사람에게도 하나, 이쪽으로 돌아올 수 있는 방법이 있다."

시미즈는 천천히 말했다.

"가둔 사람이 용서할 것. 그것이 돌아오기 위한 단 한 가지 방법."

"용서한다고?"

다카노는 시미즈에게 되물었다. 시미즈는 부드럽게 고개를 끄덕였다.

"그래. 한마디로 말하자면 그렇게 돼. 가둔 사람은 분명 마음 어딘가에 누군가를 가두게 된 그 원인을 용서할 수 없는 거지. 그건 아마 안에 남은 그 사람이 어쨌다는 문제가 아닐지도 몰라. 그런 일을 일으킨 자신, 그 원인이 된 긴장과 공포, 그것을 스스로 받아들이지 못하는 동안은 누군가가 자신의 내부를 닫아 줘야 하지만, 그걸 허용할 수만 있으면 안에 갇혔던 사람도 자신의 역할을 마치고 돌아올 수 있게 된다. ——해방되는 거지. 이게 단 하나, 안에 갇힌 사람에게 남겨진 방법이야."

"용서라."

다카노는 중얼거렸다. 시미즈는 고개를 끄덕였다.

"네덜란드의 그 종유굴 사건에서는 두 아이 사이에 무슨 일이 있었는지, 자세한 건 몰라. 뭔가 그에게 용서할 만한 계기가 있었는지도 모르지. 어쨌든 가뒀던 그 아이는 자신을 괴롭힌 아이를 용서할 수 있게 된 거야. 그런 거라고 생각해. ……이번 미즈키의 경우에는 하루코가 이미 죽었으니 어떻게 되는 건지 모르겠지만. 다카노한테는 일단 얘기해 두려고."

하지만, 하며 시미즈는 눈을 내리깔고 말을 이었다.

"미즈키한테는 이 얘긴 안 하는 게 좋을 것 같아."

"응. 그러면 미즈키는 분명 더 자신을 용서할 수 없게 될 거야. 하루코를 용서해야 한다고 생각하면 생각할수록 역효과를 일으키겠지."

"그래. 미즈키가 용서할 수 없는 건 분명 자기 자신이라고 생각해. 여러 사람들을 자신이 끌어들였다. 우리들과 사카키샘, 그리고 하루코가 용서했다고 해도 미즈키는 그게 아직 안 되는 거야."

"알았어. 시미즈, 알려줘서 고마워."

"뭘. 별거 아니지만, 다카노 너한테는 얘기하는 게 좋을 것 같았어. 바쁜데 시간 내줘서 고마워."

"아냐, 난 괜찮은데."

다카노가 쓴웃음을 짓는다.

"나보다 시미즈 네가 더 바쁘지. 그림은 잘 되어 가?"

다카노는 시미즈가 들고 있던 스케치북에 시선을 준다. 이 더운 여름에 정말로 고생이다. 다카노의 질문에 시미즈는 입술을 살짝 끌어올려 웃었다.

"잘 되어가는 것인지 어떤진 나도 모르겠어. 그래도 재밌어. 단, 학교 공부하고는 전혀 상관없는 일이니까 세미나 선생님한테는 폐를 많이 끼치고 있어. 모처럼 2학년부터 세미나에 넣어 주셨는데, 자주 빠지니까 불량학생이라고 생각하고 계시나 봐. 수업도 거의 친구 노트만 보고 있어. 넌 맨날 멍하니 있으니까 어쩔 수 없다면서 애들도 한심해하고. 다음 학기에는 학점이 어떨지 불안해."

"헤에."

다카노는 그 말을 듣고 무심결에 웃음을 지었다. 그걸 보고 시미즈가 살짝 고개를 기울인다. 이상하다는 듯이 '왜 그래?' 하고 묻는다.

"왜 그래? 다카노. 갑자기 웃네."

"아니, 주변 사람들이 겨우 이제야 시미즈를 따라잡았나 싶어서. 그냥 그런 생각이 들었을 뿐이야."

다카노의 대답에 시미즈가 일순 놀란 표정을 했다. 정면에서 똑바로 다카노를 보더니, 조용히 미소 지었다.

"그런가?"

"시미즈, 넌 특별장학생이었고, 우리들 중에서도 특별히 우수했잖아. 지금 시미즈를 보면 왠지 기뻐."

"——천하의 T대까지 오지 않으면 주변이 따라잡지 못한다는 건 좀 과찬인 것 같은데."

시미즈도 쓴웃음을 지으며 말했다.

"지금부터는 다카노, 너도 똑같아질 거야."

"무슨 뜻이야?"

"T대생이라고 하면, 주변 사람들이 너를 특별한 사람 보듯이 본 적 없어? 졸업한다 해도 이번엔 T대 졸업생이라는 딱지가 붙잖아. 너도 나랑 마찬가지지."

"그건 좀 무섭군."

"고등학교 때보다 지금은 그림을 그리는 것도 공부하는 것도 재미있어. 나보다 잘하는 사람이 있다는 게 처음엔 쇼크였지만, 지금은 반대로 보람이 있어. 나 여기 오길 잘한 것 같아."

시미즈는 웃으며 다카노를 본다.

"세이난을 간 것도 잘한 선택이라고 생각해. 나 너희들 다 좋아해."

"응."

다카노가 고개를 끄덕이자 시미즈가 겸연쩍은 얼굴로 일어섰다. 옆에 둔 스케치북과 무거워 보이는 가방을 들고, 다카노를 본다.

"그럼 이만 가볼게. 오늘은 정말 고마웠어."

"아니야, 나야말로 고마워. 또 무슨 일 있으면 연락해. 부르면 올 테니까."

"응. 그럴게. ——그럼 또 보자."

"응."

시미즈는 웃으며 가방을 어깨에 멘다. 스케치북을 안고 다카노에게 손을 흔들었다.

다카노는 앉은 채로 그녀를 보내고 남은 커피를 마셨다. 컵을 눌러 찌그러뜨리며 식당을 나가는 시미즈의 뒷모습을 전송했다. 그걸 확인하고 나서 일어서는데 누가 등 뒤에서 이름을 부른다.

돌아보자 같은 과 친구가 서 있었다.

"다나베."

"방학인데 너나 나나 이게 웬일이냐."

"그러게."

다나베는 다카노에게 다가와 시미즈가 나간 식당 입구 쪽을 본다.

"지금 같이 있던 애, 아는 사람이야?"

“고등학교 동창. 우리 학교 인문학부.”

“헤에. 예쁘다. 담에 소개해 주라.”

완전히 농담은 아닌 듯한 말투였다. 다카노는 그 말에 희미하게 웃고 시미즈가 사라진 입구를 쳐다본다.

“글쎄, 내 마음대로 결정할 수는 없는데.”

“아, 다음 주말에 과 애들끼리 마시러 갈 것 같던데, 너도 들었지? 올 거야?”

“어, 들었어. 그런데 다음 주는 일주일 내내 안 돼. 여행 갈 예정이거든.”

“여자 친구랑? 설마 지금 나간 애는 아니지? 그럼 좀 질투 나는데.”

다나베의 얼굴이 히죽히죽 웃는다. 다카노는 바로 고개를 저었다.

“설마. 혼자서 여기저기 가 보려고.”

“헤에, 알았어. 간사한텐 그렇게 전해 줄게.”

“응, 부탁해.”

창밖에는 오후가 되자 불기 시작한 바람이 푸른 나뭇잎들을 살랑살랑 흔들고 있는 것이 보인다. 대학의 방학은 앞으로도 많이 남아 있었지만, 세상의 여름은 슬슬 끝 무렵에 접어들고 있었다. 이제부터 점점 더위는 사그라질 것이다.

다카노는 다나베와 헤어지며 구겨 놓은 종이컵을 쓰레기통에 던진다. 건물 밖으로 나오자 조금은 선선해진 바람이 다카노의 앞머리를 스쳤다. 고개를 들고 하늘을 본다. 새파란 하늘에 비행기가 지나간 자국이 하얗게 선을 그리고 있었다.

다카노는 크게 숨을 들이쉬고, 사람이 적은 학교 구내를 천천히 걷기 시작했다.

에필로그

도쿄역에서 탄 열차는 거의 하루 꼬박 걸려 다카노를 목적지까지 실어다 주었다.

완행을 갈아타며 도착한 서쪽 지방은 다카노에게는 처음 오는 곳이었다. 읽고 있던 문고본에서 고개를 들고, 다카노는 안경을 밀어 올린다. 차창 밖의 풍경은 아까부터 바다가 끊이지 않는다.

냉방조차 되지 않는 낡은 전철 안에서 다카노는 창밖에서 불어 들어오는 바람에 눈을 가늘게 떴다. 창밖의 하늘이 노을로 붉게 물들어가고 있다. 그걸 보고 있으니 참 멀리까지 왔다는 생각에 무심코 쓴웃음이 떠올랐다. 승객에게서 들려오는 목소리에 낯선 서쪽 지방의 사투리가 섞여 있다. 무심히 그 목소리들을 들으면서 창가에 팔꿈치를 괴었다. 목적지까지 얼마나 남았을까.

전철이 멈춘다. 열린 문에서 파란 모자를 쓴 아이가 혼자서 타더니 다카노의 옆 좌석에 앉는다. 목에 건 노란 가방에 표를 넣는 것이 보였다. 표를 넣고는 그것을 넣은 가방을 소중한 듯 양손으로 꼭 쥔다.

다카노는 아이에게서 시선을 떼고 문고본 사이에 끼워두었던 한 장의 엽서를 꺼낸다. 2주쯤 전, 사카키의 어머니 —— 다카노의 숙모에게 도착한 것이었다. 발신인은 스가와라 사카키. 스냅사진을 가공한 그림엽서였다.

사진 속의 사카키는 초등학생처럼 보이는 여러 명의 아이들에게 둘러싸여 웃고 있다. 그의 양팔에는 작은 아이들이 매달려서 마찬가지로 웃고 있었다. 그 사카키의 오른쪽 귀에, 변함없이 금색의 피어스가 빛나고 있었다.

'자리가 잡혀서 주소를 알립니다.'

쓰여 있는 글은 그 한 문장뿐이었고, 다음은 간단하게 현주소와 연락처가 기재되어 있을 뿐이었다. 사카키의 모친인 숙모는 다카노에게 엽서를 갖다 주고 웃으면서 말했다.

'이렇게 멀리 갔을 줄 몰랐어. 정말 무슨 생각인지. 히로, 얘가 정말 여기에 있는지 가서 보고 와 줄래?'

지난 1년 반 동안, 다카노는 계속 사카키의 행방을 찾고 있었다. 지금 무엇을 하고 있는지, 무사한지. 그는 이미 어른이고 나름대로 자립한 어른인데도 다카노는 그가 너무나 걱정되어 견딜 수가 없었다. 이 엽서가 도착하고 얼마 지나지 않은 여름 축제 때 미즈키가 했던 말을 다카노는 떠올렸다.

"저기, 다카노."

미즈키가 주저하며 다카노를 부른다.

"뭔데? 미즈키."

"……사카키 오빠 말인데."

"응."

미즈키를 뒤에 태우고, 다카노는 자전거 페달을 다시 밟았다. 사찰까지 남은 길을 다시 달리기 시작했다.

"내가 자살하려고 했던 날, 사실은 나, 오빠 방에서 그거 봤어."

"뭘?"

"사카키 오빠가 보고 있던 자료. 몇 개의 기업 자료랑 섞여서, M현이랑 Y현의 교원채용시험 모집 요강이 있었어. 초등학교였던 것 같아."

"진짜?"

다카노는 자전거를 구르면서 미즈키를 돌아본다. 미즈키는 작게 고개를 끄덕였다.

"사카키 오빠, 행방을 감추기 전에 병원에 와서 나한테 비밀로 해달라고 하더라. 시험을 보긴 하겠지만, 경쟁률이 높아서 안 될지도 모른다고. 그럼 꼴불견이니까 아무한테도 말하지 말라고. ——하지만 네가 열심히 사카키 오빠 찾고 있잖아? 나도 오빠가 지금 어디에서 뭘 하는지, 잘 지내는지, 이젠 알고 싶어. 그 후로 벌써 1년 반이나 지났잖아."

"초등학교라……."

자전거 페달을 밟으며, 다카노는 다시 정면을 바라본다. 벌써 2년이나 전에, 미즈키가 실려 간 병원에서 들었던 사카키의 말을 떠올렸다.

'너희 때문도 아니고, 물론 하루코 때문도 아니야. 예전부터 그러려고 했었어.'

그러고 보면 사카키가 교사를 지망한 이유는 뭐였을까. 그림엽서 사진, 아이들에게 둘러싸여 웃고 있던 사카키의 얼굴을 떠올리고, 다카노는 전부 납득할 수 있었다. 교원채용시험, 사카키의 그 말은 사실이었다. 그것은 그가 예전부터 결심했던 게 틀림없었다.

"다카노, 사카키 오빠를 꼭 찾아 줘."

그림엽서의 사진을 보면서, 다카노는 무심코 쓴웃음을 지었다. 얼굴을 들어 창밖을 보자 바다 냄새가 바람을 타고 다카노의 코를 간지럽혔다.

미즈키가 좀 더 빨리 자신에게 말해줬다면, 어쩌면 엽서가 도착하기 전에 다카노는 그를 발견할 수 있었을지도 모른다. 그렇게 생각하니, 조금 아쉬웠다. 사카키의 엽서에는 미즈키가 말한 대로 M현의 주소가 쓰여 있었다. 사진은 어느 초등학교 앞에서 찍었는지 학교 이름이 쓰인 문 앞에 사카키와 아이들이 서 있었다.

정말 멀리도 왔다. 다카노는 슬쩍 웃는다.

문득 다카노는 시선을 느끼고 엽서에서 고개를 들었다. 시선을 따라가니 아까 역에서 탄 아이와 눈이 마주쳤다. 큰 눈으로 이쪽을 보고 있다. 다카노랑 눈이 마주쳐도 눈을 떼지 않는다. 다카노는 웃으며 몸을 내밀었다.

"왜 그러니?"

질문에도 아이는 입술을 꼭 다문 채 대답하지 않고 다카노의 얼굴을 계속 쳐다본다. 마치 관찰이라도 하는 것 같았다. 다카노가 다시 물으려고 했을 때였다.

그는 천천히 고개를 들더니, 다카노에게 대답했다.

"형, 스가와라 선생님이랑 닮았어."

그 말에 다카노는 웃음을 멈췄다. 눈앞의 아이를 새삼스레 자세히 본다. 초등학교 2학년 정도일까. 단 한 마디인 그 말에도 이 지방 억양이 섞여 있었다.

다카노는 자신의 가슴속에서 무언가 말로 표현할 수 없는 감정이 솟아오르는 것을 느꼈다. 천천히 눈을 깜박이고 나서, 다카노는 아이에게 웃음을 건넸다. 다음 말은 목이 메어 잘 나오지 않았다.

"스가와라 선생님?"

"우리 선생님. 엄청 재밌어."

"그래?"

"저기 형, 선생님 동생이야?"

"동생……."

다카노는 쓴웃음을 짓고 나서 고개를 끄덕였다.

"응. 동생이야. 멀리서 만나러 왔어."

바다가 이어지는 창밖, 다카노는 안경을 벗고 초점이 맞지 않는 눈으로 하늘을 올려다보았다. 아이의 얼굴을 보며 물었다.

"초등학교가 있는 역은 이 근처니?"

"응, 다음다음. 나 혼자서 할머니 집까지 갔다 왔어."

"오, 굉장하다. 장한데."

"응."

아이는 자랑스럽게 고개를 끄덕이더니, 쓰고 있는 파란 모자를 뒤집어쓴다. 모자의 챙을 뒤로 돌리고는 헤헷 하고 웃었다. 여름 볕에 탄 피부와 자랑스럽게 빛나는 눈. 그걸 보고 있으려니 자신의 어렸을 적 일들이 어쩔 수 없이 떠오른다. 그의 손은 변함없이 표가 든 가방을 꼭 안고 있었다. 전철이 역에 가까워졌는지 앉았다, 섰다 하며 다카노를 돌아보았다. 그리고 또 씨익 웃는다. 다카노도 웃어주었다.

전철이 역에 도착했다. 그는 문이 열리자마자 휙 달려 나간다.

"엄마!"

그가 외치는 목소리가 들려온다. 어머니가 홈까지 마중을 나와 있었나 보다. 아이는 기쁜 듯이 웃으며 그녀에게 안겼다. 그대로 둘은 무언가 얘기를 하면서 플랫폼을 걷기 시작한다.

다카노는 그 모습을 보며 자신도 짐을 챙겨 내리려고 했다. 열린 문에 다가갔을 때, 갑자기 시선에 무언가가 걸려서 다카노는 멈춰섰다. 옆을 보았다.

좌석 몇 개를 사이에 둔 맞은편에, 다카노의 앞과 마찬가지로 문이 열려 있다. 그 앞에 누군가가 서 있었다. 다카노가 본 적이 있는 교복의 동복을 입고, 하얗게 흔들리고 있는 그림자. 여윈 손이 입구 문 옆의 손잡이를 잡고 있었다. 그리고 그 얼굴이 다카노 쪽을 향했을 때, 다카노는 놀라 눈을 부릅떴다.

츠노다 하루코였다.

하루코는 다카노를 보며 움직이지 않았다. 다카노가 움직이지 않는 것을 보고, 그 얼굴이 희미하지만 온화한 웃음을 띤다. 그리고 그것을 본 순간 다카노는 그녀에게 쓴웃음 비슷한 웃음을 되돌렸다. 신기할 정도로 자연스럽게 얼굴이 그 표정을 만들어 냈다.

그것을 보고 하루코는 희미하게 만족스러운 표정을 지었다. 하얗게 힘없이 흔들리면서, 그녀가 다시 다카노에게 웃음을 건넨다.

그리고는 문밖으로, 빨려 들어가듯 사라졌다.

다카노는 전철에서 내려 바다가 보이는 역 플랫폼에 섰다.

어딘가 멀리서 종소리가 들린다. 고개를 들자 사카키가 있는 초등학교는 바로 앞인 것 같았다.

〈끝〉

차가운 학교의 시간은 멈춘다 (下)

1판 1쇄 발행 2006년 3월 31일
2판 1쇄 발행 2014년 4월 21일 | 3쇄 발행 2021년 11월 10일

지은이 츠지무라 미즈키
옮긴이 이윤정

발행인 박광운
편집인 박재은

발행처 손안의책
출판등록 2002년 10월 7일 (제25100-2002-000081호)
주소 서울 노원구 노원로18길 19, 210동 1204호
전화 02-325-2375 팩스 02-6499-2375
카페 http://cafe.naver.com/bookinhand
이메일 bookinhand@hanmail.net

ISBN 978-89-90028-88-4 04830

정가는 뒤표지에 있습니다.
파본이나 잘못된 책은 구입하신 곳에서 교환해 드립니다.

이 도서의 국립중앙도서관 출판예정도서목록(CIP)은 서지정보유통지원시스템 홈페이지(http://seoji.nl.go.kr)와
국가자료종합목록 구축시스템(http://kolis-net.nl.go.kr)에서 이용하실 수 있습니다.
CIP제어번호: CIP2014009188